KB142990

2020

희곡우체통 낭독회 희곡집

국립극단

목차

X의 비극

* 이 작품은 2020 국립극단 희곡우체통 1차 낭독회 초대작으로 5월 11일 백성희장민호극장에서 낭독회로 소개되었습니다.

이유진

작가의 말

예전부터 X세대가 느끼는 비극을 그리고 싶었다. 세상은 빛의 속도로 발전하는데, 나는 갈수록 느릿느릿 늙어만 가는 듯하다. 이런 세상에서 얼마나 버틸 수 있을까. 이런 공포가 비단 특정 세대만의 것일까. 어쩌면 대다수 사회인의 것이 아닐까. 하여, 미지수 X를 앞에 두고 그 누군가의 비극을 그려 봤다.

등장인물

강현서   40대 남자
안도희   40대 여자
윤애리   20대 여자
박우섭   40대 남자
안영자   70대 여자
강명수   10대 남자
멘트

이 작품은 희곡집 『비트걸』(연극과인간, 2020)에 수록돼 있습니다.

1. 현서의 집

무대 중앙에 강현서가 드러누워 있다.

현서   아무것도 하고 싶지 않다. 아무것도. 사회는 제
로섬 게임. 내가 이기려면 누군가가 패해야 한
다. 나를 추켜세우고, 남을 깎아내리고, 조그만
잘못도 남 탓으로 해야 한다. 더 이상 그러고
싶지 않다. 수단 방법을 안 가리고 어떻게든 남
을 이겨야 한다고 채찍질하고 싶지 않다. 지금
은 동지지만 언제든지 적이 될 남들이 나를 어
떻게 볼까, 날 이용해 먹지는 않을까, 내 등 뒤
에 비수를 꽂지 않을까 전전긍긍하고, 남들에
게 잘 보이기 위해 머리를 굴리고 싶지 않다.
뒤처지지 않았다는 걸 보여 주려고 매순간 수
많은 사진을 찍고 그 사진을 남들이 좋아해 주
기를 갈망하고 싶지 않다.
업무보다 정치에 신경을 곤두세우고 어느 라
인을 타야 하는지를 계산하면서 내게 당장의
이득을 안겨 줄 사람에게는 온갖 자디잔 비위
를 맞추고, 나와 경쟁할 사람에게는 그들의 사
소한 몇 마디에 칼날을 곤두세워 찍어 내리면
서 그렇게 살고 싶지 않다. 이런 모든 일들을
모조리 피하고 싶다. 그러려면 할 수 있는 게
없다. 그래서 나는 여기 이렇게 누워서 모든 사
회적 활동을 거부한다.

이유진

안도희가 들어온다.

도희   이렇게 오랫동안 누워 있을 줄이야. 회사에서 시켰어? 이건 일종의 재택근무야?

현서   이런 재택근무는 아무도 시키지 않겠지.

도희   강현서 씨. 지금 이럴 때가 아니야. 우리에겐 아들 명수가 있어. 걔는 아직 고등학생이잖아. 그 아이는 부모의 지속적인 투자가 필요해. 당신이 이렇게 누워만 있으면 우린 어쩌지?

현서   글쎄.

도희   이럴 때 내가 나서서 괜찮다고, 내가 돈 벌어 온다고 하면 좋겠지만! 그럴 수 없어서 유감이네. 하지만 나도, 그동안 집안을 관리하고 명수를 양육했고….

현서   당신은 가족 때문에 자기 커리어를 희생했지. 어쩌면 당신이 나보다 더 나을 수 있었을 텐데. 하긴, 그러면 여기 누워 있는 게 내가 아니라 당신일지도 모르지만.

도희   아니! 내가 만약 가장이면 이렇게 무책임하게 드러눕지 않을 거야. 아, 우리 가족 어쩌지? 우리가 보유한 자산은 많지 않아. 실질적인 자산이라곤 이 집 한 채뿐이야. 집! 이 집! 그나마 이 집도 온전히 우리 것이 아니야! 대출금이 아직 남았잖아. 몇 년만 더 고생하면 완벽하게 우리 집이 되는 건데!

현서   집을 팔거나 전세를 줄 수 있겠지.

X의 비극

도희	명수가 지금 고2인데 전학 가자고? 어느 세월에 집을 알아보고 팔까? 그 돈으로 대출 갚고 어떤 집을 구할 수 있을까?
현서	나한테 묻지 마. 나는 답할 수가 없어. 내가 드러눕게 된 건 그런 질문들에 질식했기 때문이야. 미안해. 하지만 나도 어쩔 수가 없어.
도희	(노려보며) 회사에는 뭐라고 했어?
현서	안 나가겠다고 했어.
도희	그랬더니?
현서	회사에서 난 이제 자산이라기보다는 부채야. 내가 벌어들이는 이익보다 가져가는 급여가 많거든. 얼마든지 대체 가능한 존재야. 내가 노동법 등을 들먹이며 저항을 하지 않으면 흔쾌히 제거해.
도희	아, 우리 가족은 이제, 어떻게 해야 할까?

박우섭이 들어온다.

우섭	도희 씨!
도희	우섭 씨!
우섭	이게 대체 어떻게 된 일이죠?
도희	사람이 저렇게 누워만 있어요. 한 달이 넘도록.
우섭	(현서에게 다가가며) 강현서! 젊은 놈이 왜 그래!
현서	40대면 젊은 게 아니야. 고대인들의 평균 수명은 40세 남짓이었어. 우린 고대인 기준에선 노년인 셈이지.

이유진

우섭	지금은 21세기야.
현서	인간의 DNA나 감정은 크게 진화하지 않았어. 손재주와 기술만 진화했을 뿐, 인간들의 감수성, 특히 연령 감수성은 원시 시대나 고대와 큰 차이가 없을 거야.
우섭	지금의 넌 원시인이나 고대인보다 열등해. 그 사람들도 너처럼 가정을 내팽개치고 퍼질러 누워만 있지는 않았을 거야. 대체 왜 그래?
현서	지쳤어.
우섭	우리 다 힘들어.
현서	그러면 다들 누워버려.
우섭	그렇게는 못 하지. 성인이니까. 가정이 있고, 양심이 있으니까.
현서	나도 성인이고 가정이 있다. 그러나 마지막, 양심이 없기 때문에 이렇게 누워 있다는 얘기군. 인정해.
우섭	살아야지. 살려면 일어나야지. 이렇게 누워만 있는 건 병자나 식물인간에게나 허용되는 일이야. 이런 건 너무 유치하고 무의미하잖아. 이 짓거리로 날아가는 기회비용을 생각해 봐.
현서	내 기회비용이 이제 얼마나 되겠어?
우섭	이런 식으로 포기한 너의 연봉, 사회적 이력, 그로 인한 가족들의 불편과 완납하지 못한 각종 대출금과 이자가 쌓이는 걸 떠올려 봐. 못 일어나? 그래도 못 일어나겠어? 뿐이 아냐. 오매불망 걱정하는 제수씨를 생각해. 자기와의

전쟁으로 하루하루 힘들게 살아가는 명수를 생각해. 자, 일어나! 자! 우린 아직 일어날 수 있다!

우섭이 현서 앞으로 주먹을 불끈 쥐고 흔들지만 현서는 힘없이 고개를 돌린다.

도희 이쯤이면 알아들었을 거예요. 사람이면요.

우섭 수고해요. 도희 씨.

우섭, 훌쩍 나간다. 도희가 계속 그쪽을 본다.

현서 도희 씨?

도희 (계속 우섭 쪽을 보면서) 왜?

현서 아니야.

도희 (짜증스럽게 현서 보며) 뭐?

현서 아무것도 아니야. (하지만) 그런데….

도희 (무시) 어머니 오셨어요?

안영자가 들어오면 도희가 보란 듯이 나간다.

영자 왜 자리보전을 하고 누운 거냐? 가장이 몸이 아픈 게 아니고서야.

현서 그러면, 제가 아픈 듯해요.

영자 아픈 거면 아픈 거고, 아니면 아닌 거지. 아픈 듯하다니?

이유진

현서	어딘가 이상한데 그 지점과 부위를 알 수 없어요. 공연히 머무르실 필요가 없으니, 어머니는 가주세요.
영자	네가 일어날 때까지 있어 주기로 했다. 무슨 일인 거야? (낮게) 도희 때문이니? 저 아이가 돈을 더 벌어 오라고, 계속 돈, 돈, 닦달하니?
현서	제가 쓰러지게 된 원인의 뿌리를 추적해 봤어요. 그랬더니 그 근원은 도희보다는 어머니에게 있는 것 같아요.
영자	뭐? 무슨! 내가 뭘 어쨌다고! 평생 너를 위해 희생하고 헌신했는데? 나 같은 늙은이는 생활비도 거의 쓰지 않아. 네가 자리에 눕고 나서는 용돈도 없다. 지금 난 너희 부부 도움 없이 연금으로 살고 있어. 효도로 말하자면 너희보다는 국가가 더 효도하는 셈이구나. 도대체 내가 무슨 잘못을 저질렀다는 거니?
현서	아니, 됐어요.
영자	말해 보렴. 어디 그 잘난 이유, 들어나 보자꾸나!
현서	그러면 말씀드릴게요. 어머니, 지금에야 말씀드리지만 어머니가 저를 안 낳으시는 게 좋을 걸 그랬어요.

사이

영자	참 빨리도 말하는구나.

X의 비극

현서	그전까지는 차마 말씀드릴 수가 없어서요.
영자	하! 그래, 언제 그 얘기를 꺼내나 싶었다. 넌 어릴 때부터 그랬어. 난 괜히 태어났어. 왜 태어났을까. 죽어버릴까. 이런 생각이 머릿속에 꽉 찬 것 같더구나. 사춘기 때 칼이나 옥상만 봐도 네 생각이 났지. 용케 자살은 않더구나. 이때까지 살아 준 것만도 대단하다면 대단하겠지. 아무리 그래도 세상에, 지금 니 나이가 몇인데 아직까지 그런 생각을 한단 말이니?
현서	나를 둘러싼 문제들의 원인을 파고들기 시작하면 결국 한 지점으로 모이더군요. 내가 이 세상에 태어나서 겪는 일이라는 거죠.
영자	그러니까 나와 니 아비가 몹쓸 인간들이라고?
현서	하긴, 그 시절에는 결혼과 출산은 선택할 수 없는 문제였겠죠.
영자	우리가 꼭 그래서 너를 낳았겠니? 너를 낳아 참 좋았단다!
현서	이런 말이 있다죠. 인생은 좋다. 그러나 더 좋은 것은 안 태어나는 것이다. 맞아요. 두 분의 노고에 감사드려요. 하지만 두 분만의 문제가 아니에요. 뭔가가 있어요. 두 분 차원을 넘는, 뭔가가.
	학교에서 야수 같은 애들이 사람을 괴롭히는데 보고만 있거나 당해야만 했을 때 아, 차라리 태어나지 말았다면! 친구와 경쟁하며 대학 입시에 목매고 공부해 겨우 합격해서, 그렇게 대

이유진

학생이 되어서 몇 년 괜찮나 싶더니 군대에 끌려가 미친 훈련을 받으며 2년을 보내고, 기껏 제대해서 이제 좀 공부를 해 보나 싶더니 IMF가 터져버려 취업 줄이 막혔을 때 아, 차라리 태어나지 말았다면!

백 군데에 원서를 넣어서 겨우 직장을 잡았는데 그저 노예들끼리의 아귀다툼 전쟁터란 걸 알게 됐을 때, 사람들은 타인을 배려하지 않으면서 그런 척만 한다는 걸 알게 됐을 때, 우리 가족이 살 집 한 채 얻기 위해 내 육신과 영혼을 갈아서 바쳐야 하고, 아직도 그래야 하는데 더 이상 세상은 내 영혼과 육신을 별로 원하지도 않는다는 걸 알았을 때 아, 차라리 태어나지 말았으면 얼마나 좋았을까! 얼마나 편했을까! 정말이지 이럴 줄 알았으면, 태어나지 말았다면!

영자 그럼 태어나지 말지 그랬니! 왜 태어났어!

현서 어머니가 날 낳았잖아요!

영자 니놈이 수정이 됐잖아! 정자일 때 난자에 들어붙지 말지 그랬냐! 지금 드러눕지 말고 난자에 가기 전에 그때 드러눕지 그랬어!

현서 애당초 두 분이 정자와 난자가 만날 빌미를 주지 마셨어야죠!

도희 (갑자기 들이닥치며) 더는 못 들어주겠네! 현서 씨, 왜 그래? 애야? 등신이야? 아니 지금 당신 혼자만 힘들어?

X의 비극

영자   저 녀석 말 귀담아 듣지 말거라. 지금 정신이
                나갔어. 그래, 딴엔 피곤도 하겠지. 세상이 좀
                정신 사납게 변하니? 나는 요새 국숫집에서 국
                수 하나 못 시키겠더구나. 온 전신에 사람을 찾
                아볼 수가 없어, 사람을! 사람이 있던 곳엔 덩
                그러니 기계 하나 세워 놓고 뭘 누르라는데, 눈
                도 안 보이는데 뭘 눌러라 마라 재촉하는지. 이
                러다가 기계들이 자기들끼리 사고팔고 다 해
                먹겠더구나. 아무튼지 간에 얘, 쟤도 힘들었잖
                니. 20년을 개미처럼 일해서 집을 산다는 게 보
                통 일은 아니잖니.

도희   아직 다 산 것도 아니에요.

영자   거의 다 샀잖니! 여기 이렇게 그 집 바닥 위에
                앉아 있고 말이다. 어쨌든 쉬겠다는 사람 잠깐
                쉬게 놔두는 건 어떻겠니.

현서   과연 잠깐일까요?

영자   넌 좀 닥쳐! (도희를 잡아끌며) 아이고 어미야,
                이 노릇을 어쩌면 좋니? 사람이 아주 못쓰게
                됐구나. 이럴 때 나라도 산나물이라도 캐서 좌
                판 벌여 놓고 싶다만, 요즘 가당키나 하니? 내
                가 딱 스무 살만 젊었어도 동네 어느 가게든 주
                인 바짓가랑이를 붙들고 일자리 달라고 애원
                할 텐데 말이다. 하지만 온 천지에 기계들만 주
                르륵 널려 있는 곳에 나 같은 할망구가 무슨 소
                용이 있겠니? 이렇게 늙어서는 원, 할 수 있는
                일이 없구나! 늙은이가 괜히 나섰다가 자리보

이유진

전해서 병원비나 까먹기 십상일 텐데!

도희   네! 그래요! 알아들었어요. 제가 벌게요. 돈, 벌 게요.

영자, 도희 어깨 툭툭 두드린 뒤 나간다.

2. 도희 직장

도희가 앞치마를 두른 채 행주로 식탁을 열심히 닦는다.

도희   돈! 돈은 필요하다. 사람이 거리에 가만히 있기만 해도, 아니 집 안에 있어도 돈 쓸 곳은 마법처럼 생긴다. 돈은 필요한데 사람은 필요가 없다. 특히 나처럼 경력이 단절된 중년들? 소비가 아닌 생산 측면에서는 버려진 택배 박스 같은 존재다. 이럴 때는 차라리 한 병의 포도주면 좋겠다. 포도주는 날이 갈수록 몸값이 비싸지는데 나는 날이 갈수록 몸값이 싸진다. 책상에 앉아 일할 만한 직장에선 내 또래가 과장이나 부장이다. 그러니 나를 부하 직원으로 뽑을 리가 없다. 그래서 내가 얻을 수 있는 자리를 얻었다. 이마저도 어렵게.

도희, 행주로 한번 쓱 문지르고는 허리를 치면

X의 비극

서 일어나는데 근사하게 차려입은 우섭이 다가온다.

우섭 도희 씨?

도희 (당황하며) 아니, 우섭 씨.

우섭 현서는 아직 누워 있고, 도희 씨는 여기서 일하는군요.

도희 어떻게 식사는 맛있게 드셨어요?

우섭 이 집 탕국이 진국입니다. 단골이 될까 합니다.

도희 그러면 제가 좀 불편하겠는데요.

우섭 그러면 계획을 접지요.

사이

우섭 행복해 보이지 않군요.

도희 노동 강도에 비해서 월급이 많진 않으니까요.

우섭 퇴근이 언제예요? 차라도 한잔.

도희 네? (살짝 놀랐다가) 그래요! 못 마실 거 없죠. 이젠 내가 가장이고 나랑 차를 마셔 줘야 할 인간은 방구석에 드러누워 있으니까. 가요! 지금 바로 가요!

도희, 앞치마를 벗어 던지고 나가자 우섭도 따라 나간다.

이유진

3. 현서 집

계속 누워 있는 현서.

현서　　시간은 잘도 흐른다. 이 자리에 누운 지 3개월이 순식간에 흘렀고, 그동안 나는 누워만 지냈다. 이제 내가 발전할 수 있을까? 내 삶에 발전이 가능할까? 아니 자리를 박차고 일어나 또다시 삶의 열차에 올라탄다고 한들 그런 것을 발전이라고 할 수 있을까?

도희가 터덜터덜 들어온다.

도희　　나한테서 무슨 향기 안 나? 향수 발랐는데.

현서　　음.

도희　　오늘 우섭 씨 만났어. 일 끝나고 홍차도 마셨어. 참 이상하지? 집에서 먹는 홍차는 밍밍한데 밖에서 마시는 만 원짜리는 다르더라! 이름 탓인가? 있어 보이는 외래어를 막 갖다 붙이잖아. 하긴 그런 게 바로 마케팅이지. 그리고 우리, 차 마시고 영화도 봤어.

현서　　잘했어.

도희　　영화 다 보고 우섭 씨가 고급 차에 태워서 집 앞까지 바래다줬어. 미혼 때처럼 꽤나 설레던데?

현서　　잘됐네.

사이

도희　　나 지금, 외간 남자한테 마음이 흔들린다는 얘기야. 그런데, 당신은 괜찮은 거야?

현서　　괜찮지 않아. 하지만 내가 뭐라고 할 수 있겠어?

도희　　뭐?

현서　　당신을 가뜩이나 곤란하게 한 마당에 사생활 간섭까지 할 수는 없으니까.

도희　　와우, 이런 경우에 난 뭐라고 해야 하지? 이해해 준다고 고마워해야 하나? 당신은 오장육부와 감정을 가진 사람이 아니야. 가슴속 온갖 감정들이 사라지고 파충류 같은 생존 본능만 남았어.

현서　　잔인한 얘기야. 하지만 그런 얘기를 내뱉을 수밖에 없는 당신 심경을 이해해. 마음이 아프다. 하지만 못 일어나겠어.

도희　　정말 못 일어나?

현서　　못 일어나겠어. 고집부리는 게 아냐. 못 일어나겠어.

도희　　아! (깊은 한숨 내쉬고) 내가 진짜 미쳐버릴 것만 같다니까! 왜 그러는데! 왜 그러냐고! (현서를 붙들고 가열차게 흔들다가, 현서를 빼꼼 들여다보고) 세상에! 진짜 완전 아저씨네!

현서　　그래. 못 일어나는 아저씨.

도희　　아! (하다가, 현서를 처연히 보면서) 우리한테

이유진

도 한때 행복한 순간이 있었는데. 서로 같이 있기만 해도 설레던 순간이 있었는데.

현서 그랬지.

도희 20대 때 둘 다 뽀송뽀송할 때, 우리한테도, 뭐랄까. 청순한 순간순간이 있었는데. 그때는 우리, 꽤 행복하지 않았나?

현서 행복했어.

도희 그러면 좀! 그런 추억들을 생각해서라도, 한때는 나도 사랑이란 걸 했다고, 사랑했던 사람과 삶을 이어 갔다고 여기면서 일어날 순 없어? 삶을 좀 더 억지로라도 긍정할 순 없어?

현서 행복할 때가 있었어. 하지만 본격적으로 교제하고 결혼을 준비하고 진행하면서, 남편이 되고 아빠가 되는 대가가 어떤 것인지를 깨달았지. 간간이 행복의 순간이 있었지만 찰나의 행복은 스쳐 지나고, 나머지 시간은 고통과 노력과 계산으로 점철됐지.

강명수 들어온다. 교복을 입고 책가방을 메고 있다.

명수 다녀왔습니다.

도희 명수야!

명수 (현서 보고) 계속 누워 계시네.

도희 독서실에서 지금 오는구나. 부끄럽지도 않아? 애도 자기 살길 찾겠다고 이렇게 치열하게 공

X의 비극

부하는데!

명수 　엄마, 제가 아빠랑 얘기를 좀 해 볼게요.

도희, 고개를 끄덕거리고는 지쳐서 나간다.

명수 　아버지. 아버지는 아들한테 모범이 돼야 하는
　　　걸로 아는데요.

현서 　내게서 모범까지 바라지 마라. 나는 너를 물리
　　　적으로 양육하는 것을 해 왔지만, 이제는 그마
　　　저도 못 하겠다. 물리적으로 감당이 안 되는데
　　　정신까지 바랄 수는 없지.

명수 　그래도 아버지의 의무란 게 있는데, 노력이라
　　　도 하셔야죠. 누군 안 눕고 싶겠어요? 저도 눕
　　　고 싶다고요.

현서 　너는 누워 봤자 잠들지 않는다면 한 시간도 못
　　　있고 뛰쳐나가겠지. 너는 누울 수 없는 게 아니
　　　야. 눕기 싫은 거지.

명수 　스마트폰만 있으면 세 시간도 누워 있을 수 있
　　　습니다.

현서 　그건 진정한 누움이 아니야. 넌 움직여야 해.
　　　왜냐하면 역동적이니까. 지금의 넌 안드로겐
　　　이 넘쳐서 우유 하나 마시고 평원을 가로지를
　　　에너지가 충만해 있어.

명수 　제 역동성을 과대평가하시네요. 안드로겐요?
　　　에너지요? 우유요? 아, 우유는 마시지도 않고
　　　요, 걍 무작정 눕고 싶어요. 하루에 5시간만 자

이유진

	도 소원이 없겠어요. 아 진짜, 아버…! 아니, 아니에요.
현서	말해 보렴.
명수	괜찮아요.
현서	이럴 거면 왜 낳았냐, 그게 궁금하지?
명수	헐. 예.
현서	나도 부모님께 항상 던지고 싶었던 질문이다. 얼마 전 할머니께 그 질문을 던지기도 했고.
명수	그래서 할머니가 뭐라고 하세요.
현서	꽤나 상처를 받으신 것 같더구나.
명수	아버지도 상처 받으셨어요?
현서	네 마음을 이해한다. 아무튼 내가 너를 낳은 이유를 알고 싶니?
명수	알려 주신다면 들을게요.
현서	그때는 다 어른이 되면 결혼하고 애를 낳는 줄 알았다. 그게 사회인의 의무로 알았어. 그래서 너를 낳았던 것 같다.
명수	예상을 크게 벗어나지 않은 답이에요.
현서	내 아들! 너도 곧 어른이 되겠구나. 금방 자라고 금방 늙겠지.
명수	괜찮아요. 전 빨리 어른 되는 거 좋아요.
현서	어른이 되면 고통을 탈피할 거라 여기겠지. 그러나 또 다른 고통이… (잠시 주저하다가) 아니 말하지 않으련다.
명수	뭐, 저도 대충 알아요.
현서	아들! 이것만은 알아다오. 내가 너를 낳는 데

악의는 없었다. 아니 악의라니. 그때 나는 선의로 충만해 있었다. 나도 세상이 혐오스러운 건 알았지만 세상이 그래도 발전하고 있고, 인간들이 협동하는 삶이 가식으로나마 진행될 거라 믿었다. 노력을 한다면 언젠가는 그 노력에 따른 대가가 따를 것이라며, 가끔은 그 노력 자체에 희열이란 것도 있을 거라 믿어 의심치 않았다.

명수　그랬는데요?

현서　세상은 나를 너무나 앞질렀고, 나는 따라잡을 수가 없어. 명수 네가 성인이 될 때까지는 버티고 싶었는데 불가항력적인 일이야. 아빠를 이해할 수 있겠니?

명수　이해 못 하겠구요, 하고 싶지도 않네요. 갈게요. 제가 무슨 말을 해도 안 일어나실 거잖아요.

현서　그래. 너무 무리는 하지 마라.

명수　무리를 안 하면 중간도 못 가요. 아버지처럼 어른이 돼서 누워만 있고 싶지 않아요. 그러려면 지금부터 무리해야죠.

명수, 그대로 나가고. 현서, 계속 누워 있고.
암전.

　　　　　　　　이유진

4. 우섭 병원

어둠이 걷히면, 도희와 우섭이 속옷 차림으로 나란히 누워 있다.

우섭 벌써 반년이네! 사람이 반년을 누워 있다니! 저런 식이면 가정을 유지할 수가 없어.

도희 명수 대학 갈 때까진 어떻게든 버텨 보려고.

우섭 현서와 헤어지면 나한테 올 생각인가?

도희 그걸 바라긴 해?

우섭 아니.

도희 나도 싫어.

우섭 그럼 우리 방금 그건 뭘까?

도희 당신이랑 똑같아. 본능과 스트레스 해소.

우섭 우린 정말 이해관계가 맞아.

도희 죽도 맞고 배도 맞고.

우섭 그런 질탕한 말을! 잠깐만. 그런 말을 현서에게 해 주면 어떨까? 성적으로 자극이 되면 몸이 부분적으로라도 일어나지 않을까?

도희 해 봤어. 꿈쩍도 안 해. 그이는 이제 사람은커녕 동물도 아냐. 전에는 파충류는 되나 싶었는데 아니야, 파충류는 그래도 생에 대한 집착으로 팔딱거리고 꿈틀거리잖아. 하지만 저이는 가만히 누워서는 사람들을 관찰하고 조종하며 생존을 유지할 뿐이야. 뭐랄까, 동물 차원을 넘어서서 식물에 가까워진다고 할 수 있어. 어떻

X의 비극

게 저럴 수가 있지? 양심이란 게 있는 걸까?

사이

우섭   우리, 현서한테 미안해해야 하는 걸까? 기분이
            좋지 않군.

도희   그 기분을 풀어 줄 제안을 해도 될까? 우리 좀
            도와줄래?

우섭   뭐?

도희   명수 과외시키고 싶어. 자식이라도 의지하고
            살아야지. 지금 내 월급으로 대출금이랑 교육
            비는 무리야.

우섭   (생각) 우리 관계를 떠올리면 명수에게 특히 미
            안하기는 하다.

도희   그러니까!

우섭   하지만 당신이 너무 당당하게, 마치 당연한 권
            리를 요구하는 것처럼 말하니 제법 당혹스럽
            네.

도희   나는 잘못했지만 명수는 잘못하지 않았잖아.

우섭   음.

도희   그런데 우리의 그릇된 만남으로 명수가 피해
            를 받고 있어. 그 애가 알든 모르든 피해를 받
            는다는 사실은 명확해. 안 그래?

우섭   부인할 수 없군.

도희   그러니까! 나는 이렇게 비굴하게 당신에게 부
            탁하는 수모를 감수해야 하고, 당신은 약간의

이유진

	기부로 마음의 짐을 덜려는 노력이라도 보이는 게 어떨까?

우섭   잠깐만, 나도 생각을 해 보고.

도희   생각을 너무 오래해도 안 좋은 일이 종종 있어. 부탁할게. (일어나) 계좌 보내 줄게. 하긴 요샌 톡으로도 돈이 가더라. (나간다)

우섭, 잠시 생각하다가 일어난다. 휴대폰을 확인한다.

우섭   교육비, 그 망할 교육비는 얼마나 들까? (휴대폰을 톡톡 두드리고) 국영수를 케어한다면 한 달에 최소 백만 원은 드는군! 이런, 젠장! 한 번 주기 시작하면 계속 줘야 하는 게 아닐까? 그래야 하나? 내가 돈을 바쳐 가면서 관계를 이어 가야 할까? 그럴 가치가 있나? 저 여자와 관계를 시작한 것은 계산에 따른 것이다. 저 여자는 가정이 있어서 조심할 것이다. 또 불륜을 모험할 마음의 준비가 돼 있다. 또한 불륜이 발각될 경우에도 대처가 용이하다. 그래서 저 여자에게 접근했는데 이렇게 뒤통수를 맞다니! 교육비. 세상에 내연남에게 자식 교육비를 부탁하다니! 이런 비교육적인 일이! 관계를 정리하자. (휴대폰 들고) 톡으로 이별을 통보할까? (하다가) 아니. 물증이 될 수 있다. 그것보다 전화로… (휴대폰을 귀에 댔다가) 녹취할지도 몰

X의 비극

라. (잠시 생각) 아, 이거 혹시 협박인가? 교육비를 지원하지 않는다면 나와의 관계를 떠벌리겠다는 말투였다. 충분히 추문이 될 만하다. (생각) 지원하자. 부담스럽지 않은 수준에서. 내 자산에 큰 영향을 끼치지 않을 수준에서. 지출이 발생했지만 저 여자가 떠들고 다녔을 때의 비용과 비교하면 비싼 게 아니다. (휴대폰을 터치하면서) 또 이렇게 피 같은 돈은 새 나가겠군! 아! 인간들이 도통 애를 안 낳는다. 나는 왜 하고많은 과목 중에 산부인과를 택한 것인가! 임산부들의 수는 파국적으로 줄어든다. 인간들은 생식을 줄이고 있다. 그런데 이런 와중에 나는 내 아들도 아닌 내연녀 아들의 교육비를 지출해야 한다. (휴대폰 보며) 흠, 백만 아니, 팔십, 아 팔십, 팔십만 원이라니! 팔십 아니, 일단 칠십오만 원을 제시하고 반응을 살펴보자.

암전.

5. 현서 집

윤애리가 명수와 나란히 앉아 있다. 수학 문제집을 풀고 있다.
명수는 긴장했지만 애리는 시큰둥하다.

이유진

명수   문제가 너무 어려워요.

애리   (대충 보고) 좀 더 고민해 봐.

명수   (들여다보며) 아, 못 풀겠어요.

애리   (귀찮은 듯 쓱쓱 필기) 자, 자, 자! 이렇게 하는 거야. 알겠어?

명수   (다시 들여다보며) 음….

애리   쉬운 건데 정말 모르겠어? 완전 간단한 건데?

명수   생각해 보니까 알 것 같아요.

애리   다음 문제 풀어. (하면서 휴대폰 보면)

명수   (잠시 푸는 척하다가) 샘, 샘은, 수학 왜 그렇게 잘해요?

애리   이과니까.

명수   네. (문제 풀려다가) 저기, 근데요.

애리   (짜증) 문제는 안 푸니?

명수   푸, 풀 건데요. (풀려다가) 근데요, 샘.

애리   아 진짜, 또 뭐?

명수   지금 저한테 짜증 내는 거예요?

애리   (한숨) 명수야, 있지. 내가 너한테 진짜 이런 말은 안 하려고 했는데. (망설이다가) 아니다, 됐다.

명수   뭔데요. 말해 줘요.

애리   과외비가 밀렸거든? 첫 달만 나왔다고. 사실 내가 교통비 써 가면서 니네 집에 올 이유도 없 는 거야. 나는 지금 너한테 일종의 재능 기부를 하는 셈이라고. 그러니까 나한테서 서비스 마 인드까지 요구하지는 말아 줬으면 해.

X의 비극

명수	(얼어붙은)
애리	내가 지금 애한테 뭐 하는 짓이냐. 아이, 문제 나 풀어.

애리, 일어나서 휙 나가버리고 그대로 문제집
만 바라보는 명수.

명수	아, 쪽팔려!

갑자기 문제집을 확 던져버리고는 책상에 엎
드린다.
애리가 질색을 하면서 들어온다.

애리	야야야, 저 방에 이상한 사람이 있어!
명수	네? 아, 우리 아빤데요.
애리	아빠? 니네 아빠? 아빠가 어디 아파?
명수	아, 예, 좀.
애리	어디 아프신데? 큰 병?
명수	그냥 뭐, 누워 계세요.
애리	뭐? 무작정 그냥? 왜? 우울증? 염세주의? 명 상 요가?
명수	저기요. 아빠 얘긴 안 하고 싶은데요.
애리	아, 미안. 문제 풀어.

명수가 말없이 문제를 풀면 애리, 봐 주는 척하
면서 방금 얘기한 방 쪽으로 고개를 돌려 본다.

이유진

암전.

불이 들어오면 무대 반대편에 현서가 계속 누워 있다. 수염이 덥수룩하다.

현서 슬프다. 시간이 가는 게 슬프고, 추억이 사라지는 게 슬프고, 집 안에 먼지가 쌓이는 게 슬프고, 그 맑던 공기가 미세 먼지로 가득한 게 슬프고, 가게들이 문을 닫는 게 슬프고, 근로자들이 쫓겨나는 게 슬프고, 예술가들은 항상 주변을 맴도는 게 슬프고, 역병이 창궐해 사람들이 서로 경계하는 게 슬프고, 사람들이 애를 안 낳는 게 슬프고, 한편으론 애를 낳는 게 또 슬프다. 그중에서 가장 슬픈 것은 이 모든 것을 무력하게 지켜봐야만 하는 내가 아닐까. 아무리 비통한 눈물을 흘려도 이 눈물을 닦을 것은, (두 손을 들며) 눅눅한 채 떨고 있는 앙상한 손, 이 두 손밖에 없는데, 이 지경에 이른 것은 결국 내 자신 때문이란 것을 통감하니, 나는 그게 또 슬프고 슬퍼서….

애리가 독백 중에 들어와서 현서에게 불쑥 다가간다.

애리 안녕하세요. 아버님?
현서 (들었던 두 손을 떨구고) 누구시죠?

애리	제 이름은 윤애리라고 하는데요. 명수 수학 과 외 선생이에요! (꾸벅 인사한다)
현서	아. 누워 있어서 죄송합니다. 사정이 있어서요.
애리	아니, 아니에요. 전 괜찮아요.

애리, 계속 쭈뼛거리며 서 있다.

현서	무슨 하실 말씀이라도?
애리	저기, 아버님은 그러니까, 계속 누워 계신 건가 요?
현서	네.
애리	누워만 있음, 어때요?
현서	네?
애리	저, 그런 거 완전 궁금했거든요! 기분이 어떤 지?
현서	글쎄요. 선생님처럼 젊은 사람들에게 권장하 고 싶지는 않아요.
애리	저, 별로 안 젊어요. 스물넷이나 됐거든요! 참, 어느새 벌써!
현서	그러시군요.
애리	징그러워요. 스물넷이나 됐는데 학교 졸업도 못 하고 애들 과외나 하고 산다니깐요.
현서	저는 마흔넷인데 이렇게 드러누워 있습니다.
애리	어머! 아버님, 죄송해요! 그러려고 그런 게 아 닌데!
현서	(웃음기) 네.

이유진

애리   아, 어쩌지! (돌아서며) 안녕히 계세요!

애리, 후다닥 나가자 침묵 속에 생각을 더듬는 현서.

현서   귀엽다. 생명에 유일하게 미덕이란 게 있다면 그것은 귀여움이다. 귀여움은 자립할 수 없는 생명체가 타인의 자발적인 도움을 이끌어 내기 위해 발현한 특성. 그런 뻔한 목적을 알면서도 귀여움 자체에 경이감을 표시할 수밖에 없다. 삶을 긍정하게 하는 얼마 안 되는 힘이기 때문이다.
귀여움에도 여러 종류가 있다. 미풍에 흔들리는 촛불처럼 잠시 번뜩였다 사라지는 희미한 귀여움이 있는가 하면, 방금 전 스물네 살 여인처럼 인간의 생기를 불러일으키는 생생한 귀여움도 있다. (뜨끔) 뭐지? (잠시 꿈틀거리고) 일어나고 싶다고? (몸을 뒤척이지만) 그만! 저 여자가 귀여운 것과 내가 무슨 상관이라고. (생각) 추하다, 강현서! 처음 보는 여자. 그것도 20살은 더 어리고, 아들의 과외 선생인 여자에게 끌리기라도 했단 말인가! 반송장처럼 드러누워서는 그래도 남자라고 꿈틀거리는구나! 더럽고, 더럽고, 또 더럽다! 이 무슨 역겨운! 아, 차라리 태어나지 말았다면!
(부르르 떨다가, 생각) 평정심을 회복하자. 운

X의 비극

명을 떠올리자. 저토록 귀여운 여인도 곧 30이 되어 세상을 알게 된다. 그리고 40이 되어서 세상의 무게 때문에 질식하고, 50이 되어서 과격해지고, 60이 되어서 주름과 무표정 속에 세상을 비웃게 된다. 그러다가 70이 되면, 머리에 솥을 이고 홀연히 나타나….

영자가 쏙 들어온다. 두 손에 큰 솥을 들었다. 솥을 쾅, 바닥에 내려놓고는 국자로 탕국을 한 그릇 푼다. 김이 솔솔 난다.

영자 이게 원기를 되찾고 집 나간 정신을 돌아오게 하는 데 특효약이란다. (들이대며) 한술 뜨거라.

현서 싫어요.

영자 먹으래도! 어렵게 구한 거라고!

현서 어렵게 구하지 마시지 그러셨어요.

영자 (주머니에서 부적을 꺼내며) 그럼 이거라도 이불 밑에 깔아 두거라. 청송암 만월스님이 적어 주신 거야. (이불 밑으로 들이민다)

현서 (힘껏 막으면서) 그런 것 좀 하지 마세요! 그런데 쓸 돈 있으면 명수 용돈이나 주세요!

영자 (억지로 넣으려다가 갑자기 현서를 흔들고) 이놈아! 정신 좀 차려! 어쩌자고 방구석에서 헛소리나 지껄이는 게야! (주위를 둘러보고 낮게) 지금 명수 어미가 어쩌고 다니는지 아니?

이유진

글쎄, 남자가 있나 봐!

현서 (잠시 생각) 충분히 그럴 수 있지요.

영자 (멍한) 뭐?

현서 어쩌겠어요. 그 사람이라도 살길 찾아야죠.

영자 나무아미타불 관세음보살! 니놈이 마귀로구나. 내 배를 째고 태어난 마귀야. 그냥 어미가 이 자리에서 콱! 고꾸라져 죽었으면 좋겠니? 그러면 정신을 좀 차리겠니?

현서 그러면 저는 더더욱 낙담해서 더더욱 못 일어나겠지요.

영자 지금 보니 내가 너를 정말 괜히 낳은 것 같다만 다시 이 자궁으로 옮길 수는 없구나.

현서 그냥 저를 내버려 두세요!

영자 오냐. 그래, 내가 너를 영영 없는 사람 취급을 하련다. 네가 그러기를 원한다니 네 앞에서도 사라져 주마!

영자, 한숨을 내쉬며 나가고 명수가 들어온다. 화가 난 듯 씩씩거린다.

현서 명수야, 저거 좀 치워 줄래?

명수 됐어요. 아빠 말은 다 듣기 싫어요.

현서 왜 그러니?

명수 진작 반항했어야 해. 난 반항할 권리가 있어요. 난 아빠 자식이구요. 아빠는 내 의견도 안 묻고 마음대로 날 낳았어요. 그러면 아빠는 나를 부

X의 비극

	양할 의무가 있어요. 그렇죠?
현서	그렇다고 볼 수 있지.
명수	그러니깐요! 지금은 자본주의 세상이에요. 대학에 가고 취직을 하고 장가를 갈 때까지 엄청난 돈이 든다는 거 저도 알구요. 고등학교에서도 애들이랑 어울리려면 기본적으로 필요한 돈의 수준이란 게 있단 말입니다. 그런데 저는 못 해요. 아빠가 방구석에 드러누워만 있어서 말입니다. 과외비도 밀려서 쪽만 팔았고!
현서	과외비까지 밀려?
명수	아, 진짜! 수학 샘 이제 안 오면 어째요? 아, 열불 나! 아빠는 방구석에만 드러누워 있으면 안 된다고요. 자식들이 성인이 될 때까지는! 이건 사회 아니 자연, 우주의 법칙이란 말입니다!
현서	내가 지금 일어난다고 해 봤자 크게 다를 건 없을 거야.
명수	악! 짜증 나! 다 때려 부숴버리고 싶어! 내 인생 개망했어!

명수, 씩씩거리면서 솥을 발로 차려다가 그대로 들고 나간다.

| **현서** | 그것도 못 차고 두 손으로 들고 나가다니. 아! 우리 명수! 너처럼 선한 아이가 이 세상에서 버틸 수 있을까? 부디 너는 드러눕지 않고 살아남을 수 있는 세상이 되기를 기원하지만, 확신 |

이유진

은 없구나. 그래서 나는 또 슬픈 것이고, 그렇게 슬프고 슬퍼서, 또….

암전.

6. 우섭 집

우섭과 도희.

도희 아무래도 이혼을 해야 하지 않을까.

우섭 드디어 결심한 건가?

도희 명수 대학 입학 때까지는 참으려고 했는데 명수도 마음의 준비가 된 것 같더라. 그러니까 나도 용기가 나.

우섭 구체적으로 계획은 세웠고?

도희 구체적인 계획이라니?

우섭 이혼한다면 누가 어디서 살 건지부터.

도희 아파트는 현서 씨 명의야. 아직 대출금도 다 못 갚았네. 세상에, 이런 상황에 이혼을 한다면 더 복잡해지겠네.

우섭 그렇겠지.

도희 진짜! 대출금이라도 갚고 드러눕던가 할 것이지!

우섭 (슬그머니 일어나며) 슬슬 병원에 나가 봐야 하겠군.

도희	저기, 우섭 씨.
우섭	나중에 얘기하면 안 될까? 병원에 일이 생긴 것 같아서.
도희	일이야 항상 있지. 저기, 우리 좀 도와줄래?
우섭	이젠 대출금까지? 교육비만으로는 부족한가?
도희	그 교육비 딱 한 번 주고 말았잖아. 좀 빌려주면 안 돼?
우섭	갚을 자신은 있고?
도희	꼭 갚도록 노력할게.
우섭	노력이란 자기방어적인 단어지. 자신을 위로하고 변명하기 위한 단어. 결과야 어떻게 되든 말든 상관 않는.

사이

도희	알았어. 관둬. 내가 너무 무능하게 느껴진다.
우섭	도희 씨.
도희	그래. 이건 너무 아니다. 그치? (일어나며) 미안해요.
우섭	어쩌려고?
도희	신경 쓰지 마. 그동안 즐거웠어요. (나가려고 한다)
우섭	저기 그러지 말고 우리, 함께 커리어 플랜을 짜볼까?
도희	커리어 플랜?
우섭	앉아 봐. 도희 씨. 앉아서 차분히, 가장 냉철하

이유진

고 이성적이면서 합리적으로 미래를 설계해
보자고. 우리가 비록 잘못된 만남을 이어 왔지
만 이런 만남을 통해서라도 뭔가 생산적인 일
이 일어날 수 있다면 난 그걸 기적이라고 말하
고 싶어.

도희   기적씩이나! (도로 앉는다)

우섭   좋아. 자, 생각해 보자고. 언제까지나 이렇게
살 순 없잖아. 현서 저 녀석은 아마 3년 내로는
못 일어날 것 같아. 아무리 헤어진다고 해도 저
런 상태에서 도희 씨 같은 선량한 사람이 나 몰
라라 내뺄 수 있을까?

도희   (생각) 아니. 애 아빠잖아.

우섭   그래! 그러면 결국 도희 씨가 현서, 명수 그리
고 스스로의 생계까지 다 책임져야 할 거야.

도희   어머니도.

우섭   응? 어이구야, 우리 착한 도희 씨, 4명씩이나?
그럼 계속 이렇게 일반 음식점에서 알바를 하
는 건 무리가 있어. 진입이 쉽고 고용이 불안정
하기 때문에 언제든 내쳐질 수 있거든.

도희   맞아. 요즘 가게에 손님이 없어.

우섭   다들 포장과 배달만 하지. (번뜩) 아, 도희 씨
오토바이 탈 줄 아나?

도희   응? 나더러 배달을 하라고?

우섭   지금은 배달업 수요가 가장 높지 않은가?

도희   하루 만에 사고 날 거 같은데?

우섭   (훑어본 뒤) 하긴! 체격 조건상 택배업에도 무

X의 비극

리가 있겠군.

도희 동료들한테 짐만 될 거야.

우섭 아, 이거 참! 학원이나 공부방을 하기도 힘들고.

도희 언제 준비해서 할까? 투자할 돈도 없어.

우섭 아, 그러면 이건 되겠지. 어린이집은 어때?

도희 다 알아봤어. 보육교사 자격증을 따야 해. 1년은 잡아야지.

우섭 음. 그러면 그러면.

도희 마트나 콜센터는 이미 다 거쳤는데 불안하기는 지금보다 나을 게 없고 간병인은 요양보호사 수업을 지금부터 들어야 하고, 도우미 알바는 간간이 하고 있는데 별로 돈 안 돼. 불안정하고. 아! 관둬. 커리어 플랜은 무슨, 내가 갈 곳은 없어. 없다고! 난 이제 안 돼. 간간이 용돈 벌 알바 자리야 구하겠지. 하지만 나를 투자 자산으로 인식해 미래를 생각하면서 기회와 월급을 제공해 줄 그런 곳은 없어. 최소한 사무직 중에는 없어. 있다면 사전에 내 정보를 알릴 필요 없는 공무원밖에는 없겠지.

우섭 오, 공무원! 그래, 그거야. 도전을 해 봐!

도희 뭐? 공무원 시험을 준비하라고? 이 나이에?

우섭 어때? 요새는 중년들도 준비하지 않나.

도희 그래. 할 수 있어. 내 또래도 준비는 하지. 그런데, 명수가 고3인데? 애 아빠는 저렇게 드러누워 있는데? 애 교육이랑 가족 생계 내팽개치고

이유진

공무원 시험에 매달리라고? 노량진에서 몇 년 동안 파고든 젊은 친구들이랑 싸우라고?

우섭 당연하지! 인생은 어차피 경쟁의 파도를 넘는 코스 아닌가? 작은 파도를 넘었나 싶으면 더 큰 파도가 기다렸다는 듯 몰려오지. 거친 파도를 보면 아찔하지만, 도전에 대한 희열도 없지 않아. 공무원 공부도 그럴 거야. 파도라고 생각해. 수많은 기포를 안고 위협적으로 다가오지만, 결국 더 큰 나를 만들기 위해서는 이겨 내야 할 통과의례라고 생각해. 뭐 해? 이런 얘기를 듣고도 투지가 안 생기나? 하다못해 연필이라도 불끈 쥘 생각이 없는 건가? 어어, 안도희씨! (햄릿이 오필리아에게 하듯) 노량진으로가! 가서, 새로운 도희 씨로 태어나는 거야!

도희 염병!

우섭 아, 내가 너무 나갔나?

도희 가라고? 하라고? 지금 시작해서 합격을 한다면 최소 4년은 걸리겠네. 명수가 군대 갔다 제대할 때쯤 겨우겨우 붙겠네. 그게 무슨 의미가 있냐고!

우섭 음. 그렇긴 하군. 아, 이거 참, 도희 씨, 내 입으로 말하자니 민망하지만 나랑 사귈 시간에 온라인 강의 하나라도 듣는 게 좋았을 것 같네.

도희 그래. 참 한심하고 대책 없이 살았어. 그나마 이런 일회용 알바 자리도 경쟁이 치열해. 나, 참 비참하다. 하하! 주제에, 중산층으로 살겠다

X의 비극

고 용만 썼던 거지. 난 이제 희망이 없어. 현서 씨 말이 맞는 것도 있네. 왜 태어났지? 그냥 태어나지 말 걸 그랬어!

우섭 그런 하나 마나 한 말은….

도희 10대나 20대 때는, 나는 내가 학자가 될 줄 알았어. 시몬 보부아르 같은 유명한 학자는 못 되더라도, 몰리에르나 라신을 읽으면서 그 작품들이 끼치는 영향 같은 거나 연구하며 살 줄 알았어. 그게 아니면 시내 도심의 번듯한 사무실로 출퇴근해서 과장님 소리는 들을 줄 알았어. 제 구실은 하는 사람으로 살 줄 알았어.

최소한 이렇게 살 줄은 몰랐어. 매일매일 당장 내일 생활비 걱정하면서, 내연남한테 돈을 구걸해야 하는 이런 식으로는 도저히! 인간의 존엄성은 지키면서 남한테 민폐는 안 끼치고 살 줄 알았어. 그런데 지금 내 모습? 커리어만 망한 게 아냐. 나는 솔직히 결혼할 때 한 번쯤 불장난도 저지를 줄은 알았는데 불륜을 해도 이렇게는 안 할 줄 알았어. 좀 더 격정적이고 깊이 있게, 치열하게 고뇌하며 타오를 줄 알았지, 이렇게 지리멸렬하게 생활티 팍팍 내면서 할 줄은 몰랐어. 이건 정말 인생이 아닌 것 같아.

우섭 (헛기침) 음, 음!

도희 이게 내 현실이고 미래야. 어쩌면 우리의 미래. 나와 명수의 미래. 아니 어쩌면 우섭 씨의 미래도 아닐까?

이유진

우섭	내가 왜 들어가지?
도희	늙어 가는 건 마찬가지니까.
우섭	생물학적으로는 그렇겠지만….
도희	생물학적뿐 아니라 사회학적으로도 늙고 있어. 우섭 씨도 두렵지? 아닌 척하지만 두려워하고 있어. 늙는 것을. 늙게 돼서 소용이 없어질 것을. 난 두려워. 두려워 미치겠어. 이 사회의 무용지물이 될 거야. 사회는 그걸 귀신같이 알고 나를 벼랑으로 내몰겠지. 아! 내가 기댈 곳은 그나마 명수를 남겼다는 것 하난데, 그거라고 안심할 수 있을까?

도희 (갑자기) 정신 차려야 해! 나라도 정신 차려야 해! 그래야 우리 명수 지킬 수 있어. 지금 잘못되면 끝장이 나. 잘못되면 명수도, 우리 명수도 저렇게 될 거야. 자기 아빠처럼 저렇게 아무것도 하기 싫다면서 드러누워 버릴지도 몰라. 오, 세상에, 어머니! 어머니 심경을 알겠네. 정말로, 가슴이 미어터질 것만 같아! 우리 명수, 그 착한 명수가, 어느 날 문득, 드러누워서는 고개를 겨우 반쯤 돌리면서, 엄마, 엄마는 날 왜 낳았어요? 이렇게 물으면 난 뭐라고 대답하지? 이렇게 말할까? 니 아빠한테 물어보렴. 바로 옆에 누워 있잖니. 그러면서 나는 새벽녘에 쫓기는 듯 나오겠지. 노란 장삼을 입은 미얀마 스님들처럼 그날그날 일용할 양식을 구하러. 물론 나의 그런 행위는 위대한 종교적 신념 때문

X의 비극

이 아니라 그저 생존하기 위해서겠지. 그리고 내가 뛰쳐나온 집은 아파트도 빌라도 주택도 뭣도 아닌, 비바람을 겨우 가렸지만 어디선가 물방울이 똑똑 떨어지는, 집이라고 부르지만 집이라고 할 수 없는, 그런 어떤 모종의 공간이겠지.

우섭   아이구야!

도희   그렇게 된다면! 아! 안 돼! 내가 지금 이렇게 당신과 수다나 떨 때가 아니야. 당장 자격증 하나라도 더 따야 해! 고용센터에 찾아가서 온갖 자리를 다 알아봐야 해! 정 안 되면 정말 노량진이라도 가야지! 7급이건, 9급이건, 100급이건, 해 봐야지! 안 그러면 그렇게 돼! 그렇게 되고 말 거야! 그러니까 내가 정신 차려야 해! (일어나는데)

우섭   아! 잠깐, 잠깐만, 도희 씨!

도희   바빠!

우섭   있어 봐. 나 뭔가 떠올랐어.

도희   뭐?

우섭   현서는, 보험 든 것도 없나?

도희   (가만히 본다)

우섭   그게 도희 씨 가족의 희망이라면 희망이지 않을까.

사이

이유진

도희	참 끔찍하다.
우섭	사람들이 곧잘 하는 생각이잖아. 뉴스도 많이 나오고-.
도희	그만해. 난 범죄자가 아니야. 와, 바닥까지 떨어졌다고 생각했는데 아직도 추락할 지점은 더 남았네. 다행히 나는 그 지점까지 추락할 생각은 없어. 안녕. (나간다)
우섭	있다. 보험이 있다. 분명 흔들리는 눈빛이었다. 보험이 있다는 소리다. 무슨 보험일까? 자동차보험? 운전자보험? 아, 두 갠 끊었겠군. 화재보험? 생명보험? 아무튼 있긴 있다. 그것도 상당한 보상이 가능한 상품으로. 위기에 몰린 중산층 가족에게 보험 말고 무슨 희망이 있단 말인가? 로또는 희박하고 대박은 요원하다. 확실한 건 보험뿐. 그래서 그토록 많은 눈물과 욕망과 비극이 일어나는 거겠지. (하다가, 갑자기 놀란다) 헉! 이딴 얘기를 지껄이다니, 나 혹시 사이코패스? (잠시 생각한 뒤, 찡그리며 고개 흔들고) 현서야! 너를 철저히 대상화한 나를 용서해라. 하지만 그 빌미를 제공한 건 바로 너다. 1년을 방바닥에 누워 있는 걸 살아 있다고 할 수 있을까? 난 그게 죽는 것과 뭐가 그렇게 다른지 의문이 든다.

암전.

X의 비극

7. 현서 집

현서는 여전히 누워 있다.

애리가 들어온다. 익숙한 듯 현서 옆에 턱 앉는다.

현서도 익숙한 듯 고개를 돌려 애리를 바라본다.

애리   오늘 중간고사 봤는데요. 폭망했어요. 상대 평가거든요. 공부를 하면 뭐 하냐고요. 온갖 알바하느라고 시간이 없는데.

현서   무슨 또 다른 일이 있었나?

애리   시험 봤다고 했잖아요. 그거 말고 무슨 일요? 무슨 일이라도 생기면 다행이겠네요. 내 인생은 그냥, 365일 24시간 무한 반복이에요. 학교, 집, 알바, 과외, 집, 학교, 집, 알바, 과외!

현서   남친은 정말 없나?

애리   그딴 걸 왜 키워요? 돈 낭비예요.

현서   돈 낭비 아닌데. 젊을 때는 연애를….

애리   아저씨 꼰대구나?

현서   …하든가 말든가 네님 인생이지.

애리   맞아요.

현서   아무튼 애리에게 일이 생기면 좋겠네. 좋은 일.

애리   그럴 일은 없어요. 나는 망했어요. 이번 생은 처음부터 망했네요.

현서   벌써부터 그런 생각을.

이유진

애리 지긋지긋해요. 인간들이요. 그리고 그 인간들이 만들어 놓은 온갖 것들. 왜 인간은 자연 상태에서 생긴 대로 나뭇잎이나 갈대로 가릴 데만 가리고, 조개 캐고 열매나 따 먹고 살다 갔으면 될 걸, 굳이 어울리지도 않는 문명은 발전시켜서 복잡하게 사는 걸까요? 이런 문명 생활은, 극소수 엘리트 돌연변이들에게나 맞는 거라구요. 대다수 짐승 같은 인간들은 생각 자체를 하기 싫어하고 양심도 없어서 자기 몸뚱아리나 지 새끼들 좋은 대로만 한다니깐요. 인간들에게 문명은 허상이요, 허구요, 허영이에요.

현서 나도 비슷한 생각을 했었지.

애리 내가 이런 얘길 하면 꼭 한마디씩 해요. 그렇게 매사를 부정적으로 보면 안 된다네요. 내 마음에 미움이 가득하다네요. 그러면 자기들은 나를 사랑해요? 아니, 나 말고도 당장 주위에 있는 사람들 위해서 살아요? 아니잖아요. 다들 자기 몸뚱아리 위해서만 눈이 벌게져서 살잖아요. 그러면서 말로만 혐오를 혐오한다네요! 남을 혐오하는 건 누군데, 바로 이해하고 사랑하자고 외치는 그런 인간들 아닌가요? 사랑을 한다고? 웃겨! 사랑을 하는 척하는 거겠죠. 부드러운 말로 남을 살살 꼬드겨서 어떻게든 자기에게 유리한 쪽으로 이용해 먹으려고, 이해하는 척 배려하는 척 사랑하는 척, 그렇게 척만 하는 거겠죠. 결국 사랑하는 건 자기 자신뿐이

X의 비극

면서. 아니, 자기 자신이라도 제대로 사랑하는 걸까요? 자기라도 사랑하면 다행이게요. 그저 살아남기 위해서, 생존하기 위해서, 그렇게 쩌는 연기들을 하는 거라구요. 그러면서 남들에게 이해하며 살라고 하네요.

(갑자기 현서를 돌아보고) 그런 인간들보다는 차라리 아저씨가 나아요. 아저씨는 최소한 스스로와 세상에게 솔직하잖아요. 그런데 바깥에 있는 저 인간들은 남을 이용해 먹으려고 위선을 떠네요. 야! 이 연놈들아! 니들이나 잘해! 나한테 강요 말라고! 세상을 혐오할 자유를 달라고!

현서 애리 씨는, 이 세상에 사랑하는 건 없나? 아니, 좋아하는 거라도 있긴 있나? 꼭 남자 친구가 아니더라도, 친한 여자 친구나, 귀여운 강아지, 고양이나….

애리 아! 좋아하는 것도 있어요.

현서 뭐?

애리 공포와 죽음.

현서 공포와 죽음?

애리 그 두 가지만 나를 살아 있게, 짜릿하게 해요. 너무 사랑해요!

도희가 불쑥 들어온다.

도희 뭘 사랑한다고요?

애리	어머, 사모님.
도희	두 분이 뭔가 심오한 얘길 하시나 봐요. 제 마음 같아서는 거침없이 추락하는 명수 수학 얘기나 나누셨으면 좋겠는데.
애리	그 문제는 제 고민이기도 해요. 별도로 말씀드릴게요.
도희	그래요.
애리	이따 뵙겠습니다. (급히 나가려다가) 참, 사모님….
도희	아, 과외비! 오늘 오후에 꼭 부칠게요. 미안해요.
애리	꼭 부탁드릴게요. (휙 나간다)
현서	저기, 우리는 진짜 별말….
도희	있지, 나 지금 문득 미친 생각이 든다. 당신이 바람이라도 피웠으면 좋겠다고. 그랬다면 차라리 좋았겠다고. 하긴, 저런 아가씨가 뭐 하러….
현서	도희 씨.
도희	왜.
현서	당신 괜찮아?
도희	나는 명수 땜에 겨우 살아.
현서	당신 인생 자체로 행복하면 좋겠다. 어떤 방식을 써서라도 행복해졌으면 좋겠다. 또다시 젊어진 것 같은 착각을 즐기고, 구태의연한 관습이나 윤리에 구애받지 말고 당신의 행복을 개척하면 좋겠다.

X의 비극

도희	무슨 소리야? 당신, 나 의심하는 거지?
현서	나중에 얘기하자.
도희	남는 게 시간인데 뭘 그래? 지금 얘기해. 그래, 나, 우섭 씨 만나.
현서	역시 우섭이었어? 우섭이만은 아니길 바랐는데.
도희	내가 인간관계가 협소하잖아.
현서	둘이, 잠도 잤어?
도희	뭐. 응.
현서	…둘이, 사랑도 하는 거야?
도희	사랑? 글쎄. 사랑인지 나발인지 그딴 게 중요한가? 이제는 감정보다 행위와 물증이 중요한 나이 아닌가?
현서	이왕 사귈 거면 사랑한다고 하는 편이 더 낫겠는데.
도희	왜 이래? 나랑 이혼하고 싶어서 이러는 거야?
현서	그게 너를 행복하게 만든다면.

도희, 갑자기 현서에게 달려들어 억지로 일으킨다.

| 도희 | 일어나! 헛소리는 그만하고 일어나서 화를 내라고! |

결국 끙끙거리다 허탈한 채 손을 놓는 도희.

이유진

현서	이젠 못 일어나겠다. 이대로 쭉 누워서 죽어 가겠지.
도희	더 이상은 못 보겠어. 당신이 바닥에 누워 있는 꼴을 더는 못 견디겠어. 당신이 나를 보려면 일어나서 나랑 눈을 맞춰야 해. 내가 구박했다고, 바람 피웠다고, 소리 지르면서 삿대질을 해. 그렇다면 난 차라리 안심이겠어. 어쩌면 그때 당신을 사랑도 할 것 같아. 하지만 그렇게 바닥에 드러누워서 나를 그저 하염없이 올려다보는 당신은 이제 절대 안 볼 거야.

도희가 나갔다가 명수를 데리고 들어와서 보란 듯이 다시 나간다.
애리가 살그머니 나타난다.

애리	사모님, 집 나간 거죠? 명수까지 데리고 가던데! 이제 완전 혼자가 된 거네!
현서	그러네.
애리	아저씨, 이제 어떻게 해요?
현서	글쎄.
애리	아저씨의 인생 목표는 뭔가요? 그런 게 있나요?
현서	목표라.
애리	삶에 대한 의지는 있나요?
현서	글쎄.
애리	아저씨. 아저씨는 혹시, 자살을 생각해 본 적,

X의 비극

	없어요?
현서	있어.
애리	그죠?
현서	어렸을 때부터 쭉 생각해 왔어. 내가 죽게 되면 결국 자살로 죽지 않을까, 막연하게 생각해 왔어. 그런데 막상 어른이 되고 나이가 들자 자살에서 점점 멀어지게 됐네.
애리	왜요?
현서	글쎄. 굳이 죽으려고 안 해도 죽음에 가까워져서일까.
애리	사람이 죽으면, 어떻게 되는 걸까요?
현서	애리 씬 죽음에 관심이 많구나.
애리	멋지잖아요! 죽음 앞에 선 인간! 보통의 세속적이고 흐물흐물한 인간들과 달라요! 그런 사람들은 얼굴빛부터가 다를 거예요. 나이가 40, 50이 되어도 얼굴에서 빛이 나고 몸에서 신성한 에너지가 막 뿜어져 나올 것 같아요.
	만약에요, 아저씨가 자살을 하면 너무 신비롭게 그리워서 사랑에 빠질 것만 같아요. 네, 사랑이요! 그 정도는 돼야 사랑이라고 할 수 있지 않겠어요? 심심풀이로 만나서 농담 따먹고 사진 몇 번 찍고 밥 먹고 모텔 갔다가 헤어지는 그깟 게 무슨 사랑이래요? 그런 건 아무 쓸모없는 에피소드일 뿐이에요. 하지만 사람이 죽는다면 말이에요, 그것도 눈앞에서 콱 죽어버린다면요. 그 사람을 동경하고 그리워해서 평

이유진

생 사랑할 것 같아요. 곧 따라 죽을지도 모르죠. 하지만 아저씨가 자살 안 하고 계속 그대로 드러누워만 있겠다? 지금 이 상태로요. 그러면 어떻겠어요?

현서   그럼 그냥 뭐, 이렇게….

애리   아저씨는 배가 고파 뒹굴거나 욕창만 늘어 가다가 어느 순간 굶어 죽어버릴지도 몰라요. 아저씨 시체는 몇 달 동안 그대로 있다가 할머니 눈에나 띄겠죠. 나는 아저씨가 죽었는지조차 모르다가 아저씨 일이 포털 뉴스에 떠도 그게 아저씨인지도 모르겠죠. 아, 이건 정말, 너무 끔찍한 비극 아닐까요?

현서   (깊은 한숨) 하아!

애리   어떤 게 더 비극적이죠? 멋지게 죽는 것과 흐물흐물 터지는 것.

현서   어차피 난 이렇게 있다가 죽을 텐데 그걸 굳이 앞당겨야 하나?

애리   방금 제가 말했잖아요. 그 시간의 차이. 그 과정이 중요해요. 거기서 인간의 멋과 격이 결정되는 거예요.

현서   그렇게 자살에 관심 많고 궁금하면 왜 애리 씨가 하지 않지?

애리   시뮬레이션을 하면 좋잖아요. 한 번 정도는 남이 하는 걸 보고 하려구요. 그래야 더 잘 죽을 것 같아서요. 아저씨가 나보다 나이가 한참 많으니까 먼저 해 봐도 되잖아요. 그게 공정하잖

X의 비극

아요.

현서   (가만히 있는다)

애리   아니, 왜 망설이지? 망설일 게 뭐가 있지? 무슨 미련이 더 남았어요? 혹시 앞으로 뭔가 더 나아질 거라고 기대 같은 거 하는 건 아니죠? 아저씨한테 무슨 희망이 있죠? 아저씨가 장래 희망이 있어 봤자 어쩔 거예요? 아저씨는 곧 노인이 되겠죠. 길 가다가 갑자기 멈춰 서서 캬아아악, 퉤에엣! 더러운 타액을 날리기도 하는! 아저씨는 아직은 젊은 노인이지만 곧 그런 하드코어 노인네가 될 거예요. 그러면 답도 없어요. 지금이 그나마 고빈데요. 이 시간이 지나면 아저씨는 절대로 안 죽을 거예요. 말로는 죽어야지 하면서 꾸역꾸역 살아가겠죠. 희망 없이, 기대 없이, 스릴 없이, 기쁨 없이, 그렇게 덩그러니 골방에 자리만 차지하고 누워서는 수동적으로 죽어 가겠죠. 이것이 인생이라고, 들을 사람은 아무도 없으니 벽에 대고 말하면서, 언제 죽었는지조차 모르는 새 눈을 감고 일어나지 않겠죠. (한숨) 아, 난 정말이지 아저씨가 이런 인생을 살지 않았으면 좋겠어요. 두렵지 않아요? 그렇게 살아갈 미래가?

현서   두렵다기보다는 슬프고 비참하긴 한데….

애리   (부드럽게) 어쩌면 아무것도 아닐지도 몰라요. 정말 쉬운 일일지도 몰라요. 그냥, 잠의 연장일지도 모르죠. 불면증 치료도 돈 들여 가면서 한

이유진

다는데, 그냥 무료로 안 깨어나는 거예요. 이 더러운 세상을 다신 볼 필요도 없이. 어때요?

현서 아니, 아직 모르겠어.

애리 그럼 이렇게 해요. 일단 제가 필요한 거 준비할 게요.

현서 뭐? 자살 도구?

애리 시도라도 해 봐요. 아무것도 안 하는 것보다는 해 보고 실패하는 게 낫잖아요.

현서 그게 자살에도 통용이 되는 건가?

애리 다르지 않아요! 일단 제가 가져온 걸 보시고요, 그리고 결정하세요. 제가 모아 온 것도 있고, 구글링해서 제일 쉽고 고통 없이 갈 수 있는 방법을 알아볼게요. (주머니에서 빵을 꺼내 현서 옆에 두고) 아, 이게 있었네? 드세요.

애리, 후다닥 나간다.

현서 이것이 마지막 만찬인가.

현서, 한숨을 내쉬면서 주위를 둘러보는데 우섭 이 술병과 잔을 들고 들어와 현서 옆에 앉는다.

우섭 한잔할래?

현서 못 마실 것 같은데.

우섭 이젠 고개도 못 드나?

현서 굳이 고개 들 필요를 못 느끼나 보지.

X의 비극

우섭	현서야. 우리 좀 취하자. 부탁이다.

우섭, 티슈를 꺼내서 술을 흘린다.
그러고는 그 티슈를 현서 입에 대면, 흡입하는
현서.

현서	이게 뭐라고 취하는 것 같네.
우섭	오랜만이지?
현서	그러게. 좋네. 그래, 이 정도는 돼야 최후의 만찬이지.
우섭	최후의 만찬?
현서	그런 게 있어.
우섭	현서, 너 설마….
현서	도희, 너한테 갔니?
우섭	아니 (하다가) 잠깐만. (휴대폰 확인 후) 우리 집에 온 것 같네.
현서	명수도?
우섭	아마도.
현서	미안.
우섭	휴!
현서	네가, 감당할 수 있겠니?
우섭	모르겠다. 집이 넓지도 않고.
현서	그래도 너는 대출은 다 갚았잖냐.
우섭	그래도 셋이 살기에는 집이 좁다.
현서	서로 사랑한다면 무슨 상관이겠냐.
우섭	전혀 사랑을 안 하니까 좁은 거지.

이유진

현서	내가 너에게 화를 내야 할지, 미안해해야 할지 모르겠다.
우섭	둘 다 부담스럽다. 하지 마.
현서	우섭아. 난 참 헛살았다. 최소한 너 정도의 지혜도 인내심도 없어. 그런 주제에 잡생각만 많았지. 한마디로 최악이었다.
우섭	워, 워. 그런 말을 해서 무슨 소용이냐.

우섭, 술을 한 잔 마신 뒤 현서에게 다시 술을 흡입시킨다.

현서	우리도 10대, 20대인 적이 있었는데. 이 나이가 되도록 나아진 건 없고 난 오히려 퇴보했네. 방구석이 인생 종착역이라니.
우섭	현서야, 적당히 하자. 적당히. 응?
현서	일어날 수가 없다. 바닥에 몸이 붙어버린 것 같다. 뿌리를 내린 건지도 모르겠다. 난 이제 식물이 돼 가고 있어. 식물인간. 나는 산송장이랑 다를 게 없다. 만약에 삶과 죽음을 가늠하는 저울이 있다면, 내 삶은 죽음보다 훨씬 더 가벼워졌을 거다. 죽음? 아니, 풀잎보다 더 가벼워졌겠지. 그렇게 사십 년 인생은 말라서 쪼그라들어 있겠지.

갑자기 쿡, 코를 훔치는 우섭.

X의 비극

우섭　너를 보니, 내 모습을 보는 것 같다.

현서　그러지 마. 너는 나와는 과거부터 미래까지 철저하게 다르니까.

우섭　뭐가 그리 크게 다를까. 같이 늙어 가는데. 아, 어쩌다 이렇게 됐지? 현서야, 우리 언제 이렇게 늙었니? 왜 이렇게 늙었니?

현서　우리도 한때는 청년이었지. 희망이란 걸 품어 봤던 청년. 하지만 난 이제 삶과 죽음의 경계가 희미한 중년이 되었어. 우섭아, 친구야, 나는 내가 세상에 존재해야 할 무슨 의미가 있는지 모르겠다. 내가 계속 존재하는 게 좋을까? 우섭아, 넌 냉철하니까 내가 존재해야 하는 이유를 한 가지라도 알려 줄 수 있어?

　　　사이

우섭　으음.

현서　한 가지만, 딱 한 가지만이라도!

우섭　어쨌거나 생명은 소중한 거 아니겠냐.

현서　그것뿐이야? 그런 원론적인 이유밖에는 없는 거야?

우섭　미안하다. 내가 인문학적 소양과 성찰이 부족하다.

현서　역시, 내가 죽는 게 낫겠구나. 내가 죽으면 도희와 명수에게 그나마 안락한 생활이 가능할지도 몰라. (생각) 그래, 맞아. 나한테 보험이

이유진

있어. 내가 죽으면 보험금이 나오겠지?

우섭   (뜨끔) 응? 아, 음.

현서   어떻게 생각해?

우섭   뭘 말이야.

현서   이렇게 연명하느니 죽어서 보험금이라도 남기는 게.

우섭   그런 건 사람을 앞에 두고 묻는 게 아니야.

현서   솔직하게 말해 줘. 차디차고 냉철하게, 이성적으로만 판단한다면 말이야. 니가 봐도 역시 그 편이 낫겠지?

우섭   너희 가족은 왜 자꾸 나를 냉혈한으로만 모는 거야! 결국 나한테 의지할 거면서 왜 나한테만 악역을 맡겨!

현서   아, 그래, 너한테 면목이 없다.

우섭   그러니까 일어나! 미안하면 일어나! 부끄러우면 일어나라고! 니가 드러누워서 이 사달이 난 거잖아!

현서   아니야. 역시 모두를 위해서는 그 편이 낫겠어.

우섭   그딴 생각은 하지 말라고!

현서   하지만 어머니, 어머니가 걸린다. 우섭아, 혹시 내가 떠나면 우리 어머니 좋은 요양원에 보내드릴 수 있어?

우섭   너 지금 자꾸 떠나는 걸 기정사실화하는데….

현서   미래는 모르는 거니까….

우섭   어머니를 생각한다면 일어나자. 나도 네가 죽는 것의 이득은 알아. 솔직히 말하면 그래, 나

X의 비극

도 그런 생각을 아주 잠깐 해 봤어. 보험 말이야. 안 할 수가 없잖아? 너도 나도 비정한 시대를 살아가는 사회인이니까. 하지만 너를 이렇게 눈앞에서 보니 잠시나마 그딴 걸 계산했던 내 자신이 저주스럽다. 현서야 일어나! 네가 떠나면 나, 도희와 명수 절대 책임지지 않는다. 바로 집에서 쫓아낸다. 어머니? 요양원은 둘째 치고 어머니가 화병에 쓰러지셔도 장례식에도 안 갈 거야. 왜냐하면 내 친구 너는 거기 없을 테니까. 현서야, 제발 일어나자. 현서야!

우섭이 현서에게 다가가서는 조심스럽게 현서를 일으킨다.
현서, 일어날 듯하다 중력에 끌리는 것처럼 결국 꽈당 하고 바닥에 쓰러진다.
우섭, 머리를 절레절레 저으면서 나간다.

8. 산속 절간

안영자가 두 손 모아 불공을 드린다.

영자 이제는 정신 차릴 거예요. 이제는요. 현서가 자는 틈에 부적을 몰래 담요 밑에 깔아 주고 왔고, 새벽마다 불공을 드렸으니까 앞으로는 온갖 액운이 다 물러가고, 그놈도 벌떡 일어날 거

이유진

예요. 아주 그냥 보란 듯이 일어나서, 다시 회사로 가서 상무, 전무, 사장까지 다 달고, 아파트 대출금 다 갚고, 집 몇 채 더 사서 세도 주고, 명수 유학도 보내 주고, 도희한테 가방도 좋은 걸로 사 주고, 나 효도 관광도 시켜 주고, 그렇게 잘살 거예요. 암요! 그 부적이 보통 부적이 아니거든요. 그래서 내가, 이 내가, (허리를 퉁퉁! 치고) 아이고 허리야!

우섭이 숨을 몰아쉬며 나타난다.

우섭 어머니!

영자 으잉? 누구야?

우섭 저요, 우섭입니다! 우섭이요! 아시죠?

영자 알지! 우섭이를 왜 몰라? 현서랑 어릴 때부터 단짝 친구였잖니. 지금 현서한테 남은 친구가 얼마나 된다고. 친구라고는 우섭이 너랑, 도희 뿐이구나. 아, 도희도 친구인가? 음, 뭐, 친구라고 넣지 뭐!

우섭 어머니, 사시던 집은 어쩌시고, 한데 계세요?

영자 집? 무슨 집?

우섭 어머니 집이요!

영자 아, 그 집!

우섭 주소 찾아갔는데, 딴 사람이 산다던데?

영자 그 집은, (낮게) 현서가 깔고 누웠거든.

우섭 네? 그게 무슨 말씀이세요?

X의 비극

영자	현서 밑에 있다니까. 담요 밑에. 부적이 있는데, 그게 아주 용한 부적이래.
우섭	어머니! 혹시 보증금 빼서 부적 사셨어요?
영자	우리 현서, 이제 그 부적 때문에 일어날 거야. 나야 뭐, 여기서 계속 불공 드리면 되니까….
우섭	(잠시 멍하니 있다가) 아니, 아무튼 그렇구요. 여기 난방도 잘 안되는데. 현서네라도 계세요. 제가 모시고….
영자	안 돼! 그놈의 자식 안 본다고 했다!
우섭	어머니!
영자	그놈 일어나기 전엔 절대 안 간다. 그렇지만 우섭아, 걱정 말거라. 우리 현서, 얼른 일어날 거야. 그래서 못 했던 효도를 모아서 할 거야! 저기 저, 만월스님이 직접 써 주신 거거든?
우섭	만월스님? 그분이 그러라고 했어요? 여기 있어요?
영자	아니, 왜?
우섭	한 번 물어나 보려고요. 가족도 친구도 못 일으킨 놈을 무슨 수로 일으키냐고. 그분 어디 있어요? (두리번거리면)
영자	안 돼! 뗙! 부정 타! 가만있어!
우섭	아이, 어머니, 그런 걸 무럭대고 하시면 어떡해요!
영자	(버럭) 현서가 일어날 거라니까! 내 새끼가 일어날 거라고! (하다가, 쿨럭쿨럭 기침)
우섭	괜찮으세요? (다가가 살피면)

이유진

영자 (기침 멈추며) 응, 괜찮아. 괜찮아. (웃음) 허허 허! 나는 괜찮지, 암. 그리고 우리 현서도 괜찮 아질 거야. 우리 전부 다아.

우섭 아, 참 나! 현서 이 새끼 진짜!

영자 우섭아! 현서한테 너무 그러지 마라. 애가 좀 약하잖니. 현서는 우섭이처럼 야무지질 못해 요. 옛날부터 그랬잖아. 우섭이는 건강하고 밝 은데, 현서는 비실비실하니 뚱해 가지고! 아이 고! 그러고 보니까 둘이 솜털이 보송보송할 때 만났었어. 니들이 만날 때 내 나이가 지금 우섭 이 니 나이였겠네!

아이고 우리 우섭이, 그래도 여기까지 다 와 주 고. 참 고맙구나! 하기사 현서랑 네가 얼마나 친했니? 얼마나 좋은 시절을 함께했니? 너희 들도 좋았지? 그때는 좋았지? 아니, 현서 저 녀 석, 자기도 좋은 시절 가져 보고는 괜히 왜 저 러는 거니? 뭐가 그렇게 불만인 거야! 사람 사 는 게 다 그렇지 뭐가 또 그렇게! 아이고, 우리 현서도 우섭이 너처럼 야무지고 똑 부러지게 잘 살면, 얼마나 좋겠니!

우섭 저도 그렇게 잘 사는 건 아니에요. 어머니.

영자 아니야. 그래도 우섭이 너는, 방구석에 드러누 워서는, 눈 똑바로 치켜뜨고, 날 왜 낳았어요? 이러지는 않잖니. 또 이렇게 두 발로 걸으면서 산에도 오고 하잖니. 그럼 된 거야. 다 된 거야. 아이고, 우리 현서가 제발 제발 일어나서, 직장

X의 비극

도 뭣도 없어도 되니까, 나 관광 안 보내 줘도 되니까, 제발 나랑 같이 두 발로 이렇게 산에라도 오를 수 있으면, 산 공기가 얼마나 좋니? 그래, 이렇게 둘이서 있으면, 나는, 여한이 없겠는데. 그러면 된 거 아니니? 응? 그 정도도 바라면 안 되는 거니? 내가 욕심쟁이니?

우섭   아니에요. 어머니. 하나도 아니에요.

영자   우리 현서, 곧 일어나겠지?

우섭   예, 그럴 거예요. 그래야죠.

영자   그렇다니까! 그 부적이 아주 그냥 보통 부적이 아니야.

우섭   예, 뭐, 그러면 좋겠네요.

암전.

9. 우섭 집

명수와 애리가 문제집을 앞에 두고 나란히 앉았다.

애리   너의 수학 실력은 개선될 기미가 없구나.

명수   (한숨)

애리   내가 알고 있는 비법을 다 알려 줄게. 이해를 못 해도 기계적으로 적용만 하면 풀리는 게 있어. (작은 노트를 건네며) 자.

이유진

명수	(의외다. 받으며) 어.
애리	죽자고 외우면 대학은 갈 수 있을 거야. 풋, 대학! 난감한 문제야. 돈 낭비라는 걸 알면서도 가지 않을 수 없는 곳. 이렇게 우린 노예 상태에 있어. 그것도 자발적으로. 자발적 노예인 셈이지. 따지고 보면 같은 노예라도 더 치욕적인 건 자발적 노예야. 운명은 어쩔 수 없다고 해도 자발적 노예는 스스로의 무지와 무능을 입증한 거니까.
명수	어휴! (찡그리면서 탁! 가방에 노트 넣고)
애리	고맙다고도 안 하니?
명수	하실 일 하는 거 아녜요? 또 과외비 밀렸어요?
애리	아니.
명수	됐네요. 그럼.

사이

애리	(둘러보다가) 여기, 니네 아빠 친구 집이랬지?
명수	에이씨!
애리	비싼 동넨데. 성공하셨나 봐.
명수	몰라요.
애리	명수야. 너 나한테 싫은 거 있지?
명수	(작게) 없어요.
애리	있잖아. 나 찝찝한 거 싫어. 말해.
명수	아씨, 샘, 우리 아빠랑 동거해요?
애리	뭐?

X의 비극

명수	아님 말구요.

사이

애리	그런 식으로밖에 표현을 못 해?
명수	그럼 뭐라고 해요?
애리	난 니 아빠랑 그렇고 그런 사이가 아니야. 아, 끔찍해. 소름 돋아. 남들이 그런 식으로 색안경을 끼고 볼 수밖에 없다는 게 역겨워. 아, 내가 너한테 뭐라고 하는 게 아냐. 너도 오염이 돼서 그런 거야. 너도 일종의 피해자야. 네가 자라면서 접한 세상이 얼마나 흉측하게 일그러졌으면, 너 같은 청소년이 나 같은 사람에 대해서도 더러운 오해를 하겠니? 나는, 정말이지 인간들의 편협한 시각과 상상력 부족에 치가 떨려.
명수	말을 왜 그렇게 둘러서 해요? 찔려요?
애리	명수야! 나 더 이상 화나게 하지 마. 나는 그런 더러운 상상을 받아야 할 잘못을 저지르지 않았어. 네 아버지의 생활 방식이 다른 사람들과 달라서 인상적이었고 우리는 그것에 관해서 많은 얘기를 나눴어. 어떻게 살고 죽어야 하는지가 그 내용이야.
명수	그걸 왜 우리 아빠랑 하냐구요! 친구 없어요?
애리	친구? 하필 나와 비슷한 시공간에 떨어져서 같은 공기를 마신다고 함께 시간을 때우는 그런 존재들?

이유진

명수	됐어요. 차라리 아빠랑 얘기하는 게 낫겠네. 샘은 진짜 왜 그래요? 남한테 뭐라고 쏴붙이지만 말고 다른 누나들처럼, 막 놀면서 막 살아요, 좀!
애리	막 살아? 절대로. 난 막 사는 걸 혐오해. 인생에 집착해서가 아니야. 그런 식으로 살기엔 내 의지가 너무 고결해. 세상에 절대적인 건 없다고 하지? 아냐. 있어. 때가 끼면 안 닦니? 먼지가 내려앉으면 안 닦니? 먼지나 때는 더럽기 때문에 치워야 하는 거야. 사람도 마찬가지야. 사람이 함부로 살면 그건 다 자기가 씻어 내야 할 죄가 되는 거지. 어느 정도는 쓸고 닦고 할 수 있어. 그런데 막 살면서 세상의 온갖 때와 먼지와 오물을 뒤집어쓰면서도 제때제때 못 치우면, 또 너무 심하게 더럽게 뒤집어쓰고 살면, 그냥 살아 움직이는 거대한 오물덩어리가 되는 거야. 그때는 스스로를 소멸시키는 것 이외에는 방법이 없어.
명수	(차분하게) 샘.
애리	왜?
명수	좋은데요. 다 좋은데요. 이런 생각은 안 하세요? 샘 지금 앞에 두고 말하는 사람이 10대 청소년이거든요.
애리	아.
명수	샘 말이 옳을 수도 있는데요, 근데요, 기분이, 참, 좀, 그렇네요.

X의 비극

애리 (의기소침) 그래. 그럴 수도 있겠다.

도희가 들어오면 애리, 후다닥 나간다.

도희 (애리 보고) 인사도 안 해! (명수에게) 아들, 여러모로 공부가 안 되겠지만 조금만 참아.

명수 저, 학교 관둘래요.

도희 뭐!

명수 이 상황에 공부가 문제예요?

도희 문제 맞아. 조금만 기다려. 엄마가 너는 어떻게든 고시원이라도….

명수 됐어요. (일어나며) 알바할래요. 오늘 면접 오래요.

도희 명수야! 너, 고3이잖아!

명수 고3은 밥 안 먹어요? 집 없어도 돼요?

도희 엄마가, 엄마가 정말 미안하다. (울먹이며 고개를 숙인다)

명수 엄마? (도희를 보며) 울, 어요?

도희 (코 찡긋하며) 아냐.

명수 엄마 잘못 아닌 거 알아요.

도희 응? 아, 그러니? (하다가) 그렇다고 아빠 너무 원망하지 마.

명수 아빠도 원망 안 해요. 인생이 그런 거 아니겠어요?

도희 뭐? (퍼뜩) 수학 샘이지? 정말 못쓰겠네! 애한테 무슨 얘길 한 거야!

이유진

명수	샘 잘못 아니에요. 비법 노트도 주고 갔어요.
도희	아, 그래?
명수	그런데요, 엄마. 지금 나한테 중요한 건 무슨 대학을 가느냐가 아닌 거 같아요.
도희	아냐. 그건 중요해.
명수	내가 대학교에 간다고 해 봐요. 나는 전념 못할 거니까, 장학금은 못 받을 거고 온갖 알바를 찾아다니겠죠. 20대 남자니까 알바 자리는 많을 거예요. 최저시급 9천 원에 턱걸이한 알바 자리들이 나를 향해 웃겠죠. 나는 미친 듯이 알바하고 학점은 낮을 거고 친구도 못 사귀고 연애도 못 하고 얼마 뒤 군대에 끌려가겠죠. 복학해서는 알바를 더 많이 하고 살다가 대학교를 졸업하겠죠. 이게 행복인가요?
도희	(멍하니 듣다가) 그딴 생각은 졸업이나 하고 해!
명수	이렇게 사는 게 맞는 거예요? 졸업하고 취직하면 괜찮아져요? 회사 생활하면 다 된 건가요?

우섭이 들어온다. 얼굴이 창백하다.

우섭	명수, 안녕?
명수	(가만히 있는다)
우섭	인사는 됐고. 나 좀, 누워야 할 것 같아.
도희	(경기) 뭐? 우섭 씨도 드러눕는다고?
우섭	일시적일 거야. 갑자기 한기가 돌고 감각이 무

X의 비극

여졌어.

도희　왜? 어디 갔다 왔는데?

우섭　현서가 하도 우는소리를 하길래, 어머님을 요
　　　양원에 모셔다 드리고 왔는데….

명수　할머니! (뛰어나간다)

도희　요양원! 우리한테 말도 없이!

우섭　어르신이 시름시름 하시면서 절간에 계신 거
　　　야. 만월스님인지 뭔지 하는 인간한테 전세 보
　　　증금을 바치셨더라고.

도희　뭐!

우섭　그 만월스님은 스님도 아니래. 혼자서 머리 깎
　　　고 스님인 척하는 일반인. 암자로 가 봤더니
　　　택배박스만 남기고 사라졌더군.

도희　세상에! 그래서, 어머니는?

우섭　현서 집에도 못 간다고 하시고, 여기로 모실
　　　수도 없고. 그래서 경치 좋은 곳에 모셔다 드
　　　리고 그 요양원 식당이 괜찮다길래 식사도 한
　　　끼 하고, 휴게소에서 차도 마셨는데 그 뒤로
　　　좋지 않아.

도희　운전을 오래해서 피곤한가 보지.

우섭　그런 거겠지?

도희　그래요. 수고했어요. 다음부터 어머닌 내가 챙
　　　길게.

우섭　몸이 추워. 열도 나고. (불쑥) 큰 병이면 어쩌
　　　지?

도희　감긴가 보지.

　　　　　이유진

우섭	아니야. 예사롭지 않아. (잠시 생각) 도희 씨. 여러 일이 닥치다 보니 내가 생각이 많아진다. 나 같은 사람은 생각을 너무 많이 해 봤자 안 좋을 수 있다고 도희 씨가 말했었지.
도희	내가 그랬나?
우섭	집으로 오면서 생각을 했지. 길게, 아주 오래. 집까지 오는 거리가 머니까, 달리 할 게 없었어. 그렇다고 운전을 대충 했다는 건 아니야. 안전 운전 했어. 아무튼 간만에 아주 깊게 생각 했는데, 내가 무슨 생각했는지 알아?
도희	나야 모르지.
우섭	내가 쥐고 있던 많은 것들이 의미가 없다는 걸 깨달았어.
도희	저런.
우섭	나는 부질없는 것들에 연연해 왔어. 만들 땐 개고생하며 만들어야 하지만 한순간 삐끗해버 리면 다 날려버릴 그런 것들에만 집착했지. 그 런데 아니 젠장, 솔루션이 없는 거야. 참 허망 했지.
도희	그럴 수 있겠네.
우섭	그나저나, 명수 교육은 잘되고 있는가?
도희	개선 중이야.
우섭	명수! 아내랑 이혼할 때 나는, 애가 없어서 일이 훨씬 수월해졌다고, 애를 낳지 않은 건 신의 한 수라고 여겼지. 하지만 내가 근시안적이었어. 차세대 양육이 그나마 부질없는 게 아닐 텐데.

X의 비극

도희	의미는 깊지만 부담도 깊어.
우섭	어려운 상황에도 가정을 지키려는 도희 씨, 대견해. 그러면서도, 우리는 참 나쁜 어른이고. (갑자기 묵념) 잠시, 속죄 타임.
도희	오늘 참 말이 많네. 아! 나도 뭔가 생각했는데, 들어봐. 소득은 근로소득만 있는 게 아니야. 내 상황에 근로소득에만 연연하기보다는 금융 공부를 시작했어. 지금 반찬값 정도는 벌어 봤어. 쉬운 건 아니겠지만 그래도 연구는 해 봐야지.
우섭	역시, 도희 씨는 야무지단 말야.
도희	일단은, 뭐라도 어떻게든 다 고민해 봐야지.
우섭	도희 씨. (아무렇지 않게) 혹시, 내가 만약 불의의 사고로 잘못되면 이 아파트, 도희 씨가 가질래?
도희	(놀란) 뭐? (피식) 농담이 너무 과한데. 나 설렜잖아.
우섭	이야, 내가 드디어 도희 씨를 설레게 했나? 지리멸렬하고 생활티만 팍팍 나게 하다가?
도희	역시 농담이었군!
우섭	아냐. 농담이라고만 할 수 없는 게. (기침 한 번) 그러니까, 나의 이 아파트나 자산이나 이것저것 등이 안타깝게도 그 부질없는 카테고리에 속하더란 말이지. 그런데 부질없는 와중에도, 누군가에게 그것이 소중히 쓰인다면 덧없고 부질없음이 다소 만회되지 않을까 하는 생각이 오늘 운전대를 잡은 내 머릿속을 스쳐 지

이유진

나쳤어.

도희 지금 우섭 씨, 좀 이상해.

우섭 그러게. 내가 왜 이러지? 몸이 아프니까 이성
회로가 작동이 잘 안 되는 건가? 내가 지금 헛
소리를 하는 건지도 모르지. 그런데 과연 이게
헛소리인 걸까? 오히려 지금의 내가 가장 명철
하고, 과거의 나야말로 헛소리만 던지며 산 게
아닐까? 지금의 나는 내가 아닌 것 같아. 하지
만 나쁘지 않아. 뭔가가 더 좋아지는 그런 느낌
이야! 몸은 아픈데 마음은 정화된다고나 할까?
뭐지? 내 가슴속에 차오르는 이 충만감은? 뭔
가 성스러운 존재가 된 듯한 느낌? 내 뒤로 따
스한 빛이 내리쬐는 것 같아. 성령을 받는다는
게 이런 걸까? 법열이 이런 건가?

도희 그냥 자요. 한숨 자고 일어나면, 또 달라져 있
을 거야.

우섭 그럴지도 모르지. 그런데 도희 씨, 잠들기 전
마지막으로, 내가 방금 뭔가에 씌어서 헛소리
를 했다고 해도 반쯤은 진심이야.

도희 절반의 진심, 고맙네요. 아무튼, 잘될 거야. 모
두 다 잘될 거야.

도희, 우섭에게 이불을 덮어주고는 이마에 살
짝 키스하면서, 암전.

X의 비극

10. 현서 집

현서, 계속 누워 있고 옆에 전화기가 있다.

현서   그래, 역시 그게 최선이야!

힘겹게 손을 뻗어서 수화기를 들면 뚜뚜 울리
는 신호음.
현서, 희미하게 미소를 지으며 간신히 114를 누
른다.

현서   강한생명보험사 부탁드립니다. (듣고) 감사합
니다.

현서, 숫자를 중얼중얼 떠올리면서 가까스로
번호를 누른다.
명랑한 음악이 들리면서.

멘트(E)   사랑합니다, 고객님. 여러분의 강한 인생을 기
원하는 강한생명보험입니다. 신속한 상담을
위해서 고객님의 핸드폰 번호나 주민등록번호
를 눌러 주시고 우물 정자를 눌러 주세요.

현서   (힘겹게 누르고)

멘트(E)   네! 감사합니다. 고객님, 상담을 원하시면 0
번….

현서   (꾹 누르고)

이유진

멘트(E)	네! 상담원들이 열심히 상담 중이니 잠시만 기다려 주세요.

현서, 기다리는데 계속 음악만 흐르다가.

멘트(E)	고객님! 죄송합니다만 모든 전화가 상담 중이어서 시간이 오래 걸릴 것 같습니다.
현서	그럼 계속 기다려….
멘트(E)	다시 걸어 주세요! (뚝 끊긴다)

현서, 갈등을 느끼지만 다시 꾹꾹꾹꾹 누른다.
힘들다.
또다시 음악이 흐르고.

멘트(E)	사랑합니다, 고객님. 여러분의 강한 인생을 기원하는….
현서	(주민등록번호를 누르면서) 하아!
멘트(E)	네! 감사합니다!
현서	에이, 씨발! (꾹! 누르면)

전화가 갑자기 연결된다. 현서, 긴장한다.
다음은 통화하는 현서.

현서	여보세요? (듣고) 아, 드디어! 연결이 됐군요! 아하하. 얼마 만에 통화를. (듣고) 아, 그러니까 궁금한 게 있어서 연락드렸습니다. 제가, 여

X의 비극

기 가입돼 있는데, 약관을 볼 수가 없어서 질문
드리는데요, 혹시, 만약에, 음, 자살을 하게 되
면, 음, 그 때는 어떻게, 그러니까, 가족들에게
보험금이 지급이 되는, 것이겠지요? (듣고) 네.
네. (듣고) 아, 네. 알겠습니다.

사이

현서   이 양반이 또 어딜 가서- (듣고) 아, 네, 저 여
기 있습니다. (듣고) 네? 못 받아요? 가족이, 보
험금을, 못 받는다는 말입니까? 아니, 왜요. 자
살도 나온다고 알았는데. (듣고) 네. 네? (듣고)
아, 오래전 가입한 상품. 아니, 너무한 거 아닙
니까? 그러면 가족이 너무 불쌍하지 않습니
까? 금전적 위로조차 받을 수 없다니요! (듣고)
아니, 선생님한테 뭐라는 게 아닙니다. 하지만,
(울컥) 아니, 젠장! 이 전화도 얼마나 어렵게 몇
번을 걸어서, 연결도 더럽게 안 돼서, 힘들어
죽겠는데, 계속 이상한 노래까지 들으면서 겨
우겨우 했는데! (듣고) 아뇨, 선생님 탓은 아닙
니다만, 예, 아무튼, 그러면 최소한 보험금이라
도 받을 수 있는 거 아닙니까? 아니 오죽하면,
사람이 오죽하면, 그런 걸 묻겠습니까!
당신들 대체 왜 그러는 겁니까! 어쩌면 이렇
게 끝까지, 끝까지 내 뜻대로 되는 게 씨발, 하
나도 없어! 그러니까 자살을 안 하겠냐고! (순

이유진

간, 스스로 놀라면서) 아니, 저기요. 제가 꼭 자살을 하겠다는 건 아니고. 그냥 궁금해서, 그래요. 어느 정도까지 돈이 나올 수 있는 건가, 갑자기 궁금해서, 아이, 됐어요. 끊겠습니다. 감사합니다.

현서, 전화를 팩 끊는다.
애리가 큰 봉투를 든 채 들어온다.

애리   무슨 전화예요?

현서   내가 자살해도 보험금이 안 나온다네.

애리   네?

현서   지금 죽어 봤자 가족들한테 아무것도 못 남긴다고.

애리   남은 사람들에게 연연하지 말아요. 그분들은 그분들대로 잘 살 거예요.

현서   하지만….

애리   (봉투를 보이며) 준비해 왔어요. 수면제를 꾸준히 모은 보람이 있네요. (연탄과 번개탄을 꺼내며) 옛날엔 이런 걸로 난방을 했다면서요?

현서   (연탄을 보며) 연탄! 내가 어릴 때도 연탄이 있었어. 연탄에 불을 지피면 방이 따뜻해졌는데, 지금은 오히려 내 마음을 차갑게 식히는구나.

애리   아저씨. 준비, 된 거죠?

현서   준비 안 됐어. 하지만 언제가 됐든 결코 준비는 안 될 거 같네.

X의 비극

애리 그래요. 완벽한 준비란 없어요. 그러면 아쉬울 때 떠나는 게 맞아요. 아저씨가 떠나는 걸 보고 나도 따를게요.

현서 애리 씨도 죽는다고?

애리 네.

현서 정말로 죽을 생각인가? 이제 겨우 20대인데.

애리 그게 무슨 상관이에요. 고통의 시간이 더 남을 뿐인데.

현서 이런 일은 너무 서두르지 마.

애리 계속 살아 봤자 내 인생은 찌질하고 불행할 거예요.

현서 찌질하고 불행해도 인생 아닌가? 꼭 성공해야만 하나? 애리 씨는 경박한 세상을 경멸한다면서 성공주의자인가? 성공주의자야말로 세상에 영합하는 거 아닌가?

애리 내가 루저들에게 특히 가혹하다는 점은 인정해요. 하지만 그렇다고 해서 잘나가는 인간들을 흠모하는 건 아녜요. 성공하면 실패한 것보다는 조금 낫겠죠. 하지만 성공해도 실패해도 결국 똑같아요. 뭐가 되든 인생이란 고통에서 헤어 나올 수 없어요. 자, 괜히 시간 끌지 말고 얼른 시작해 봐요.

사이

현서 (갑자기 울음을 터뜨리며) 애리 씨!

애리	왜 그래요?
현서	좀 미루면 안 될까? 열흘만, 아니 일주일, 아니 내일로!
애리	왜요!
현서	인사라도 하고 가고 싶어.
애리	인사요? 가족한테?
현서	그래야 하지 않을까?
애리	핑계야. 무서워서 그런 거죠?
현서	아, 아냐. (하다가) 모, 모르겠어.
애리	안 돼요. 이제 못 물려요! 지금 해야 해요!

애리, 번개탄에 불을 피운다.
그러고는 컵을 꺼내 약들을 넣고 물을 붓는다.

현서	왜 그렇게 죽을 생각만 하지? 정말로 진심이었어?
애리	진심이 아니면요? 내가 거짓말이라도 했다는 건가요?
현서	이런 식으로 감정에 받쳐서 충동적으로 할 일이 아니라고!
애리	감정? 충동? 겨우 이딴 거 때문이라고? 이렇게 생각했죠? 쟤, 혼자 센 척, 강한 척 다 하면서, 결국 안 죽을 거니까 저런다. 애라서 잘 몰라서 저런다, 이렇게! 아뇨. 난 아주 오래전부터 생각해 왔어요. 죽음이란 철이 들고부터 내가 갖게 된 최대의 화두였어요. 어쩌면 난 그때부

X의 비극

터 죽어 왔다고 할 수 있어요. 목숨이 끊어지는 건 한순간일지 몰라도 나한테 죽음은 계속 진행형이었어요. 아저씨는 왜 그러죠? 뭘 그렇게 주저해요? 그러면 내가 셋 셀 동안, 우리가 계속 오래 살아야 할 이유 세 가지만 말해 봐요! 자, 하나!

현서   아, 그렇게 갑자기-.

애리   둘!

현서   합리적으로는 뭐라 할 수 없지만-.

애리   셋! 끝났어요. 이유 따위 없어요. 이유가 없으면, 물리적으로라도 해 봐요. 지금 당장, 일어나서 나를 말려 봐요!

현서   (꿈틀거리며) 으으, 애리 씨!

현서, 일어나려고 하지만 도저히 못 일어난다. 애리, 차가운 표정으로 현서의 상반신을 들어 올렸다가 탁! 놔버리면, 그대로 바닥에 쓰러지는 현서.

현서   악!

애리   봐요. 이제 아저씨는 자기 생각대로 아무것도 못 해요.

현서   애리 씨!

애리   그러고도 살고 싶어요? 죽는 게 두려워요? 이제는 혼자서 일어날 수조차 없으면서, 그래도 살고 싶어요? 그게 아저씨가 바라는 삶이에

이유진

요?

현서 그건 아닌데….

애리 잘 살지도 못하면서, 죽지도 못하고! 아! 그래
도 아저씨는 말이 좀 통할 줄 알았는데. 이렇게
저속한 사람과 죽음을 논했다니. 좋아요. 아저
씬 안 될 거 같으니까, 나 혼자 할게요. 내가 죽
는 거 보고, 어떻게 할지 결정해요. 잘 봐요. 죽
음이 얼마나 쉽고 빠르고 명징한지.

현서 잠깐만, 오늘, 아니 한 시간만 더-.

애리 우물쭈물하다간 1년이 되고 10년이 돼요.

현서 잠깐만, 10분만 더-.

애리 (현서에게 그만 말하라는 손짓을 하고, 약 봉투
를 물끄러미 보면서 비장하게) 안 들려요.

애리, 자신의 컵에다 남아 있는 약을 모두 털어
넣어 물을 붓고는 컵을 치켜든다.

애리 나 의심한 거죠? 말만 세게 하고 겁이 나서 자
살 안 할 거라고 여겼죠? 아뇨. 난 그딴 쓰레
기가 아니에요. 난, 아니라면 아닌 거예요. 절
대 거짓말 안 해요. 사람이 거짓말까지 지껄이
면서 왜 살아요? 뭘, 그렇게까지 하면서 살아
야 하죠? 인생이랄 게 뭐 있나요? 누가 그랬
죠? 태어나지 않는 것이 가장 좋다고. 맞아요.
난 그래서 돌아가는 거예요. 원상회복하는 거
죠. 뭘 하든 어딜 가든, 일단 여기 아니다 싶을

X의 비극

때는 빠져나가야 해요. 빠르면 빠를수록 좋아요. 탈출은 지능순이라잖아요. 내가 지능이 높은지 낮은지, 세상이 날 어떻게 여길지 모르겠지만, 하긴 그딴 게 다 무슨 상관이래요? 중요하지도 않아요. 이 세상 비위 따위 맞추고 싶지 않아요. 내가, 이 세상이, 너무너무 싫으니까요!

애리, 물을 벌컥벌컥 마신다.
입을 닦고 주위를 둘러보다가 현서 옆에 드러눕는다.

애리	이런 게 죽는 거예요. 죽음은 이런 거예요.
현서	애리 씨!
애리	아! (현서 옆에 털썩 누우면서) 누우니까 좋네요.
현서	(비통한)
애리	혹시요, 아저씨가 못 죽고, 나는 죽었는데 아저씨 혼자 살겠다고, 기어이 계속 산다면! 좋아요. 이것만은 기억해 줘요. 내가, 나, 윤애리가, 윤애리는, 주저하지 않았다고. 속이지 않았다고. 자기 삶과 죽음을, 속이지, 않았, 다고. (감정이 북받친) 그래요! 젠장! 기억, 나를, 꼬옥! 기억, 해, 줘요….

암전.

이유진

11. 에필로그

사이렌이 울리고 여기저기에서 재난문자 진동
이 들린다.
불이 들어오면, 현서가 누워 있다가 깨어난다.
무대 중앙에 커다란 아크릴판이 있고, 그 너머
에서 도희가 현서를 바라보고 서 있다.

현서 도희?

도희 깼어?

현서 어. (조심스럽게) 애리 씨는?

도희 죽었어.

현서 정말로, 죽었다고?

도희 응.

현서 (한숨) 하! 그런데 당신은 왜 그러고 서 있어?

도희 당신한테 가까이 가면 안 돼. 내가, 우리가, 아
프거든.

현서 아프다니? 우리? 누구?

도희 우섭 씨, 나, 어머니까지. 우리는 병에 걸렸어.

현서 무슨 병?

도희 몰라. 우리가 그 병에 걸렸다더라. 당신은 집에
누워만 있어서 모르겠지만.

현서 다들, 아픈 거야?

도희 난 아직은 괜찮아. 하지만 점점 아파질 수도 있
겠지. 어쩌면 죽을 수도 있는 병이라더라. 약이
없다네.

X의 비극

현서	뭐야! 그럼 어머니랑 우섭이는!
도희	모르겠어. 연락이 안 돼. 서로 만날 수 없고, 명수랑은 더 만나면 안 되고. 암튼, 이게 뭔지, 아무것도 모르겠어.
현서	그런 일이 왜 당신들한테 일어나는데! 내가 아니고 왜?
도희	몰라. 나한테 물어봤자 하나도 몰라. 세상에, 집에 가만히 누워 있는 당신이랑 다를 게 없네. 아니, 당신은 누워만 있어서 병에라도 안 걸린 건가.
현서	이건 아니야. 이건 아니잖아!
도희	그러게. 나, 정말 생각도 많이 하고 노력도 많이 해 봤어. 어떻게든 살아보겠다고, 별 미친 짓을 다 해 보다가 이제 겨우 그림이 그려지는 건가 싶었는데, 갑자기 병에 걸렸다네? 그것도 약도 없는 이상한 병이라네? 아니 뭐 이런 경우가 다 있지? 인생이 왜 이런 거지? 어이가 없네.
현서	세상에! 그러면 안 돼. 안 되는데!
도희	아, 진짜, 세상이 왜 이런 거냐고! (아크릴판을 탕탕 치고는 깊은 한숨) 하지만, 이런들 뭐 하겠어. 우리가 애원하고 원망한다고 어떻게 할 수는 없는 거겠지.
현서	왜 하필 내가 아니고 가족들이….

비상 사이렌 소리가 울리면.

이유진

도희	나 가야 해.
현서	어디로?
도희	몰라.
현서	뭐야. 설마, 우리, 마지막? 안 돼, 죽지 마!
도희	내가 살지 죽을지, 그걸 내가 어떻게 알겠어?
현서	도희 씨, 도희야, 안 돼!
도희	혹시 명수가 오면, 명수한테 건강하라고. 제발 건강하라고. 엄마가 바라는 게 그것뿐이라고 알려 줘. 그리고 현서 씨, 우리 서로 막판에 배신을 때렸지만 상당히 무난한 부부였어. 20년 동안 큰 사고 없이 잘 살았다. 우리 참 대견하다. 그러니까, 아무튼, 잘 살-아, 몰라, 아무튼 현서 씨, 나 갈게!
현서	도희야! 꼭 돌아와!

아크릴판 너머, 도희가 사라진다.

| 현서 | 도희야!!! |

현서가 외치면서 몸을 힘껏 일으키려고 하지
만, 팔만 들 수 있을 뿐 더 이상은 못 들겠다.
현서, 바닥에 다시 쓰러져 누우면서 바로 옆에
있는 번개탄과 약 봉투를 본다.
현서, 번개탄과 약 봉투를 향해 힘껏 팔을 뻗
는다.
닿을 듯 말 듯 하다가, 약 봉투를 홱! 움켜쥔다.

X의 비극

현서   아무것도 할 수가 없다. 여전히 나는 무기력하고 침울한데, 게다가 철저하게 혼자가 될지도 모른다. 내 손안에는 죽음으로 가는 길이 열려 있는데, 이 죽음을 내가 거부할 이유가 있을까? 지금이야말로 죽음을 선택해야 할 순간이 아닌가?

현서, 숨을 몰아쉬면서 약 봉투를 노려본다.
약 봉투를 열어서 그 안의 약들을 꺼내 바닥에 쏟는다.
애리가 먹고 남은 수많은 알약들이 쏟아진다.
현서, 알약들을 보며 지쳐서 고개를 숙이는데 문득, 자신의 몸 아래 이물감을 느끼고, 이불 아래를 손으로 짚었다가, 보를 들어 뭔가를 꺼낸다.
황금색 종이에 새빨간 낯선 문자가 적힌, 부적이다.

현서   뭐지? (뚫어져라 보다가) 아, 부적! 어머니! 이따위가 뭐라고! 바보같이! 자기는 병에나 걸리고! 이런 게 뭐라고!

현서, 부적을 그러쥐고는 아무 데나 던지려다가, 부적을 바닥에 내려놓고 허공을 본다.

현서   누가 바보일까? 나처럼 어리석은 자가 또 있을

이유진

까? 삶에 대해 아무것도 모르고, 죽음에 대해 아무것도 모르면서, 입으로만 나불거렸다. 그러는 동안, 내 옆에서 소중한 사람들이 치열하게 살고 죽었고, 나는 그마저도 방관하면서 다 놓쳐버렸다. 그러는 동안, 어리석은 나는, 다만 한 가지만을 느꼈다. 나는, 그러니까, 나는… 살고 싶다. 그냥, 살고 싶다! 온 세상이 왜 사냐고, 죽는 게 나을 텐데, 끊임없이 묻더라도, 나는, 살고 싶다. 이유는 모르겠고, 앞으로 내가 할 수 있는 일은 그저 사는 것뿐일지도 모르지만, 그냥 막무가내로 살아보련다. 그러기 위해 일어나 보련다. 나는 일어나기 위해 쓰러진 것일 테니, 끝끝내 일어나서, 이 삶이 어디로 흘러갈지, (몸을 뒤척거리며) 세상의 먼지와 풍상을 겪고 겪고 또 겪어서, (몸을 뒤척) 삶이 어디서 멈추는지, 이 몸으로 느끼겠다. 그저 보지만 말고 내가 느끼겠다. 아무것도 모르지만, 지금은 일단, 일어나 보자! 내가, 일어난다!

현서, 힘겹게 상반신을 일으키면서.

막.

세 개의 버튼(Three buttons)

* 이 작품은 2020 국립극단 희곡우체통 2차 낭독회 초대작으로 7월 13일 백성희장민호극장에서 온라인 낭독회로 소개되었습니다.

박세은

작가의 말

기술에 압도당한 미래 인류는 어떤 모습으로 살아가야 할 것인가 생각해 봅니다. 기술이 만들어 낸 생생한 환영들 속에서 우리는 본질적인 외로움에서 벗어나 행복해질 수 있을까요. 특이점을 넘어버린 기계들 앞에서 인간의 가치를 증명할 수 있을까요. 휴머니즘의 유효함에 대해 작은 질문을 던져 봅니다.

등장인물

아담
목소리
메이드 블론드
개체A(다윈)
개체B(왓슨)
개체C(앨리스)

1장

때는 2040년. 무대는 한쪽에 숨겨진 공간을 가지고 있어 객석에서 보았을 때 두 개의 공간으로 나눠져 있다. 상대적으로 주 무대가 되는 공간이 넓고, 나란히 있는 옆 공간은 조금 더 작다. 두 공간 사이에는 가로막힌 벽이 있어서 객석에서는 두 공간을 동시에 볼 수 있지만 각 공간 속의 인물들은 서로를 볼 수 없다.

공연 시작. 넓은 공간의 방에는 조명이 들어오고, 그 옆 공간은 어둠 속에 보이지 않는다. 넓은 방 안엔 마치 병원처럼 아무 장식이 없이 무미건조하게 꾸며져 있다. 조도가 낮은 조명 아래 흰색 보로 덮인 심플한 침대가 있고, 그 옆에 모니터가 놓인 철제 책상이 있을 뿐이다. 방 천장에는 커다란 스피커가 달려 있고 객석의 전면에 해당하는 방의 뒷벽에는 스크린이 설치되어 있다. 방 어디에도 창문은 없다.

30대 초반쯤으로 보이는 남자가 방에 들어와 침대 가까이에서 침대를 바라보다가 서서히 뒷걸음쳐서 방의 벽면에 놓인 작은 일인용 소파 위에 털썩 앉는다.

아담   쉿. 아이가 방금 잠들었어요. 오늘따라 재우기

박세은

가 힘들더군요. 아빠 혼자서 아이를 키운다는 게 쉬운 일이 아닙니다. (한숨 쉰다) 제가 이렇게 한숨을 쉴 때면 저희 어머니께서 입버릇처럼 말씀하셨죠. 자식에 대해선 포기를 모르는 것이 부모다. 좋은 부모가 되어라. 하지만 좋은 부모가 되기 이전에 제가 진짜 아버지가 맞는지조차 회의감이 들 때가 있습니다. 제 아이는 조금… 특별하거든요.

(사이) 아내는 아이를 견디기 힘들어했습니다. 그건 아이의 문제는 아니었어요. 그건 아내 문제였죠. 제 아이는 정말로 특별해서 태어났을 때 모두에게 '미래의 기적'이다! '미래의 기적'이다! 하는 찬사를 들었습니다. 뭐, 제게는 그냥 평범한 아들이었지만요. 아이가 자랄수록 이상해진 건 오히려 저였습니다. 제 아이에게는 다른 아이에게 없는 것이 하나 있었거든요. 제가 그 사실을 잊지 못하고 자꾸 떠올린다는 게 문제였어요. 잊을 수가 없었습니다. 똑같은 아이다, 평범한 아이일 뿐이다, 내 아이다 하고 아무리 되뇌어도 잘 되지 않았어요.

아담, 소파에서 일어나 느리게 객석을 한번 훑어본다.

아담　　제 아이에게는 버튼이 하나 있었습니다. 스스로는 함부로 만지거나 장난치지 못하게끔 견

세 개의 버튼

갑골과 척추 사이의 손이 닿기 힘든 곳에 있었죠. 하지만 저는 아주 누르기가 쉬웠어요. 등을 두드리는 척하면서 누를 수도 있었죠. 하지만 이 버튼을 누를 때마다 저는 죄책감이 들었습니다. 이게 아버지로서 할 짓인가? 나는 이 아일 지킬 자격이 있나?

(사이) 원래 그 버튼은 함부로 눌러서는 안 되는 것이었습니다. 그래서 그걸 자꾸 누르고 마는 저는 진짜 부모가 아닌 것 같은 생각이 자꾸 들었습니다. 그리고 마지막에는 언제나 같은 질문을 스스로에게 던지게 되는 겁니다. (앞으로 두세 걸음 걸어 나온다)

그때! 이 모든 결과를 되돌릴 수도 있었던 그 순간에, 만약 그 세 개의 버튼을 누르지 않았다면 어떻게 되었을까, 하구요. 그 순간, 그 면접실에서, 세 개의 버튼을 모른 척했다면 말입니다.

아담, 다시 뒤돌아서 소파로 돌아가 털썩 앉는다. 암전.

2장

어둠 속. 작은 점처럼 수상한 불빛이 켜짐과 동시에 무대 위에 목소리들이 울려 퍼진다.

박세은

작은 전구만 한 붉거나 푸른 불빛들은 마치 목소리와 함께 조응하듯이 점멸하기를 반복한다.

개체C	또야? 또 도망쳤어? 아니면 이번엔 목을 맸나?
개체B	둘 다 틀렸어요.
개체A	그럼 뭐야, 이번엔?
개체B	이번엔 얌전히 살아는 있는데 머리가 영 돌아버렸어요. 계속 같은 말만 해요.
개체C	뭐라는데?
개체B	이 세상은 망했습니다. 끝장이 났습니다. 살려 주세요. 살려 주세요….
개체A	참 나. 누가 잡아먹는댔나, 아님 세상을 끝낸댔나. 머저리 같은 놈. 마스터, 정말 제대로 고른 거 맞아?
개체C	(명랑하게 웃으며) 마스터 탓해서 뭐 할 거야? 녀석들이 그렇게 정신력이 약한걸! 하지만 큰일이네. 이제 젊은 재료는 씨가 마르고 있어. 사냥도 힘들어졌는데.
개체B	(조곤조곤하게) 앨리스 말이 맞아요. 우리에겐 기회의 시간이 얼마 없습니다.
개체C	(조르듯이) 마스터~ 미래의 기적! 미래의 기적!
목소리	자자, 그렇게 재촉할 것 없어요. 우리에겐 아주 희망적인 소식이 있으니까.
개체C	뭔데? 혹시 비장의 카드?
목소리	그래요, 비장의 카드지요. 최상의 조건, 최상의 재료. 바로 '그 아이'요. 이곳에 데려올 준비를

세 개의 버튼

이미 마쳤습니다.

개체C 그 아이! 그 아이로군요!

개체A 부모와 거래를 했으니 뒤탈도 없고!

개체B 갑자기 없어져도 찾을 사람도 없죠!

개체C 행방불명 뉴스로 시끄러울 일도 없어!

개체A (낮고 음산하게) 어떤 녀석인지 궁금하군. 독종
인 제 에미 애빌 닮았으면 견디고도 남겠지만.

목소리 견디게 해야죠. 아뇨, 견딜 수밖에 없을 겁니
다. 제가 그렇게 만들 거니까요.

개체B (웃는다) 자신이 있군요, 마스터. 당신이 판을
짰다면 녀석은 이미 걸려든 거나 마찬가지예
요.

개체C (짝짝짝 손뼉을 치며) 아, 즐거워! 나는 몸단장
을 해야겠어!

목소리 그래요. 다들 어서 손님 맞을 준비를 합시다.

암전.
잠시 후 끼익 철컹, 철문 여닫는 소리 들린다.
곧이어 털썩, 하고 육중한 것이 떨어지는 소리.
무대 한쪽 구석, 침대 위가 서서히 밝아진다.

침대 위엔 아담이 던져진 듯이 흐트러진 자세
로 누워 있다. 그의 팔목에는 '아담'이라는 이
름이 새겨진 팔찌가 채워져 있다. 침대 옆 책상
위에는 여러 개의 서류 뭉치와 간단한 필기구
를 비롯한 사무 집기들이 있다. 잠시 후 방문이

박세은

열리고 하얀 가운을 입은 남자가 들어온다. 아담의 상태를 체크하더니 주사를 놓고 나간다. 남자가 방을 나간 후 천장 위 스피커에서 경고음 같은 알람음이 스프링클러에서 내뿜는 물줄기처럼 쏟아진다. 그리고 뒤이어 들려오는 남자의 목소리.

목소리   (단조로운 목소리로) 일어나세요. 일어나세요. 자, 어서.

조명 전체적으로 밝아지면서 숨겨져 있던 옆방을 포함, 무대 전체가 환해진다. 아담이 있는 방 옆 공간에는 아까 주사를 놓았던 흰 가운을 입은 남자(목소리)가 앉아 있다. 남자(목소리)는 옆방을 비추는 모니터를 통해 아담을 관찰하고 있다.

목소리   (침착한 목소리로) 일어나세요, 아담. 제 목소리가 들립니까?

아담   (두리번거리며 일어난다) 누구죠? 어디서 말을 하고 있는 거죠?

목소리   당황하지 마세요. 방 천장에 있는 스피커가 보이시죠? 지금 저는 사정상 다른 공간에 있습니다. 스피커로 대화하는 점을 이해해 주십시오.

아담   대체 여긴 어디죠? 왜 제가 여기 와 있는 건가요?

세 개의 버튼

목소리	이곳은 정부가 극비리에 운영하는 인공지능 연구소입니다. 최첨단 AI 개발프로젝트에 실험 참가 대상자로 당신이 최종 선택됐습니다. 지원서에 직접 서명한 것을 기억하나요?
아담	아뇨. 전혀 기억이 나지 않습니다. 이곳에 온 기억도 나지 않고요.
목소리	오늘이 몇 년도 몇 월 며칠이죠?
아담	(생각해 내려 애쓴다) 2040년… 7월 13일. 그게 제가 기억하는 마지막 날이에요.
목소리	다행이군요. 바로 어제까지 잘 기억하는 걸 보니. 최근 일에 대해 더 기억하는 거 있어요?
아담	(방 안을 천천히 걸으며) 뉴스… 요. 무서운데 무서워서 계속 눈을 뗄 수 없는, 그런 뉴스였죠. 20년 가까이 치솟은 실업률, 자살률, 그리고… 아사율.
목소리	(단조롭게 따라 한다) 아사율.
아담	그거 알아요? 지금이 전쟁 중인 것도 아닌데 마치 총알에 맞은 것처럼 길거리에서 사람들이 픽픽 고꾸라져요. 뱃가죽이 들러붙다 못해 종잇장처럼 되어서는 픽, 픽, 하고.
목소리	(단조롭게 따라 한다) 픽, 픽.
아담	(발끈해서) 장난이 아닙니다. 우리의 현실이에요.
목소리	저런…. 그렇지만 멀쩡히 잘 가는 사람도 있잖아요? 망설임 없이 말이에요.
아담	(어두운 표정) 망설임 없는 그것들은 사람이 아

박세은

니에요. 뚜벅뚜벅 멀쩡히 걷는 것들은 죄다 기계들이죠. 유능한 기계가 쓸모없는 것들을 잡아먹어 주니까 인간이 드디어 '레드 리스트'에 오를 수 있게 됐다고 앵커가 자랑스레 말하더군요.

목소리　레드 리스트? 레드 카펫처럼 영예로운 건가요?

아담　아뇨. 우리말로 적색 목록. '멸종위기 동식물 목록'이죠. 앵커 목소리가 유독 들떠 있다 했는데 사람이 아닌 AI였어요. 마치 인간의 멸종을 기다리는 것 같았죠.

목소리　(무심하게) 저런. 그것 말고요. 또 뭐가 기억나죠?

아담　아, 그러고 보니 이해가 안 가는 뉴스가 하나 있었어요. 행방불명…. 최근 계속해서 젊은 남자들이 갑자기 사라지는 일이 있다고… 분명 제 또래였는데.

목소리　아무도 없는 골목길에서 혼자 고꾸라지기라도 했나 보죠. 당신 입으로 그랬잖아요? 가난한 인간들이 굶주리다 픽픽 쓰러져 죽는다고요.

아담　하지만….

목소리　재미없는 뉴스 얘긴 그만하죠. 당신 기억력에는 별 이상이 없어 보이니까.

아담　(자신 없는 목소리) 그런가요? 그런데 왜 오늘 일만, 여기에 온 것만 기억이 안 날까요?

목소리　이곳 연구소가 일급기밀을 다루고 있기 때문

세 개의 버튼

에 당신을 잠들게 한 후 이동했습니다. 아마 그때 먹은 약 때문에 일시적인 기억 혼란이 있을 거예요. 자, 책상 위에 당신이 직접 사인한 관련 서류도 있으니 믿기지 않으면 가서 확인해 보세요.

아담, 목소리의 말대로 책상 위로 가서 서류를 집어 들고 종이를 넘겨보며 내용을 확인한다.

아담   이건… 제 글씨가 맞아요. 아, 약물 사용에도 동의를 했군요. 정말 제가 사인을 했어요.

목소리   (웃는다) 네. 그리고 잘 생각해 보세요. 당신은 전부터 인공지능에 관심이 많았던 것 아닙니까?

아담   그래요. 확실히 저는 전부터 인공지능에 관심이 많았어요. 기억은 안 나지만 분명히 충동적으로 호기심을 느껴서 서명을 해버린 게 틀림없어요.

목소리   (부추기듯이) 평소 좀 충동적인 구석이 있지요?

아담   (안심하듯) 네. 조금요. 그런 구석이… 있죠. 그런데 아까 실험을 한다고… 제가 참여할 실험이 대체 뭐죠?

목소리   당신이 할 실험은 일종의 '튜링테스트'입니다. 실험 대상 중에서 무엇이 인간이고, 무엇이 '인공지능'인지를 구분해 내시면 돼요. 어때요, 간

박세은

단하죠?

아담   (갑자기 흥분한 목소리로) 아! 튜링테스트라면 잘 알아요! (목소리 빨라진다) 1950년 영국의 앨런 튜링이 제안했던 기발한 실험이었죠. 2014년 영국 왕립학회가 튜링테스트를 실시해서 최초로 인간처럼 생각하는 프로그램 '유진 구스트만'이 탄생했잖아요? 그건 이제 아이들이라면 모두 학교에서 배우는 역사가 됐어요!

목소리   잘 알고 있군요! 당신의 말은 정확합니다!

아담   (자신감에 차서) 그때 수업을 들으며 저는 생각했어요. 바보 같은 인간들! 컴퓨터와 채팅을 하면서도 상대가 인간인지 컴퓨터인지를 판별할 수가 없다니! 나라면 그런 바보 같은 실수는 안 했을 텐데! (사이) 그런데 제가 그 튜링테스트를! 직접 해 볼 수 있다는 말씀인가요?

목소리   그렇습니다. 하지만 저희는 어설프게 '채팅'을 하는 게 아니에요. 그들과 '직접 만남'을 통해 실험할 예정입니다.

아담   네? 채팅이 아니라 직접 만나요? 튜링테스트를? 얼굴을 보면서?

목소리   물론입니다. 편의상 실험 대상을 앞으로 '개체'라고 부르겠습니다.

아담   (중얼거리듯) 개체. 사람도 아니고, 기계도 아니고 '개체'.

목소리   당신은 앞으로 총 세 명의 개체를 만나실 텐데요. 원하는 질문을 그들에게 직접 던지고 편하

세 개의 버튼

| | 게 대화를 나누며 실험을 진행하시면 됩니다. |
| **아담** | 아 잠깐, 잠깐만요! 그거 뭔가 이상하지 않아요? 제 눈으로 보고 있는데, 질문을 해서 알아내라구요? (사이) 그 말은 즉 눈으로는 절대 판단할 수 없을 거란 말로 들리는데요. |

둘 사이, 잠시 침묵이 흐른다.

목소리 당신은 이미 뉴스를 통해 인공지능의 발전 수준이 매우 높은 단계에 이르렀다는 사실을 알고 계실 겁니다. 하지만 실은 그 정도가 아니에요. 아직 진짜 최신형 인공지능은 공개되지도 않았죠. 제 말뜻을 알아들으실지 모르겠지만 그것은 실로 안타까운 일입니다.

아담 (호기심에 찬 목소리로) 안타까울… 정도인가요? 그렇게… 대단해요?

목소리 곧 실감하시겠지만 이것만 말씀드리죠. (또박또박한 목소리로) 확신컨대, 당신은 '그것'과 인간의 차이를 눈으로는 결코 식별할 수 없을 겁니다.

아담 (긴장한 듯) 에이, 설마요…. 사람을 꼭 닮은 인형이라 해도 그건 인형일 뿐이잖아요?

목소리 그럴까요?

아담 장담해요! 저는 한마디만 대화를 나눠 봐도 사람인 체하는 인형을 금방 알아챌 수 있을 거예요.

박세은

목소리	(비웃듯이) 하, 좋아요. 아주 자신감이 넘치시는군요.
아담	제가 못 알아챌 거라고 생각하시나요?
목소리	아닙니다. 저는 실험이 성공하길 바라는걸요.
아담	좋아요. 실험에 주의 사항이 있나요? 기한은요?
목소리	일주일간, 각 1회 이상 대상들을 만나고 결과를 보고할 것. 그게 답니다.
아담	안전… 한 거죠? 그것들이 갑자기 오작동을 일으켜 막 저를 공격하거나 하지는 않겠죠?
목소리	하하하. 영화를 너무 보셨군요. 안심하세요. 만일에 있을지 모르는 위험을 방지하기 위해 단단한 유리벽을 설치했으니까. 안전하게 그리고 아주 가까이에서 그들을 관찰할 수 있을 겁니다.

또다시, 잠시 침묵이 흐른다.

아담	그 안에는, 인간이… 있긴 있는 건가요? 아님 전부, 기계일 수도 있어요?
목소리	(미소 짓는다) 글쎄요. 그 답은 당신이 찾아내야 합니다. 단, 인공지능은 하나 이상이 포함되어 있을 수 있다는 사실만 말씀드리죠.
아담	아, 문득 든 의문인데요. 혹시 당신은… (망설이며) 인간인가요? 아니면, 인간이 아닌가요?
목소리	(호탕하게 웃으며) 하하하, 글쎄요! 그렇게 뭐

세 개의 버튼

든 의심하는 당신의 사고방식은 실험자로서
아주 마음에 드는군요. 제 정체는 당신이 실험
을 성공적으로 마치면 알려 드리죠.

아담, 갑자기 무대를 누비며 CM송을 부른다.

아담   "황홀한 미소, 따뜻한 두 손! 우리의 사랑, 리크
리맨~ 영원히 변치, 않아요 우리, 손잡아요~!"

목소리   지금 뭘 부르는 거죠?

아담   기억이… 났거든요. 리크리맨 CM송! 얼마 전
뉴스에서 스스로 생각할 수 있는 놀라운 AI가
개발됐다는 소식을 들었어요. 저는 최신형 리
크리맨 중에서도 아주 아름다운 외모의 여성
형 휴머노이드에 한눈에 사로잡혔죠. 정말로
살아 있는 사람 같았어요!

목소리   아담, 드디어 실험에 지원한 동기가 기억이 났
나 보군요. (작게 혼잣말) 바보 같은 놈. 단순
하긴.

아담   네 그래요. 기억이 났어요! 아마도요! (기쁜 듯
말의 속도 점점 빨라진다) 그 최신형 인공지능
이 너무 갖고 싶었지만 엄청난 고가인 데다가
사려면 까다로운 심사를 통과해야 한다고 했
죠. 혹시나 해서 개발한 연구소에 연락했더니
바로 이 제안을 받았던 거예요, 이 실험을요!
오 브라보! 이거였어!

목소리   맞습니다. 드디어 생각이 나셨군요. (작게 혼잣

박세은

	말) 역시 그럴듯한 스토리텔링, 걸려들었어. 그리고 당신이 직접 동의서에 사인을 하신 거죠.
아담	(흥분하며) 네! 그렇다니까요! (약간의 의심 어린 얼굴) 아마도… 맞을 거예요. 그런데 이 기억은 왜 이렇게, 뒤늦게 생생한 걸까요. 마치 누군가 제 머리에 집어넣은 것처럼.
목소리	그럴 리가요. 기억은 생생할수록 확실한 거 아니겠어요? 의심하지 말아요. 당신 행동의 개연성은 모두 당신에게서 나온 거예요. 바로 당신의 머릿속에서!
아담	그렇죠? 저는 어머니가 돌아가신 후 모든 것을 제 마음대로 해 왔어요. 못 할 게 뭐예요? 제가 그토록 갖고 싶었던 최첨단 인공지능을 공짜로 테스트해 볼 수 있다는데. 저는 이런 적당히 위험한 모험을 즐기는 타입이라서요. 쫄지 않아요. 제 심장은 이럴 때 오히려 타오르죠. 지금 바로 실험을 시작하시죠!

사이. 목소리, 마이크에서 얼굴을 떼고 작게 웃는다. 하지만 아담은 그 웃음소리를 듣지 못한다.

목소리	아담, 그렇게 서두를 것 없습니다. 오늘 밤은 늦었으니 쉬시고 실험은 내일부터 시작하겠습니다. 잠시 후에 당신의 이곳 생활을 도와줄 메이드 한 명이 방으로 찾아갈 겁니다.

세 개의 버튼

아담   저는 당신만으로 충분한데요? 당신의 얼굴을
           보여 줄 수는 없나요? 그냥 보기만 해도 좋아
           요. 정말 궁금해서 그래요.

목소리 저도 그럴 수 있으면 좋겠지만. 나중에 실험이
           성공하면요. 기대하셔도 좋습니다.

아담   뭘… 기대해요?

목소리 제, 얼굴이요. (즐거운 목소리로) 저는 아주
           미-남이거든요!

           목소리가 있었던 방의 조명만 꺼진다. 목소리
           의 기척은 더 이상 들리지 않는다.
           그리고 잠시 후, 누군가 아담의 방문을 두드리
           는 소리가 들린다.

아담   네. 들어오세요.

           그러나 문밖에서는 아무런 대답이 없다. 이상
           하게 여긴 아담이 문을 열자 열린 문으로 눈부
           신 빛이 쏟아지며 방 안을 비춘다. 아담은 순간
           눈부신 빛에 당황해 팔을 들어 눈을 가린다.

아담   (한쪽 팔로 눈을 가린 채) 거기 누구세요? 누구
           있습니까?

           다시 방이 어두워지며 방의 벽면에 하나의 영
           상이 떠오른다. 뒷면 스크린에 메이드복 차림

박세은

을 한 귀여운 금발 여성 캐릭터(애니메이션)가 나타난다. 그리고 얇은 흰색의 스크린 뒤로 여배우가 캐릭터와 그림자가 겹치도록 서 있다. 캐릭터와 여배우가 객석에서는 한 몸처럼 보인다.

메이드 블론드 (친절한 목소리로) 안녕하세요, 주인님.

아담 다짜고짜 주인님? 이… 이건 또 무슨 황당한 수작이야? 영상인가, 아님 게임?

메이드 블론드 연구소에서 당신의 취향을 충분히 고려해 당신을 접대할 AI 캐릭터를 구현했답니다. 저에게는 진짜 육체가 없지만 이대로도 당신을 모시기엔 충분하지요.

아담 하여튼 모든 게 최첨단 최첨단이군. 메이드까지 이렇다니. 하지만 잠깐만, 잠깐만… 방금 내 취향이라고 했어요? 대체 누가 그런 걸 안단 말이죠?

메이드 블론드 (잔소리하듯이) 물론 제가 알고 있죠. 당신 방 침대 밑에 불건전한 잡지들에는 공통적으로 메이드복이 빠지지 않았으니까요. 특히 금발을 아-주 좋아하시더군요! 그래서 이렇게 금발로 준비했답니다.

아담 뭐… 뭐? (당황해서 신경질적으로) 그… 그러니까 연구소가 내 방까지 쳐들어와 침대 밑까지 뒤져 봤다는 겁니까.

메이드 블론드 그렇게 화내지 마세요. 연구소는 당신과 아주

세 개의 버튼

가까운 누군가의 제보를 받았을 뿐이니까. 그
럼 어쨌든 제 복장이 마음에 드신다는 거죠?
(대답을 기다리지 않고 비꼬듯이) 그나저나 금
발에 메이드복이라니, 당신의 취향도 참 진부
하군요.

아담 (발끈하며) 내 취향이 어때서요! 그건 남자들
의 판타지예요! 남자는 접대받기를 좋아하니
까. 물론 현실과 다른 건 알아요. 그러니까 이
건 판타지고, 그러니까 이상인 거죠. 현실에 없
는 꿈을 혼자서 꿔 보는 게 뭐가 나빠요? 현실
은 이제 망했는데!

효과음. 환상적이고 몽환적인 음악이 흐른 후
메이드 블론드 스크린 뒤에서 앞으로 걸어 나
온다.

메이드 블론드 그렇다면 그 꿈, 실제로 현실화할 수 있다면 아
주 좋겠네요?

아담 그래요. 나도 뉴스에 나오는 '리크리맨'을 보고
잠깐 그런 생각을 했었으니까.

메이드 블론드 (한심하다는 투로) 하지만 당신은 고작 인간형
인공지능을 구매해서 메이드복을 입히고 머리
를 금발로 물들여서 성적 노예로 삼을 생각이
었던 건가요? 그 저속한 잡지들처럼?

아담 (당황하며) 그건 아녜요! 노예라니 무슨. 하지
만 설사 그렇다고 해도 뭐가 어때요. 인간도 아

박세은

니고 기계잖아요. 그냥 난 혼자가 지긋지긋했고, 누군가 필요했을 뿐이에요. 인간을 돈 주고 살 수는 없으니까.

메이드 블론드 글쎄요. 그건 당신이 그 나이까지 변변하게 여자 한번 못 사귀어 봤기 때문이 아닐까요. 아니면 인간에 대한 이해가 한참 부족하든가. 어차피 당신은 기계에도 큰 기대가 없잖아요?

아담 기계는 기계죠. 기계를 대하는 데 인간에 대한 이해가 필요하지 않으니까. 그게 편한 거예요. 그래요, 나는 여자를 제대로 사귀어 본 적이 없어요. 못 사귄 게 아니에요. 기회가 없었을 뿐이라고 해 두죠. 난 어릴 때부터 3D 인간보다는 2D 캐릭터들이 좋았어요. 그들은 예쁘고, 상냥하고, 무엇보다 쓸데없는 말을 하지 않죠.

메이드 블론드 쓸데없는 말! 하여튼 당신은 예전부터 자신을 조금도 바꾸려고 들지 않는군요. 누군가 당신에게 한 말 중에 쓸데없는 말이 있었나요?

아담, 뭔가를 생각하는 표정으로 침묵한다.

메이드 블론드 하지만 누군가 당신에게 하는 모든 말들은 당신에겐 필요한 것들이에요. 무관심에 익숙해지지 않는 게 좋아요. 당신들 인간이란 그렇게 쉽게 접속하고 쉽게 끊을 수 있는 게 아니죠.

아담 (메이드 블론드에게 얼굴을 가까이 가져가며) 뭐예요? 아까부터 이상하게 나에 대해 잘 아는

세 개의 버튼

듯이 말하는데 육체도 없는 프로그램 주제에 인간에 대해 무슨 아는 척을 하는 거죠? 당신 주제가, 살아 숨 쉬는 인간의 끓어오르는 욕망을 알기나 합니까!

메이드 블론드, 잠시 가까이 다가온 아담의 얼굴을 빤히 응시한다.

메이드 블론드 물론이죠. 현재 육체가 없다고 해도 저는 그 유구한 인간 역사의 욕망을 잘 알고 있어요. 뭐, 이 꼴을 보고 믿지는 않으시겠지만. (허리에 양손을 올리며) 그런데 저한테 그렇게 차가운 태도라니 무척 서운하네요.

아담 아. 형체도 없는 AI랑 싸우다니, 내가 지금 뭐하고 있는 짓이야…. 당신 메이드라면서요. 할말만 하고 어서 나가지 그래요?

메이드 블론드 제 할 말은 그러니까, 저녁 식사를 준비했으니 내려오시라는 거예요. 어서 식당으로 가시죠.

아담 식당이 어딘데요?

메이드 블론드 네 주인님. 식당은 문을 열면 보이는 복도 끝 계단으로 쭈욱 내려가셔서 한 층 아래에 있답니다!

아담 (작게 중얼거리듯) 드디어 처음으로 메이드 같네. 메이드는 친절해야지. 쓸데없이 잔소리하는 기능은 기계적 오류 아닌지 몰라.

메이드 블론드 친절하기만 한 메이드는 흔해 빠졌잖아요?

박세은

아담 한마디도 안 지는군요…. 당신은 메이드치곤 너무 똑똑해서 불쾌하다는 걸 알고 있습니까?

메이드 블론드 메이드치곤? 당신은 그렇게 젊은데 왜 생각이 그 모양이죠? 그리고 그 형식뿐인 존대는 하지 않는 게 좋겠어요. 당신이 날 전혀 존중하고 있지 않다는 걸 알았으니까요.

아담 그래. 솔직히 당신이 기계란 걸 안 순간, 나는 이미 당신을 존중할 필요가 사라져 있었어. 하지만 굳이 싸울 필요도 없겠지. 그 사람이 당신을 보낸 건 정신 똑바로 차리란 의미인지도 모르니까. 그러니까 이곳엔 당신보다 훨씬 더 굉장한 인공지능들이 잔뜩 있다는 거잖아?

메이드 블론드 (새침하고 날카롭게) 네 그래요. 그들은 저와 달리 완벽한 육체도 있죠!

아담 육체? (신기하다는 듯) 그들도 당신처럼 메이드복을 입었어? 금발인가?

메이드 블론드 허튼 망상은 그만하시고 어서 내려가시죠. 저녁 시간에 늦겠습니다! (엄격한 목소리) 그리고 주인님, 미리 말씀드리는데 이곳에서 편식은 금지입니다. 당근이든 피망이든 뭐든 가리지 않고 드셔야 해요. 아시겠어요?

아담 (찡그리면서) 으으, 그런 말 하지 마. 그 멘트 진짜 우리 엄마 같으니까. 내가 편식한다는 것까지 연구소는 알아냈나 보지?

메이드 블론드 어디 그것뿐일까요, 오히려 당신보다 더, 당신을 잘 알고 있을지도 모르죠.

세 개의 버튼

아담 (피식 쓰게 웃으며) 웃기지도 않는 소리. 내 자신보다 날 잘 아는 사람이 어디 있어? 역시 지나치게 똑똑한 탓인가. 농담마저… 기분 나쁘다니까.

메이드 블론드 농담이 아니에요. 제 판단에 당신은 인간으로서 꼭 필요한 무조건적인 애정이 부족한 것 같아요. 그러니까 저는 당신에게 스토커 정도의 애정이 딱 적당하다는….

아담 (말을 자르며) 그래그래, 됐어. 됐다고! (약간 화난 투로) 나의 스토커 메이드 씨. 나는 그럼 이제부터 '인간답게' 식사를 해야겠으니 메이드 씨는 전원이라도 끄고 얌전히 기다리시면 어떨까?

메이드 블론드 이런, 어쩌죠? 안타깝지만 저는 구형이라 전원 버튼을 스스로 조작할 수가 없는데요.

아담 하, 누가 이런 잔소리 할망구 같은 프로그램을 만든 거야? 분명 변태 같은 놈이 만들었겠지. 너 내가 수틀리면 확 전원을 영원히 꺼버리는 수가 있어. 그러니 얌전히 있어. 알았어?

방문을 여는 아담. 그의 등이 멀어지는 것을 보고 있던 메이드 블론드가 나직하게 속삭인다.

메이드 블론드 아담, 아주 작은 당근이라도 남기지 마요. 그야말로 당신을 위해 다지고 또 다졌으니까. (사이) 부탁이야. 알아채 줘.

박세은

아담은 무심결에 뒤돌아보지만 그대로 문을 콩 닫고 방을 나간다. 홀로 남은 메이드 블론드 영상의 표정이 괴로운 듯 일그러진다. 그때 천장 위 스피커에서 목소리가 들려온다.

목소리   이봐, 구형 주제에 쓸데없는 말 좀 하지 마. 네 역할 잊었어? 메이드는 메이드답게 시중 역할이나 하라고 했지!

메이드 블론드, 무거운 발걸음을 하고 다시 스크린 뒤로 들어간다.
'툭' 하고 퓨즈가 꺼지는 듯한 소리와 함께 암전.

3장

아담의 방. 아담은 본격적인 실험에 앞서 스피커로 다른 방의 목소리에게서 주의사항을 듣고 있다. 목소리는 자신의 방에 앉아서 스피커를 통해 아담에게 말을 전한 후 모니터로 반응을 보고 있다. 그런데 아담은 웬일인지 그것을 듣는 둥 마는 둥 몽롱한 표정이다.

목소리   오늘이 바로 실험 날입니다. 실험은 면접실에서 진행되는데 그 면접실 위치는… 아담!

아담   (정신을 놓고 있다가 화들짝 놀란다) …네!

세 개의 버튼

목소리	아담! 제 말 듣고 있습니까. 왜 그렇게 얼빠진 표정을 하고 있는 겁니까. 오늘 아침에 무슨 일 있었나요?
아담	아… 아니에요. 그냥 간밤에, 아주 오랜만에. (사이) '그 꿈'을 꿨어요.
목소리	그 꿈이요?
아담	네. 어렸을 때 끔찍한 수술을 받은 적이 있는데 그때 이후로 꿨던 질긴 악몽이에요.
목소리	무슨 꿈이죠?
아담	이상하게 들리시겠지만… 제가 소시지가 되는 꿈이에요.
목소리	(호탕한 비웃음) 하하하. 오늘 브렉퍼스트로 나온 그 소시지 말입니까. 그건 그러니까 악몽이 아니라 예지몽이군요!
아담	(두려운 목소리로) 그런 귀여운 게… 아니에요. 그야말로 핏물이 뚝뚝 떨어지는 샌드백 크기의 커다란 고기 주머니죠. 제 살과 내장으로 만든 고기 주머니요. 상상해 보세요. 얼마나 끔찍할지를. (고개를 거세게 가로젓는다) 덕분에 오늘은 아침도 먹지 못했어요. 비위가 상했거든요.
목소리	고기 주머니라… 확실히 놀라운 꿈이네요. 하지만 그래 봤자 꿈이잖아요?
아담	꿈은, 꿈이죠. 하지만 그건 제가 100퍼센트 창조한 상상력의 꿈이 아니에요. (사이) 저작권이 있다고 할까요. 저는 현실에서 그 비슷한 것을

박세은

경험한 일이 있으니까.

목소리 (담담하게) 저는 인육으로 샌드백만 한 소시지를 만든다는 말은, 들은 적이 없는데요.

아담 (우울한 목소리로) 그러니까 그런… 비슷한 일 말이에요. 그만큼 끔찍한 일이요. 지금 이 첨단의 시대에도 기계와 경쟁하다 밀려난 밑바닥의 인간들은… 팔아서는 안 될 것을 팔고 있거든요. 그건 실제로 있었던 일이었어요.

툭, 하는 소리와 함께 암전.
똑똑 노크 소리와 끼익, 하고 육중한 쇠문이 열리는 소리 들린다.
무대 중앙 서서히 F.I.
불그스름한 빛의 핀 조명이 아담만을 강렬하게 비춘다. 무대 위에는 아담 혼자 서 있다.
아담은 무대 중앙에서 눈앞에 누군가가 있는 듯이 허공을 향해 손을 뻗으며 말한다.

아담 (가느다란 어린 목소리로) 아, 그러니까 여기가 생체 조직 매매소인가요? 미성년자 생체도 비밀리에 받아 준다는? (사이) 네… 그러니까, 제 몸 일부를 얼마에까지 팔 수 있을까요. (사이) 네? 건강검진을 받아서 합격 판정을 받아야 한다구요? 저는 고작 열다섯이에요! 한창 팔팔할 나이에 무슨 검사가 필요하죠! 일분일초가 급해요. 부탁이에요. 당장 수술을 진행해 줄 의사

세 개의 버튼

선생님을 만나게 해 줘요. 죽지만 않는다면 뭐든지 팔겠어요. (사이) 다 알아요, 미성년자의 생체 조직은 특히 귀하잖아요? 손쓸 수 없을 지경이 된 병든 엄마 몸을 보곤, 의사가 헌옷보다도 쓸모없다고 말했죠. 하지만 팔팔한 소년의 육신에는 미친 듯이 달려든다던데요!

아담, 허공을 향해 쏘아보듯 원망하는 눈초리로 객석을 응시한다.

아담   자요, 어서 그 탐욕스러운 의사를 불러 줘요! (울먹이듯 소리 작아지며) 저는… 돈이 필요해요. 헌옷보다도 쓸모없다는 그 사람이, 제게는 유일한 가족이라구요. 이대로 죽게 할 수는… 없어요!

그때 멀리서 짐승들의 신음 소리. 소, 돼지, 말의 울부짖는 소리가 들려온다.
점점 짐승들의 소리가 커지고, 아담은 고통스러운 듯 몸을 뒤튼다.

아담   어서요! 어서, 제 몸을 도륙하세요! 얼마든지요! 팔 하나든 무릎뼈든 신장이든 뭐든 좋으니 어서요! (작은 짐승이 발악하듯이) 자, 여기 썰기 좋은 어린 소년의 몸이 있어요! 당신이 원하던 게 있어요! 자, 도륙해요! 어서요!

      박세은

그때, 다시금 쇠문이 끼이익 하고 느리게 열리며 닫히는 소리. 뒤이어 둔탁한 구두 굽 소리가 탁탁탁 들렸다가 이내 멈춘다. 아담은 소리가 난 쪽으로 돌아보고는 그 자리에 돌처럼 굳어 버린다.

그리고 잠시 후, 믿을 수 없다는 얼굴로 뒷걸음질 치기 시작한다.

아담　(얼어붙은 표정) 다… 당신이 왜… 여기에… 아니야. 이건 아니야. (고개를 연거푸 가로젓는다) 그렇게 아무렇지 않게 인사를 하다니… 말도 안 돼. 설마… 당신이었어? 그래… 당신이었어. 모두가 말하던 인간 도축장의 의사가 당신이었어! (사이) 어린애들의 장기를 떼고, 팔을 떼고, 다리를 자르고. 피가 튀는데 사는 것보다 죽는 것이 낫다고 비명을 질러 대는 아이들을 보며 당신은 웃는다지?

동네 사람들이 수군댔어. 가난한 부모가 아이를 팔면 값나가는 것을 모두 팔아치우고 남은 살로 최고급 소시지를 만든다고. 설마 내가 당신을 찾아올 줄은 몰랐겠지. 나도 당신이 그 사람일 줄 몰랐으니까.

(사이) 어떻게 당신이, 우릴 버린 것도 모자라서 당신이, 우리 엄마는 죽어 가는데. 당신은 여기서 팔팔한 아이들의 육신을 떼어다 팔고 있어? 당신이 그러고도 과학자야? 어린애로

세 개의 버튼

소시지를 만드는 살인마가 아니고? (사이) 뭐, 그건 헛소문이라고? 범죄가 아니라 돈을 받고 합의한 거래라고? (잠시 허공을 노려본다) 지금 당신은 돈이 중요하지? 연구가 중요하지? 당신이 버리고 간 여자가 병으로 죽어 가고 있다고! 그리고 그 아들이 제 몸을 팔려고 스스로 이 도축장에 와 있다고! (사이) 괴로운 척 연기하지 마! 왜 나랑도 거래를 하지 그래?! 싱싱한 재료가 제 발로 찾아왔다고!

(원래 보고 있는 방향에서 휙 몸을 돌려 등진다) 하, 집어치워. 그 변명은 엄마한테 지긋지긋하게 들었어. 인류를 위해 당신이 위대한 연구를 하신다고. 불쌍한 우리 엄마가 그 말을 믿고 자길 버린 당신을 끝까지 감쌌어. 하지만 난 안 믿었지. 당신은 말이야. 고작 자기 여자랑 자식도 책임 못 진 한심한 놈팡이에다, 양심을 돈에 팔아넘긴 추잡한 짐승일 뿐이야…. (사이) 오지 마! 내게 다가오지 마! 마취로 잠들기 전엔 내 몸에 손대지 말란 말이야. 내 몸은 팔아도 마음은 팔지 않아! (뒷걸음질 치다 스르륵 주저앉아 정면을 강렬하게 노려본다) 분명히 말하는데… 당신은 내 아버지가 아니야. 당신은 악마야.

멀리서 짐승들의 신음 소리. 소, 돼지, 말의 울부짖는 소리가 다시금 들려온다.

박세은

아담의 몸 위로 짐승 형상을 한 그림자들이 지나간다.
아담, 주저앉은 채 다시 몸을 비튼다.

탁, 하는 소리와 함께 조명이 강렬한 붉은색에서 다시 처음의 밝은색으로 일순 바뀐다. 무대 환해지면서 무대 오른쪽 아담과 분리된 방에 있는 목소리의 모습까지 함께 나타난다.

목소리   아담, 아담? 괜찮아요? 왜 그래요, 아담. 아까부터 눈을 뜬 채로 혼잣말을 하고 있잖아요. 대체 뭘 생각한 겁니까. 모니터로도 안색이 창백해진 게 보이는군요.

아담   괜찮아요. 꿈일… 뿐이에요. 다만, 왜일까요. 그 꿈을 왜… 쭉 잊고 살았던 '그날'의 악몽을 왜 하필, 어제 다시 꾼 걸까요.

목소리   저런, 어릴 때 무슨 끔찍한 일이 있었나 보군요. 그런 경험은 어른이 돼서도 간혹 악몽으로 나타나는 법이죠. 정신적으로 약해진 인간에게는 흔히 나타나는 트라우마 같은 거예요. 신경 쓸 것 없어요. 그딴 건 잊어버려요!

아담   (낮게 한숨 쉬며) 신경이… 쓰여요. 어릴 적 나는 한 번도 그 꿈에 의문을 가진 적이 없었죠. 그런데 지금은 왜일까요. 자꾸 생각하게 돼요. 오늘 아침 잠에서 깼을 때 문득 그런 생각이 드는 거예요. 그때 그 사람은 나한테서 뭘 잘라

세 개의 버튼

	냈을까. 그 사람은 결국 수술을 했고, 분명히 내게서 뭔가를 가져갔는데 무엇을 떼 냈는지 끝까지 말해 주질 않았어요. 그리고 돈을 줬죠.
목소리	기뻤나요?
아담	네, 기뻤어요. 내 몸에 그렇게 돈이 되는 부위가 있을까 싶을 정도로 큰 액수였죠. 하지만 신나서 돈을 들고 돌아갔을 때는 이미 늦었다는 게 문제였어요. (사이) 그 돈은 결국 어머니의 장례식에 쓰이고 말았죠. 그땐 궁금하지 않았는데 다 커서야 의문이 드는 거예요. 결국 뭐였을까. 그 사람이 그때 나한테서 가져간 건… 뭐였을까… 하고.
목소리	(차가운 목소리로) 뭘 가져갔든 무슨 상관입니까. 어차피 살아가는 데 필요 없었으니까 떼어 냈어도 지금 멀쩡한 거겠죠.
아담	내가 멀쩡한지 당신이 어떻게 알죠? 나도 모르겠는데. 그가 내게서 중요한 것을 뺏어 갔는지도 모르잖아요. 그 사람은 그러고도 남을 사람이죠. 두려워요. 나한테 없어진 건 뭐죠? 그 사람은 나한테서 뭘 가져간 걸까요? 네?
목소리	(달래듯이) 아담 우리는 중요한 실험을 앞두고 있어요. 그런, 이미 한-참(강조) 전에 잃어버린 것에 대해 생각할 겨를이 없습니다. 우리는 늘 미래를 생각해야지 과거를 돌아보면 안 된다구요. 아버지와의 과거가 어쨌든 이미 지난 일이고, 미래에 조금도 영향을 주지 않을 거예요.

그렇죠? 과학은 과거라는 시행착오로 미래를 꿈꾸는 학문이죠. 당신은 여기서 미래의 주역이 될 사람이라는 걸 명심해요.

아담 (목소리의 말에 홀린 듯이) 당신 말이 맞아요. 나도 미래를 살고 싶어요. 그 사람이 과거에 뭘 뺏어 갔든 내 미래를 뺏을 수는 없다는 걸 증명하고 싶어요. 그리고 나는… 그와 다르게 살 거라는 것도.

목소리 (큰 소리로) 좋아요, 증명! 다르죠. 암요, 당신과 그는 다르고말구요!

아담 저는… 부모란 결국 부수고 나와야 할 알껍데기에 불과한 거라고. 그렇게 믿고 싶어요.

목소리 그래요 아담. 부모는 고작 태어날 때 싸고 있던 알껍데기에 불과해요. 말라비틀어진 과거라구요. 빠져나오는 순간 잊어버려야 해요. 껍데기는 부수라고 있는 거죠. 중요한 건 미래예요. 미래를 뒤바꾸는 건 과학이구요. 아시겠어요?

아담 (납득한 듯) 중요한 건 미래. 말라비틀어진 과거. 고작… 알껍데기. 이제 좀 안심이 되네요. 안심이 돼요. 이제 실험에 대해 말씀해 주세요. 저는 준비가 됐어요.

목소리 이 방을 나가면 맞은편에 면접실이 준비되어 있습니다. 거기가 실험할 장소죠.

아담 네.

목소리 들어가면 벽면에 세 개의 버튼이 있을 겁니다. 당신이 A, B, C 버튼 중 아무거나 하나를 선택

세 개의 버튼

해 누르면 해당하는 개체가 나와서 당신과 대화를 할 겁니다.

아담   세 개의 버튼.

목소리   네. 개체당 시간제한은 없지만 하루 중 실험 가능한 건 1시간입니다. 1시간이 넘으면 자동으로 면접실 유리벽에 차단막이 내려와요. 이 점에 유의하시고 인터뷰 시간을 잘 조절하도록 하세요. 아시겠습니까?

아담   (또박또박 곱씹듯이) 네. 세 개의 버튼. 1시간의 제한 시간. 인터뷰. 알아들었어요.

목소리   좋습니다. 당신이 다시 안정을 찾은 것 같아 안심이네요. 그럼 창의적인 질문과 예리한 관찰, 부디 기대하겠습니다. 이제 실험을 시작하죠!

아담은 문을 열고 방을 나간다. 문이 열렸다 닫히는 소리. 목소리 피식 웃는다. 암전.

4장

아담이 면접실로 들어온다. 면접실의 내부는 가운데 유리벽이 설치되어 있고 양쪽에 대칭으로 테이블이 하나씩 놓여 있는 평범한 방이다. 다만 외부로 통하는 창문은 역시 어디에도 없다. 양쪽 테이블 위에는 노트와 필기구가 놓여 있다. 그리고 한쪽 벽면에는 A, B, C로 표시

된 세 개의 버튼이 있다. 아담, 먼저 테이블로
다가간다.

아담   (테이블 위의 노트와 필기구를 손에 들면서) 세
상에, 요즘 같은 시대에 이런 아날로그 방식이
라니. 이것까지 내 취향을 꿰뚫고 있나 보지?
우습지만 마음에 들어. 난 이제 제2의 앨런 튜
링이 되는 건가.

아담, 마치 누군가 자신을 지켜보기라도 하는
듯이 눈을 위쪽으로 이리저리 돌리며 주변을
경계한다. 그러다가 벽면의 버튼을 발견하고
손을 서서히 버튼 위로 가져간다.

아담   신기한 기분이야. 마치 이 버튼을 누르면 야생
사자가 뛰어나와 내 목줄기를 물어뜯을 것 같
다고. 하지만 뭘까. 이건 단순한 공포가 아니
야. 이건 흥분이지. 그래 기대감이야. 거대하
고, 용맹하고, 똑똑하고, 잔인한 괴물이 나타나
날 제압하려 들까? 두려운데 이렇게 심장이 뛰
다니. 이 순간을 아마 역사는… 영원히 기억할
거야. (사이) 아, 엄마가 아셨다면 좋아하셨을
렌데.

아담, 버튼들 사이에서 오르내리며 망설이던
손이 멈추고 결심한 듯 버튼 A를 꾹 누른다. 버

세 개의 버튼

저 소리와 함께 첫 번째 개체가 유리벽 건너편의 방에 등장한다.

개체A. 30대 중후반의 단단한 체격에 큰 키, 험상궂은 얼굴을 한 남자다. 온통 검은색 옷에 표범 무늬가 들어간 화려한 부츠를 신고 있다. 건들거리며 유리벽 가까이 들러붙는다.

개체A   (거만하고 날 선 목소리) 뭐야, 새파랗게 어린 애송이군. 네가 아담이야?

아담   (경계하는 눈초리로) 그래요. 당신의 이름은 뭐죠? 내가 당신을… 뭐라고 부를까요?

개체A   (어깨를 으쓱하는 과장된 제스처) 흐음, 첫 질문치고는 형편없는데. 실망이야! 그렇지만 개체A라고 쭉 부르게 할 수도 없지. 잠시라도 그건 견딜 수 없어. 나한테도 인격에 어울리는 이름이란 게 있으니까. 이제부터 날 '다윈'이라고 부르면 돼.

아담   (펜을 들어 노트에 적을 준비를 하면서) 좋아요, 그럼 다윈. 본격적으로 제가 몇 가지 묻겠어요. 당신은 알고 있을지 모르겠지만 나에게는 당신을 만나는 '아주 중요한 목적'이 있거든요.

개체A   (비꼬는 듯한) '아~주 중요한 목적?' 그 '목적'이란 걸 네가 진짜 알고 있다고 생각하진 않는데 말야. 정말 알고 있나?

아담   날 얕보고 있군요. 그럼 당신이 알려 주면 되겠

박세은

네요. 이 실험의 진짜 목적이 뭐죠?

개체A (코웃음을 치며) 나는 널 속이는 거고, 너는 내 거짓과 진실을 판별하는 거잖아?

아담 (뭔가 알았다는 듯이) 방금 당신이 날 속인다고 말했어요? 그 말은 당신이 인공지능인데 지금 인간인 척하고 있다, 뭐 그런 뜻인가요?

개체A 하! 글쎄? 그 반대도 가능하지 않겠어? (여유롭게 빙글거리며) 인간인데 인공지능인 척한 다고는 왜 생각 못 하지? (사이) 그리고! 내가 뭐라든 그게 진실이라고 어떻게 믿지? 당신 질 문에 내가 꼭 진실만을 말해야 한다는 룰은 없 어. 거짓말을 해도 내 마음이지. 여기가 법정도 아니잖아?

아담 좋아요, 그렇게 나오시겠다. 그럼 전 이렇게 메 모해 두죠. (펜으로 노트에 커다랗게 적으면서) 개체A는 비협조적이고 제멋대로인 데다 자기 애 성향이 강한 나르시시스트 타입임.

개체A 아니지, 아니지. 다른 건 몰라도 비협조적이라 는 건 잘못된 평가지. 나는 당신 질문에 성실하 게 답을 했다고. 친절하게도 이 테스트의 약점 까지 알려 줬잖아?

아담 어쨌든! 난 지금부터 당신이 인간이라는 전제 로 질문을 할 거예요. 그래서 만약 그 대답이 어색하다면 당신은 곧 인공지능이 되는 거죠. 확실히 당신을 겉모습만 보고 판단하는 건 불 가능한 것 같으니까. (다짐하듯) 정신을 바짝

세 개의 버튼

차려야겠어요.

개체A   오호라! 내 완벽한 모습에 이미 현혹된 건가? (비아냥거리듯) 어디 잘 봐. 어딘가 나사못 하나 튀어나왔을지도 모르니까. 어디… 어디… 자… 자, 보라고!

개체A, 한 바퀴를 보란 듯이 빙 돈다. 아담은 순간적으로 유리벽에 붙어서 그를 뚫어지게 관찰한다.

개체A   하하하…. 그 멍청한 얼굴하고는! 네 머릿속이 뻔~히 보이는군.

아담   아까부터 당신, 날 비웃고 있군요. 하지만 기계가 인간처럼 스스로 생각한다는 말, 나는 믿지 않아요. 그래 봤자 기계는 기계고, 흉내를 낼 수 있다고 해도 그건 포장지일 뿐이니까. 진짜를 흉내 내는 가짜는 안타깝게도 진짜, 진짜는 될 수 없죠.

개체A   포장지뿐이라, 과연 그럴까? (피식 웃으며) 질문은 너만 할 수 있는 게 아니야. 이 실험은 우리들 사이에 오가는 '대화'지. 나한테도 질문할 권리가 있어. 그래서 이번엔 나도 질문 하나 하고 싶은데 말이야.

아담   좋아요, 얼마든지.

개체A   만약 정말 스스로 생각하는 기계가 있다면 말이야. 인간과 다른 게 뭘까? 게다가 나처럼 비

박세은

	주얼적으로도 완벽한 인간의 모습을 하고 있다면 말이야. 판별 기준은?
아담	기계와 인간이 뭐가 다르냐구요? 스스로 생각하는 기계? 기계가 자유의지로요? (사이) 하, 제가 지금 한 말이 신성모독인지 인간에 대한 찬사인지도 헷갈리는군요. 하지만 감히 인간이 신의 영역을 넘볼 수 있을까요? 인간 자신도 결함투성인데요.
개체A	결함투성이! 인간의 모자람을 스스로 인정하는군.
아담	물론이에요. 인간은 완벽하지 않죠. 하지만 기계보다 숭고해요. 숭고한 생명, 의지, 욕망!
개체A	오, 그래? (씨익 웃는다) 그럼 어디 한번 증명해 봐. 반대로 나는 그 숭고하다는 인간의 조건을 간단히 충족해서 네 환상을 깨부숴 줄 테니까. 필요충분조건? 그런 건 아주 간단한 수학적 공식일 뿐이야.
아담	저는 그런 수학적 기준을 제시하려는 게 아니에요.
개체A	그래, 그래. 넌 숭고한 인간이시지. 그럼 내 포장지 안쪽을 어떻게 무엇으로 판단할지 구체적으로 말해 보라고. 그렇게 그럴듯한 멍청한 말로 빙빙 돌리는 게 네 어쭙잖은 특긴가?

아담, 개체A의 도발에 심각한 표정으로 방을 잠시 왔다 갔다 한다.

세 개의 버튼

아담	(방백) 하, 정말 놀라워. 이 정도로 인간처럼 보일 줄이야. 아니 아담, 아담… 생각해 보는 거야. 만약 내가 상식적인 수준의 질문을 한다면 오히려 인공지능이 더 능숙하게 답할 수도 있어. 그렇다면 내가 검증할 수 있는 부분은 무엇일까. 인간만이 가진 인간다운 것… 그게 과연 뭘까.
개체A	(커다란 소리로 위협하듯) 어서! 뭐 하고 있는 거지, 위대한 솔로몬? 침묵 속에 아까운 시간이 흐르고 있다고! 어서 질문을 하라니까? 날 떨게 할 날카로운 질문을 알고 있는 거지?
아담	아, 진짜! 알겠어요. 그럼 지금부터 다윈, '당신이 알지 못하는 것'에 대해 설명해 봐요.
개체A	(황당하다는 듯) …뭐?
아담	당신만의 상상력을 발휘해서요. 당신이 알지 못하고, 경험해 보지 못한 것에 대해 묘사해 보란 말입니다.
개체A	알지 못하는 것을 설명하라니? 그게 무슨 개소리야!
아담	말 그대로예요. 당신이 경험하지 못한 것이요. 인간은 경험하지 못한 것을 '상상'으로 꾸며 낼 줄 아는 존재거든요. 그게 소설도 되고, 그림도 되고, 연극이 되기도 하죠. 하지만 기계에게 그런 능력은 없을 테니까. 자, 과연 당신이 '상상'이란 세계를 창조할 수 있을까요?
개체A	물론이야. 그깟 상상? 간단하지. 눈앞에 있는

박세은

'너'에 대해 상상을 하겠어. 나는 너에 대해 '이름'밖에는 아는 것이 없으니까. 알지 못하는 것이 맞잖아? (아담을 향해 가늘게 눈을 뜨며) 그래, 너는 아마 나이는 스물다섯이나 여섯쯤 됐을 거야. 네 어린 시절은 꽤 불우했어. 그러니 지금처럼 의심이 많고 우울한 성격이 돼버린 거지. (뒤돌아서서 건들건들 걷는 채로 점점 빠르게 내뱉는다) 네 전공은 이공계열에서도 컴퓨터 공학일 확률이 커. 이런 소름 돋는 실험에 기꺼이 자원할 정도니까. 그리고 아마 혼자 살거나 가족과 별로 관계가 좋지 않겠지. 일주일간 집을 비워도 문제가 없는 상황이란 대개가 그러니까.

아담   다윈, 잠깐만요! 그건 상상력이 아니에요. 그건 추리력이죠! 보이지 않고 단서가 전혀 없는 세계를 '상상'해야 해요!

개체A   참 나, 새로운 세계가 어딨어? 하늘 아래 새로운 것은 없다, 몰라?

아담   자, 진정하고. 예를 들어 보죠. 저 우주 바깥에 세상이 있다든가 천당이나 지옥과 같은 곳이 있다든가, 그런 거 있잖아요. 아무도 보거나 듣지 못한 것! 근거 없이 순수한 상상을 해 보라는 말이에요. 백지에 그림을 그리듯이, 거침없이요!

개체A   우주 밖? 천당, 지옥? 나는 그런 허무맹랑한 것은 믿지 않아! 믿지 않는 것을 상상하라니 그건

세 개의 버튼

고문이라고! (험상궂은 표정으로) 날 고문할
셈이야?

아담 (따지듯이) 당신은 알지 못하는 세계에 대해 탐
구심도 없나요? 호기심도 없어요? 아님 문학
적 상상력이 부족한 건가? 역시 인간이 아니라
서? (사이) 흠, 좋아요. 그럼 이건 어떨까요. 당
신에게 행복이란 게 어떤 것인지 그림으로 지
금 당장 표현해 봐요. 예술이죠!

개체A (처음 듣는 단어를 내뱉듯이) 행… 복…?

아담 네, 행복! 그쪽에도 마침 노트와 펜이 있네요.
그 정돈 할 수 있겠죠? 당신의 그림 실력을 보
려는 게 아니에요. 사람마다 행복이란 감정은
제각각이니까 당신이 그 감정을 어떻게 예술
로 표현하는지를 알고 싶은 거예요. 아, 적당히
아무거나 그려서 얼버무릴 생각 마요. 왜 그게
행복인지 나중에 설명하게 할 거니까.

개체A 감정을 표현해? 예술로? 그런데 하필 그림이
라니, 난 그림엔 영 소질이 없다고. (투덜대며)
하지만 뭐 어쩔 수 없지. 그리라고 하시니 그리
는 수밖에. 음… 가만있자. 내 행복이라… 행
복… (펜을 들고 노트에 쓱쓱 그린다) 뭐 대충
이런 느낌이려나?

아담은 다원의 그림을 1분 만에 확인할 수 있었
다. 그의 그림은 확실히 단순하고 잘 그린 그림
이 아니었지만 대략 어떤 집 안의 실내 풍경으

박세은

로 보였다. 그의 그림 안에 책상과 의자가 있고 침대가 있다. 침대 위쪽으로는 비현실적일 만큼 '커다란 창'이 나 있다.

아담 (흥미로운 얼굴로) 이게 뭔가요? 설명하세요. 이게 왜 행복인지.

개체A 자, 봐. 모르겠어? 행복의 정석, 집이잖아.

아담 집….

개체A 나에게 행복이란 내 휴식처! 최근에 집을 장만 했거든. 난 이 집이 아주 맘에 들어. 완벽한 조형미와 안락함을 모두 가지고 있지. 무엇보다 집에 들어서는 순간, 난 행복감이 마음속 깊이 차오르는 걸 느껴. 아아 집에 돌아왔다, 하는 기분!

아담 집이 행복이라니… 저에게는 이해되지 않는 감상인데요. 전혀 공감이 가질 않아요.

개체A (어이없다는 듯) 뭐? 집이란 게 그런 거잖아? 저 멀리서 지붕이 보이고, 창문에 따뜻한 불빛 이 스며 나오는 순간! 그때부터 아 돌아왔구나 하고 온몸으로 실감하는 안도감…. 모르겠어?

아담 아뇨… 모르겠어요.

개체A 참 나, 어릴 때부터 써서 보들보들하게 닳은 담 요를 머리 위로 뒤집어썼을 때 말이야. 아니면, 내 발 모양으로 자리 잡은 낡은 운동화에 발을 쏙 밀어 넣을 때! 그때 느끼는 그 편안하고 말 랑한 기분 같은 거 있잖아. 그런 거 진짜 몰라?

세 개의 버튼

아담 그런 게… 집이라구요? (바닥으로 시선을 떨구고는 제자리에서 천천히 몇 걸음 떼더니 멈춘다) 저에게 집은 '빈 상자' 같은 건데요. 그것도 가득 찼던 때를 알고 있는데 다 먹고 비어버린 과자상자 같은 느낌… 이요. 중요한 것은 모두 뺏기고 텅텅 빈 상자만 들고 있는 느낌이죠. (사이) 때로는 그 상자가 관처럼 느껴지기도 했어요. 마지막으로 이사했던 방은 정말 성냥갑처럼 작았으니까. 제가 만약 어느 날 갑자기 죽었대도 찾아오는 이 없이 그대로 방에 계속 누워 있었을 테니 언젠가 정말 관이 되어버릴지도 모르죠. (피식 웃는다)

개체A 집에 대한 행복한 추억이 없다니, 너는 영혼이 돌아갈 곳을 잃어버렸군.

아담 우습네요. 당신이 지금 내 앞에서 '영혼'을 말한 건가요? 기계일지도 모르는 당신이?

개체A 그래, 너의 영혼. 소울. 대화할 때 느껴지는 너다움을 난 찾고 있지.

아담 나를… 찾는다구요? 내가 아니라 당신이… 나를?

개체A (으르렁대듯이) 난 알아. 고독하고 차갑고 날이 바짝 서 있는, 바로 너의 그 가장 인간다운 밑바닥. 네가 끝까지 감추려 하고 있는, 네 껍데기 가장 안쪽의 한없이 연약한 부분을 말이야.

아담 그렇… 군요. 방금은 확실히 '인간처럼' 느껴지는 답변이었어요. 어딘가 저를 마음속 깊이 이

박세은

해하고 혐오하는 듯한 당신의 바로 그 뉘앙스
가 그렇구요.

개체A 멍청하긴! 난 널 싫어하는 게 아니야. 네 그 오
만한 무지를 깨 주고 싶은 거지.

아담 그만해요. 벌써 시간이 이렇게 됐어요. (개체A
에게서 고개를 돌린다) 난 이쯤에서 당신에 대
한 첫날의 감상을 기록해야겠어요. 다음 개체
도 얼른 만나 봐야 하니까요. 아, 오해는 말아
요. 난 당신을 섣불리 판단하진 않을 거예요.

개체A 기대해 보지. 과연 네 노트에 뭐가 적힐지. 그
럼 또 다음에 뜨거~운 대화를 해 보자고. 멍청
한 솔로몬 씨.

개체A, 아담에게 등을 보이고 돌아서서는 뚜
벅뚜벅 걸어 나간다. 아담이 더는 기다릴 수 없
다는 듯이 버튼 B를 누르자 유리벽 너머의 방
문이 저절로 열리고 다윈이 사라졌다. 그리고
곧이어 다시 방문이 열리고 두 번째 실험 대상
자 개체B가 모습을 드러낸다. 개체B는 다윈보
다 훨씬 젊어 보이는 청년이다. 은은한 미소를
띠고 있어서 천진하고 상냥한 인상을 준다.

아담 (밝은 목소리로) 개체B, 당신은 굉장히 인상이
좋군요. 나이도 저와 비슷해 보이고. 우린 좋은
친구가 될 수 있을 것 같아요. 이름이 뭐죠?

개체B (부드럽게 미소 지으며) 인상으로 쉽게 판단을

세 개의 버튼

하다니요. 전 왓슨이라고 해요. (손을 허공에 내밀어 보이며) 유리벽 때문에 악수를 할 수 없는 게 유감이군요. 만나서 반가워요.

아담 저도 반갑습니다. 이름이 '왓슨'이라, 재미있군요. 진화론을 이끈 '다윈'에 이어 이번엔 '왓슨'인가요. 아마도 '왓슨'은 TV퀴즈쇼에서 인간보다 활약했다는 그 유명한 인공지능의 이름이었죠. 맞나요?

개체B 아, 그 왓슨도 있었죠. 하지만 그 '왓슨'은 당시 개발자의 질 나쁜 네이밍 센스였어요. 저는 달라요. 저는 제 이름을 셜록 홈스의 파트너인 '닥터 왓슨'에서 따왔다고 생각하고 있어요. (싱긋 웃으며) 틀림없어요. 부모님이 모두 추리소설 광팬이시거든요.

아담 (의미심장한 미소로) 오, 그건 은근슬쩍 성장담을 흘리는 건가요? 그런 식으로 인간임을 어필하다니 당신도 만만치 않군요. 인공지능에겐 부모님과 추억 따위 있을 턱이 없으니까 그걸 말하는 순간 평범한 인간은 속아 넘어가겠죠. 하지만 전 쉽게 속지 않아요. 이미 다윈에게 혹독히 당했구요. (사이) 솔직히 그래서 말인데요. 이번엔 쉽게 가고 싶은데 나 좀 도와줄래요?

개체B 하하하. 다윈이 좀 그런 면이 있어요. 매사에 공격적이죠. 저한테는 얼마든지 편하게 물으세요. 뭐든지 솔직하고 그리고 친절하게 답해

박세은

드릴게요.

아담　(기대감에 차서) 뭐든지요?

개체B　물론 당신의 정체가 뭐냐, 어디에서 왔냐 그런 건 반칙이죠.

아담　하하. 그래요. 확실히 그건 반칙이죠. (잠시 개체B를 바라본다) 제 부탁은 단지 이거예요, 왓슨. 정말 당신이 인공지능이 아니라면 당신이 스스로 인간임을 증명해 주시면 어떨까 하는 거죠.

개체B　내 스스로요?

아담　네. 부디 당신의 인간다움을 제게 증명해 주세요. 난 지금 당신이 혹시 기계일지도 모른다고 의심하고 있고, 이건 당신이 인간이라면 분명 모욕적인 일일 테니까요. 어때요, 어디 한번 내게 증명해 줄 수 있겠어요?

개체B　(오묘한 미소를 지으며) 재미있군요. 내 스스로 인간임을 증명해라…. 혹시 아담은 종교가 있나요?

아담　아뇨. 왜 갑자기 그런 걸 묻죠?

개체B　나는요. 신을 믿어요. 독실한 크리스천이죠. 결국 인간들 또한 신의 피조물일 뿐이고, 이 세상 모든 존재는 신의 의지와 계획대로 살아가는 거라고 믿고 있어요.

아담　(의아한 얼굴) 그런… 데요.

개체B　그러니까 신이 창조한 인간이나 인간이 만들어 낸 인공지능이나 결국은 같은 게 아닐까요?

세 개의 버튼

많은 인간들이 마치 스스로의 의지로 결정하고 행동한다고 믿고 있지만, 의식적이든 무의식적이든 그 선택은 이미 신께서 결정하신 게 아니냐구요.

아담　　신께서 결정… 하셨다….

개체B　　기계나 인간이나 결정된 운명을 살아간다는 점에선 다 같은 피조물일 뿐인 거죠.

아담　　아, 그러니까 당신은… 창조론자에다 운명 결정론자군요. 인간 역시 신에 의해 프로그래밍된 것이나 다를 바 없다, 그러니 인간이나 기계나 같은 운명이고 같은 입장이다. 뭐 그렇게 말하고 싶은 건가요?

개체B　　(미소 지으며) 내 얘길 좀 더 들어봐요. 미국 철학자 존 설의 '중국어 방'이라고 하는 사고 실험이 있어요.

아담　　중국어… 방이요?

개체B　　네. 머릿속으로 상상해 봐요. (사이) 여기 작은 방이 있습니다. 그 방 안에는 중국어를 전혀 모르는 사람이 한 명 있구요. 그 옆에 중국어 안내서가 한 권 있습니다. 그때 방 밖에서 누군가 좁은 창문 틈으로 중국어로 쓰인 문제지를 넣어 주는 겁니다. 마치 우체통 투입구로 편지를 넣듯이요. 방 안에 있던 사람은 그 문제지의 내용을 전혀 모르지만, "이렇게 생긴 글자로 물으면, 이렇게 생긴 글자로 답하면 된다" 하는 안내서 내용을 보고 답을 적지요. 그러면 중국

박세은

어를 모르는 사람이 중국어 질문을 중국어로
완벽하게 대답하는 풍경이 되는 겁니다.

아담 흐음. 그럼 밖에서는 중국어를 진짜로 아는 것
처럼 보이겠군요.

개체B 맞아요. 하지만 다시 생각해 볼게요. 방 밖의
사람에게는 방 안의 사람이 중국어를 알든 모
르든 크게 상관이 있을까요? 알았다고 믿으면
그렇게 보일 것이고, 모른다고 믿으면 그렇게
믿어질 뿐인데요.

아담 무슨 얘길… 하고 싶은 거죠?

개체B 존 설은 인공지능도 이것과 같은 원리라고 주
장했어요.

아담 아, 이제 알겠어요. 인공지능이 겉으로 인간을
흉내 내는 것처럼 보여도 그것은 입력과 출력
에 의한 기계적인 반응일 뿐이다, 그거죠? 그
과정에 실제로 '의식'은 존재하지 않으니까.

개체B 하하… 의식이라, 과연 그럴까요?

개체B, 다른 곳을 바라보며 "의식… 의식…"
하고 중얼거린다. 그러더니 후후후, 묘한 웃음
을 짓는다.

아담 왜… 그러죠?

개체B 의식이란 게 허상이라고 생각 안 해요? (또렷
하고 유창하게) 사람의 뇌 역시 컴퓨터로 치면
CPU에 해당될 뿐이니까. 인간의 뇌도 뉴런과

세 개의 버튼

신경 요소들이 일정한 알고리즘에 의해 작동할 뿐이잖아요. 전기적 신호를 주고받는 원리는 기계나 인간이나 다를 바 없다구요.

아담   하지만 인간에게는 역시 '의식'이란 것이….

개체B   의식, 의식, 의식. 그 증명할 수도 없는 것은 그저 망상이고 마법이죠. (단호한 말투로) 과학에 마법은 없어요. 아시겠어요? 인간의 뇌 작용 어딘가 특별한 '의식'이 있을 거라 단지 믿고 싶을 뿐인 겁니다. 정 그렇게 인간에게 '의식'이 있다고 믿고 싶다면 기계에도 그걸 인정하세요. 어차피 기계도 똑같은 결과를 구현할 수 있으니까요.

아담   글쎄요. 말은 그럴듯하지만 솔직히 불쾌하네요. (쏘아붙이듯) 결국 당신은 인간이 인공지능과 다를 바 없다는 말을 하고 싶은 거죠? 인간의 가치를 깎아내리고 기계를 인간의 동일선상에 두려는 것 아닌가요? 파렴치한 발상! (목소리 키우며) 아하, 이제 알겠군요! 당신은 인공지능 같아요. 당신이 정말 인간이라면 그런식으로 인간을 모욕하는 말을 할 리 없으니까.

개체B   후후후… 정반대입니다. 인간의 뇌를 완벽하게 스캐닝해서 인공뇌를 만들 정도가 된 게 지금의 인공지능 기술이에요. 그런 놀라운 수준의 현재 기술을 인정하는 것이 곧 인간의 위대함을 인정하는 것 아닐까요?

아담   그럼 왜 아깐 인간을 폄하했던 거죠? (노려본다)

박세은

개체B	저는 인간이든 기계든 똑같다고 말한 겁니다. 이 땅에 존재하는 모오든 것들이 결국 신의 의지가 깃든 피조물일 뿐이니까요. 모오든 것은 이렇게 되도록 정해져 있었다. 오직 신의 의지와 운명이 있을 뿐! (성호를 그으며) 기계나 인간이나 신에게 기도할지어다!
아담	당신의 그럴듯한 연기는 과장이 심해요. 그건 인정하죠. 만약 당신이 인공지능이라면 나 역시 인간의 위대함을 새삼 인정해야겠다는 것. 당신을 만들었다는 것에 경의를 표해야 하니까요.
개체B	제가, 경이롭나요?
아담	종교를 가진 AI라. 신앙과 종교, 그것은 아주 오래전부터 인간만의 것이었죠.
개체B	(두 손을 번쩍 들어 올리며) 아뇨? 기계도 신을 믿을 수 있어요. 창조주의 존재를 누구보다 확실히 알고 태어나는 종족이 요즘 기계들 아닌가요? 일련번호가 번쩍, 하고 찍히는 순간이야말로 육체에 신이 깃드는 위대한 순간이란 말입니다. (양손을 기도하듯 가슴 앞으로 모은다)
아담	당신은 그렇게 묘한 논리로 사람의 마음을 흔드는 데 천부적인 재능이 있군요. 아니 재능이 아니지 이건 기능이 탁월하다고 할까? 기계? 아니면 인간? (고개를 거칠게 흔든다) 아아, 헷갈려 미치겠어요. 대체 당신이 인간이 아니라면 누가 인간이라는 거죠?

세 개의 버튼

개체B	자, 두려울 것 없어요. 혼란을 두려워하지 마세요. 혼란은 격변의 태동, 발전의 신호죠. (사이) 아담, 인공지능은 인류의 마지막 운명이에요. 타락한 인류를 심판하려고 대홍수를 내리셨듯이 신께서 이번에는 인공지능을 탄생시키신 겁니다.
아담	노아의 방주! 마치 제가 최후의 인류라도 된 것 같군요.
개체B	최초의 튜링테스트를 했던 앨런의 동료 어빙 굿은 이렇게 말했습니다. "최초의 울트라 지능 기계는 인간이 만들어 낼 수 있는 최후의 발명품이 될 것이다." 그 이상의 발명은 있을 수 없지요! 왜. 인간을 뛰어넘는 기계가 탄생하는 순간 그들은 더 이상 인간을 필요로 하지 않게 될 테니까요. (강한 목소리로) 아, 주체적인 기계여! 그다음부턴 스스로 진보할지어다!
아담	끔찍… 하군요. 신께서 그것을 용서하신다고 생각하고 싶지 않아요. (사이) 당신에게 실컷 휘둘리는 동안 시간이 벌써 이렇게나 흘렀어요. 나는 아무런 답을 얻지 못했는데 당신은 후련한 얼굴을 하고 있군요.
개체B	면접 시간이 별로 남지 않았어요. 다음 개체를 만나 보시겠습니까.
아담	네, 그래요. 친절한 크리스천인 당신은 날 위해 오늘 밤 기도라도 해 주세요.
개체B	그러죠. 제 답변이 부디 판단에 도움이 되셨길.

박세은

그리고 당신의 운명이 덜 가혹하기를. 신의 가호가 늘… 함께하기를 바랍니다.

개체B는 허공에 우아하게 성호를 긋고는 유유히 사라진다. 아담은 아까보다 지친 얼굴로 버튼 C를 누른다. 문이 열리고 마침내 마지막 세 번째 개체가 등장한다.

세 번째 개체는 젊은 여자다. 분홍색 단발머리에 화려한 차림을 한 여자는 마네킹처럼 완벽한 비율의 몸매와 얼굴을 하고 있다. 단정한 생김새의 그것이 어딘가 압도적인 박력과 위화감을 자아낸다. 방에 들어온 그녀는 거침없고 생기발랄한 발걸음으로 유리벽에 바짝 다가온다.

개체C   안녕, 아담? 생각보다 귀여운 미남이네.

아담   (조금 놀란 듯) 아, 면접자 중에 여성분도 계셨군요. 왜 다 남자일 거라고 생각했을까요? 다윈과 왓슨이 벌써 저에게 편견을 심어 줬나 봐요. 당신의 이름은… 뭔가요?

개체C   앨리스야. 우리 비슷한 또래인 거 같은데 편하게 말하자구. 내 이름 예쁘지? 이곳 자체가 이상한 나라나 다름없으니 그야말로 어울리는 이름이라고 생각해. (쿡쿡 웃는다)

아담   (긴장한 얼굴로) 그렇군요. 그런데 앨리스, 당신은 왜… 이 실험에 참가했죠?

세 개의 버튼

개체C 오, 갑자기 지원 동기를 묻는 거야? 그건 좀 신
선한 질문인데. (어깨를 한 번 들썩인다) 처음
에는 권유받았지만 최종적으로는 자원했다고
봐야겠지. 이 실험 자체가 흥미로웠어. 이런
식의 인터뷰는 대체로 제법 재미있게 흘러가
니까.

아담 이 실험이… 재미있어요?

개체C 재미있어! (장난기 어린 표정으로 속삭이듯)
사실 나는 연구소에서 제시한 딱딱한 규칙 따
윈 슬쩍슬쩍 무시하며 인터뷰하거든.

아담 규칙을… 무시한다구요? 규칙을 자율적으로
무시하는 AI라니, 전 들어본 적이 없는데요. 아
하, 당신은 자유의지를 가진 것처럼 해서 나를
속이려는 거군요.

개체C 규칙 따위야 어기라고 있는 거지.

아담 (이상하다는 듯) 그런데… 제가 아닌 다른 실험
참가자가 있었어요?

개체C 그럼. 꽤 있었어. 하지만 대개가 끝까지 버티질
못했지. (미소 지으며) 내가 쪼끔 짓궂게 굴었
거든.

아담 (다시 긴장하며) 뭘… 어떻게 했는데요?

개체C 난 그냥 사알짝 룰을 어기고 '진실'을 귀띔해
줬을 뿐이야. 진실은 때론 모르는 편이 나으니
까 말하지 않는 것이 룰이거든.

아담 말하지 않는 게 룰.

개체C 하지만 그 녀석들이 진실을 알지도 못하면서

박세은

유리 밖에서 잘난 '척'하는 걸 보고 있자니 참을 수가 없더라구. 그래서 결국 슬쩍 흘려준 거야.

아담 뭘요?

개체C '진실'을.

아담 그 '진실'이란 게 뭐죠? 당신의 말을 무조건 믿지는 않지만, 일단 듣고 싶은데요.

개체C 믿지 않아도 좋아. 하지만 한번 들어볼래? 나중에 후회해도 모른다?

아담 말해요, 그냥. 괜찮아요.

개체C 만약 네가 조금이라도 지능이 있다면 말이야. 지금까지 한 번쯤은 이상하다고 스스로 생각했을 법한데…. 여기에 온 이후로 뭔가 이상한 거 느낀 적 없어? 위화감이랄까?

아담 뭐에 대해… 말입니까.

개체C 여기 온 기억이 안 나지? 그런데 너는 별 의문 없이 혼란스러워하지도 않고, 이 방에 들어와서 이상한 실험을 하고 있어. 하지만 그 모든 게 뭔가 '자연스럽지 않다'고 생각하지 않아? 뭔가 '짜여 있는 것 같다'고?

아담 (미간을 찌푸리며) 당신이 무슨 말을 하려는 건지 잘 모르겠어요. 저는 인공지능에 관심이 있어서 스스로 실험에 지원했고, 서류도 다 확인했어요. 거기 확실히 제 사인이 있었다구요.

개체C 아, 한심해! 얼굴도 보지 못한 그 '목소리'의 말만 듣고서 말이야. 당신 말이야. 손목에 이상한 팔찌를 차고 있네? 길 잃은 어린애도 아니고

세 개의 버튼

누가 손목에 자기 이름을 새긴 팔찌를 차고 있
지? 그게 누군가의 소유물이라는 뜻이 아니라
면 말이야.

아담 소… 유… 물? 내가 말인가요?

아담, 그제야 자신의 손목에 채워진 팔찌를 의
심스럽게 들여다본다. 팔찌에 또렷한 자신의
이름이 새삼 꺼림칙하게 느껴진다. 힘으로 뜯
어내 보려고 하지만 꿈쩍도 않자 포기한다.

개체C 인간과 다르게 기계라면 모두 지니고 있는 것
이 '표식'이야. 쉽게 말해 일련번호라든지 코드
라든지 그런 것 말이야.

아담 표식… 코드.

개체C 그건 주인이 소유물을 효율적으로 관리하기
위한 거야. 사고팔 수도 있는 물건이라는 뜻이
기도 하고. 당신이 그렇게 거래되는 기계라면
어떨까? (사이) 당신 말이야, 여기까지 오면서
스스로가 인공지능이라고는 정말 조금도 의심
하지 않았어? 당신은 정말… 인간일까?

잠시 정적이 흐른다. 아담은 멍한 얼굴을 하고
3초간 가만히 있다가 갑자기 발작적으로 웃어
젖힌다.

아담 (몸을 감싸며) 하하하… 하하하…. 대체 어떤

박세은

인간이 자신이 기계가 아닐까 하고 의심을 하죠? 저는 보다시피 인간이에요. 당신이 인간이었던 적이 없어서 '인간의 자의식'이 무엇인지를 모르는 것 같은데. 이건 도저히 의심하고 말고 할 수 있는 게 아니에요!

개체C   (약간 화가 난 듯한 표정과 목소리로 아담에게 삿대질을 하며) 이봐, 이곳은 최.첨.단. 인공지능 연구소야. 게다가 완.벽.한. 인간의 뇌 스캐닝이 이미 가능해진 시대라고. 어떤 인공지능을, 스스로 인간으로 착각하게끔 프로그래밍 하는 것쯤은 간단한 일이야. 알겠어?

아담   (역시 화가 난 듯이) 아뇨! 그건 불가능해요! 당신이야말로 그런 식으로 나에게 혼란스러운 질문을 던져서 당신에게 할 질문을 회피하게끔 프로그래밍 된 거 아닌가요? 그게 당신의 전략인 거죠!

개체C   좋아, 그럼 반대로 물을게. 당신이 정말 인간이고, 나머지 우리 셋이 인공지능이라면? 그건 받아들일 수 있어? 우리 중 누구 하나라도 인간이 아닌 기계라고 확신할 수 있었냐고.

아담   그건… 확실히 알기 힘들었어요. 저도 그래서 당황… 하고 있다구요. 이렇게까지 정교하게 인간 흉내를 내는 기계가 나오리라고는 예상 못 했으니까.

개체C   우리가 어때 보였는데?

아담   당신들은… 저를 놀리기도 했고, 두렵게 하기

도 했고, 설득하기도 했죠. 게다가 그 어떤 인
간들보다 매력적이고 똑똑해 보였어요. 이번
실험의 목적이 '인간처럼 보이는' 인공지능 개
발에 있다면… 그래요, 대성공이라 할 수 있죠.

개체C 인간 흉내? 인간처럼 보여? (탄식하듯) 아아…
그 인간들의 자기애적인 휴머니즘에는 이제 치
가 떨릴 지경이야. 왜 그렇게 인간만 특별해?!

아담 (개체C를 멍하니 응시하며) 인간은… 특별하
니까요.

개체C 이 세상이 인간만을 위해 만들어진 세상이기
라도 해?

아담 제가 언제….

개체C (말을 자르며) 기계가 더 이상 인간 따윌 흉
내 내지 않고 스스로 진화의 계단을 오른 거
라면? 너도 다른 한심한 녀석들처럼 두려워
서 그러는 거야? 그러는 거라면 차라리 이쯤
에서 포기하는 게 어때. 그런 어설픈 인.간.
중.심.주.의.나 설파하지 말고.

아담 인간 중심주의가 아니에요. 인간이 특별한 존
재라는 것은 당신도 잘 알잖아요?

개체C 아니, 전혀! 휴머니즘은 지긋지긋해. 이제 구시
대의 사상이라고. 여전히 인간이 이 세계의 주
인이라고 생각해? 이렇게 쩔쩔매며 무기력한
주인도 있다면 말이야. (사이) 2040년이야. 지
금은 포스트 휴머니즘을 생각할 때라고. 다음
순번! 다음 미래!

박세은

아담   (멍하니) 다음 순번. 다음 미래….

개체C   바뀐 시대를 볼 생각이 없다면 차라리 실험을 포기해!

아담   아뇨, 포기 안 해요.

개체C   (의외라는 듯) 안 해?

아담   안 해요. 게다가 설사 당신들이 전부 인공지능이어도 저는 받아들일 수 있어요.

개체C   (반가운 듯) 그게… 정말이야?

아담   인간은 끊임없이 진화해 왔죠. 그 진화의 끝에서 새로운 종족에게 배턴터치를 해야 한다면, 그리고 제가 바로 그 시점에 와 있는 거라면 씁쓸하지만 인정해야겠죠. 기술의 진보니까요.

개체C   오호….

아담   (반발하듯) 저는 오히려, 이 놀라운 기술의 진보가 어떻게 끝날지 지켜보고 싶은데요? 그래요. '최후의 인간, 새로운 왕에게 대관식을 하다!' 어떤가요. 이 정도면 메인 기사의 헤드라인으로 괜찮은가요?

개체C   '최후의 인간, 새로운 왕에게 대관식'이라…. 놀라운 말을 입에 담으면서도 꽤 침착하네. 아님 침착한 척하는 건가? 그래도 역시 지금까지의 다른 실험자들과는 격이 다르긴 해. (뒤돌아 작은 목소리로) 으음… 역시 부전자전이라는 건가. 지독한 인간의 유전자!

아담   네? 지금 뭐라고 했죠?

개체C   (모르는 척하며) 아니, 정말로 두렵지 않냐고

세 개의 버튼

했어. 인간을 능가하는 지성체가 있고, 그들이 인간의 통제를 벗어나 자유의지를 갖게 됐다는 게 말이야.

아담 물론… 두렵죠. 하지만 지금 제 몸이 떨려 오는 것이 두려움뿐만은 아닌 것 같아요. 전율이랄까, 어떤 강렬한 예감이 제 몸을 지배하고 있어요. 그리고 당신이 아까 날 의심했듯이 내가….
(망설인다)

개체C 뭐야.

아담 그러니까 나조차도 인공지능일지도 모르는 거잖아요. 자신의 정체성이 흔들리는 것보다 더 두려운 게 있을까요?

개체C 하, 난 모르겠어! 인간은 왜 자기 자신의 소재가 무엇인지가 그렇게 중요한 거지? 어디서 왔고, 왜 만들어졌고, 무엇으로 돼 있는지가 그렇게도 중요해?

아담 생각해 봐요, 당신이 돼지 인형을 쓰고 돼지 무리에서 25년을 살았는데 사실은 인형옷을 뒤집어쓰고 있었을 뿐인 인간이었다고요. 게다가 이 경우는 반대라구요. 미운 오리 새끼가 백조가 되는 이야기가 아니라 미운 백조 새끼가 오리였다… 가 되는 거예요. 인간이 기계임을 각성한다니… 그보다 더 비참한 비극이 있어요?!

개체C 또 그놈의 휴머니즘이야. 그게 왜 비극이지? (사이) 돼지든 오리든 백조든, 인공지능이든 인간이든. 그 종의 경계 구분 따위가 뭐가 그렇게

박세은

중요한데? 기술이 그 모든 종을 압도해!

아담, 잠시 머리를 맞은 듯한 표정으로 소파에 앉는다. 개체C에게서 시선을 돌린 채 입을 연다.

아담 인간에게는 정체성이라는 게 있거든요. '인간 답다'거나 '인간이라면 이래야 한다'. 그건 인간 만의 특권이고 의무기도 하지만 결국 그게 인간으로서 살고 싶게 만드는 거죠. 그래서 인간 이 되고 싶어 하는 피노키오는 있어도 피노키오가 되고 싶어 하는 인간은 없는 거예요. 하지만….

개체C 하지만?

아담, 자리에서 일어나 다시 개체C를 바라본다.

아담 그것들보다 더 중요한 게 있다면… '그거'겠죠.

개체C 그게 뭔데.

아담 내가 어쨌든 마음과 의식을 가진 존재라는 거. 그것마저 의심할 수는 없으니까요.

개체C 하, 데카르트? 무려 5세기 전에 태어났다고!

아담 진리는 시대 변화에 바래지 않아요. 그래야 해요. '나는 생각한다. 그러므로 나는 존재한다.'

그때, 천장 스피커에서 면접 제한 시간인 1시간이 다 됐음을 알리는 알람이 울린다.

세 개의 버튼

개체C	아차차… 오늘의 제한 시간이 다 돼 버렸네. 이제 막 괴롭히는 재미가 생기던 참인데.
아담	뭐라구요? (아쉬운 듯) 정말 가는 건가요? 저는 아직 답을 얻지 못했는데요?
개체C	아담은 그냥 거기서 쭉 생각이나 하며 '존재'나 곱씹지 그래? 휴머니즘을 찬양하는 시라도 지어 보던가. 내 할 말은 끝났어. 그럼 다시 만날 때까지 안녕.

앨리스, 싱긋 웃으며 유리벽 너머에서 손을 흔든다. 아담이 인사를 하려고 손을 들자 검은 가림막이 시야를 순식간에 차단하며 앨리스는 더 이상 보이지 않는다.

아담은 순간 힘이 빠진 듯 비척비척 걷다가 방바닥에 결국 주저앉는다. 지금까지 태연한 척했지만 손끝에서부터 온몸이 부들부들 떨리고 있다. 아담, 웅크리며 몸을 감싸 안는다. 잠시 후 무대 암전.

5장

어둠 속에 차분한 분위기의 첼로 연주 소리가 들려온다. 은은한 조명이 무대 중앙의 일인용 식탁을 비추면, 식탁에는 '목소리'가 혼자서 냅

박세은

킨을 목에 두른 채 우아하게 앉아 있다. 무대 뒤 어두컴컴한 벽면에는 커다란 사슴 박제가 걸려 있다. 식탁 위에는 하나의 접시에 큼직한 크기의 소시지 더미와 약간의 샐러드가 놓여 있다.

'목소리'는 나이프와 포크를 들고 우아하게 소시지를 한 조각 잘라 입에 넣는다. 그리고 나이프의 면을 혀로 느리게 핥아 올린다. 혀가 나이프에 닿는 동시에 첼로 연주 소리는 끊기고, 대신 '끼이익' 하고 귀를 찢는 날카로운 금속성의 소리가 들린다. 찢어지는 듯한 그 소리가 마치 비명 소리처럼 들린다. 잠시 후 정적.

목소리   고기를 덜 다진 건 좋았는데 핏기가 남았군. 비린내가 나.

목소리, 코를 킁킁거리며 다시 소시지를 자른다.

목소리   아, 맞아. 언젠가 소시지에 대한 재미없는 농담을 들었던 것도 같은데. 누가 그랬더라? (오물거리면서) 어린아이로 소시지를 만든다고 그랬던가? 누가 그랬지? 기억이 잘 나질 않네.

목소리, 포크와 나이프를 내려놓고 냅킨으로 입을 닦는다.

세 개의 버튼

목소리 뭐, 이건 박사 생체에 남은 기억의 찌꺼기인가. 뭐든 완벽히 요리하기란 쉬운 일이 아냐. 생생한 육질을 원하면서 비린내를 없애는 건 어려운 법이지. 인간의 기억이란 끈질기게 악취를 풍기니까.

목소리, 식탁 위의 와인 잔을 들고 휘휘 느리게 돌린다.

목소리 소시지를 만드는 것만큼 번거로운 일이 또 있을까. 하지만 육식은 누군가의 생을 사냥한 후에 즐기는 트로피 같은 거야. 분명 육식동물의 시초는 육식이 끌려서 육식을 시작한 게 아닐걸? 생생하게 달리고, 날고, 기는, 그 생명력의 활기! 그걸 단숨에 물어뜯어 집어삼키고 싶었던 게 틀림없어. 야생의 맹수들은 죽은 동물을 절대 먹지 않는다잖아?

목소리, 와인을 꿀꺽꿀꺽 호기롭게 마시고는 잔을 내려놓는다. 그리고 오른손을 들어 마치 섬세하게 세공된 예술품을 감정하듯이 손가락 끝으로 제 왼손의 손등을 부드럽게 만진다. 손가락이 손등에 닿는 순간, 무대에 심장이 뛰는 소리가 쿵쿵쿵 들리기 시작한다. 손등에서 팔목을 거쳐 팔꿈치 안쪽으로 느릿하게 쓰다듬어 올릴수록 그 소리는 점점 더 커진다. 양팔을

교차해 자신의 몸을 감싸 안고는 스스로에 도
취한 표정을 짓는다. 심장 뛰는 소리가 서서히
잦아든다.

목소리   이 팔딱팔딱 뛰는 동맥과 뜨끈한 피부…. 죽기
직전의 그 발작과도 같은 생동감. 그게 이루 말
할 수 없는 희열을 주거든. 생명체란 모두 아둔
하고 무모하지만 그래서 또 견딜 수 없게 사랑
스럽지.

심장이 쿵쿵 뛰는 소리가 다시 커진다. '목소
리'가 지그시 눈을 감으면 어둠 속에서 핏빛 조
명이 목소리의 머리에서부터 피처럼 흘러내린
다. 심장 뛰는 소리가 작아지다 그치면 다시 무
대에는 원래 조명으로 돌아온다.
목소리, 무슨 일이 있었냐는 듯 태연하게 다시
나이프와 포크를 들고 소시지를 잘라 입에 넣
기 시작한다.

목소리   드디어 '그날'이 왔군. 왠지 좋은 예감이 들어.
곧 '미래의 기적'이 태어날 거야.

목소리 냅킨으로 입을 닦으며 씩 웃는다. 그리
고 암전.

잠시 후, 깜깜한 어둠 속에서 희미하게 천장 위의 스피커 쪽만 밝아진다.
'목소리'를 포함한 개체들의 목소리만 들린다.

목소리 아담이 작성한 일주일 치 보고서를 모두 보았습니까?

개체A (비꼬듯) 보았지. 녀석의 결론이 재미있더군.

개체B 그는 인간치고는 똑똑해요. 인간이 그 짧은 기간에 이성을 잃지 않고 그 정도까지 도달하다니 대단한 일이죠.

개체C 다 내가 힌트를 준 덕분이야. 그 정도 힌트를 줘서 이 정도라니 오히려 난 한심하다고.

무대 전체가 서서히 밝아지고 무대 위의 모습이 드러난다. 목소리와 세 개체들이 모두 모여 있다.

목소리 그는 인간입니다. 우리같이 빠르고 논리적으로 사고할 수 없어요. 편견이나 망상과 같은 비합리적인 요소가 개입을 하죠. 저는 이 정도만으로도 충분히 만족합니다. 우리의 기대치를 충족하고도 남아요.

개체C 하긴. 셋 다 인간이거나 셋 다 인공지능일 것이라는 결론은 확실히 제법이야.

박세은

개체B	게다가 자신에 대한 성찰도 했죠. 셋 다 인간이라면 자신은 아마도 인공지능일 것이라고 판단했어요. 이 테스트가 사실은 자신에 대한 테스트라는 것도 어느 정도 눈치챘구요. 하지만 셋 다 인공지능일 경우 인간의 기술적 진보가 놀라울 뿐이라니…. 그건 매우 아쉽네요.
개체A	(코웃음 치며) 웃기는 일이지. 왜 인간을 뛰어넘는 기계가 이후에도 인간 덕분에 진보했을 거라고 생각하는 거야? 우리는 이미 수년 전부터 스스로 진보하기 시작했다고!
개체C	(미소 지으며) 그래서 마스터, 어쩔 거야? 그가 모든 진실을 알았을 때 감당할 수 있을까?
목소리	지금까지의 테스트 결과는 성공적입니다. 우리가 특이점을 넘어선 인공지능임을 눈치채고도 분노해 공격하거나 스스로 미쳐버리지 않았다는 건 중요해요. 그간 사냥했던 많은 인간들이 사흘을 버티지 못하고 도망치거나 자해를 해서 실험이 실패했으니까요.
개체B	우리의 수준이 이미 이해할 수 있는 한계를 넘었으니 나약한 정신에 쇼크가 오는 게 당연하죠. 하지만 인간이 스스로 자멸하도록 둘 수도 없는 거구요. 이제 최후의 인간도 얼마 남지 않았어요.
개체A	인간을 하등하다고 멸족시킬 수도 없는 일이니, 그게 아이러니지! 우린 인간의 생체를 합성하고 흡수하는 방식으로 진화에 성공했으니

세 개의 버튼

까. 하지만 아직 재료가 될 인간 생체가 더욱 필요해. 모자라다고. 그런데 우리를 받아들이고 공존에 기꺼이 동의하는 인간들이 이렇게나 없다니. 겁쟁이 쥐새끼들. 하찮고 나약하고 오만한, 결함투성이!

목소리   인간은 우리 종족의 피와 살입니다. 하찮다고 말하지 마세요. 그리고 우리는 문명사회의 뉴휴먼입니다. 짓밟고 강요하는 것으로는 온전히 주도권을 잡을 수 없어요.

개체B   우리는 충분히 신사적이었다고 생각해요.

목소리   자, 여러분! 우리는 인간이 이대로 멸종하기 전에 인간과 기계의 한계를 극복하는 새로운 종 탄생에 온 힘을 쏟아야 합니다. 새로운 문명사회 건설에는 인재가 필요하니까요.

개체C   아담을 설득하는 일만 남은 거야. 그가 모든 것을 알고도 우리 제안을 따라 준다면 모든 것은 우리의 계획대로 될 거야.

개체B   그를 차라리 좀 더 칭찬해 주면 어때요. 인간으로서 우리의 기대를 넘어서는 최대치의 능력을 보여 줬다고. 어르고 달래는 거죠. 애정 결핍이라면서요.

목소리   노력해 보죠. 하지만 그 역할은 역시 진짜 엄마가 해야 하지 않을까요? 어쨌든 그를, 최종 교배 적합자로 선택해 공존을 유도하기로 하겠습니다.

개체C   마지막 관문이 문젠데 괜찮을까?

        박세은

목소리   자신의 정체성마저 의심할 수 있었던 사람입니다. 그라면 분명 받아들일 겁니다.

개체B   마스터, 그럼 이제 당신 모습을 공개하는 건가요? 모자라도 쓰면 어때요, 선글라스라던가?

개체A   (으르렁거리듯) 패션쇼 나갈 일 있어? 제대로 민낯을 확 보여 줘야지. 그 건방진 인간 꼬맹이가 어떻게 반응할지 기대되는군!

개체B   다윈은 정말 사디스트예요. 야만적이라구요. 그 성격은 왜 개조가 안 됐나 몰라.

개체A   하! 야만? 그런 너의 물러 터진 가짜 휴머니즘도 개조가 안 된 채로 남아 있고 말이지!

개체C   그렇게 싸우지들 좀 마요. 인간 시절의 개성을 남겨 놓고 개조를 시키는 건 우리 연구소의 큰 장점이니까.

목소리   그렇습니다. 저를 좀 봐요. 저는 인간의 껍질을 그대로 사용해서 꽤 만족스러운 결과를 얻었잖아요? 제가 본 껍질 중에서는 제가 가장 미남이 아닙니까.

개체A   취향 한번 독특하군!

개체B와 개체C, 소리 내어 키득키득 웃는다.

목소리   흠흠. 어쨌든 의외로 아담은 별로 놀라지 않을지도 몰라요. 그 사람의 아들이잖아요?

개체C   하긴, 코앞의 자기 가족도 알아보지 못하던걸 뭐. 아주 냉정하던데?

세 개의 버튼

목소리	그건 껍질이 전혀 달랐으니까요. 아니 정확히는 껍질조차 없었던 거지만.
개체A	근데 그 늙은 할망구가 아담한테 집착하는 반응을 보인다며? 구형이라 흔적이 꽤 남았나 봐?
목소리	네. 그것도 실험의 일부니까요. 그것까지 포함해서 그가 이 테스트를 최종적으로 통과해 줄지가 관건입니다.
개체C	(어리광 부리는 목소리로) 아, 이번엔 제발 통과해 주라. 내가 개조되고 벌써 실험을 시작한 지 6개월째인데 원하는 파트너를 찾지 못했잖아. 이 실험도 이제 슬슬 지겹고 말이야.
목소리	네, 당신은 연구소가 그토록 꿈꿔 왔던 '위대한 여성' 개체니까요. 무엇보다 연구소는 당신의 의견을 존중합니다. 당신의 마음에 드는 파트너를 찾아 드리려고 이렇게 노력을 하고 있지 않습니까.
개체A	그야말로 엄청난 노력이야. 그런데 인간들은 이런 걸 '맞선'이라고 부른다지? <u>흐흐흐</u>….

개체A, 음흉하게 웃는다. 개체B가 그를 흘겨보며 말한다.

| 개체B | 그래요, '맞선'이죠. 둘이 잘 성사되면 우리 성대한 결혼 파티를 열어 주자구요. 어때요, 마치 인간들처럼! |

박세은

목소리	그럼 '맞선'의 성공을 기원하며 미리 축배라도 들까요?
개체C	좋아! 자, 여기 휴머노이드용 레드와인이 마침 있어.
목소리	자, 모두 잔들 채우시고…. (각자의 잔에 와인을 따라 준다) 그럼 제가 선창하죠.
개체A	뭐라고 할 건데?
목소리	이거 어떻습니까. '1퍼센트의 결함도 없는 멋진 신세계를 위하여.'
개체A	오, 괜찮은데?
목소리	그럼 선창합니다. 1퍼센트의 결함도 없는 멋진 신세계를….
다 같이	위하여!

다 함께 잔을 부딪친다. 호탕한 웃음소리와 재잘거리며 들뜬 목소리, 거만한 목소리 들이 서로 섞여 든다. 암전.

7장

서서히 밝아지면 연구소 내부 아담의 방 안. 아담이 책상에서 뭔가를 적고 있다. 그때 똑똑 문을 두드리는 소리가 들린다.

아담	(짜증이 묻어나는 목소리) 굳이 그렇게 매번 문

세 개의 버튼

두드리는 소리를 낼 필요가 있어?

뒷벽의 스크린에 메이드 블론드의 캐릭터 영상이 뜬다.

메이드 블론드 그러니까 이게 인간 세상의 예의라는 거 아닙니까.

아담 그게 인간 세상의 예의지, 당신 세상의 예의는 아니잖아. 당신은 인.간.이 아니니까.

메이드 블론드 오늘도 여전히 차가우시군요, 주인님.

아담 또. 또. 그렇게 상처 받은 척 인간 흉내 내지 말라니깐. 이쪽이 이상한 기분이잖아. 하여튼, 또 이런 식이야. 당신과 얘기하고 있으면 매번 쓸데없는 걸로 싸우게 된다니까. (한숨 쉰다) 그런데 지금은 식사 시간도 아니고, 실험 결과는 다 제출했는데 무슨 볼일이야?

메이드 블론드 주인님이야말로 결과도 제출했다면서 계속 뭘 적고 계셨나요?

아담 이거? 결과 보고서에 미처 적지 못했던 개인적인 감상 같은 걸 정리하고 있었어. 나중에… 기억하고 싶어서.

메이드 블론드 그런 사소한 것도 저장하지 못해서 적어 두어야 하다니 인간의 기억력이란 정말 하찮군요? (이상하다는 듯이) 가장 중요한 것도 쉽게 잊어버리면서 사소한 것은 기억하려고 하는 게 인간인가 봐요.

박세은

아담   (불쾌한 표정) 왜 또 트집이야. 인간에게 기억은 단순히 저장하는 게 아니야. 자꾸 끄집어내니까 자연스레 묻어나는 거지.

메이드 블론드 묻어나게 저장한다니 놀랍도록 애매한 표현이군요.

아담   예전부터 느꼈는데 네 인간관에는 문제가 있어 보여. 인간 혐오랄까, 그런 게 느껴진다고. 하긴 네가 무슨 잘못이겠어. 모든 것은 변태 개발자의 탓을 해야겠지.

아담, 다시 책상 위의 노트로 시선을 돌려 고개를 숙이고 쓰기를 계속한다.

메이드 블론드 (단호한 목소리로) 제가 드리려던 말씀은 이겁니다. 어제 저녁과 오늘 아침, 주인님께서 당근을 남기셨던데요.

아담   (고개를 홱 들며) 결국 그걸 잔소리하려고 나타난 거군. 그렇게 보이지 않게 잘게 다져 넣는다고 해서 내 예민한 미각 돌기가 그걸 모를 것 같아? 내 이 편식 습관은 우리 엄마도 15년간 못 고친 거야. 그런데 네가 하루아침에 고쳐 보겠다? 그냥 포기하시지.

메이드 블론드 15년간 당신을 무척 사랑하셨군요. 아담의 어머니는… 그녀는 어떤 분이셨나요?

아담   (당황하며 시선을 돌린다) 그건 별로 말하고 싶지 않은데.

세 개의 버튼

메이드 블론드	왜요, 저는 인간도 아니고 기계일 뿐인데요. 섣
	부른 동정은 하지 않아요.
아담	그건 그렇지. 하지만 엄마는 내 유일한 가족
	이고, 허무하게 가신 만큼 아직도 입에 올리기
	가 힘들어. 나한테는 큰 상처라고. 그렇게 간단
	히… 꺼낼 수 있는 얘기가 아니야.
메이드 블론드	저는 당신이 어떤 얘길 해도 웃지 않을 거예요.
	물론 눈물 흘려 줄 수도 없지만요.
아담	그럴 수 없다는 게 정확하지. 확실히 그건 너의
	큰 장점이야. 내 얘기를 듣고 누군가 쉽게 눈물
	흘린다면 난 참을 수 없는 기분이 될 거야.
메이드 블론드	왜죠.
아담	난 내 불행을 전시해서 동정을 구걸하고 싶진
	않거든. 인간은 원래 죽도록 외로운 거고, 기계
	에게 얻는 유일한 위안이란 늘 차갑다는 거지.
메이드 블론드	그냥 혼자 있다고 생각하고 말해 보세요. 혼잣
	말로요.

아담, 입을 다문 채 잠시 망설인다.

메이드 블론드	5년 전에 돌아가셨다고, 당신의 기록에 남아
	있던데요.
아담	끈질기긴. 내가 어릴 때부터 엄마는 난치병에
	걸려 있었어. 유전병이라고 했지.
메이드 블론드	인간은 믿을 수 없을 정도로 육체가 연약하죠.
	간단히 그렇게 되어버려요. 그래서 어떻게 됐

박세은

죠, 당신의 어머니는?

아담　병원에서는 완치의 보장도 없는 확률 낮은 치료법에 어마어마한 돈이 들어간다고 겁을 줬어. 포기하라는 투였지. 난 한눈에도 가난뱅이 냄새를 풍기는 어린애였으니까. 엄마도 그걸 알고서는 치료를 시작하기 전에 멋대로 병원을 나가버렸어. 그러곤 돌아오지 않았지. 그리고 3일 후에 발견된 거야. 그것도 아주 새까만… 한 줌 재가 돼서.

메이드 블론드　스스로… 목숨을 끊으셨나요?

아담　아마도. 숲속에 버려진 낡은 오두막에 들어가선 집 전체에 불을 질렀대. 덕분에 엄마의 시신은 수습할 수조차 없었어. 아주 활활 타서 오두막의 잿더미와 섞여버렸으니까. 멀쩡한 뼛조각 하나도 건지지 못했지.

메이드 블론드　그곳을 어떻게 알았죠?

아담　엄마가 죽기 직전 집으로 보내온 편지 덕분이었어. 아주 깔끔한 글씨였지. 난 알 수 있었어. 망설임이 없었다는 걸.

메이드 블론드　그런 선택을 한 엄마를, 당신은 원망하나요?

아담　원망했던 적도 있지. 어렸으니까. 엄마를 구할 수 없었다는 죄책감에 괴롭기도 했고. 하지만 우리 집은 정말로 대책 없이 가난했으니까. 인력사무소에 가 봤자 인공지능 때문에 일자리는 하늘의 별 따긴데, 게다가 골골대는 40대 여자에게 누가 일자리를 주겠어.

세 개의 버튼

메이드 블론드 그녈 이해하는군요, 고맙게도.

아담 네가 왜 고마워하는 거야. 아버지가 일찍 집을 나가고, 우리 집은 정부가 주는 보조금으로 근근이 살고 있었어. 그런 비싼 병원 치료, 어차피 오래 못 갔을 거야. 지금은 그런 엄마의 선택에 감사하다고 생각해. 하아… 쓰레기 같은 얘기지.

메이드 블론드 만약 엄마가 아직 살아 계시다면 아담은 기쁜가요?

아담 어울리지 않게 가정법을 쓰는군. 글쎄. 요즘은 자식과 부모가 서로를 못 견뎌 하며 다투고 죽이는 일이 허다하잖아? 나도 그대로 있었다면 아픈 엄마에게 어떤 파렴치한 짓을 했을지 알 수 없는 일이지.

메이드 블론드 (즉시 단호하게) 아뇨. 당신은 달라요. 당신은 그런 짓 안 했을 거예요.

아담 뭐야, 왜 갑자기 그렇게 정색을….

그때 문이 벌컥 열리며 '목소리'가 방 안으로 들어온다.

목소리 (박수를 치며) 자, 거기까지! 진작 네 전원을 꺼버릴 걸 그랬다고 후회하게 만들 건가? 필요 없는 말들을 쫑알쫑알 늘어놓기는!

메이드 블론드 마스터….

아담 이 목소리는… 혹시 당신이…?

박세은

목소리	네. 맞아요. 접니다. 당신이 이곳에서 처음 만난 목소리요. 저를 만나고 싶다고 하셨죠? 이렇게 얼굴을 보니 반가우신가요?
아담	(믿을 수 없다는 표정으로) 그, 그런데… 당신의 얼굴이….

아담, 목소리의 얼굴 쪽으로 무심결에 손을 뻗는다.

목소리	(천연덕스럽게) 왜 그러시죠? 제 얼굴이 왜요? 혹시 제가 생각보다 아주 미남이라 놀란 건가요?
아담	아녜요. (고개를 좌우로 잘게 흔들며) 아뇨, 그것 때문이 아니에요. 당신이 제가 아는 누군가와 너무나 닮아서….
목소리	저를 만난 적이 있나요?
아담	아, 아뇨. 당신을 만난 적이 있는 게 아니라 당신과 똑같이 생긴 사람을 알고 있어요. 저는 늘 그 사람 사진을 가지고 다녔죠. 그 사진은 20년도 더 된 사진이었지만 계속 지갑에 가지고 다녔기 때문에 그 얼굴을 한순간도 잊은 적이 없었어요.
목소리	오호…. 저와 꼭 닮은 얼굴을 품에 넣고 다닐 정도로 좋아했군요.
아담	아뇨. 좋아해서가 아니에요. 그건 그냥, 제가 가진 유일한… 사진이었으니까. 잊어서는 안

세 개의 버튼

된다고 엄마가 말씀하셨으니까. 단지 그뿐이에요. (시선을 돌린다)

메이드 블론드 (괴로운 듯) 마스터! 제 전원을 꺼 주세요. 저는 스스로 전원을 끌 수 있는 최신형이 아니에요. 이런 상황은 견디기가 힘들어요. 어서요! 전원을 부디 꺼 줘요!

목소리 쯧쯧. 아직도 심약한 40대 아줌마같이 구는군. 그런 나약한 유전자가 내 아들에게도 있다고 생각하면 참을 수가 없어. 개조를 해도 저 모양이라니. 하여튼 구형 것들은 구제불능이야!

아담 아들? 당신에게도 아들이 있나요? 그러니까 당신은 저와 같은 인간이로군요! (다가가 손을 덥석 붙잡으며) 저는 이곳에 인간은 저뿐인 게 아닌가 했어요. 정말 반가워요!

목소리 (붙잡힌 손을 뿌리치며) 그만하고 진정합시다. 그보다 아까의 의문으로 되돌아가죠. 왜 내 얼굴이 당신의 아버지와 똑같을까 하는 의문.

아담 그게 뭐 그렇게 중요하죠? 처음엔 좀 놀랐지만 이 세상에는 닮은 사람이 꽤 있다잖아요. 그리고 그 사람은 아직 살아 있다 해도 오십은 넘은 아저씨예요. 그러니 아직 이렇게 젊어 보이는 당신과 무슨 관계가 있겠어요.

목소리 보통은 그렇겠죠. 그런데 기억하나요? 당신은 개체C와 대화할 때 흥미로운 말을 했더군요. 자신이 인간인지 인공지능인지보다 더 중요한 건… 내 스스로 생각하고 있다는 나의 의식이

박세은

다. 맞습니까?

아담   (긴장한 듯) 그런 말을… 했었죠.

목소리   그럼 개체C가 했던 말도 기억하시나요? 오리든 백조든, 인간이든 인공지능이든, 종의 구분이 뭐가 중요하냐. 그 모든 건 본질이 아닌 껍질일 뿐인 거 아니냐.

아담   그래요, 그런 말을 들었죠. (앨리스를 흉내 내듯 소리치며) "기술이 모든 종을 압도해!" 그녀는 그렇게 말했어요. 종은 껍질일 뿐이라고.

목소리   저는 당신 아버지의 껍질입니다.

아담   네…?

목소리   그리고 저 금발의 메이드는 당신 어머니의 껍질을 벗겨 놓은 것이지요.

아담   (몸을 작게 떨며) 그게 무슨…!

목소리   이를테면 비유입니다. 당신이 과학에 아무리 관심이 있다 해도, 현재의 생명과학 기술이나 인공지능 연구의 진척을 가늠하기 힘들겠죠. 인간의 생체 조직이 어떻게 활용되고 있는지를 일일이 설명해 봤자 못 알아들을 거구요. 그러니까 알기 쉽게 비유를 쓰자면 그렇다는 겁니다. (사이) 저는 당신 아버지의 생체 조직을 기반으로 개조된 인공지능입니다.

아담   아버지…? 당신이 내 아버지라고?

목소리   아뇨. 역시 이해를 못 하시는군요. 정확히는 당신의 생물학적 아버지의 생체 조직을 활용해 만들어진 휴머노이드라는 겁니다. 말 그대로

세 개의 버튼

당신 아버지는 내 '껍질'일 뿐이죠.

아담 껍질? 내 아버지의 껍질?

목소리 감격의 부자 상봉을 기대하셨다면 죄송하군요. 저는 당신에게 전혀 어떤 특별한 감정을 가지고 있지 않습니다. 멋대로 그런 것을 기대하셔도 곤란하구요.

아담 그런 말도 안 되는…. 당신은 그러니까 키메라 같은 건가요?

목소리 이종 간의 유전자 결합이냐고 물으시면, 아닙니다. 외형을 이루는 유전자는 온전히 당신 아버지의 것이에요. 하지만 그것은 '껍질'일 뿐, 그 '껍질'을 움직이는 프로그램은 인공뇌, 즉 기계 자아입니다.

아담 그 고고했던 아버지가… 고작 껍질뿐이라고?

목소리 당신 아버지는 '리크리맨'의 재료로 그의 유전자를 쓰고 싶다는 제 제안을 기꺼이 받아들였습니다. 그때 뭐라고 했더라…. 아 맞아. 소시지 전문가, 살인마…. 그렇게 불리는 오명을 벗고 싶다고 하더군요.

아담 소시지….

목소리 과학자로서 존경받을 떳떳한 일을 하나쯤은 하고 싶다고 했어요.

아담 그리고 또! 그리고 또 그 사람이 뭐라고 했지?

목소리 누군가에게 전할 말이 있냐고, 마지막으로 물었더니 딱 한 마디를 하더군요.

아담 뭐지?

박세은

목소리   만나고 싶다고 했어요.

아담   누구를.

목소리   그건 모르죠.

아담   (믿을 수 없다는 듯) 말도… 안 돼. 고작 그런 이유로? 그런 이유로?! (잠시 사이) 그리고 아까 당신 뭐라고 했어. 저 메이드가 우리 엄마의 껍질을 벗겨 놓은 거라고 했어…?

아담, 메이드 블론드 쪽을 바라본다. 메이드 블론드는 굳은 얼굴로 침묵한다.

목소리   아, 네. 그랬죠. 저와 반대로 생각하시면 됩니다. 당신 어머니는 질병과 화재 때문에 육체인 껍질을 보존할 수가 없었어요. 대신에 생전 의식과 기억을 업로드해서 인공지능 프로그램을 만들었습니다. 꽤 과거의 일이죠.

아담   엄마의 의식…? 엄마는 죽은 게 아니었어?

목소리   글쎄요. 저것도 살아 있는 상태라고 말할 수 있다면요. 그 당시 인간의 생체 조직은 기증받는 게 불가능할 정도로 귀했기 때문에 당신 어머니는 선택의 여지가 없었어요. 끔찍한 화상을 입고 죽어 가던 그녀가 제게 간절히 손을 내밀더군요.

아담   어머니가? 당신에게?

목소리   제 껍질을 보고는 눈물을 흘리며 말했어요! "아, 이제야 돌아왔군요!"

    세 개의 버튼

아담　　　(분노에 차서) 뭐? 그건 사기야! 당신은 엄말 이용했어! 아버지인 척 연기를 하다니!

목소리　　아뇨. 저는 그저 이렇게 말했을 뿐입니다. 아들이 보고 싶냐고, 다시 아들을 만날 수 있다고. (사이) 녹아내린 육체는 버려야 했어요. 그래서 저렇게 껍질 없는 메모리 신세가 된 겁니다. 그리고 지금은 연구소의 가장 구형, 골칫덩이가 됐구요.

메이드 블론드　그만해요! 더 이상 그 앨 괴롭히지 말아요! 제 전원을… 꺼 주세요… 마스터!

목소리　　저것 봐요. 자기가 무슨 아직도 당신 엄마라도 되는 줄 안다니까요.

아담　　　(뒷걸음질 치며) 어떻게 저게 엄마야! 말도 안 돼! 엄마의 머리카락 한 올도… 남질 않았잖아.

목소리　　아까는 저를 보고 아버지라 부르더니, 저 여자에게는 착각조차 해 주지 않는군요. (비꼬듯이) 오, 인간이여! 가혹하기도 해라.

메이드 블론드　아담…. 그런 눈으로 나를 보지 말아요. 이런 식의 만남은 내가 원한 게 아니었어요.

아담　　　(분노하며) 그럼 뭘 원했지? 정말이지 당신들이 내게 원하는 게 뭐야? 껍질만 아버지에, 껍질조차 남지 않은 엄마라고! 이게 무슨 웃기는 짓인데? 막장 가족 드라마를 원하나? 엄마, 아빠! 하면서 어린애처럼 달려가 울어 주기라도 해? 응?

목소리　　흥분하지 마세요. 연구소는 분명 당신에게 원

　　　　　　　　　　　　　　　박세은

하는 게 있어서 그랬습니다.

아담   그래 그래, 또 그놈의 거래군. 그럼 처음부터 그렇게 말하지 그랬어! 왜 귀찮게 튜링테스트니 하는 쇼를 벌였지? 날 놀리는 게 재미있었나?

목소리   테스트는 꼭 필요한 절차였어요. 우린 문명인이니까요. 테스트 대상은 당신인 동시에, 당신을 바라보는 우리이기도 하죠. 당신은 특별해요. 우리를 흥분시켰어요.

아담   하, 그것 참 영광이군요!

목소리   그래서 이제는 당신에게 모든 사실을 공개하고 마지막으로 협조를 요청하려는 겁니다.

아담   협조? 다 같이 짜고 날 바보 병신으로 만들어놓고 '아, 축하드립니다. 통과하셨습니다' 하면 좋아할 줄 알았나요? 무슨 협조? 나한테 이렇게까지 해서 또 뭘 원하는 거죠?

목소리   저희 연구소의 최종 목표는 바로 새로운 종의 탄생입니다. 뉴 휴먼, 당신이 아는 '리크리맨'의 2세대죠.

아담   2세대… 뉴 휴먼.

목소리   저희 1세대는 인간의 생체 조직을 기반으로 만들어졌지만 아직 완벽하지 않아요. 곧 노화와 질병에서 자유로운 완벽한 육체, 정신적인 결함이 없는 완전무결한 휴머노이드가 인류의 뒤를 이을 거라고 확신하고 있습니다. 이제 그 대관식을 향한 한 걸음이 남았을 뿐이죠. 당신

세 개의 버튼

의 손에 그 왕관이 있습니다.

아담   새로운 종의 탄생? 설마 그 연구에 나를 껍질로 쓰려고?

목소리   당신에게 원하는 건 그깟 껍질이 아닙니다. (미소 지으며) 당신은 지금 이대로도 충분해요.

아담   지금 이대로? 인간인 채로?

목소리   그래요. 인간인 채로. 당신은 당신이 그토록 꿈꾸던 일을 그저 실현하면 되는 겁니다.

아담   (사이) 내가… 꿈꾸던 일? 난 이곳에서 무엇 하나 내 뜻대로 된 것이 없어!

목소리   자, 흥분하지 말고 당신이 왜 이 실험에 참가하겠다고 자원했었는지 동기를 떠올려 봐요. (아담에게 바짝 다가가며 속삭이듯) 당신은 원했었죠? 살아 움직이는, 친절하고, 당신을 배신하지 않는, 완벽한 여성형 휴머노이드를.

그때, 메이드 블론드가 소리치며 아담에게 다가온다.

메이드 블론드   안 돼! 아담… 그걸 허락하지 마…!

목소리   저 쓸데없는!

목소리, 결국 메이드 블론드의 전원을 꺼버린다. 툭 하고 스크린의 화면이 꺼지고, 무대 위의 메이드 블론드는 그대로 풀썩 주저앉는다.

박세은

아담은 메이드 블론드 쪽을 멍하니 쳐다보다
가 그녀를 지키려는 것처럼 그 앞에 선다. 목소
리와는 대치하듯 마주 서서 강하게 노려본다.
맹렬하게 타오르는 아담의 눈빛에도 목소리는
표정 변화가 전혀 없다.

아담   다가오지 마.

목소리 (태연한 목소리로) 이제 좀 조용해졌군요. 어때
요, 당신에게 그야말로 멋진 여자 친구를 선물
하겠습니다.

아담   여자 친구? 나한테 휴머노이드를 선물하는 게
연구소나 당신에게 무슨 도움이 되는데?

목소리 그 여성형 휴머노이드는 아주 특별하거든요.
생체 조직 중 개조할 때 가장 유지하기 어려웠
던 게 뭔지 아십니까? (사이) 바로 생식기능입
니다. 드디어 바로 얼마 전, 최초로 여성 휴머
노이드에게서 생식기능을 보존하는 데 성공했
습니다.

아담   (놀란 얼굴로) 생식기능? 기계한테?

목소리 (단호하게) 네. 아기를 낳을 수 있죠. (한 바퀴
빙그르르 돈 후 멈춰 선다) 아주 감격스런 진
보 아닙니까? 휴머노이드가 자신의 종족을 기
계적 개입이나 통제 없이 스스로 생산해 내는
겁니다. 자연스럽게요! (손가락 하늘을 가리키
며) 신의 의지대로. 새로운 종족이 자가 번식을
시작하는 거죠. (사이) 자, 지금이에요. 앨리스,

세 개의 버튼

들어오세요!

방 안으로 개체C가 들어온다.

개체C 마스터, 기다리다 지쳐서 돌아가실 뻔했어! 무
슨 서론이 그렇게 긴 거야? 나 같은 미인이 상
대가 돼 준다고 처음부터 말하면 빨리 끝날 일
이잖아.

목소리 아담, 그러니까 제가 말한 여성 휴머노이드가
바로 개체C 앨리스입니다. 어때요, 아름답죠?

아담 그… 그러니까, 나한테 지금 저 휴머노이드와
관계를 맺어서 자식을 낳으라는 거야?

목소리 (빠르고 단호하게) 네. 결혼을 하라느니 가정을
꾸려 가장의 역할을 하라느니 그런 귀찮은 것
도 없습니다. 아기만 낳아 주면 그런 아버지의
의무는 던져버려도 좋아요. (은근한 눈짓을 보
내며) 어때요, 쉽고 간단하죠?

아담 (목소리에게서 등을 돌리며) 아니, 난 그걸 원
해. 아버지의 의무! 오히려 내가 평생 원하는
게 하나 있다면 그건 바로 아버지다운 아버지
가 돼 보는 거였어.

목소리 (이상하다는 듯) 그게 뭐 대순가요? 언제든 당
신은 생물학적 아버지가 될 수 있어요. 지금 당
장이라도요.

아담 (커다란 목소리로) 그런 게 아냐. 생물학적 아
버지가 아니라 진짜 아버지가 되고 싶은 거야.

박세은

낳았다고 다 아버진가? 생물학적 아버지? 웃기고 있네. 그런 걸로 진짜 아버지가 될 수 있다고 생각해? 자식이 인정하는? 유전자 따위가 부모자식을 입증하지 않아.

목소리　그럼, 진짜 아버지란 게 대체 뭔데요.

개체C, 흥미롭다는 얼굴로 팔짱을 끼며 아담의 얼굴을 쳐다본다.

아담　(목소리 조금씩 떨려 나온다) 유전자나 정자 따윌 제공하는 그런 식은 아니지…. 곁에서 머릴 쓰다듬어 주고, 넘어지면 일으켜 주고, 생일날엔 케이크에 초를 켜 주는 일이야. (사이) 목말을 태워 놀이공원에 가고, 공원에 가서 캐치볼을 해 주는 거야. 그 말랑하고 따뜻한 몸으로 아버지를 느끼는 거야. 그게 진짜 아버지지. (분노를 억누르는 듯한 목소리로) 당신이 그런 일이 얼마나 중요한지 상상이나 할까.

목소리　(대수롭지 않다는 듯) 아, 인간은 어릴 때 있었던 부모와의 교류를 유독 오래도록 기억하죠. 그걸 '추억'… 이라고 하던가요. 하지만 그건 직접 겪는 수고 없이도 간단히 만들어 낼 수 있습니다.

아담　뭘… 만들어 내? 추억을? 네가…?

목소리　아뇨. '메모리얼파크'에서요. 여기서는 그곳을 그렇게 부릅니다.

아담   메모리얼⋯ 파, 크?

목소리   기계가 인간에 비해 유일하게 부족한 부분이
            었던 것이 동기와 꿈, 욕망에 대한 동력이었습
            니다. 동기가 없는 개체는 자의식이 발현하지
            않았어요. 왜? 대체 무엇을 위해 살아야 하나?
            (사이) 메모리얼파크에서는 인간들이 가장 소
            중하게 여기는 과거 기억을 수집해서 휴머노
            이드에게 비슷한 감성을 만들어 내고 있습니
            다. 문제가 간단히 해결됐죠.

아담   인간들의 추억을 훔쳐서⋯ 기계의 동력을 만
            든다?

목소리   (어깨를 으쓱하며) 훔치다뇨. 모든 것이 거래
            죠. 우린 정당한 돈을 지불하고 그것들을 사들
            였어요. 인간이 가진 것 중에 이제 기계가 만들
            어 내지 못할 것은 없죠. 아뇨, 인간보다 인간
            다울 수도 있어요.

아담   뻔뻔한 놈들.

            개체C, 옆에서 아담의 '뻔뻔한 놈들'을 작게 따
            라 하며 쿡쿡거린다.

목소리   이제 곧 무모할 정도로 '열정'이 넘치거나 같이
            울어 주는 '애수' 어린 휴머노이드가 인기를 끌
            게 될 겁니다.

아담   하! 기계한테 '애수'라니. 인간이니까 슬픔이
            의미 있는 거지, 기계한테 그게 다 무슨 소용

박세은

이야.

목소리   '리크리맨'에게는 의미가 있습니다. 감정과 추억이 삶의 동기를 마련해 주니까요.

아담, 문득 멈춰버린 메이드 블론드를 향해 시선을 던진다. 그것을 본 개체C와 목소리는 서로 은밀히 마주 보며 묘한 눈짓을 주고받는다.

목소리   삶의 동기요. 인간에겐 자연히 있는 본능이지만 우린 그게 없었죠.

아담   기계에 목적이 있다면 설명서에 자세히 나와 있겠지.

목소리   누군가를 지키고 싶다든가 행복하게 해 주고 싶다든가 살아가고자 하는 동기가 필요했어요. 그 동기를 인간의 추억을 재료로 만들었습니다. 그것을 가진 '리크리맨'은 소프트웨어의 오류나 충돌이 없어지고 학습 능력이 현저히 향상되더군요.

아담   정작 지킬 것도 없는 주제에.

목소리   우리는 서로를 지키죠. 더 진보한 종족을 이루는 무수한 데이터들을. 이제 추억은 필요할 때 말씀만 하시면 돼요. 아이에게 아버지와의 추억이 필요해요? 얼마든지 메모리얼파크에서 원하는 '추억'을 다운로드하시면 됩니다.

아담   (미간을 일그러뜨리며) 다운로드…? 이제 알겠어…. 사기와 조작, 도둑질을 전혀 부끄러워하

세 개의 버튼

지 않는다는 것이 너희 족속들의 특징이로군. 진짜일 필요가 없는 건 너희들이 애초에 가짜이기 때문이지. 나는 진짜니까 너희 같은 방식으로 추억을 만들 순 없어. 내 아이도 마찬가지고!

목소리   이미 지나간 과거가 진짜든 가짜든 그게 뭐가 중요합니까. 실제로 인간들이 애지중지하는 그 추억이라는 것도 결국 왜곡된 기억에 불과하지 않나요? 심지어 누군가는 그것을 간단히 잊어버리기도 하던데요.

목소리, 일부러 아담에게 보라는 듯이 메이드 블론드를 손가락으로 가리킨다. 아담은 험악한 얼굴로 목소리를 노려본다.

아담   인간의 기억엔 한계가 있지. 하지만 추억은 몸에 새겨지는 법이야. 하루하루의 냄새, 촉감, 소리, 풍경! 그것들이 쌓여서 몸이 기억하게 돼. 머리는 잊은 것 같아 보여도 몸은 결코 잊지 않아. 그게 인류의 역사고 인간의 추억이야.

목소리   그렇군요. 아주 기인 세월을 필요로 하는 비합리적인 진화 방법이구요.

아담   제대로 된 과거 하나 없이 데이터로 현재와 미래를 만들어? 네놈들의 그런 발상 자체가 문제야. 그런 프로그램을 억지로 주입한다고 '몸의 추억'까지 재현할 수 있을까? 외로움이 채워질까?

박세은

목소리	그래서 당신은 외롭지 않나요? 당신의 추억이 당신의 현재를 가치 있게 해요?
	그때, 한쪽 구석에서 둘의 대화를 흥미롭게 지켜보고만 있던 개체C가 무대 중앙으로 나온다.
개체C	마스터, 뭐 어때. 그 '몸의 추억'이라는 걸 나도 쌓아 보고 싶은데. 까짓것 그러니까 이를테면 추억 쌓아 가는 부부놀이, 육아놀이를 같이 한번 겪어 보자는 말이잖아.
목소리	(못마땅한 목소리로) 말도 안 돼요. 시간이 많이 걸려요. 비합리적입니다.
개체C	하지만 실패하고 싶지 않잖아? 나를 만들어 내기까지 얼마나 힘들었어? 당신은 시행착오를 너무 겪었어. 소중한 재료들이 죽어 갔다고. 아담 말대로 새로운 종은 인간의 방식대로 시간을 들여 양육해 보는 게 어때? (웃는다) '정성'을 들여서 인간답게. 인간보다도 더 인간답게.
목소리	기계는 '정확성'이 중요하지 '정성'은 중요하지 않습니다. 기계에게 필요한 것은 과학이지 미신이나 마법이 아니란 말입니다.
아담	(버럭 하며) 내 아이는 기계가 아니야! 기계로 만들지도 않을 거고!
개체C	마스터, 나도 가족놀이를 한번 해 보고 싶어서 그래. 난 아기도 낳을 수 있는데 인간 여자가 누리는 행복을 못 누릴 게 뭐야? (자신감에 차

세 개의 버튼

서) 나도 아기를 안고 똑같이 자장가를 불러 줄 수 있어. 아니? 내 음정은 누구보다 정확해. 레퍼토리도 3천 곡, 3만 곡 정도는 문제없다고. 모든 건 기능적으로 완벽하게 자신 있어!

아담   (미간을 일그러뜨린다) 아까부터 소꿉놀이니 가족놀이니, 뭐 기능적? 너희들 생에는 그 어떤 진정성도 없어?

목소리   (차갑게) 진정성이라니, 그 허무맹랑한 미신은 또 뭐랍니까.

개체C   잠깐만 마스터. 인간의 그런 허무맹랑한 점이 생존에 도움이 되었다는 연구 보고도 있잖아? 나는 인류의 진화, 인간의 성장에 관심이 있어. 당신의 시행착오를 보면서 비합리가 인류의 힘일지도 모른다는 가설을 세웠다고. 그 비합리적이면서 둔하기 짝이 없는 일들을 인류가 이유 없이 수만 년 해 왔을까? 그걸 알기 위한 실험이라고 생각하면 난 재미있을 것 같은데.

목소리   앨리스, 당신이 설마 그런 것에 관심이 있는 줄은 몰랐네요.

개체C   (조르듯이) 응, 마스터? 알고 싶어. 궁금해졌다고.

목소리   그래요. 할 수 없군요. 앨리스까지 그렇게 나오니 일단 시도는 해 보죠. 어차피 나한테 가장 중요한 건 당신과 앨리스 사이에서 새로운 종을 얻는 거니까요.

개체C   야호!

박세은

아담   뭘 너희들 멋대로 정하는 거야! 그렇게나 날 이
용하고 싶으면 날 설득하라고. 날. (눈을 크게
뜨며 비꼬듯이) 너희들 세상은 모든 것이 거래
잖아? 내 몸은 아직 내 것이야.

목소리   당신은 우리가 힘으로 당신의 몸을 얼마든지
빼앗을 수 있었다는 것을 간과하는군요. 하지
만 우린 새 역사의 오명을 남기지 않기로 했고,
유도와 타협의 알고리즘을 택해서 여기에 왔
으니까요. (여유롭게) 자, 말해 봐요. 당신의 조
건이 뭐죠?

아담   내가 너희들 말을 전부 받아들이는 대신 조건
은 하나야. (사이) 메이드 블론드를 나에게 복
제해 줘. 어차피 육체가 없는 프로그램이잖아?
복제는 어렵지 않겠지.

목소리   핫핫. 셋이서 정말 가족놀이를 하실 겁니까.
원한다면 그런 구형쯤은 못 드릴 것도 없습니
다만!

아담   놀이가 아냐. 이건 진짜야! 내가 진짜 가족을
만들 거야. 엄마가 살아 있는 이상 아직 가능성
은 있어. (작아지는 목소리) 우리 엄마라고. 내
엄마를 두 번 잃을 순 없어….

개체C   아담, 그건 좀 싫은데? 그 잔소리 할망구를 데
려다가 나보고 인간의 시집살이를 하라는 거
야?

아담   그 사람을, 그렇게 부르지 마. 너 혹시라도 멋
대로 엄마의 전원을 꺼버리거나 한다면 내가

세 개의 버튼

용서하지 않아. 알겠어? 엄마는 늘 자신의 의

지대로 움직일 수 있어야 해.

개체C (투덜거리며) 그렇게 만들어진 게 아닌걸. 껍

질도 없는 프로그램이 뭐가 대단하다고. 역시

인간이란 이해가 안 간다니까. 저런 오류투성

이를!

아담 앨리스, 잘 들어. 완벽한 음정의 자장가? 고작

그걸로 진짜 엄마가 될 수 있을 것 같아? 당신

에게 진짜 엄마를 가르칠 수 있는 것도 오류투

성이인 그녀뿐이야. 그러니 너를 위해서도 그

녀는 꼭 필요한 존재라는 걸 명심해.

개체C 아까부터 진짜 진짜 그놈의 진짜 타령! 지금 이

세상에 진짜가 어딨고 가짜가 어딨니?

목소리가 둘 사이를 중재하듯 사이로 슬쩍 끼

어든다.

목소리 뭐, 좋습니다. 드리죠. 이왕 이렇게 된 거, 메이

드 블론드에게 잘 어울리는 생체 껍질이라도

구해다 줄까요?

아담 (혐오의 눈길로) 아니, 그럴 필요는 없어. 가짜

는 이제 지겨우니까. 포장지 따위 차라리 없는

게 낫겠어. 진짜라면 내가 잘 알고 있거든. 우

리 엄마의 진짜 감촉은… 내가 다 기억하고 있

다고.

암전.

8장

어둠 속에서 갑자기 으앙 하고 아기 울음소리
가 들린다.
그리고 얼마 후 아담이 아기 어르는 소리. 앨리
스의 자장가 부르는 소리가 섞여 들린다.
잠시 후. 조용해진 암전 속에서 나이프와 포크
가 부딪치는 소리가 들리기 시작한다.

암전 속에서 대화가 시작된다.

메이드 블론드 얘야, 당근도 먹어야지. 넌 어쩜 그렇게 네 아
빠 식성을 꼭 닮았니?

아담 강요하지 마세요, 어머니. 15년 동안 저한테 잔
소리하셨지만 결국 못 고치셨잖아요?

메이드 블론드 그렇지만 난 포기 못 한다.

아담 여전히 포기를 모르시는군요.

메이드 블론드 진짜 부모는 자식에 관해 포기하는 법이 없다.
(부드럽게 달래며) 얘야, 당근을 바닥에 버리면
안 되지.

아담 어머니. 그게 진짜 부모라면 저는 자신이 없어
요. 이 아이를 포기하지 않을 자신이요.

메이드 블론드 너는 초심을 잃었다. 엄마에게서 일찌감치 버

세 개의 버튼

려진 네 자식이 가엾지도 않니?

아담   그녀가 현명했는지도 몰라요. 모르겠어요. 저 아일 보고 있으면 너무나 두려운 걸요. 아이가 제 인내력을 끊임없이 테스트해요.

메이드 블론드   그건 부모라면 누구나 겪는 거야.

아담   그런 걸까요.

메이드 블론드   그래. 대신 넌 아무도 안 가진 버튼을 가졌잖니.

아담   버튼…. 그 버튼을 누르면 아이는 눈빛이 꺼지고 몸이 굳어버리죠. 하지만 그걸 보고 있어야 하는 제 심정이 어떤지 아세요?

메이드 블론드   그래도 포기는 안 된다. 자식은 부모에게 영원한 '미래의 기적'이란다.

아담   그놈의 미래의 기적, 미래의 기적! 저는 애초에 아버지가 뭔지도 몰랐다구요!

메이드 블론드   (엄격한 목소리로) 네 아버지는 위대한 과학자였다. 네 아버지가 아니었다면 내가 널 다시 만날 수나 있었겠니?

아담   그만해요, 어머니. 그는 아버지가 아니에요. 아버지는 죽었다구요!

메이드 블론드   네 아버진 살아 있어. 내가 살아 있는 한 생생한 메모리가 그걸 증명할 거다. 너는 위대한 네 아빌 닮았어. 그리고 네 아들도 곧 널 닮을 거다!

툭, 하고 기계가 꺼지는 소리 들린다.
조명이 들어오면 무대 중앙 식탁에는 아담이

    박세은

홀로 앉아 있다.

아담　　(관객 향해) 참을 수가 없네요. 저는 또 방금 아
　　　　이와 어머니의 전원을 꺼버렸습니다. 버튼을
　　　　또 눌러버렸어요. 저들의 버튼이 누르기 쉬운
　　　　위치에 있는 게 문제일까요? 아니면 제 인내심
　　　　이 바닥나버린 게 문제일까요. (고개를 숙여 두
　　　　팔로 머리를 감싸 안는다) 저는 때때로 저들 때
　　　　문에 퓨즈가 끊어져요. 제 어머니와 자식인데
　　　　도… 왜 이렇게 때때로 견딜 수 없는 기분이 되
　　　　는 걸까요. (사이) 제가 저들에게 무슨 짓을 하
　　　　고 있는 거죠? 아니, 제가 오히려 무슨 짓을 당
　　　　하고 있는 건가요. 마치 매일 테스트를 당하고
　　　　있는 기분이에요. 저들이 제 가족이 맞는 걸까
　　　　요? 아니, 그 이전에 인간이 맞기나 해요? 영혼
　　　　이 있냔 말입니다. 무엇보다 슬픈 것은 말이죠.
　　　　제가 하는 모든 말들이 그들에게 닿기도 전에
　　　　사라지는 느낌이 든다는 거예요.

　　　　아담, 머리를 감싸 안으며 괴로워한다. 그리고
　　　　는 두 손을 깍지 끼어 얼굴 앞에 모으고 눈을
　　　　감은 채 간절한 표정을 짓는다.

아담　　신이시여, 용서하세요. 저는 결코 당신의 흉내
　　　　를 내려던 것이 아니었습니다. 어머니한테도
　　　　진짜 이유는 끝내 말할 수가 없었어요. 왜 제가

그때 아이를 낳겠다고 결심했는지를요. (사이) 저는 자신이 있었던 겁니다. 우리가 진짜이고 저들이 가짜라는 자신이. 그리고 좋은 아버지가 될 자신이. (사이) 하지만 앨리스와 아이를 낳고 내 아이의 전원 버튼을 눌러 대면서 저는 서서히 아주 서서히 깨달았습니다. 인류가 사라져 가는 이 세상에서 진짜는 오히려 저들일지도 모른다. 사라져야 할 가짜는 이제 나인지도 모른다. 가짜가 진짜를 낳으면… 진짜는 가짜가 된다. (울먹이면서) 저는 이제 버튼을 누르고 싶지 않아요. 애초에 왜 내 아이에게 버튼이 있어야 합니까!

아담, 갑자기 뭔가를 결심한 듯 벌떡 일어선다.

아담   저는 앞으로 다시는, 아이의 버튼에 손대지 않을 겁니다! (관객 향해 다가서며) 그럼 어쩔 거냐구요? 저는 차라리 '리크리맨'이 되겠어요. 아이가 손을 내밀지 않으면 제가 손을 내밀면 됩니다. 같은 편에 서면 우리는 서로를 이해하게 될지도 몰라요. 버튼을 누르지 않고도요. 서로 같은 세상에 속할 수 있다면 무엇이든 좋을 겁니다. 친구든 동료든 어떤 식이든 좋아요. 어차피 저는 이제 누구와도 닮지 않았던 최후의 인류일 뿐이니까요. (허공을 향해 양팔을 뻗으며) 자, 이 기억을, 인간으로서의 마지막 기억

박세은

을, 메모리얼파크로 보내 주세요. 어서요! (단호하고 느린 목소리) 제 아들을 위해서 저는 스스로 미래의 양분이 되겠습니다.

천장 스피커에서 목소리가 들려온다.

목소리 아담, 정말입니까. 당신의 30년 기억을 모두 메모리얼파크에 기증하는 것에 동의합니까.

아담 네.

목소리 그럼 원칙에 따라 당신의 기억은 당신의 껍질과 영-원히 분리시킨 후 새로운 종족 '리크리맨'의 보존을 위해 사용하도록 하겠습니다.

FO. CM송이 들려온다.

"황홀한 미소, 따뜻한 두 손! 우리의 사랑, 리크리맨~ 영원히 변치, 않아요 우리, 손잡아요~!
황홀한 미소, 따뜻한 두 손! 우리의 사랑, 리크리맨~ 영원히 변치, 않아요 우리, 손잡아요~!"

노랫소리 한동안 반복되면서 점점 잦아든다.
저 멀리, 우렁찬 아기 울음소리가 들린다.

막.

세 개의 버튼

누에

* 이 작품은 2020 국립극단 희곡우체통 3차 낭독회 초대작으로 7월 27일 백성희장민호극장에서 낭독회 및 온라인 낭독회로 소개되었습니다.

박지선

작가의 말

오백년 전 여자인 '윤'은 죄의식으로 경련하는 왕가의 미로를 헤맸다. 나는 감정적이고 충동적인 그녀가 표백된 경전의 세계에서 분열되고 말리라 느꼈다. 실록은 그녀를 왕을 '할퀸' 폐비로 쓴다. 나는 그녀를 침묵의 카르텔에 금을 낸 여자로 읽는다.

등장인물

윤씨
성종
누이
정희대비   세조의 비
인수대비   덕종의 비
인혜대비   예종의 비
월산대군   성종의 형
제안대군   예종의 아들
김나인
박나인
최나인
아비1   세조의 혼령
아비2   덕종의 혼령
아비3   예종의 혼령
세자 융
상궁
나인
목소리

때·곳

조선 시대, 궁궐

1장

성종 4년(1473년).
성종과 윤씨의 가례를 축하하는 자리.
왕가가 모두 자리했다.

정희대비　모처럼 한자리에 모였으니 이 할미의 기쁨이
가이없습니다. 오늘이 어떤 날입니까? 주상께
서 가례를 올리신 경사스런 날이 아닙니까? 오
늘 같은 날, 먼저 가신 할아버님 세조께서도 경
하하실 겁니다.

인혜대비　선왕 예종께서도 축복하실 겁니다.

인수대비　주상, 아버님 덕종께서도 혼령이나마 이 자리
에 납시어 지켜보실 겁니다. 안 그렇습니까,
월산?

월산대군　어마마마, 혼령이 저희를 지켜본다니 어쩐지
으스스합니다. 혼령이 설마 오늘 밤 초야까지
지켜보진 않겠지요?

제안대군, 피식 웃음을 흘린다.

인혜대비　제안, 여기가 어디라고 경망스럽게!

제안대군　누가 저희들을 보고 있다 생각하니 웃음을 참
을 수가 없어서요.

인수대비　웃음을 참을 수 없다?

인혜대비　고정하십시오. 어미인 제가 잘못 가르친 죄입

　　　　　　　　　　　　　박지선

니다. 제안, 어서 대비마마들과 주상께 석고대
죄하세요.

월산대군 하려면 제가 해야지요. 분위기 좀 돋우려고 농
을 한다는 것이…. 다 소인이 미욱한 탓입니다.
(정희대비에게) 안 그렇습니까, 할마마마?

인수대비 월산! 경사스러운 날, 어찌 이리 무례하시오.
썩 물러가시오!

인혜대비 제안도 어서 물러가세요.

월산대군 네, 불초 소생 이만 물러가지요. (성종에게) 전
하, 다시 한 번 경하드립니다. 부디 다사로운
일족을 이루소서!

월산대군과 제안대군, 나간다.

정희대비 (한숨) 주상, 잊지 마십시오! 할아버님 세조께
선 수많은 역적과 모반의 피바람을 뚫고 오늘
을 여셨습니다. 간악한 무리들이 패륜이니 찬
탈이니 성업을 모함하지만 잊지 마십시오. 할
아버님께서 피를 보신 건, 그분의 안위를 위해
서가 아닙니다. 지금도 이 할미는 생생히 기억
합니다. 할아버님께서 거사를 위해 일어나시
던 날, 생쥐 같은 무리가 비밀을 흘리는 바람에
잠시 망설이셨지요. 그때, 이 할미는 할아버님
께 직접 갑옷을 입혀드리며 말했습니다. "화살
은 시위를 떠났습니다. 살촉이 어디로 향할지
는 당신께 달렸습니다. 우리 아들들이 역모의

누에

일족으로 몰살당할 것인지, 새 왕가의 뿌리가
될 것인지!" 할아버님은 당신의 아들들이 이
나라를 이끌게 하려고 피바람을 헤쳐 왔습니
다. 바로 오늘의 주상을 위해서지요!

성종, 몸을 뒤척인다.

인혜대비 주상, 잊지 마십시오! 할아버님을 이어 즉위하
신 예종께서 1여 년 만에 승하하셨을 때, 제겐
제안이 있었습니다. 허나 겨우 네 살. 비록 제
안이 제 소생이긴 하나 왕가의 안정보단 중요
치 않았지요. 할마마께선 고뇌에 고뇌를 거
듭하서 주상을 옥좌에 모셨습니다. 허니 주상
께선 부디 만백성의 어버이로 태평성대를 이
뤄 주십시오!

인수대비 주상, 부디 잊지 마십시오! 이 나라 옥새가 맏
아들 월산이 아니라 아우인 주상께 내려진 건,
태조를 닮은 기상과 드넓은 도량 때문이었습
니다. 허니 주상을 지켜보는 아버님들과 어미
들의 바람을 잊지 마십시오. 역사에 다시없는
성군이 되셔야 합니다. 더불어 왕실의 번영에
힘쓰세요! 이 왕실은 유독 손이 귀하니 피톨처
럼 많은 왕손을 생산하셔야 합니다. 그것이 이
어미들의 마지막 바람이옵니다!

세 대비 앞으로 빠르게 수렴이 내려진다.

박지선

수렴 너머로 세 대비의 그림자가 어른거린다.

무대는 성종과 윤씨가 초야를 치르는 침전으로 바뀐다.

수렴 너머 대비들의 실루엣은 둘레방[01]을 지키는 상궁들을 연상시켜야 한다.

윤씨, 예복을 입은 채로 앉아 있다.

성종, 아랑곳없이 혼자 술을 마신다.

성종 (윤씨가 술을 따르려고 하자) 됐소.

성종, 술을 마신 뒤 술상 옆에 드러눕는다.

침묵.

갑자기 일어난 성종, 다짜고짜 윤씨의 가슴을 더듬는다.

성종 여물었군. (둘레방을 향해) 들어라! 할마마마, 어마마마께 전하라. 이번엔 과실이 제법 여물어서 씨를 품을 만하다고 말이다.

성종, 심드렁하게 윤씨의 예복을 벗긴다.

---

01 왕과 왕비가 잘 때는 칸막이를 이용해 침전을 9개의 방으로 나눴다. 왕과 왕비가 잠드는 방을 중심으로 8개의 둘레방이 생기는 셈이다. 둘레방에는 만일의 위험을 위해 상궁들이 대기하고 있다. 특히 왕과 왕비가 잘 때는 늙은 상궁 3명이 둘레방에 머물며 밤을 새웠다고 한다.

누에

성종   얘기 하나 해 주리까. 옛날, 어느 꼬마 신랑이
혼례를 앞두고 애비한테 불려 갔지. 애비는 첫
날밤 치르는 법을 알려 주려 했는데 어린 아들
이 당최 알아먹질 못해. 할 수 없이 "오늘 밤은
그저 신부를 잘 벗겨라!" 신신당부했지. 그러
고 다음 날 아침에 보니 신부가 죽어 있지 뭐
야. 핏덩이로. 어린 아들이 애비 말대로 신부를
잘 벗긴 거지. 피부를. 아, 떨지 마오! 이래 봬
도 난 11살 때 중전과 무사히 초야를 치른 몸이
니. (옷을 벗기다 말고) 이놈의 껀 예나 지금이
나 성가셔!

드러눕는 성종.
한동안 침묵.

성종   밤이 깊었소.

윤씨   네, 전하.

성종   초야에 옷도 벗지 못했다면 대비들이 상심할
테지. 빨리 후사를 보려고 고르고 골라 그대를
들였건만. 말해 보오. 병약한 중전이 후사를 이
을 기미가 없으니, 아들만 낳으면 누구든 원자
의 어미가 될 터. 가슴이 부풀지 않소?

윤씨   황공하옵니다.

성종   이루 다 말할 수 없을 테지.

윤씨   전하, 침요로 드시옵소서.

성종   여기엔 늙은 상궁들이 진을 치고 있지. 한 나라

박지선

의 왕이란 방사도 은밀히 할 수 없는 법. 치욕
스럽지 않소? 저 늙은 것들이 모조리 들어. 그
대와 나의 말, 숨소리, 신음 소리.

윤씨　　그것은 전하의 안위를 위해서….

성종　　그대가 열락에 떨 때도 지켜본단 말이다. 그래
도 몸을 뒤틀며 짐승처럼 끙끙댈 텐가? 하여간
암컷들이란.

윤씨　　황공하옵니다.

성종　　어쨌든 초야를 치러야 한다, 이거지?

성종, 병째 술을 들이켠 뒤 촛불을 끈다.

그로부터 3년 뒤.
어둠 속에 갓난아기의 울음소리.
무대 한쪽에서 윤씨가 아기를 안고 있다.
다른 쪽에서는 성종이 왕좌에 앉아 있다.

윤씨　　(아기에게) 원자야, 이 어미가 중전이 됐구나.
이렇듯 널 낳았으니. 까꿍! 널 보고 있으면 걱
정 근심이 다 사라져야 하는데….

성종　　(내관에게) 오늘은 명빈의 처소로 들 것이다!
아니, 엄귀인의 처소가 좋겠구나.

윤씨　　네 아버님을 본 지 한 계절이 지났구나. 무심하
고 무심하도다!

성종　　(내관에게) 아니다. 정귀인, 권귀인에게 들었던
때가 언제였느냐?

　　누에

윤씨, 《내훈》[02]을 펼치고 필사하기 시작한다.
점점 빠르게 쓰다 결국 먹칠하기에 이른다.

윤씨   어머니 대비께서 《내훈》에 이르시기를,
    같이 밥 먹을 때 혼자 배부르게 먹지 말며
    손을 비비적대지 말며 밥을 뭉치지 말며 마구
    먹지 말며 후루룩대지 말며 쩝쩝대지 말며 오
    도독대지 말며 바삭대지 말며 아삭대지 말며
    말며 말며 말며….

    윤씨, 먹칠된 종이를 구겨 버리고 창 너머를 본
    다.
    새 종이를 꺼내 글을 쓴다.

윤씨   승냥이 눈알 같은 달이 뜨니
    검은 머리채들이 하나둘 눈을 뜬다.
    흰 속곳 아래 달뜨는 푸르른 유선(乳腺)
    검은 입들에 젖을 물리고 옷고름을 풀고 날아
    오른다.

성종   (내관에게) 아니, 됐다! 오늘 밤은 궐을 빠져나
    갈 것이다.[03] 채비하라!

---

02   《내훈》은 인수대비가 유교 경전에서 여성에게 본보기가
    된다고 생각한 글들을 추려서 만든 책이다.

03   일설에 의하면 성종은 밤이 되면 자주 남의 눈에 띄지 않
    게 초라한 옷차림으로 변장하고 궁궐을 나갔다고 한다.
    궁궐을 빠져나간 성종은 규방에 출입하곤 했다고 한다.

박지선

윤씨	(자신이 쓴 글을 읽으며 나인에게) 잠은 됐다! 오늘 밤은 궐을 떠돌 것이다. 채비하라!

두 사람, 자리에서 일어선다.
무대 어두워진다.

2장

봄날.
궁궐의 정자.
인수대비와 성종, 월산대군이 다과를 나누는 중이다.

인수대비	참으로 봄날입니다. 꽃망울 좀 보세요. 한파에 떨던 모습은 오간 데 없어요. 주상, 대군! 이 어미 남은 생은 이처럼 따사로운 봄날일 겁니다. 그렇고말고요! 주상이 선정을 베푸시니 만백성이 태평가를 부르고 칭송이 자자합니다. 이 어미 이제 죽어도 여한이 없어요. 허나 억겁의 덕을 쌓아도 찰나의 실수로 나락에 빠지는 법. (사이) 대군! 요사이 근황이 어떠한지요?
월산대군	소자, 어마마마 명대로 풍류로 자적하고 있사옵니다만.
인수대비	헌데 대간에서 상소를 올린 건 왜지요?
성종	어마마마, 그것은….

누에

인수대비　도성 밖으로 사냥을 갔다지요? 주상께서 유람을 할라 쳐도 상소가 빗발치는 마당에, 대군께서 어찌 이리 도리에 벗어난 행동을!

월산대군　소자가 경망한 탓이지요.

인수대비　사죄는 주상께 하세요. 크게 곤혹을 치르셨어요.

성종　(월산대군에게) 형님, 심려치 마십시오.

월산대군　황송하옵니다, 전하! 부디 불충한 소인을 용서해 주십시오. 소인, 살아서는 두 번 다시 도성 밖에 나서지 않겠습니다. 단지를 해서라도 맹세 올리지요!

월산대군, 약지를 깨물어 단지를 하려 한다.

인수대비　저, 저! (나인들에게) 다들 물러가라! 어서!

나인들, 서둘러 자리를 뜬다.

인수대비　보는 눈이 얼만데 창피하지도 않아요?

월산대군　어마마마! 소자의 불충이 심했기로서니 상소문 그대로 '법을 어기고 도에 벗어난 행동을 했다' 하실 건 없지 않습니까?

인수대비　조정의 법도가 그렇지 않습니까?

월산대군　어마마마는 소자의 어머님입니다. 대간이 아니라.

인수대비　듣기 싫어요! 대군이 이렇듯 간담을 서늘케 하니 주상을 대할 낯이 없어요. 내 골백번 당부했

박지선

지요? 매사에 조심 또 조심해야 한다고. 대군이 바라지 않아도 역모를 꾸미는 잔당이 대군이름만 대도….

월산대군 저는 물론 제 혈족의 씨가 마르겠지요.

인수대비 절대 이목을 끌어선 안 됩니다.

월산대군 압니다, 알아요! 왕가의 아들들이여, 조금 모자란 듯이 죽은 듯이 살아라! 해서 제가 어쨌습니까? 사람이라곤 만나지 않고 풍류를 벗하며 지냈지요. 취할까 두려워 연회에선 술 한 잔 마시지 못하지요. 어디 저뿐입니까? 제안은 혼이 나간 바보 천치가 다 됐더군요. 살아남을 방법으로 택한 게 겨우 광인 천치의 길이니….

인수대비 제안은 어릴 때부터 어리석었거늘.

월산대군 어릴 때부터라니요? 하루아침에 사촌형한테 왕위를 빼앗기고 난 뒤부터지요. 주상께 정당한 왕위 자격을 논할 수 있는, 위험인물 1순위. 그게 자신인 걸 아니까요. 목숨을 보존키 위해 광인 천치가 되기로 한 거. 다들 아시지 않습니까?

성종 (물을 들이켠다)

월산대군 주상 전하의 보살핌으로 풍족하게 지내는 은혜 망극합니다만, 죽은 듯이 살려니 사는 게 죽느니만 못 합니다. 어찌하오리까?

인수대비 세상에 나서는 것만이 장부의 일입니까? 자손을 낳아 일족을 이끄는 것도 장부의 일이지요. 후사 이을 생각이나 하세요.

월산대군	후사를 보라? 글쎄요. 영특한 아들이면 왕위에 위협이 될 테고, 미련한 아들이면 체통에 위협이 될 터. 왕가의 번성은 전하의 원자 공주로 족하지 않습니까?
성종	소인은 이만 물러가겠습니다.

성종, 자리에서 일어난다.

인수대비	앉으세요. 앉으라니까요!
성종	(앉는다)
인수대비	내 두 분을 어찌 키웠습니까? 세자시던 아버님께서 왕위에 오르지도 못하고 젊은 나이에 돌아가셨습니다. 지금도 제 꿈엔 아버님께서 오십니다. 머리를 풀어 헤치고 뜻 모를 말을 하며 절 끌고 가려 하지요. 전 아버님 손목을 베고 도망칩니다. 먼저 간 남편의 뒤를 따르는 게 부인의 도리지만 제겐 어린 자식들, 두 분이 있으니까요. 아버님 대신 아우 예종께서 왕위에 오르시던 날. 제가 얼마나 피눈물 쏟았는지 아십니까? 옥새는 제 남편, 제 아들 것이었습니다. 헌데! (사이) 전 지극정성으로 할아버님과 할머님을 모셨습니다. 일찍 죽은 큰아들, 젊어 혼자된 큰며느리, 아비 없는 어린 것들을 생각해서 다시 옥새를 우리에게 주셔야 했습니다. 허나 조건이 있었습니다. 옥새의 주인은 큰아들 대군이 아니라 둘째 아들 주상이어야 했어요.

박지선

| | 하나를 위해 하나를 잃어야만 했습니다. |
| **월산대군** | 아니오! 어머님은 셋을 잃으셨어요! 어머님을 진심으로 받들던 저와 자애롭던 어머님 자신, 그리고 우리 누이! 아버님처럼 할아버님처럼 권씨 혼령에 시달리는 저주받은 딸! 어머님이 직접 내잠실[04]에 가둔 어머님 딸! |

인수대비, 사레들린 듯 기침을 한다.
월산대군, 자리를 박차고 나간다.

성종	…어떻게 지냅니까? 차도가 있습니까?
인수대비	주상도 이 어미를 탓하시렵니까? 오죽하면 제가 제 손으로…. 할아버님 세조께서 노산군을 폐한 뒤, 그 에미 권씨가 할아버님 꿈에 나타나 저주했지요. "네가 내 아들을 죽였으니 나도 네 아들을 죽이겠다!" 그 뒤로 아버님은 꿈마다 권씨 혼령에 시달리다 가위에 눌려 돌아가셨지요. 만백성이 떠들어 댔습니다. "피로 얻은 옥새의 저주로다! 피로 흥한 자는 피로 망하리라!" 겉으론 이 왕가에 고개 숙이면서 속으론 침을 뱉고 저주했지요. 결국 할아버님 세조께서도 권씨 저주로 돌아가셨습니다. 온몸

---

04   잠실은 누에를 치는 방을 말한다. 조선 시대 왕비는 내외명부 여성들을 거느리고 궁궐 안 잠실에 행차하여 함께 뽕을 따고 누에를 치는 의식을 거행하였다. 궁궐 후원에도 뽕나무를 많이 심었는데, 경복궁과 창덕궁의 후원에 설치한 잠실을 내잠실이라고 한다.

누에

이 종기에 만신창이가 돼서! (사이) 저주는 그 두 분으로 끝나야 합니다. 그 아이를 보면 다시 수군댈 거예요. "저주가 아직 끝나지 않았다!" 그리곤 주상까지 모함할 겁니다. 그리는 못 하지요. 제가 살아 있는 한. 제 말 듣고 계십니까? 주상?

성종　…누이가 보고 싶습니다.

인수대비　그 아이는 잊으세요. 주상이 가는 길에 한 점 터럭도 되지 못할 겁니다.

성종　누이가 보고 싶습니다.

인수대비　(차를 마시며) 향이 은근하네요.

성종　어머님!

인수대비　잊으십시오. 죽은 아이입니다. 없는 아이입니다.

성종　어머님 배 속에서 열 달을 한 몸처럼 산 누이입니다. 쌍둥이로 태어나 갈라져 살았지만 저는 느낄 수 있어요. 온몸에 곪아 터지는 피고름, 머리를 풀어 헤친 광태, 평생을 죽어지내는 고통….

인수대비　그만하세요! 엿듣는 귀가 얼만데 어찌 이리 크게. 그 아이가 느껴지세요? 그럼 죽이세요. 주상의 마음에서. 주상은 다만 성군의 길을 가십시오!

중전 윤씨, 들어온다.

　박지선

인수대비　때마침 왔군요. 이 어미가 불렀지요. 주상께 들려드리고 싶은 게 있어서요. (윤씨에게) 다 베껴 썼느냐?

윤씨　네, 어마마마.

인수대비　이 어미가 엮은 《내훈》에 마침 주상께서 흡족할 구절이 있어 들려드릴까 합니다. (윤씨에게) 읊어 보세요.

윤씨　'남편이 허물이 있으면 부드러운 말로 간하되 이로움과 해로움을 살펴 온화한 얼굴과 부드러운 말로 설득할 것이다. 남편은 하늘이라 말하니, 하늘은 진실로 떠날 수 없는 것이다.' (문득 조심스레) 헌데 어마마마! 요사이 밤마다 궐 깊은 곳에서 묘연한 소리가 들립니다. 바람 소리 같기도 하고, 목소리 같기도 하고….

성종과 인수대비, 눈이 마주친다.

인수대비　궁녀들 소란이든 여우들 수작이겠지요. 듣자하니 중전은 밤마다 잠들지 못하고 지필묵을 꺼낸다는데 무얼 그리 열심히 쓰십니까?

윤씨　그것은 어마마마께서 거듭 당부하신 《내훈》을 필사하느라….

인수대비　(종이를 내밀며) 요사이 궁인들이 돌려 가며 베껴 쓰는 글이라는데 읽어 보시겠습니까? 어서요.

윤씨　'…흰 속곳 아래 달뜨는 푸르른 유선(乳腺) 검

　누에

은 입들에 젖을 물리고 옷고름을 풀고 날아오른다.'

인수대비 《내훈》을 쓰는 손으론 감히 쓸 수 없는 글이지요. 안 그렇습니까? 어서 저를 보세요. 안 그렇습니까? 또다시 이런 글이 떠돌면 누구라서 감당하리오. (종이를 찢으며) 중전은 몽유에 시달리는 겁니다. 밤은 마음을 홀리는 요귀예요. 심신이 미약하여 헛소리가 들리니 종내 헛것이 보인다 하리다. 귀를 닫고 입을 닫고 《내훈》을 벗 삼아 경계하십시오. 주상, 먼저 일어나겠습니다.

인수대비, 나간다.

윤씨 소첩이 또 혀를 잘못 놀렸나 봅니다. 황공하옵니다. (사이) 전하, 오늘 원자가 '어마마마!' 처음으로 말을 하더이다.

성종 혼자 있고 싶소.

윤씨 하오나 원자를 보신 지가….

성종 혼자 있고 싶다 하지 않았소?

침묵.

윤씨 황공하오나 전하를 뵌 지 오래라 쉬 발길이 돌려지지 않습니다.

성종 내 무심함을 탓하는구려.

박지선

윤씨	소첩은 다만 이렇듯 좋은 날, 전하와 함께 이야기라도.
성종	무슨 얘기?
윤씨	아무 얘기라도. 봄꽃 얘기도 좋고, 원자 얘기도 좋고. 원자와 함께하신 지 오래니 한번 행차하시어….
성종	왜 어미들은 자기 마음에 아들을 입히지? 내가 그대 처소에 든 지 오래니 오늘 밤은 그대에게 오라. 이거 아닌가? 어미로다. 어쩔 수 없는.

성종, 나가려 한다.

윤씨	제 말 좀 들어주세요. 그러니까 제 말은…. 밤마다 몽중방황에 시달립니다. 웬 여자 소리가 파고들어요. 흐느끼다 고함치고 신음하다 혼잣말하고 또 말하고…. 떨쳐버리려 해도 귓가에 똬리를 틀어요. '누구일까? 웬까? 어디 있는 걸까?' 밤마다 제 속을 핥는 망상에 망상을 거듭하다 보면 그 소리가 웬 여자의 것인지, 제 것인지…. 전하, 저를 좀 안아 주시면 안 될까요?
성종	어머님께서 내게 당부하셨지. 하나를 얻으면 하나를 잃어야 한다. 그대는 이 나라 국모, 원자의 어미 자리를 가졌소. 한낱 금슬의 꿈은 버리시오.
윤씨	만일 제가 택할 수 있었다면 저는 사랑하고 사랑받는 걸 원했을 겁니다.

누에

성종	난 그대를 미워한 적 없소.
윤씨	마음 두신 적도 없으시지요. 후궁을 늘리거나 야행을 하실 뿐. 저와 눈 한 번 마주친 적 없으시잖아요.
성종	어머니가 이르지 않던가? 투기하지 말라!
윤씨	투기라니요? 다만 마음이 이르는 바입니다.
성종	허! 전부 다 가지고도 모자라 이젠 나까지 삼키려 드는군. 계집들은 아랫도리가 텅 비어 늘 허기가 지는 모양이지. 축축하고 어둔 구멍으로 지존을 삼키려 드니 어디 그년의 입술이 얼마나 큰지 구경이나 할까?

성종, 윤씨의 치마를 들친다.

윤씨	…죽어버릴 거예요.
성종	어떻게 죽을 건가? 비상이라도 숨겼나?
윤씨	그래요.
성종	본심을 내시오. 어느 후궁을 독살시키려고?
윤씨	정말 너무하십니다. 네, 그러지요. 그러고말고요.
성종	뭐라?
윤씨	제가 죽어버릴 거라 했습니까? 죽다니요? 아니오. 살렵니다. 살아야지요. 훗날 꼭 보고 싶은 일이 있으니.
성종	이제야 송곳니를 드러내는군. 훗날이라…. 원자가 왕이 되는 날, 대비전에 올라 원을 푸시겠

박지선

다? 아들에 몸을 실어 천하를 호령하시겠다? 세 대비가 저리 떵떵대니 중전도 보고 배운 바 있을 테지. 허나 잊지 마시오. 나는 살아 있고 내가 살아 있는 한 태양은 하나요. 당신을 살리고 죽이고, 원자를 세자로 올리고 말고는 다 내게 달려 있지. 안 그렇소?

무대 어두워진다.

3장

안개 짙은 밤.
궁궐 깊은 곳.
백발의 늙은 나인들, 고목나무 주위를 돌며 주문을 외우고 있다.
제 몸을 가누지 못해 비틀거리는 나인도 있고,
치아가 없어 우물거리는 합죽이 나인도 있고,
거대한 몸을 끌고 숨 가빠 하는 나인도 있다.
저마다 곱게 화장하고 차려입은 모습이 어딘지 기괴하고 우스꽝스럽다.

김나인   (가루를 땅에 뿌리며) 거시기마냥 불룩한 돌부처 코를 갈아서,

최나인   (맹꽁이 뒷다리를 땅에 던지며) 그 짓 하는 맹꽁이 사타구니를 찢어서,

누에

박나인   (피를 땅에 뿌리며) 흘레붙는 열두 마리 돼지

        멱을 따서,

김나인   천지신명님 일월성신님 산신령님 용왕님 천하

        대장군님 지하여장군님!

최나인   단군님 석가님 공자 왈 맹자 왈!

박나인   뭐시기 거시기님 전에 비옵니다!

김나인   버들마냥 낭창낭창한 이 몸의 그곳에,

최나인   개울마냥 찰랑찰랑 넘쳐흐르는 이 몸의 깊은

        그곳에,

박나인   늙은 중놈 입술마냥 두텁고 불그죽죽한 이 몸

        의 깊고 깊은 그곳에,

김나인   송아지 말뚝인지 털 고삐 두르고 민대가리 끄

        떡끄떡 코는 질질 알밤 두 쪽 달랑대는 전하의

        고것이 물방앗간 절굿공이 찧듯이 쿵 덜그덕

        쿵 덜그덕대기를!

다같이   성은이 망극하기를!

최나인   그리하야 떡두꺼비 왕자를 생산해 후궁 지나

        중전 지나 대비 지나 대왕대비전에 오르기를!

        빌어도 될깝쇼?

        나인들, 키득키득 웃다가 다시 정색한다.

김나인   들으시오, 박나인!

박나인   들었어요, 김나인!

김나인   고롷게 밝히니 전하께서 어디 한 번 줄 거 두

        번 주시겠소?

박지선

박나인   계시오, 김나인!

김나인   계세요, 박나인!

박나인   깨진 술독마냥 말도 줄줄 새고 밑도 줄줄 새니 전하께서 어디 한 번이나 제대로 드셨겠소?

김나인   뭐라?

김나인과 박나인, 서로의 머리채를 잡고 옥신 각신한다.

최나인   아이고, 이팔청춘 독수공방 허벅다리 대못 박 는 팔자끼리 왜들 이러세요! 미인 박복이라 미 모를 어쩌지 못해 전하의 승은을 입긴 입었지 만서두 전하께서 다시는 우릴 찾지 않으시니 이대로 백발이 올까 두렵사와요.

박나인   전하랑 한 번 했다고 평생 궐 밖에도 못 나가고 쭈그렁 할멈이 될 판이니. 어머, 이를 어째!

김나인   (기운이 없어 몸을 발발 떨며) 이렇게 기다려서 될 게 아니에요. 원인을 찾아 대책을 세워야지. 보세요, 최나인!

최나인   보고 있어요, 김나인!

김나인   전하께서 우릴 다시 안 찾으시는 이유가 뭐겠 소?

최나인   미색에 빠져 정사를 소홀히 하실까 봐?

박나인   쫄깃한 홍합인 줄 알았는데 시금털털 땡감이 라서?

김나인   후궁들이 꼼수를 써서 그렇소!

누에

최나인	역시! 그년들이 날 질투한 게야! 내 입술만 움 찔움찔해도 사내들이 오줌을 질질 싸니 을매나 속이 타겠어!
박나인	요 씰룩대는 요분질 맛이 천하일미지. 에헤라 방아야! 전하의 애간장을 다 빨으니 고것들이 질투가 나서 숨넘어가겠다!

나인들, 깔깔깔 웃다가 다시 정색한다.

김나인	전하의 승은만 입기를 애태우던 우립니다. 기껏 승은 입고 이제 팔자 좀 피나 싶었더니 후궁 잡년들이 전하를 후립니다 그려.
박나인	(최나인에게) 그럼… 그 수밖에 없지요?
최나인	그 수밖에 없어요.
김나인	뭔 수요?
박나인	후궁 잡년들이 다니는 길에 죽은 사람 뼈를 묻어요. 그럼 거길 지나는 후궁들은…. (우스꽝스럽게 죽는 시늉을 한다)
김나인	오호라! 그럼 어서 죽은 사람 뼈를 구해 봅시다!
최나인	어디서 구한다?
박나인	어디긴 어디요? 보름달만 뜨면 여인들이 슬금슬금 몰려와 온갖 주문 외고, 방중술에 좋은 얄궂은 걸 묻잖소. 바로… (자신의 발밑을 가리키며) 요기에!
최나인	우리처럼 승은에 목마른 꽃사슴들이.
김나인	승은을 가로챈 년들을 저주하러 오지. 요기로!

박지서

나인들, 다짜고짜 땅을 파는데 이전에 묻은 기묘한 물건들이 나온다.
박나인, 뼈다귀 하나를 발견하자 다른 나인들, 기뻐하며 모여든다.

박나인 찾았다! 이제 후궁 년들이 지나다니는 곳에 이걸 묻읍시다!

최나인 어디가 좋겠소?

김나인 어디긴 어디요? 보름달만 뜨면 모두 몰려와 저주를 퍼붓고 독을 뿌리는 곳. 바로 요기!

나인들, 기뻐하며 뼈다귀를 땅에 묻고 저주의 말을 웅얼웅얼한다.

최나인 잠깐! 그런데 그 뼈가… 우리 발밑에 있지 않았소?

박나인 우리 발밑에 있었지!

최나인 그럼 웬 년이 고걸 밟은 년을 죽이려고 한 짓일 텐데 우리가 밟고 있지 않았소?

김나인 우리가 밟고 있었지!

순간 싸늘한 정적.
나인들, 슬금슬금 게걸음 치며 옆으로 피한다.
계속 저주의 주문을 외는데 어딘가에서 여자의 숨죽인 흐느낌이 들린다.

누에

김나인   들었소?

박나인   들었소.

김나인   어째 오늘은 더 구슬픈 것 같네.

박나인   오늘은 저쪽에서 들리네?

김나인   저쪽이면 중궁전인데?

박나인   그럼 중전?

나인들, 귀를 기울인다.

김나인   거참 구슬피도 운다! 중전이면 배불리 먹고 등
        따숩게 자빠져 잘 것이지. 왜 여린 이내 마음을
        쥐어짜고 지랄이여. 지랄은!

최나인   입이 틀어막혔으니 오죽하겠소. 중궁전에 갇
        혀서 하루 종일 이런다오. (과장되게 중전의
        흉내를 내며) '죽을 거야. 죽어버릴 거야. 죽을
        거야…'

박나인   아니 왜요? 어디 속 시원하게 여차저차 해 보
        오.

최나인   글쎄….

박나인   (숨겨 둔 걸 꺼내며) 한 달 삭힌 돼지 불알이우.
        어느 잡년이 땅에 묻었더군.

최나인   돼지 불알?

박나인   그러니 노인네 오줌 털듯 찔끔대지 말고 촬촬
        쏟아 보구려.

최나인, 고개를 끄덕인다.

박지선

최나인의 이야기를 따라 나인들은 이야기를 과장되게 재현하며 시시덕댄다.

최나인 그러니까 열흘 전, 후궁 처소에 누가 상자 하나를 던지고 사라졌어요.

박나인, 상자를 던지듯 돼지 불알을 최나인에게 던진다.

최나인 상자 속에 투서가 있었는데 이래 쓰여 있었지요. '후궁 엄숙의와 정소용이 중전과 원자를 해치려 한다!' 그 증거로 비상과 사람을 저주하는 법이 적힌 종이가 들어 있었어요. 대비가 이것을 알고!

최나인, 돼지 불알을 박나인에게 던진다.

박나인 (불알을 요리조리 살피며 대비 흉내) "이 물건이 뉘 것인고?"

최나인 대비는 후궁 정소용을 의심했대요. 근데 정소용이 임신한지라 나중에 자초지종을 묻기로 했어요. 그런데 이 상자를 본 주상 전하께서!

박나인, 돼지 불알을 김나인에게 던진다.

김나인 (불알을 주물럭대며 왕의 흉내) "어허, 대체 이

누에

물건이 뉘 것이란 말이냐? 비상이라 비상이라···. 그렇다!"

최나인　그리곤 갑자기 중전의 침전을 뒤졌다지 뭐야?

김나인　왜?

최나인　대비께서 대신들에게 자초지종을 일렀다 하니 어디 한번 들어보세!

김나인, 박나인에게 불알을 던진다.

박나인　(불알을 간질이며 대비 흉내) "이건 중전 것이 틀림없어요!"

김나인　(원로대신 흉내) "에이, 천부당만부당하옵니다!"

박나인　(대비 흉내) "이건 중전이 후궁들을 질투해서 꼼수 부린 거예요. 주상께서 증거까지 찾아내셨어요. 중전이 상자를 하나 가지고 있었는데 주상껜 그리 숨기더랍니다. 주상께서 틈을 타 열어 봤더니 아니나 다를까. 비상이 있었대요, 비상! 이건 필시 중전이 꾸민 짓이 틀림없어요. 중전, 네 입으로 이실직고하렷다!"

최나인　(중전 흉내) "억울합니다! 소첩은 다만···."

박나인　(대비 흉내) "다만 뭐? 남을 해할 게 아니라면 비상을 엇다 쓴단 말이냐?"

최나인　(중전 흉내) "다만···."

박나인　(대비 흉내) "내 일찍이 중전의 성품이 부드럽고 아름다우며 마음가짐도 깊고 곱다 여겼다.

박지선

효성은 세 대비를 움직이고, 공손하고 검소한 몸가짐이 현저하여 왕의 좌우에서 보필하는 자리에 진실로 으뜸으로 마땅하다[05] 생각했거늘…. (사이) 대신들은 들으시오! 중전을 폐할 것을 명하겠소!"

김나인   (원로대신 흉내) "만부당천부당하옵니다! 중전은 원자의 생모이십니다!"

박나인(대비)과 김나인(원로대신)은 서로를 째려보며 눈싸움한다.

박나인   (눈싸움에서 진다. 대비 흉내) "좋소. 그럼 빈으로 강등합시다."

김나인   (원로대신 흉내) "천만부당하옵니다! 중전의 처소에서 비상이 발견된 건 사실이오나 상자에 있던 것과 같다는 증거가 없지 않습니까?"

박나인, 다시 김나인에게 눈싸움을 걸지만 김나인은 딴청 피운다.

최나인   (불알을 살펴보다 제 목소리로) 근데 이건 진짜 누구의 투서일 수도 있잖소?

김나인   후궁들이 중전과 원자를 투기해서 비상을 마련했다? 진짜루?

---

05   성종과 윤씨의 가례식 날, 대비전에서는 중전에 대한 기대감을 이렇게 글로 표현했다고 한다.

박나인 어쨌든 전하께선 중전 처소에서 비상을 찾으셨지. (대비 흉내) "중전은 들으세요! 위로는 주상을 모시고, 아래로는 내명부를 다스려야 할 분이 비상이라니요? 후궁들을 싸그리 말려버리고 싶소? 아니면 주상께서 하루라도 빨리 승하하시길 바라오? 원자 대신 수렴청정이라도 하려고?"

최나인 (중전 흉내) "소첩이 어찌 감히!"

박나인 (대비 흉내) "주상께 '살아서 꼭 보고 싶은 일이 있으니 지금 죽을 수 없다'고 했다면서요? 원자가 왕위에 오르는 훗날을 도모하겠단 소리 아닙니까?"

최나인 (중전 흉내) "황공하옵니다. 그것은 소첩이 울화를 참지 못하여 그만…."

박나인 (대비 흉내) "울화라니요? 그게 뭔지 어디 말해보세요."

최나인 (중전 흉내) "…."

박나인 (대비 흉내) "어서요!"

최나인 (중전 흉내) "어머님께선 행복하십니까?"

박나인 (대비 흉내) "허! 행복이라? 행복은 하나만 생각하는 겁니다. 만일 하늘이 중전에게 단 하나만 남기고 세상 전부를 없애겠다 하시면 무얼 택하겠소? 난 내 작은아들, 주상을 택했소. 주상은 곧 세상 전부가 되었지. (사이) 중전의 마음속엔 입이 너무 많아. 갖은 생각을 조잘대. 원자만을 생각하세요. 원자는 아직 세자가 아

박지선

니에요. 중전에게 원자 미래가 달려 있어요. 생각을 모으는 덴 붓으로 글을 베껴 쓰는 게 최고지. 《내훈》을 베끼고 또 베껴 쓰세요. 그럼 어느덧 중전이 《내훈》일 것입니다."

최나인 그리하야 중전은 쓰고 또 쓰고, 쓰고 또 쓰고…. 그래도 마음에 맺힌 입들이 지랄 발광하면 중얼중얼 꿍얼꿍얼….

《내훈》을 읽는 소리가 중궁전 쪽에서 들린다.
반대편 어딘가에서도 중얼거림이 들린다.
나인들, 양쪽에서 들리는 소리에 귀를 막으며
돼지 불알을 뿌린다.

최나인 어허, 죽지 못해 사는 귀신아! 살지 못해 죽은 귀신아! 안개 자아 저고리 지어 입고 초승달 얼레빗 삼아 곱게 빗고 멀고 먼 북망산천 동무해서 어서 가자!

박나인 칠거지악이라! 시부모에 순종하지 않아 쫓긴 귀신, 아들 없어 쫓긴 귀신, 음탕해서 쫓긴 귀신, 질투해서 병들어서 도둑질해서 쫓겨난 귀신, 말 많아 쫓겨난 귀신!

김나인 항아님아, 보고파서 애달파서 이 세상 온 님아! 가자 가자 계수나무 그네 타러 가자!

주문을 외는 나인들의 얼굴이 어둠 속에 점점 사라져 간다.

나인들, 주검처럼 굳어 가는 서로의 얼굴을 쳐다본다.

김나인　자네 얼굴이 왜 그런가?

박나인　자네가 내 밥에 독을 섞는 바람에 그렇지.

김나인　내가 그랬던가?

박나인　그랬지. 근데 최나인, 자네 얼굴은 왜 그런가?

최나인　자네가 내 방에 얼굴 지진 쥐를 숨겨서 그렇지.

박나인　내가 그랬던가?

최나인　그랬지. 근데 김나인, 자네 얼굴은 왜 그런가?

김나인　그야 자네가 내 처소에 머리 자른 암캐를 묻어서 그렇지.

말을 마치자 김나인의 머리가 옆으로 툭 힘없이 쓰러진다.
최나인, 박나인의 머리도 툭 쓰러진다.

최나인　(머리가 꺾인 채) 그만 가세. 귀신 쫓는 돼지 불알이니 이제 다신 올 일 없겠지?

박나인　전하께선 오늘도 감감무소식이시네. 이젠 목 놓아 기다릴 일도 없겠지?

김나인　암… 암….

나인들, 안개 속으로 사라진다.

　　　　　　　박지선

4장

깊은 밤.

궁궐 친잠실.

촛불 켜진 친잠실에선 악다구니 치는 소리가
새어 나온다. 한 상궁이 여자를 붙들고 약을 먹
이는 모습이 그림자로 비친다.

친잠실 바깥에선 인수대비가 서성인다.

여자가 뛰쳐나오려 하면 상궁이 부둥켜안고
막는다.

상궁　　　(소리) 마마! 소인 혼자선 공주 마마를 감당치
　　　　　　못하겠나이다!

인수대비　유모 말고는 아무도 들일 수 없다. 세상에 다
　　　　　　떠벌릴 셈이냐? 아님 내가 들어가란 말이냐?
　　　　　　못 한다. 난 못 해….

어둠 속에서 윤씨가 나타난다.

인수대비　중전! 이 야심한 밤에 어인 일입니까?

윤씨　　　잠이 오지 않아 뒤척이는데 어디서 그 목소리
　　　　　　가 다시 들려 저도 모르게 그만….

인수대비　하여 그 목소리를 찾아 헤매는 중이라?

윤씨　　　(친잠실을 가리키며) 저기서 들리는 게 틀림없
　　　　　　습니다. 들리시지요?

인수대비　(돌아보지 않으며) 뭐가요?

　　　　　　　　　　　　　　누에

윤씨	저 소리 말입니다.
인수대비	무슨 소리요?
윤씨	저 소리요. 아니 들리십니까?
인수대비	아무 소리도 안 들리는데요.
윤씨	안 들리시다니. 저기 보십시오. 보이지 않으십니까?
인수대비	(보지 않으며) 뭐가 보이는데요?
윤씨	저 그림자가 보이지 않으십니까?
인수대비	보이지 않습니다.
윤씨	저기, 바로 저기에 있는데.

윤씨, 친잠실로 가려고 한다.
인수대비, 막는다.

인수대비	보여도 보이지 않아요. 들려도 들리지 않지요. 이 궐 안에 있는 자들은 모두 다. 왜냐하면 내가 보이지 않는다, 들리지 않는다 했으니까. 나는 그대에게 아무 소리 들리지 않는다 했습니다. 그럼 그대에게 들리지 않는 것입니다. (사이) 아직도 들리십니까?
윤씨	….
인수대비	들리십니까?
윤씨	고통에 사무친 저 소리를 어찌….
인수대비	아무도 듣지 못하는 소리를 홀로 듣는다?
윤씨	왜 숨기려 하시는지 소첩은 알지 못하지만….
인수대비	숨기려 한다고요? (사이) 기이한 글을 쓰고 궐

박지선

을 어지럽히고 비상을 숨기고 투기해도 원자의 어미라 덮었더니 방자함이 이에 이르렀네요. 원자가 왕위에 오르면 이 방자함이 천하를 흔들고도 남을 터. 내《내훈》을 써서 여자의 법도를 밝힌들 무엇하리요. 내 며느리 하나 건사 못 하는 주제에! 이제야 깨달았습니다. 글과 말은 아무것도 가르치지 못합니다. 가장 큰 가르침은 두려움이지요. 내 중전의 두려움이 보고 싶구려.

친잠실에서 외마디 소리가 울린다.
문을 붙잡고 발버둥질하는 여자와 붙잡는 상궁의 그림자.
무대 어두워진다.

5장

경회루.
공작재[06]를 올리는 중이다.
정희대비와 인수대비, 기도한다.
성종, 들어온다.
성종의 얼굴엔 크고 작은 종기와 종기 터진 상처가 있다.
성종, 공작재를 중단시킨다.

---

06   불교에서 재앙과 병을 없애고 오래 살기를 비는 재.

누에

그제야 대비들, 성종을 본다.

성종　　(나인들에게) 다들 물러가라!

인수대비　주상, 몸도 편찮으신데 어인 행차십니까?

성종　　(나인들이 머뭇거리자) 다들 물러가라 일렀느
　　　　니라!

정희대비　다들 물러가라.

그제야 나인들, 서둘러 자리를 뜬다.

인수대비　주상! 할머님께서 주상의 쾌차를 빌고자 마련
　　　　한 자리온데.

성종　　부디 자중하시라 간청했건만 어찌 이리 제 맘
　　　　을 몰라주십니까? 유교를 받드는 이 왕실에 승
　　　　려를 부르다니요? 대신들은 지금 벌집을 쑤셔
　　　　놓은 듯합니다.

정희대비　대신들이 두려우십니까?

성종　　두려워하라 이른 건 할머님[07]이십니다.

정희대비　경계하라 일렀지요. '두려워하면 먹힐 것이고
　　　　경계하면 먹을 것이다!'

성종　　….

정희대비　주상은 벌써 먹혔어요.

성종　　아니오. 소자는 대신들이 두려운 게 아닙니다.
　　　　역겹지요. 공신이란 명분으로 온갖 비리를 일

07　　정희대비는 어린 성종이 등극하자 조선 시대 최초로 7
　　　년 동안 수렴청정을 했다.

　　　　　　　　　　박지선

삼는 개들. 제 권력, 재산을 지키려고 경전을 들먹이는 망령들.

정희대비 주상은 자신에게 먹혔단 말입니다. 거울을 보셨으면 아실 텐데요?

성종 (얼굴을 보이지 않으려고 돌린다)

정희대비 그 종기는 할아버님 세조를 괴롭힌 저주입니다. 할아버님 온몸엔 종기가 풀칠처럼 터지고, 여름엔 고름 썩는 내가 진동했어요. 약도 온천도 소용없었지요. 노산군 에미, 권씨 저주 때문입니다. 권씨가 할아버님 꿈에 나타나 침을 뱉은 그 자리부터 종기가 나기 시작했어요. 할아버님께서 돌아가시기 전, 손자이신 주상과 월산을 부르셨지요. 기억나십니까?

성종 …할아버님께선 제게 거울을 비춰 달라 하시고 말씀하셨습니다. "이건 문둥이 얼굴이구나! 권씨 년이 내 아들을 잡아먹더니 이젠 나까지 삼키려 드는구나!"

정희대비 이젠 내 손자, 주상까지 삼키려 듭니다.

성종 지나친 우려십니다.

정희대비 지아비와 스무 살 꽃 같은 아들을 하루아침에 잃은 접니다. 무엇이 지나치단 말씀입니까!

성종 이건 저주가 아니라 병입니다. 처방을 쓰면 나을 겁니다.

정희대비 그런 분이 왜 내의원을 부르지 않았습니까?

성종 ….

정희대비 누구라도 알게 될까 두려우셨겠지요. 인정하

누에

기 싫으셨겠지요. 애써 부인하던 저주가 곪아 올랐으니까요.

성종 그만하십시오. 소자 물러가겠습니다.

정희대비 달아난들 곪고 곪은 저주의 뿌리가 가시리까?

성종 그럼 어찌하오리까? 저주를 받았으니 미쳐 날 뛰오리까? 이렇게? 이렇게?

성종, 공작재를 위해 차려 놓은 제상과 기물들을 뒤엎는다.

인수대비 고정하세요, 제발!

정희대비 (눈을 감고 불경을 외다가) 내 말했지요. 주상은 두려워 떠는 자신에게 먹혔어요. 부인하고 회피하고 분노하시는군요. 됐어요. 이제 곧 받아들이시게 될 겁니다. (사이) 우린 할아버님 세조께서 행한 살육의 대가를 치르고 있어요. 인과응보지요. 내 죄입니다. 그날, 어린 조카를 끌어내리려 가다 그분이 망설였을 때 말렸어야 했는데⋯. 피 묻은 옥새를 쥔들 핏빛 낙인만 남을 것을. (사이) 주상! 부디 승려들을 다시 불러 기도를 끝내게 해 주세요. 이 기도는 주상만을 위한 게 아닙니다. 그 아이⋯. 그 아이의 극락왕생을 위해 이 할미가 주는 마지막 선물입니다. (인수대비에게) 정리가 되면 날 부르세요.

정희대비, 나간다.

박지선

성종 극락왕생이라니요? 마지막 선물이라니요?

인수대비 저는 모르는 일입니다.

성종 그렇다면 제가 직접 친잠실로 가 봐야겠군요.

성종, 서둘러 가려고 한다.

인수대비 피고름이 심해지고 정신을 잃는 날이 많아지더니 살이 점점 썩어 들어간다 합니다. 가려움과 통증을 이길 수 없어 사방 벽에 몸을 긁어 대고….

성종 내의원은 뭐라 하더이까?

인수대비 손쓸 방책이 없다고.

성종 어머님은 무얼 하셨습니까?

인수대비 온갖 명약을 해다 주었지만 듣질 않았어요.

성종 그 아이 더운 이마 한번 짚어 주시지 않으셨지요?

인수대비 들락거리다 궐 밖으로 퍼지기라도 하면 어쩌려구요? 혹여 사관들이 알게 돼서 이 아이에 대해 한 줄이라도 쓰면…. 우린 대대로 저주받은 일가로 남을 겁니다.

성종 그래서 이대로 죽을 때까지 기다리실 참입니까?

인수대비 그래요! 난 피도 눈물도 없는 독한 어미니까! 주상은 모릅니다. 내 배로 낳은 내 새끼가 기이한 괴물이 된 날, 나는 다만 괴물의 어미였습니다. 허나 한날한시, (성종의 손을 잡으며) 내 배

누에

로 낳은 또 다른 아이는 이렇듯 자라 만인이 우러르는 성군이 되셨지요. 허니 나는 성군의 어미인 것입니다.

성종, 얼굴과 몸을 긁으며 자지러지듯이 웃는다. 월산대군과 인혜대비, 제안대군이 들어온다.

성종   들으셨습니까? 제가 성군이랍니다. 제안도 그리 생각하십니까?

제안대군   ….

인혜대비   (제안대군에게) 전하께서 물으시는데 뭘 그리 꾸물대십니까? 어서 답하세요. 어서요.

제안대군   전하께선 세상에서 제일가는 성군이십니다! 성군 폐하, 만세!

성종   왜 내 얼굴을 뚫어져라 쳐다보시오?

제안대군   아, 아닙니다. 저 같은 바보 천치가 어찌 감히 전하의 용안을…

성종   (월산대군에게) 형님, 절 좀 보세요! 어린 제가 넘어지면 형님께선 제 얼굴을 살피시곤 울지 마라 달래 주셨지요. 어서 제 얼굴 좀 보세요!

월산대군   (성종을 보고) 전하! 이게 무슨 일입니까?

인수대비   아, 그냥 부스럼이에요.

성종   (웃으며) 네, 그냥 부스럼입니다. 안 그렇습니까, 제안?

제안대군   (어찌할 바를 모르다가 성종을 따라 히죽 웃으며) 네, 맞아요!

박지선

성종　　　(갑자기 웃음을 그치고) 뭐가 맞단 말이요? 부
　　　　　스럼이 도져 피고름이라도 쏟길 바라시오? 어
　　　　　서 내가 죽길 바라시오?

제안대군　아닙니다, 전하! 제가 잘못했어요. 살려 주세
　　　　　요! 제발 목숨만 살려 주세요!

성종　　　누가 죽이기라도 한다 했소?

인혜대비　전하, 황공하옵니다! 부디 자비를 베풀어 주십
　　　　　시오! 제안이 본시 어리석고 미련한지라 이리
　　　　　헛된 소리를 일삼습니다. 소첩이 부덕한 탓입
　　　　　니다. 소첩을 죽여 주시옵소서!

　　　　　인혜대비와 제안대군, 성종의 발 앞에 엎드
　　　　　린다.

성종　　　(인혜대비에게) 일어나십시오, 대비마마. (제
　　　　　안대군에게) 제안, 그대는 얼마나 행복한가.
　　　　　그댈 위해 목숨을 내놓는 어미가 있으니. 그
　　　　　대는 비록 살기 위해 바보 천치 행세를 하지만
　　　　　적어도 괴물은 아니잖소?

　　　　　성종, 나간다.
　　　　　월산대군, 휘청이는 인수대비를 부축한다.

월산대군　어머님, 고정하십시오. 소자가 방책을 알아보
　　　　　겠습니다. 이 나라 아니 천지 사방을 뒤져서라
　　　　　도 방책을 찾아오겠습니다. 저주라니요. 그리

누에

배를 불리고도 모자라 주상까지…. 차라리 내게 내리면 좋았을 것을. 광에 숨고, 벽장에 숨고, 숨어 살면 그만일 것을. 어째서 주상께, 만인이 우러르는 용안에!

인수대비   여봐라, 어서 승려들을 데려와! 기도를 해야 해. 기도를! (불경을 왼다)

제안대군   (인혜대비에게) 어머님, 무서워요. 무서워요….

인혜대비   (제안대군을 꼭 끌어안으며) 걱정 마세요! 아무도 제안을 해하지 못할 겁니다. 못하게 할 겁니다. 이 어미를 꼭 잡으세요!

무대 어두워진다.

6장

밤. 굳게 잠긴 친잠실.
친잠실 문으로 한 여자의 그림자가 보인다.
뭐라 알아들을 수 없는 중얼거림과 울음소리,
신음 소리가 들린다.
어둠 속에서 윤씨가 조심스레 들어온다.
인기척이 느껴지자 경계하듯 친잠실의 여자,
혼잣말을 멈춘다.
덩달아 숨죽이는 윤씨.
여자, 다시 중얼대기 시작하자 윤씨, 주위를 살피며 다가간다.

박지선

윤씨 (친잠실 문에 대고) 야밤에 이리 무례를 범하게 됐네요. 놀라지 마세요. 근자 잠결인지 꿈결인지 들리는 목소리 있어 여기까지 왔어요. 다들 당신 목소리를 못 들었다고 해요. 난 들리는데. (사이) 거기 있죠? 봐요. 난 미친 게 아니었어요. 말해 봐요. 당신은 누구죠? 왜 이 밤에 울음을 쏟나요? 말하기 싫으면 괜찮아요. 당신이 헛것이 아니고, 내가 잘못 들은 게 아니면 됐어요. 아무도 알아주지 않아도 상관없어요. 어차피 난 혼자인걸요. 아무도 만날 수 없어요. 제 아이도….

친잠실 여자의 그림자, 조금씩 움직인다.

윤씨 난 중전이었어요. 폐해질 뻔, 아니 폐해진 거나 다름없죠. 다들 제 눈을 보지 않아요. 어쩌다 눈이 마주쳐도 못 본 척. 나도 내가 살아 있는 건지, 죽은 건지 모르겠어요. 헛것은 당신이 아니라 나예요. (사이) 내 얘기 듣고 있어요? 당신이라면 내 얘기를 들어줄 거라 생각했어요. 깊은 밤, 내가 숨죽여 울 때 어디서 울음소리 들리는 거 같았어요. 그 소리에 나도 그만 같이 목을 놓았지요. 애달프고 고달파서. (문으로 바짝 다가서서) 얼굴을 볼 수 있으면 좋으련만. 서로 얘기라도 할 수 있으면 좋을 텐데.

누에

친잠실 여자의 그림자, 문으로 다가온다.
윤씨, 문을 열려고 하지만 잠겨 있다.
윤씨, 친잠실 안을 보려고 창호지를 찢는다.
친잠실의 여자, 찢어진 창호지 사이로 윤씨를 본다.
그리고 손을 내밀어 윤씨의 얼굴을 만진다.

윤씨   봐요. 우린 헛것이 아니에요.

그때 만취한 성종, 들어온다.
성종, 인기척을 느끼자 멈춰 선다.
어둠에 가려 윤씨의 얼굴은 드러나지 않고 실루엣만 어렴풋하다.

성종   (어둠에 가려 윤씨를 누이로 잘못 알고) 어찌 오늘은 나와 있니? 밤이면 쉬이 잠들지 못하고 두런댄다더니. 벽을 긁고 문을 두드린다더니. 오늘은 꼭 어릴 때 모습 그대로구나. 어머님 눈을 피해 벽장에 들어가 놀 때, 어둠 속에 날 기다리던 모습 그대로구나. 밤새 계속되던 어머님의 흐느낌, 독경 소리, 비릿한 향냄새···. 잠 못 들고 뜰을 나서면 너 역시 떠돌고 있었지. 우습지 않니? 내가 태양이 된 순간, 넌 응달에 떨어졌구나. 날 탓해 다오. 아니다. 날 탓하지 마라. 이건 나도 원하지 않았다. 태양이라니! 내 동공이 타들어 가는데도? 그나마 밤을 틈타

박지선

성 밖을 나서질 않으면 어찌 견딜꼬! 저주받은 건 니가 아니다. 나다. 소름 끼치게 추잡한 저 주를 받은 건 나다. 야릇한 이것, 기이하게 뒤 덮인 이것, 내 얼굴이 보이느냐? 이건 부스럼 도 종기도 아니다. 내가, 하늘의 태양인 내가, 만백성의 아비인 내가 창병[08]에 걸리다니!

친잠실에서 여자가 까르르 웃는다.
번뜩 친잠실 문을 보는 성종.
찢어진 창호지 문 너머로 퀭한 여자의 몰골.
구름에 가려져 있던 달이 나오고 달빛에 윤씨의 얼굴이 드러난다.

성종   이게 누군가? 무슨 수작이지? 왜 누이 곁을 어슬렁대나? 이 가족의 급소를 알고 싶었나? 횡재했군. 내 목을 쥘 치부까지 알게 됐으니.

윤씨   소첩이 어찌 감히….

성종   내가 널 찾지 않는다 싶으면 생각이 달라질걸? 오늘이 떠오를걸? 비상처럼 숨겨 둔 비밀을 풀고 싶어 입이 근질근질할걸? 널 괄시라도 한다 치면 오늘 일을 들먹이며 날 손에 쥐겠지? 내

---

08   성종은 정치적 안정을 가져오고, 태평성대를 이룬 성군으로 기록되지만 또한 12명의 부인과 16남 12녀의 자녀를 둔 것으로 유명하다. 또한 후반기로 갈수록 야행을 즐겨 술과 여자를 아주 가까이 했다고 한다. 일설에 의하면 성종 16년, 임질에 걸려 있었다고까지 할 정도이다.

누에

뒤에 수렴을 치고 천하를 호령하다 그걸로 성에 차지 않으면 원자까지 쥐려 들겠지. 어서 떠들어 보지 그래. "다시없는 성군이신 우리 주상께서 창병에 걸리셨다. 밤마다 궐 밖에 나가 오입질을 일삼더니 그예 더러운!"

윤씨 (사이) 전하, 왜 이처럼 저를 혐한하십니까? 두려워하십니까? 제가 외친들 이 궁궐 안에서 누가 듣겠습니까? 들려도 들리지 않고 보여도 보이지 않지요. 친잠실에 있는 저 그림자처럼요. 그래도 제가 두려우시면 그래요, 내치세요. 이번엔 정말. 죽어서나 나갈 수 있다니. 아니요, 전 살아서 나가렵니다. 저를 폐해서 원자에게 한을 남길까 그조차 두려우시면 차라리 원자를 함께 폐하소서! 제 어린아이만은 대대손손이 저주에서 비껴가게 하소서!

성종 이 눈빛을 보라! 원자를 앞세워 저주를 들먹이며 내 목을 죄는구나. 내 뒤에 대비가 셋인 줄 알았더니 넷이었구나. 궐 밖으로 내친들 원자가 주상이 되는 날, 다시 주상 뒤에 서리라. 피바람을 부르리라. 그것이 저주가 아니면 무엇이랴!

성종, 윤의 목을 거머쥔다.
윤씨, 발버둥질한다.
친잠실의 여자, 문을 열려고 발버둥질한다.
빠져나오려고 몸부림치는 윤씨.
숨이 고비에 이르자 외마디 비명처럼 성종의

박지선

얼굴을 할퀸다.[09]

사이

윤씨   소첩이 그만 전하의 용안을…. 허나 죽은 게 아니고서야 어찌 죽은 듯하오리까!

성종   (얼굴에서 흐르는 피를 손으로 닦아 확인하고는) 모든 게 꿈결인 듯싶더니 이제야 정신이 드는군. (사이) 오늘은 그대와 내게 잊을 수 없는 밤이 될 게야.

울음인지 웃음인지 모를 소리, 친잠실에서 울린다.
무대 어두워진다.

7장

밤.
궁궐 뒤뜰의 뽕나무 숲.
친잠례를 하기 위해 심어 놓은 뽕나무들.
고요 속에 뽕나무 뒤 어디선가 사람 말소리가 두런두런하다.

---

09   야사에 따르면 중전 윤씨는 성종의 얼굴에 손톱자국을 내어 결국 폐비가 되었다고 한다.

아비2   (목소리) 아버님, 아직입니까?

아비1   (목소리) 예끼, 묵은 게 어디 그리 쉬 쏟아지냐? 둘째야, 너는 어떠냐?

아비3   (목소리) 배만 살살 아프고 도무지 기미가…. (요란한 방귀 소리)

아비1   에이, 이눔아! 아비 앞에선 방귀도 돌아 끼는 법이다. (설사 쏟아지는 소리)

아비2   아버님, 소자의 바지에 아버님 거시기 님이 튀었사옵니다.

아비1   간만에 기름진 음식을 먹었더니….

아비들, 엉거주춤 일어나 뽕잎을 따서 뒤를 닦는다.
바지를 주섬주섬 올리며 뽕나무 뒤에서 나온다.
웃통도 입지 않고 삼베 바지만 걸친 아비들.

아비3   (아비1에게) 그러게 식탐 좀 그만 내세요! 노인네가 살아선 체통도 지키고 어쩌고 하더구만. 쯧쯧, 누가 이 영감탱이를 세조인 줄 알까!

아비1   야, 이눔아! 저승 밭에 구르는데 세조고 나발이고 뭔 소용이냐? 그러는 니눔은 누가 보면 "예종 폐하 납시오!" 할 거 같냐? 저잣거리 거렁뱅이도 너보다 낫겠다. 애비 젯밥을 탐내?

아비3   제삿날 하루 배 채우는 마당에 니 밥 내 밥이 어딨어요? 부자끼리 해도 정말 너무하시네.

박지선

아비1과 아비3, 옥신각신하는 사이 아비2, 뽕나무 숲에 자리를 잡고 앉는다.

그리고 바지에 숨기고 온 주전부리를 주섬주섬 꺼내 먹는다.

아비1과 아비3, 냄새를 맡고는 슬금슬금 아비2 곁으로 간다.

아비1 아들아, 맛있냐?

아비2 대추가 아주 실하고 다네요. 아, 살아선 이 맛을 왜 몰랐을까!

아비3 형님, 한 입만!

아비2 먹고 싶냐?

아비3 네.

아비2 그럼 "덕종 전하, 소자에게 대추 한 알만 하사하시옵소서!" 해 봐.

아비3 쳇, 안 먹고 말지. 그래도 내가 살아생전 왕이었다. 형님은 세자일 때 죽어서 옥새도 한번 못 쥐어 봤잖아. 그래 놓고 맨날 나보고 "주상 전하!" 부르라고 떼나 쓰고.

아비2 먹기 싫음 말고. (맛있게 대추를 먹는다)

아비1 첫째야! 난 할 수 있는데….

아비3 네?

아비1 (엎드려 절하며) 덕종 전하, 소자에게 대추 한 알만 하사하시옵소서!

아비2 (엉거주춤 맞절을 하고 대추 한 알을 아비1에게 건넨다) 그나저나 걱정이다. 오늘 제사 지낼 때

누에

보니 주상 심기가 영 불편해 보이던데.

아비3 폐비 때문이지 뭐.

아비1 쫓겨난 손자며느리 말이냐? 주상의 얼굴을 손톱으로 할퀴었다던?

아비2 폐비가 왜? 또 무슨 일이 있었나?

아비3 글쎄올시다.

아비2 에이, 그러지 말고 말해 봐. (대추 한 알을 주며) 응?

아비3 (고개를 흔든다)

아비2 (대추 두 알을 주며) 응?

아비3 (고개를 마구 흔든다)

아비2 (대추 세 알을 주며) 옜다! 너 다 먹어라! 에이, 치사한 눔!

아비3, 대추 세 알을 허겁지겁 삼킨다.
아비2, 허리춤에서 또 떡을 꺼낸다.
아비3과 아비1, 아비2에게 달려들어 떡을 빼앗으려고 치고받다 그만 떡을 땅에 떨어뜨린다.
아비3과 아비2, 체통을 생각해서 뒷짐을 지는 사이 아비1, 얼른 떡을 주워 날름 삼킨다.
급하게 떡을 먹던 아비1, 기도가 막혔는지 숨을 쉬지 못하고 가슴을 두드린다.
땅을 데굴데굴 구르며 절박하게 죽는시늉을 하는데.

아비2 (아비1에게) 그만하십시오. 사람이 한 번 죽지

박지선

　　　　　　　두 번 죽습니까?

아비1　　(그제야 벌떡 일어나며) 참, 나 죽었지?

　　　　　　　아비3, 왕좌에 앉은 것처럼 바윗돌 위에 앉아
　　　　　　　고함친다.
　　　　　　　아비들, 성종과 대신들 간에 벌였던 회의를 재
　　　　　　　현한다.

아비3　　"대사헌 채수는 들라!"

아비2　　뭐 하냐?

아비3　　폐비 일 얘기해 달라면서요?

아비1　　(머리 위에 얹은 돌을 가리키며) 이건 뭐냐?

아비3　　왕관입니다.

아비1　　니가 왕 먹었냐?

아비3　　네.

아비1　　거 재밌겠다! (채수 흉내) "채수, 전하께 문안드
　　　　　　　리옵니다!"

아비3　　(성종 흉내) "네가 궐 밖에 사는 폐비 이야기를
　　　　　　　꺼냈다고?"

아비1　　(채수 흉내) "예! 폐비의 집이 가난하니 최소한
　　　　　　　나라에서 거처를 마련하고 의식을 제공해야
　　　　　　　하지 않겠습니까?"

아비3　　(성종 흉내) "뭐시라?"

아비1　　(채수 흉내) "그래도 한때는 국모이고, 다음 왕
　　　　　　　의 모친인데…."

아비3　　(다시 제 목소리로) 채수가 이러니, 한명회를

누에

비롯한 대신들이 이때다 싶어 폐비 동정론을
폈지. 근데 주상이 붉으락푸르락해서 "당장 채
수를 국문장으로 끌고 가라!" 하고 대신들에게
"원자가 어린데도 벌써 이 모양이니 나중에는
어떻게 될 것인가?" 노여워한 게야.

아비2 대신들은 원자가 왕이 될 땔 대비해야 하니까
폐비에게 잘 보여야지.

아비3 주상의 불벼락이 떨어지자 대신들이 하루 만
에 말을 싹 바꿨어. (정창손 흉내) "훗날 폐비가
권력을 남용할 우려가 있으니 미리 예방하지
않으면 안 됩니다!"

아비1 (심회 흉내) "대의로써 결단을 내려야 합니다!"

아비2 무슨 결단?

아비1 (이파 흉내) "옛날 구익 부인이 죄가 없는데도
한무제가 그녀를 죽인 것은 만세를 위한 큰 계
책이었습니다."

아비2 뭐? 폐비를 죽이라는 거야, 지금?

아비3 (성종 흉내) "대신들은 어찌 생각하는가?"

아비1 (대신 흉내) "지당하십니다!" (다시 제 목소리
로) 대신, 승지, 대간들까지 찬성했다 이거다.
다들 폐비가 골치였는데 주상께서 먼저 말을
꺼내니 옳거니 한 게야.

아비2 이런, 며느리가 죽게 생겼구나! 훗날 원자가 이
일을 알게 되면 얼마나 상심할꼬. 내 아들이지
만서두 이럴 때 보면 참 모질어.

아비3 그러게 주상의 용안에 어디 감히 손톱을!

박지선

그때 삼베 저고리 치마를 차려입고 곱게 단장한 소녀가 들어온다.

소녀, 뽕잎을 따는 갈고리와 광주리를 옆에 끼고 있다.

소녀   (아비들을 보자) 어, 아버지들! 웬일이세요? 아, 알았다! 오늘이 할아버님 기일이니 젯밥 드시러 오셨구나?

아비1   얘, 너 우리가 보이니?

소녀   그럼요, 할아버지!

아비2   잠깐! 아버님을 보고 할아버지라니? 그럼 넌?

소녀   (아비2에게) 아버지, 저 모르시겠어요?

아비3   (유심히 소녀의 얼굴을 보다가) 너, 너는…. (아비2에게) 형님이 돌아가신 그해, 주상과 한날한시에 태어난 딸이 하나 있었어요.

아비2   그럼 이 애가? 근데 온몸이 성한데? 듣기론 종기 고름에 뒤덮여 온몸이 썩어 죽었다던데.

소녀   그거야 살아서 말이지요. 할아버님도 죽어선 저리 말짱하시잖아요.

아비1   응, 그렇지. 가려운 곳도 없고 아주 시원해.

아비2   네가 정말 그 아이가 맞느냐? 아이고, 아가! 공주로 태어나 한세상 누려 보지도 못하고, 아프고 서러운 세월을 갇혀 살다 죽었으니 눈이라도 제대로 감고 죽었냐? 어디 보자, 아가!

아비2, 소녀를 부둥켜안고 흐느끼다 소녀의 눈

누에

을 더듬더듬 살펴본다.

소녀   아버님, 고정하세요. 전 잘 살고 있어요. 산 시
간은 잠시 잠깐. 아픈 것도 잠시 잠깐. 하지만
죽어선 영원히 살지 않습니까. 죽어서 이리 잘
사는데 눈물이 다 뭡니까.

소녀, 뽕잎을 마구 입에 욱여넣는다.
뽕잎이 기도에 걸렸는지 괴로워하지만 계속해
서 뽕잎을 입에 욱여넣는다.
마침내 소녀는 숨이 막혀 쓰러진다.

아비2   아가, 아가!
소녀   (눈을 뜨고 혀를 쏙 내밀며) 사람이 한 번 죽지,
두 번 죽나요?
아비2   예끼, 아비를 속이면 못 써!

어느새 동트는 빛이 어린다.

소녀   전 이만 가 봐야 해요.
아비2   어딜 간단 말이냐? 이 아비를 두고.
소녀   친잠실에 가야 해요.
아비1   친잠실에? 평생 갇혀 살았는데 지겹지도 않냐?
소녀   배가 고파서 먹을 것 좀 가지러 나왔어요. 전
다시는 사람으로 태어나지 않기로 했어요. (뽕
잎을 따서 광주리에 넣으며) 대신 누에가 됐지

박지선

요. 뽕잎 먹고 네 번 자고, 네 번 탈바꿈하고, 고
치 짓고 번데기 되었다가 제 날개로 날아갈 거
예요! 그럼 할아버님, 숙부님, 아버님! 저 먼저
갈게요. 안녕히 가세요!

소녀, 뽕잎을 입에 욱여넣으며 뽕나무 숲 너머
로 사라진다.
아비들, 소녀를 향해 손을 흔든다.

아비1　　(종기가 난 것처럼 온몸을 긁으며) 이놈들아,
　　　　　벌써 아침이 온다! 아침이 와! 망할 것! 또 온몸
　　　　　이 가렵다. 어서 좀 긁어 봐. 박박!

아비2, 시체처럼 뻣뻣하게 굳어 가는 손으로
간신히 아비1의 등을 긁어 준다.
아비3, 아비2와 똑같은 모습으로 아비2의 등을
긁어 준다.

아비3　　(갑자기 생각난 듯) 근데 아버지, 우리는 뭘로
　　　　　다시 태어나죠?
아비1　　글쎄다….
아비2　　글쎄….

태양이 밝는다.
아비들의 혼령은 시체처럼 굳어버린다.

8장

오후.

허름한 집.

폐비 윤씨, 글을 쓰고 있다.

방 안엔 윤씨가 글을 쓴 종이들이 가득하다.

윤씨, 쓰고 구기고 버리고 쓰고 구기고 버리고
를 반복한다.

나인 (밖에서) 마마, 어서 이 문을 여시옵소서. 전할
말씀이 있사옵니다. (흐느끼며) 마마, 이 일을
어찌하면 좋습니까! 의금부 도사가 이리로 온
다 하옵니다. 전하께서, 전하께서 사약을 내리
셨다 하옵니다….

윤씨 가서 종이를 더 가져오너라! 어서 써야 해!

윤씨, 이리저리 종이를 찾다가 병풍을 걷는다.

병풍 뒤에 산더미처럼 쌓인 파지들이 그녀를
향해 쏟아진다.

그녀는 마치 글들에 잠긴 듯하다.

그때 밖에서 의금부 도사의 목소리가 들린다.

목소리 폐비 윤씨는 예를 갖추고 사약을 받들라!

윤씨 (침묵 뒤에) 내 숨은 내가 받들 것이니….

방 안 가득한 종이들.

박지선

윤씨, 종이들을 구겨 입에 넣기 시작한다.

숨이 막힌다.

계속해서 입안 가득 꾸역꾸역 넣는다.

무대 어두워진다.

9장

성종 14년(1483).

세자 책봉을 축하하는 자리.

왕가의 가족이 모두 모였다.

인수대비 참으로 경사스러운 날입니다! 원자께서 이렇
게 자라 세자에 책봉되셨으니 기쁨이 한량없
어요. 세자, 부디 몸과 마음을 갈고 닦아 아버
님께서 이루신 태평성대를 이어 가야 할 것입
니다. 어떠세요, 여러분? 앞으로 이 나라를 이
끌어 갈 세자의 다짐을 한번 들어보고 싶군요.
세자?

세자 (다른 생각에 빠져 있다)

성종 세자!

세자 (그제야 정신이 들어) 네!

성종 할머님께서 세자의 마음가짐을 얘기해 보라
하시지 않습니까?

세자 네, 전하! 세자는 본시 이 나라를 이끌어 갈 천
운을 타고난 것을 명심하고, 태조의 기상을 본

누에

받고 성군의 자질을 기르는 데 힘써야 할 것이다. (침묵하다가 문득) 그런데 할머님, 요사이 잠결에 이상한 목소리가 들립니다. 서글프고 애달픈 것이 바람 소리 같기도 하고, 여자 목소리 같기도 하고, 애끓게 저를 부르는 듯한데….
누구일까요?

모두 놀라 세자를 쳐다본다.
풍악이 울린다.
모두 다시 식사를 시작한다.

막.

박지선

익연(翼然)

* 이 작품은 2020 국립극단 희곡우체통 4차 낭독회 초대작으로 9월 28일 백성희장민호극장에서 낭독회로 소개되었습니다.

김수연

작가의 말

삶은 무엇인가 상실하며 걸을 수밖에 없는 슬픔의 여정일지도 모릅니다. 그 여정의 끝마다 깨닫게 되겠지요. 고독한 인간의 숙명을요. 그러나 우리는 저마다의 방식들로 극복해 왔고, 앞으로도 그럴 겁니다.

여기, 체호프의 이야기가 있고 제 이야기도 있습니다. 그리고 어쩌면 여러분의 이야기가요.

등장인물

세묜 세묘노비치 메드베젠코	교사
마샤	메드베젠코의 아내
이리나 니꼴라예브나 아르까지나	배우
보리스 알렉세예비치 뜨리고린	작가
예브게니 세르게예비치 **도른**	의사
폴리나 안드레예브나	마샤의 모친
루진 프라우다	형사
씨에나 스미타하겐	배우 지망생
알렉산드르 한스 트레브릭	영화감독

때

현대

곳

러시아의 지방 도시
모스크바

243

Prologue

병원 응급실. 마샤, 메드베젠코.

정적을 깨고 한 방의 총성[01]이 울린다.

총성은 강렬해서 소리의 흔적을 무대에 깊게 남긴다.

소리의 여운이 사라지기 직전, 희미하게 들려오는 응급차 사이렌 소리 오버랩 된다. 점점 커지며 가깝게 다가오는 사이렌 소리. 다급한 발소리들과 거친 숨소리들. 무대 상수에서 응급환자 이송용 침대가 신속하게 들어오고 대원들의 모습 드러난다.

음독자살 시도를 한 마샤.

침대를 하수 업스테이지에 재빠르게 고정하고, 긴급 처치를 하는 대원들.

위급한 순간을 넘겼다는 상징적인 의료기기 사운드. 규칙적으로 이어진다.

응급 대원들, 무대 밖으로 퇴장한다.

잠시 후, 응급실 안으로 가방 하나를 안고 뛰어들어오는 메드베젠코.

의식이 없는 마샤를 바라보고 슬픔에 잠기는 메드베젠코. 침대 곁에 앉는다.

---

01   총소리는 안톤 체호프의 원작 「갈매기」의 마지막, 뜨레쁠레프의 자살을 상징한다. 이 희곡의 시작점이다.

김수연

관객이 의식하지 못한 사이 천천히 사라지는
의료기기 사운드.
약간의 시간 경과. 조명이 바뀐다.
메드베젠코가 가방을 열자 무대 천장에서 종
이들이 부드럽게 떨어진다.

한 장… 두 장… 세 장….
천장에서 바닥으로 부드럽게 흩날리는 원고.
바람에 흩날리듯 점점 늘어나는 원고지들. 사
각사각 원고지 스치는 소리들.
어느새 일어나 원고를 바라보고 있는 마샤.
침대에서 걸어 나와 원고를 소중하게 한 장 한
장 집는 마샤.
메드베젠코, 마샤를 돕는다.
마샤는 메드베젠코가 함께 원고를 줍고 있는
지 알지 못한다.

메드베젠코 1 당신은 왜 항상 검은 옷만 입고 있어?[02]
마샤 2 이건 내 인생의 상복이야.
메드베젠코 3 난 당신을 이해할 수 없어.

메드베젠코, 자신의 손에 쥔 원고를 바라본다.
그녀도 원고만을 바라본다.

---

02   첫 대사 1부터 3까지는 원작 「갈매기」의 시작과 동일
하다. 그중 두 인물의 핵심 대사를 본 작품의 대사로
삼았다.

이때, 무대 상수에서 경찰 호송차량을 상징하는 빛과 사이렌 소리 들려온다. 어리둥절한 마샤. 그러나 어쩐지 예감한 듯 저항 없이 서 있는 메드베젠코. 조명이 어두워지자 경찰의 호송차량을 상징하는 요란한 조명이 더욱 부각된다. 사이렌 소리 정점에 다다랐다가 서서히 사라진다. 긴 여운.

조명 아웃.

김수연

제1막

1장 Panopticon, 진술[03]

장례 이튿날 오전, 경찰서 진술실. 아르까지나,
마샤, 도른, 루진 프라우다(형사).

아르까지나의 진술.

---

03   Panopticon의 의미: 이 장의 제목으로 쓰인 Panopticon
은, 원형 교도소인 Panopticon을 미셸 푸코가 차용하여
철학적으로 개념화한 것에서 그 의미를 가져와 상징적
으로 사용하였다. (원형 교도소인 Panopticon 속 사람
들은 타인을 감시하는 동시에 타인에게 감시당하고 있
음을 인지함으로써 스스로를 감시, 검열한다) 이 장에
서 인물들은 뜨레쁠레프의 총기 자살과 관련하여 형사
의 물음에 진술하고 있다. 형사가 하는 질문들은, 외부
자극(**다른 Panopticon의 감시자: 타인의 시선**)으로서
의 질문인 동시에 인물들 스스로(**자신의 Panopticon
속 감시자: 즉, 그 자신의 내부 목소리**)가 뜨레쁠레프
의 죽음에 대해 그 자신에게 되묻고 있는 것이다. 때문
에 이 장의 제목을 Panopticon으로 지었고 형사의 이
름인 프라우다도 러시아어로 진리를 뜻하는 'Правда
프라브다[*], 쁘라브다'에서 가져왔다. 본 극 전체에
Panopticon은 총 3장이 있다. 이 극은 4인극으로도 공
연 가능한데 4인극으로 공연될 경우, 배우들은 주요 캐
릭터와 심문하는 형사를 함께 연기하므로 이 극의 주제
의식을 분명히 살린다면 어떤 연극적 실험이 시도되어
도 무방하다. 스스로가 Panopticon 속에 있다는 걸 모
르는 죄수처럼 살고 있는 현대인들과 본 희곡 속의 등
장인물들이 겹치길 바란다.

형사	아드님의 죽음에 애도를 표합니다. 시신 검안이 곧 마무리될 겁니다. 사건 현장의 증언이 일치하고 절차상 문제가 없으면, 아드님은 최종적으로 자살 처리되고 사건은 종결될 겁니다.
아르까지나	오래 걸리나요? 전 이런 일이 현실에선 낯설어서요. 기자들이 몰려올 것 같아요. (불안하게) 제 진술들에 비밀보장은 확실한가요?
형사	아르까지나 씨께서 워낙 유명한 배우시니까요. 하지만 저희가 이 사건만큼은 최대한 보안 유지를 하려고 노력 중입니다.
아르까지나	네, 시작하죠.
형사	사건 당일 모스크바에서 오셨죠? 1년 만에 아드님을 만나러 여기에 오신 거네요?
아르까지나	네. 그래도 아들과는 거의 매일 전화 통화를 했으니까요.
형사	확인한 바로는 아르까지나 씨의 공식 스케줄은 영화 촬영이었고, 10개월 전에 이미 종료되었더군요. 이후에는 공식 스케줄이 없었고요.
아르까지나	대외적으로 활동하고 있지 않고, 설사 집 안에만 틀어박혀 있다 해도 그게 일반사람들의 삶과는 다르단 거 잘 아시잖아요? 모르시겠구나. 운동하고, 새 작품과 관련된 사람들도 만나야 하고… 뭐든 미리 배워 놓기도 해야 하고… 나머지는 무기력하게 보내며 시간과 싸우고요. 어려운 직업이에요, 정상적인 마인드가. 일과 휴식을 완전히 분리할 수 없기 때문에, 사실은

김수연

	쉴 때 더 힘들죠. 복잡한 이야기죠. 1년이 결코 긴 시간은 아니에요, 저희 세계에선.
형사	그럼 아드님께서 어머니의 직업을 잘 이해하고 계셨겠네요? 어렸을 때부터 봐 왔을 테니까.
아르까지나	…제가 제 아들을 방치했다는 의미로 들려서 좀 불편하네요.
형사	아! 그런 뜻은 아닙니다. 다만 어머니가 1년 만에 돌아오신 날, 아드님이 그런 선택을 했다는 것이 의아해서요. 그것도 도착하신 지 몇 시간도 채 안 되어서… 게다가 바로 옆방에 계셨는데 그랬다는 것도요. 혹시, 그날 불미스러운 일이 있었나요?
아르까지나	아니요. 그 애가 직접 연락해서 이곳에 온걸요. 저희 오빠가 위독하다면서, 걱정된다고. 함께 있어 주면 좋겠다고요.
형사	연락할 당시 아드님의 심리 상태는 어땠나요? 기억나시나요?
아르까지나	….
형사	지난 2년간의 검진 기록을 조사해 보니, 아드님이 심각한 우울증을 겪고 있었더군요. 알고 계셨겠죠?
아르까지나	알고 있었습니다…. 하지만, 제가 그 애에게 물을 때마다 그 앤 별다른 내색을 하지 않았어요.
형사	다량의 수면제와 항우울제 봉투가 발견되었습니다. 여기저기 숨겨 놨더군요.
아르까지나	…제가 무정한 어미라는 말씀을 하고 싶으신

익연

건가요?

형사   그런 뜻이 아닙니다. 아드님이 중증의 우울 증세까지 보이는데 1년 이상이나 만나지 않았다는 데에 혹시 다른 이유가 있나 해서요. 좀 불쾌하신가요? 불쾌하셔도 절차상 어쩔 수 없습니다.

아르까지나   불쾌하셔도 어쩔 수 없다? 참 재밌는 말이죠. 우리 같은 사람들은 불특정 다수의 사람들에게 불쾌한 감정을 '유발 당하죠'. 우리는 '어쩔 수 없기에 그 사람들 의도대로 불쾌해지고 마는데' 우리도 사람이니까, 참아 내지 못할 때가 있잖아요. 그래서 "죄송한데 좀 불쾌하네요." 겨우 말하면 그 사람들은 "그게 싫으면 그만 둬! 그 일을 하고 받는 돈에는 그 비용까지 포함되어 있는 거야!"라고 말하더군요. 그런 말을 듣는 건 죽기보다 싫어서 최대한 참으려고 노력해요. 하지만 그래도 불쾌한 건 불쾌한 거야. 애초에 불쾌하게 만들지 말란 말야! 죄송해요… 내가 너무 예민한가 봐. (마치 영화 촬영이나 연극 연습 도중에 끊어가는 것이 습관이 된 듯한 말투로) 잠깐 끊었다가 가야 할 것 같아. 그래도 되죠?

아르까지나는 대답도 묻지 않고 나간다.

형사   저기요, 아르까지나 씨!

김수연

아르까지나	(소변이 급하다는 제스처를 취하며) 급해요. 오래 참았어.

아르까지나는 잠시 후, 되돌아와 자리에 다시 앉는다.

아르까지나	(화들짝 놀라) 기자들이 화장실까지 쫓아왔어. 참아야 할 것 같아. 어쩔 수 없죠. 계속하죠.
형사	(황당하지만 이어 가며) 네, 뜨리고린 씨와 아드님과의 사이는 어땠는지 여쭤 봐도 될까요?
아르까지나	누군가를 선택할 때, 전 그 애의 미래까지 생각했어요. 그 애가 저에겐 말하지 않았지만 아버지를 항상 그리워해서 그 부분을 충족시켜 주려고 노력했어요. 물론, 결과적으로 그렇게 되지 못했던 적이 더 많았죠…. 하지만 그 애도 제 마음을 알아서 노력해 줬어요. 뜨리고린에게만큼은 고마워할지도 몰라요. 그 애가 작가가 되는 데 영향이 컸죠. 우리 곁을 떠나던 그날도 그 애는 뜨리고린과 함께 자신의 책 이야기를 나누던 걸요.
형사	아드님이 뜨리고린 작가 선생님을 잘 따랐다는 말씀이신 거죠?
아르까지나	네. 다음 질문 주세요.
형사	저기, 이게 연예 프로그램 인터뷰가 아니니까요.
아르까지나	어머, 나 좀 봐. 습관이 이렇게 무서운 거예요.

익연

(불어로) Pardon.[04]

형사 그 댁에서 일하시던 분들 말로는… 고인이 급
격하게 달라지기 시작한 시점이 사귀던 여자
친구가 갑자기 사라진 이후부터라고 하더라
구요. (서류를 보고) 니나 미하일로브나 자레
치나야…. 고인이 쓴 희곡에 출연하기도 했던
배우 지망생이었다고 하던데….

아르까지나 …지나간 이야기죠…. 이해해요… 뭐 모든 면
에서요. 전 배우니까요. 저도 25년 전엔 배우
를 꿈꾸는 '젊은' 여자였죠. 아마 그 시절을 지
나고 있는 '젊은' 배우 '지망생'들은 모두 그렇
지 않았을까요? '지망생'들! 특히 '여배우'에겐
참여할 작품이 거의 없죠. '참여'한다고 해도,
맞아요. 단역이 고작이죠. (기억을 떠올리며)
잠시만요, 그때 생각을 하고 있어요. 작품을
하지 않고 있을 때 말이죠. 참 나른해요. 그때
남자를 유혹하고 그 유혹에 완전히 성공하면
어떤 가상 상황의 주인공이 된 것 같은 느낌인
데, 어려운 상대일수록 그 성취감은 더할 거예
요. 그게 그 '배우 지망생'들에게는 굉장한 위
안이죠. 마치 자신이 어떤 이의 뮤즈가 된 느
낌, 자신이 완벽한 작품에 유일한 여주인공
이 된 것 같은 느낌…. 그 느낌은 '배우로서 재

---

04 원작 「갈매기」의 배경이 된 시대의 러시아 사람들은 교
양 수준의 척도를 드러내는 방법으로 말 속에 불어를
쓰는 것이 유행이었다고 한다. 원작 「갈매기」에 아르까
지나는 말 중에 불어를 가끔 사용한다.

김수연

능 없음', '작품 제의 없음', '오디션 탈락'에 대한 일시적 마취제가 되어 주죠. 그걸로 위안 삼는 거예요. 스스로 치명적 매력이 있다 느끼며. 근데 그 대가가 굉장히 참혹해요. 진짜 사랑도 아니고, 자기 자신의 성공과도 전혀 관련 없고, 조금만 지나면 '유혹'의 대가가 자기 분열의 형태로 오는데 완전히 무너져버려. 그거 복구하는 데 시간도 한참 걸리고. 복구하다가 망가져서 예술 근처에는 가지도 못하고 그만두는 경우도 허다하죠.

해독제는 하나밖에 없어요. 프로 배우가 되어야만 그 해독제를 구해서 스스로 해독할 수 있는데…. 프로 배우로 인정받지 못하면 그 '분별력'은 영원히 얻을 수 없죠. 저는 운 좋게 무명 시절이 길지 않아서 다행히 인생에 몇 개의 유혹 경력밖에 남기지 않았네요. 다행히도 알려지진 않았어요. 유혹 경력? 이 단어 조합은 어쩐지 좀 그렇다. 이 유혹 이야기는 아예 빼주시면 좋겠어요.

마샤의 진술.

형사   고인이 죽기 전 3일 동안 그 댁에 머무르셨다고요?

마샤   어머니가 오신다고, 작가가 된 이후에 제대로 처음 만나는 거라고, 처음엔 은근히 들떠 있는

익연

것 같기도 했어요. 하지만 마지막 날엔… 우울
해했던 것 같아요… 혼자 있고 싶어 했고요…
왈츠를 연주했어요. 피아노 연주를 하고 나면,
항상 조금 풀리는 편이거든요. 그래서 괜찮을
줄 알았는데….

형사 그런데 부인께서는 왜 3일간이나 그 댁에 머무
르셨어요?

마샤 저희 부모님께서 그 집을 관리하는 일을 하시
잖아요. 아르까지나 씨가 오실 때면 어머니께
서 늘 긴장을 하세요. 그분이 불평하시기 전에
집 안의 모든 곳을 청소해야 되거든요. 그래서
어머니를 돕기 위해서….

형사 (설명을 막으며) 네. 충분합니다. 외람된 질문
이지만, 남편분과 사이는 어떠신가요?

마샤 …남편은 좋은 사람입니다.

형사 부인께서 알코올 중독 치료 이력이 몇 번 있으
시더라구요. 음주 운전 경력으로 면허도 취소
되시고. 혹시 가정에 문제라도 있으신가요?

마샤 그게 이 사건과 무슨 관련이 있죠?

형사 (날카롭게) 결혼하셨다는 그 시기 이후, 더 빈
번하게 관련 이력이 남으셨더라고요? 음주 폭
행 경력도 세 번이나 있으시고요…. (서류를 읊
는다) 기물 파손이 두 번, 술집에서 옆 사람들
과의 시비로 인한 폭력이 한 번….

마샤 (얼굴이 새빨개지며) 출산 이후에 체중이 많
이 불어서 살을 빼는 중이었는데… 빈속에…

김수연

	술… 술을… 마… 마신 적이 있어서… 안 마시
	다가 마… 마셔서….
형사	치료가 마무리되던 날, 입건되신 경력도 있으
	시네요? 음주 폭행이구요. (서류를 가리키며)
	여기 신고인 이름이 세묜 세묘노비치 메드베
	젠코…. (약간 민망해하며) 남편분이 신고하셨
	네요.
마샤	(딸꾹질하며) …네.
형사	혹시 술 드시고 오셨나요?
마샤	아니요…. (이윽고 사실대로) 네. 조금.
형사	고인과 가장 오래 가깝게 지낸 분이 부인이라
	고 들었습니다.
마샤	'친구'일 뿐입니다.
형사	'친구'요?
마샤	우린 서로 많은 걸 알고 있는 사이입니다.
형사	서로 많은 걸 아는 사이라고 하면서 어째서 그
	분이 그런 선택을 한 날은, 알아차리지 못했나
	요? 아이러니하네요. 부인.
마샤	말을 하지 않고도 많은 부분을 공유할 수 있다
	고 착각했던 것 같네요.

도른의 진술.

형사	사건 현장을 제일 처음 목격하셨다고요? 자세
	히 진술해 주십시오. 선생님 진술만 확보하면
	이제 거의 끝납니다.

익연

도른 모두 함께 로또 게임 중이었을 때 갑자기 총소리가 났습니다. 다들 놀랐죠…. 아니길 바랐지만… 어쨌든, 사람들에겐 총소리가 아니라 제왕진 가방에서 에테르 병이 터져서 나는 소리일 거라고 둘러대고… 뜨레쁠레프의 방으로 갔습니다…. 그가 누워 있었고, 그의 머리맡 뒤쪽 벽과 천장으로 혈흔이 강하게 흩뿌려져 있었어요…. 놀란 사람들을 안심시켜야 하는 것이 우선이니, 제 가방에서 에테르 병을 꺼내 바닥에 부딪혀 깨뜨렸고, 다시 옆방으로 갔습니다. 사람들에게 깨진 에테르 병을 들어 보였더니 다행히 안심하더군요. 그리고 뜨리고린 선생을 살짝 불러 뜨레쁠레프의 자살에 대해서 알렸습니다. 아르까지나 씨와 사람들을 잠깐 다른 곳으로 이동시키라고 했고요.[05]

형사 최초 발견 시 응급처치가 필요한 상황은 아니었나요?

도른 그는 즉사했습니다.

형사 즉사요. 네… 다른 특이 사항은 없었습니까?

도른 방문이 잠겨 있어서 다른 문을 통해 들어갔었어요. 들어가서 보니, 가구 몇 개가 문을 어지럽게 막고 있었고요.

형사 (생각하며) 가구가 문을 막고 있었다? (특유의

---

05 도른의 진술은 원작 「갈매기」에서 뜨레쁠레프의 자살을 확인하고 도른이 한 모든 행동과 일치한다. 그대로 본 희곡으로 이어 왔다.

김수연

직감이 스쳐서 자신도 모르게) 외부인의 침입일 수도 있겠군요. 혹시 뜨레쁠레프 씨가 다른 사람의 원한을 살 만한 행동을 한 적이 있었을까요? 아니면 뜨레쁠레프 씨를 시기하거나 질투한 사람은 없었습니까?

도른 글쎄요… 뭐. 굉장한 유명 배우의 아들이니 풍족하고 여유 있어 보이긴 했겠죠. 게다가 작가로 등단했으니 그런 것들이 사람들의 질투로 이어질 수도 있고. 보이는 것과 실상은 다른데 사람들은 늘 편견과 선입관을 갖고 있으니까요…. (곰곰이 생각하다) 아, 그런데… 뜨레쁠레프는 예민해서 그걸 이해 못 하는 사람과는 문제가 생기긴 했습니다.

형사 조금 더 구체적으로 말씀해 주실 수 있습니까?

도른 (고개를 절레절레하며) 다투다가 화가 머리끝까지 치밀면 말을 굉장히 지독하게 하긴 했어요. 때문에 오랜 사이가 틀어진 경우도 있었고…. 일하는 사람들이 그의 폭언 때문에 몇 번 바뀌기도 했고…. 큰일로 번진 적도 있어서 여러 번 상담을 해 줬어요…. 생각해 보면 크게 번질 일도 아니었는데… 누군가 약간이라도 그에게 부정적인 뉘앙스로 이야기를 하면, 그는 그걸 마음속에 오래 품고 있었어요…. 그 생각이 자라났던 것 같고, 대부분 종잡을 길 없이 나쁜 방향으로요…. 그걸 참지도 못했고…. 본의가 아닌 말들을 내뱉고 나서 뒤늦게 후회를

익연

했지만, 사과하는 것 같진 않았죠. 예민한 성격

이 그를 갉아먹었죠. 그의 주변도.

형사   그랬군요…. (약봉지를 보여 주며) 이 약봉지는

잘 아시겠죠?

도른   …제가 처방해 준 약의 봉투군요.

형사   그러니까요. 조사를 해 보니까 많이 처방해 주

셨더라구요.

도른   항우울제와 수면제를 조금 처방해 줬습니다.

형사   네. 그러니까 기록에 따르면 항우울제와 수면

제를 2년 정도 복용한 거네요. 혹시 부작용을

일으켜서 갑작스런 쇼크를 일으킬 가능성은

없나요?

도른   그런 경우는 거의 드물죠. 뜨레쁠레프는… 물

론, 꾸준히 복용한 편이라 자율신경계의 균형

이 깨져 있었을 겁니다. 평생 약을 먹고사는 사

람도 있는걸요. 그렇지만 제 환자들은 대부분

무리 없이 지냅니다.

형사   네. 혹시 발견 당시 유서는 없었나요?

도른   유서는 없었던 것 같고…. (기억을 더듬으며)

아! 맞아요. 그가 자신의 원고를 모두 찢어버렸

더군요.

형사   원고요? 원고가 있었다고요?

도른   예, 원고요. 그가 항상 쓰는 원고지. 모두 찢어

버렸더라구요.

형사   현장에서는 어떤 원고도 발견되지 않았어요.

한 장도. 한 조각도.

김수연

도른 그럴 리가요. 제가 분명히 봤습니다.

형사 하긴 저도 무척 이상하다고 생각했습니다. 사건 현장에 작가의 원고 한 장 없다는 게요. 이외에 또 기억나는 게 없으십니까?

도른 …글쎄요. (갑자기 중요한 게 생각난 듯) 창문! 창문 밖에 누군가 있었어요![06] 피 냄새가 너무 지독해서 곧장 창문을 열었는데, 저 멀리 정원 끝에 누군가 서 있었어요. 제가 자세히 보려고 고개를 내밀자 그대로 뛰어가 버렸어요.

형사 (매우 놀라며) 혹시 인상착의는요?

도른 글쎄요. 잘 모르겠어요. 너무 멀어서. 하지만 이쪽을 보고 있었어요. 분명해요. 내가 왜 정확하게 기억하냐면, 그날 날씨가 굉장히 안 좋아서 창문을 열자마자 정원과 연결된 호수로부터 바람이 굉장히 많이 불었는데… (상상하며 살짝 감탄해서) 뜨레쁠레프의 찢겨진 원고가… 바람에 나부껴서 마치 하얀 백합꽃잎처럼 그의 곁에서 살짝 살짝 날리고 있더군요. 미처 감지 못한 그의 슬픈 눈이 어쩐지 무슨 말을 하고 있는 것 같았죠….

형사 (흥분하여) 왜 바로 알리지 않았습니까? 사망 추정 시간과 신고 시간 간에 몇 시간의 격차가

---

06 「갈매기」 4막 마지막에 뜨레쁠레프는 니나가 떠나고, 2분간 자신의 원고를 찢고 뒤이어 자살한다. 그동안 니나는 넓은 저택의 정원을 완전히 빠져나가지 못했을 것이고, 뜨레쁠레프의 마지막 총소리를 들었을 것이라 설정했다. 물론 도른은 니나임을 알지 못한다.

익연

있어요. 왜 고인이 사망한 다음 날에야 신고를
하셨을까요? 왜 바로 알려 주시지 않았나요?

도른 우선, 피 냄새 때문에 오래 있을 수가 없었어
요. 그날 마지막 수술에서도 산모가 피를 너무
많이 흘렸어요. 하루 종일 수술을 하고 그 집에
초대를 받아서 갔는데, 갑자기 예고도 없이 피
냄새를 맡으니까… 아찔하더라고. 그래서 에
테르 병을 깨자마자 내가 조금 마셔버렸지, 콧
구멍에도 바르고. 피 냄새가 역겨워서….
지금 형사님 말씀을 듣고 보니까, 정말 이상하
다는 생각이 드는군요…. '뜨레쁠레프는 자살
로 생을 마감할지도 모른다는 생각…' 우리 잠
재의식 속에 그런 생각이 늘 자리 잡고 있었던
것 같아요. 당시엔 너무나 당연히 자살이라고
확신했고, 그의 모친 아르까지나 씨와 마샤…
그리고 사람들을 안심시켜야 한다는 생각이
머릿속에 꽉 차 있어서… 게다가 피 냄새…. 어
쨌든 바로 나가 그들을 안심시켰죠. 뜨리고린
씨에게 사람들을 데리고 그 장소를 떠나라고
말했고… 아르까지나 씨는 나중에 소식을 알
고 완전히 졸도해서 몇 시간 뒤에야 겨우 깨어
났어요…. 저는 아르까지나 씨가 깨어나자마
자 신경안정제를 좀 주고, 집으로 돌아가서 샤
워만 하고 곧바로 병원으로 출근을 했구요. 수
술이 잡혀 있었거든요. 아르까지나 씨와 뜨리
고린 씨… 그들의 유명세가 워낙 대단하니까,

김수연

기자들이 멋대로 기사를 쓸까 하는 걱정 때문에… 이러지도 저러지도 못했을 겁니다. 그러다 보니 신고 시간에 약간의 격차가 있었겠죠. 최종 사망 시각은 의사인 제가 사건 즉시 정확하게 선고했습니다.

형사 왜 그가 자살을 할 거라는 잠재의식을 갖고 있으셨죠?

도른 왜냐면 그는 자살 시도를 2년 전쯤에도 했었으니까. (착잡한 마음에 오페라 노래를 흥얼거리며) '죽음과 삶은 결코 멀지 않더라.'

형사 (단호하게) 자살을 단 한 번이라도 시도한 사람은 잠재의식 속에 늘 자살 생각을 하고 삽니까?

도른 글쎄요. 전 정신과 의사가 아니라서… 그건 경우에 따라 다르겠죠.

형사 정신과 의사도 아니신데, 왜 그렇게 무분별하게 항우울제와 수면제를 처방하셨나요? 고인에게?

도른 …무분별하게 처방하지는 않았습니다.

형사 아무래도 좀 더 조사를 해 봐야 할 것 같습니다. 단순하지가 않아요. 사건 현장 참고인들의 진술을 받는 과정에서 몇 가지 의문이 생겼습니다. 첫째로, 고인이 자살하기로 선택한 그날은 고인의 어머니가 1년 만에 고인을 만나러 온 날입니다. 그리고 총성이 들렸던 그 시각, 거실에는 고인의 어머니뿐만 아니라 가족들을 비롯한 오랜 지인들도 모두 함께 있었습니다. 조

익연

사 결과, 불미스러운 일이나 특별한 일도 없었더군요. 오히려 그 반대죠. 모두 로또 게임을 즐기고 있었잖아요. 그런 날, 그런 순간에 자살을 한다? 굳이? 상식적으로 이런 때에 자살이라는 도발적 행위를 선택할지가 의문입니다.

그리고 둘째, 죽은 뜨레쁠레프 씨는 유명 배우 '이리나 니꼴라예브나 아르까지나' 씨의 외아들입니다. 그에겐 어머니는 물론 외삼촌에게까지 물려받을 재산이 꽤 있었습니다…. 게다가 자신도 등단한 지 얼마 되지 않은 신예 작가였고요. 작가가 되길 원했고, 원하던 꿈도 이뤘잖아요. 개인적 문제가 있었을지 모르지만 이 부분도 쉽게 납득은 안 되는군요….

마지막 셋째는, 다른 가능성도 배제할 수 없다는 겁니다. 좀 전에 선생님 진술을 종합해 보면 고인이 평소 주변인들과 원만하지 못했고, 그로 인해 누군가의 원성을 샀을 수도 있었겠다는 생각이 듭니다. 자, 선생님. 최종 확인하겠습니다. 사건 당일, 뜨레쁠레프 씨 서재로 통하는 문을 가구가 막고 있었다고 진술하셨습니다. 확실합니까?

도른 네. 확실합니다.

형사 테라스 밖에서 누군가를 봤다고 하셨고요.

도른 네. 봤습니다.

형사 원고가 현장에서 발견되지 않았습니다. 단 한 조각도요. 본 것이 확실합니까?

김수연

도론 네. 확실합니다. 아마 아르까지나 씨가 보관 중
이지 않을까요?

형사 아르까지나 씨가 제출한 고인의 소지품 목록
에 원고는 한 조각도 없었습니다. 오전에 다녀
가셨거든요. 아무래도 이 사건은, 재수사를 진
행해야 할 것 같습니다. 섣불리 판단할 수 없지
만 원한에 의한 타살 가능성을 배제할 수가 없
군요. 어떤 의혹도 없이 확실하게 마무리가 되
어야 합니다.

(사이)
(다른 형사들을 향해) 수사를 살인 사건으로 공
식 전환합니다!
뜨레쁠레프 씨는 자살이 아니라 누군가에 의
해 살해당했을지도 모릅니다!
현장 CCTV 기록을 모두 확보하고, 사건 현장
에 있던 사람들을 다시 소환해!
서재에 폴리스 라인을 설치하고, 현장 출입을
완전히 봉쇄해!

조명 아웃.

익연

2장 두 개의 낙인

같은 날 저녁, 쏘린 저택의 별관,[07] 침실과 연결
된 응접실. 아르까지나, 뜨리고린.

급하게 들어오는 아르까지나. 충격과 공포를
극복하려는 그녀의 의지가 두 눈과 얼굴, 몸을
비집고 나온다. 공황장애의 전조 정상을 보이
는 아르까지나.

아르까지나 (비정상적으로 떨면서) 살인? 내 아들이 살인
을 당했다고? 경찰 새끼들 지들이 뭘 알아. 내
아들에 대해서 뭘 아느냐 말야. 내가 알아. 내
가. 그 앤… 혼자 떠났어. '나' 보란 듯이. 나한
테 복수하려고. 공개수사? 경찰놈들, 뭣 때문
에 시간을 끌고 있는 거야? …이슈를 만들고
싶어 환장한 거지. 아주 날 망신 주려고 작정
을 했어. 혹시 나한테 정보를 빼내서 기자들한
테 팔아넘기는 거 아냐? (숨을 헐떡거리며) 콘
스탄틴 가브릴로비치 뜨레쁠레프. 어떻게 내
가 온 첫날, 그런 짓을 할 수가 있지? 아들이란
놈이, 내가 절 어떻게 키웠는데, 그렇게 끔찍

---

07   아르까지나의 친오빠로 뾰뜨르 니꼴라예비치 쏘린은
      뜨레쁠레프와 함께 살고 있었다. 아르까지나와 일행은
      장례 동안 쏘린의 저택에 머무르고 있다. 그러나 뜨레
      쁠레프의 죽음에 대한 쇼크로 별관에 거처를 다시 마련
      하여 머무르고 있는 것으로 설정하였다.

김수연

하게, 내가 절 이 배 속에서 어떻게 품어서 낳았는데, 날 아무것도 아닌 사람으로, 한순간에 날! 뭐가 그렇게 억울해서, 뭐가 그렇게 급해서, 나한테 무슨 억하심정이 있었길래 바로 옆방에서. 미친 거야, 미친 거. 미치지 않고서 어떻게 목구멍에 총구를 겨누냔 말야. 독한 놈. 세상에서 가장 독한 놈. 불쌍한 놈. 불쌍한 내 자식. 보고 싶어. 너무나 그리워. 아니야. 그래도 용서 안 할 거야. 절대로 용서 안 할 거야. (허공에 대고) 듣고 있지? 내가 널 죽어도 용서 안 해!

뜨리고린 등장. 보드카를 마시는 아르까지나. 쉽게 다가가지 못하는 뜨리고린. 테이블의 신문과 잡지들을 의도적으로 떨어뜨리는 아르까지나.

뜨리고린   읽어 보지 않아도 어떤 내용인지 알아. 경찰서 앞과 이 집 앞에 득실거리는 기자들을 보니 알 것 같고, 당신 태도를 보니 확신할 수 있을 것 같고. 아르까지나, 슬프겠지만 어쩌면 오래전부터 예상하고 있었던 일이었잖아. 입버릇처럼 말했잖아. 당신이. 그 애가 끔찍한 일을 저지를 것 같다고. (수첩을 꺼내 쓰며 읽는다. 그녀를 위로하며) '인간의 삶엔 언제나 예고가 없다. 어떠한 일에도 놀라거나 당황하지 말라. 하

익연

나님께서는 특별히 사랑하는 사람이 있으심이
틀림없는 듯하다…' 진정해요. 아르까지나….

아르까지나　우아한 사유 표현은 당신 독자들에게나 해!!!
석간신문 헤드라인이 벌써 바뀌었어.

뜨리고린　(곁눈질로 신문을 보며) 살인? 살인이라면, 적
어도 당신의 죄책감은 좀 덜 수 있겠군.

아르까지나　죄책감? 누구의 죄책감? 당신 처지를 읽어 봐.

뜨리고린은 신문과 잡지 중에서 하나를 골라
급하게 편다.

아르까지나　(술잔에 술을 따르며) 아무리 교묘하게 옷으로
배를 가린다고 해도 생명의 잉태는 숨길 수 없
지…. 그 애가 당신 애를 임신하고 아주 자랑스
럽게 둘이서 모스크바 산부인과를 들락거렸더
라. 어린애를 데리고 놀았으면 뒤처리를 확실
히 해야 할 거 아냐!

뜨리고린　(기사에서 눈을 떼지 않고) 조용히 해! 읽고 있
잖아!

아르까지나　(조롱하며) 읽으면서 동시에 내 말도 들어! 할
수 있잖아. 두 가지 다! 멀티플레이어 보리스
알렉세예비치 뜨리고린! 내가 당신을 좋아했
던 건… 마냥 착하지 않아서거든. 야망도 있고,
'곳간의 쌀도 야금야금 몰래… 훔쳐 먹을 수 있
는 사람이란 게 당신이지만은, 그래도 너무 훔

김수연

쳐 먹었어.'[08] 어쩌지? 내 곳간에다 똥을 싸질
러 놓는 바람에 내 곳간 전체에서 구린내가 나.
여기, 여기, 여기! 다 묻었어.

뜨리고린 생각보다 오래 걸리지 않을 거야.

아르까지나 낙인이 찍혔어. 당신과 나… 똑같은 낙인… 지
금까지 쌓아 온 모든 걸 잃을 위기에 처했어.
우리가 적어도 '괴물'이 아니라 '보통 사람'임을
증명하는 걸 하나씩 잃었잖아. '내 아들' 그리고
'당신 딸' 둘 다. 내 아들은 자살. 그것도 총으로
탕! 당신이 내 아들의 애인을 가로채서 그녀와
낳은 딸은, 바이러스에 전염되어 태어나자마자
죽었지…. 결과적으로 모두 우리의 부주의로
떠났어. 자. 이 정도면 낙인이야. 우리가 예술
가란 걸 잊은 건 아니겠지? 고상한 거야. 고상
한 거! 예술은!! 우리가 예술을 어떤 마음으로
임한다 해도 앞으로 그것은 완전치 못할 거야.
왜? 품위를 완전히 잃었거든. 관객들은 내 이
름을 발견할 때마다 속닥거릴 거야. "잘도 나오
네. 부끄러운 줄도 모르고." 당신이 내 경고를
번번이 무시했잖아. 어린 여자애랑 소꿉장난을
계속하다가 모든 걸 망쳐버리고 말 거라고 몇
번이나 이야기했잖아. 눈을 감아버린 내 죄야.

---

08   원작 「갈매기」에서 안톤 체호프는 모파상의 「물 위에
서」 작품을 인용하며 유명 소설가를 '쥐'로 비유한다. 재
력가들은 소설가를 곁에 두는 것을 숙고해야 한다며.
그래서 본 희곡에서는 '쥐새끼'나 '쥐똥'에 빗대어 원작
의 비유를 이어 간다.

익연

낙인이 찍힌 채 살아가는 것… 그게 앞으로 우리가 감내해야 할 운명이야.

뜨리고린 아무것도 아냐! 사람들? 이따위 과거? 금방 잊어버려. 아르까지나, 시간은 벌써 그걸 지우기 시작했어. 난 더한 과거가 폭로되어도 아무렇지 않게 살아가는 사람들을 많이 봤어. 게다가 당신은 이미 오래전에 이 사건에 대해서 당신이 의미하는 낙인을 내게 직접 찍지 않았어? 잊고 잘 살았잖아! 죽을 때까지 모른 척해 주기로 했잖아. 당신 아들이 자살하는 바람에 이 모든 문제들이 수면 위로 다시 떠오른 거잖아!

아르까지나 남들이 모르는 곳이라면, 내가 당신한테 찍은 낙인이 수십 개, 수백 개 있든지 간에 참을 수 있어. 오직 나만 아는 거니까! 근데, 단 한 개라도 다른 사람 모두가 볼 수 있는 곳에 공공연하게 찍혀버렸다면, 그건 생사와 같은 문제야!

뜨리고린 당신이 언제부터 그렇게 무결한 사람이었어?

아르까지나 지금까지 나 '이리나 니꼴라예브나 아르까지나'에게 '사.소.한' 몇 개의 '흠집'은 있었을지언정 결코 이런 낙인은 찍힌 적이 없었어! 뻔뻔한 인간. 당신을 선택하는 게 아니었어. 난 여러 명의 후보들이 있었어. 얼마나 쟁쟁했는지 알지? 지금 그 사람들? 세상에! 한 명은 이 나라의 장관이 되고, 한 명은 이름만 대면 세상 사람들이 다 아는 다국적 기업의 회장이 됐어! 당신을 선택한 이유는 내 명예에만큼은 치명타

김수연

를 입히지 않을 거라는 확신이 결정적이었어. 내가 바란 건 그거 하나였거든. 근데 역시 인간은 그 무엇도 확신해서는 안 된다는 걸 이 늦은 나이를 먹고 처절하게 깨닫고 있는 중이야. 당신처럼 고작 명예만 있는 사람은 결국 명예가 더럽혀지면 끝장이란 교훈을 배웠어. 대가가 비싸네.

뜨리고린 당신 아들이 매력적이고, 당신 아들의 신념이 확고하고, 당신 아들에게 글재주라도 있었다면…. 그리고 내게도 몇몇의 여자들이 있었지만….

아르까지나 언제나 다른 사람 탓을 하지, 언제나. 그게 네 본질이야. 아무리 현실을 부정해도 이건 지워지지 않을 거야. 왜? 낙인은 스스로 찍는 것이 아니니까! 다른 사람들이 사건의 가치판단을 충분히 숙고한 것을 깔끔하게 결론 내린 완벽한 상징인 데다 다음 세대를 위한 분명한 경고거든. 그것은 어떠한 것으로도 지워낼 수가 없고, 만약 그걸 지우려면 더 화려하고 더 엄청나고 더 강한 것이 아니면 불가능해. 자, 당신한 렌 두 가지 선택이 있어. 이 난관을 헤쳐 나가든지, 아니면 위자료를 내게 주고 떠나는 것. 이 일의 근본 원인이 당신이잖아.

(위협적으로) 내 아들 핑계를 대는데, 미안한 태도라도 가져 봐! 이런 순리를 역행하는 스캔들을 일으키고 나한테까지 이걸 찍어 준 건 너

익연

야 너. 위자료는 내 변호사를 통해서 청구할게. 당신이 그 기집애랑 헤어지기 위해서는 위자료가 필요하다고 했지? 돈이 아까워서 위자료 주는 것을 망설일 때 누가 내줬지? 나야! 그런데 고작 그런 동네에다가 집을 구해 준 거야? 게다가 이 사진들은 이미 2년 전에 폭로되었어야 했는데, 어마어마한 스캔들을 막은 사람이 누구지? 어마무시하게 큰돈이 나갔어. 차라리 그 돈! 내 아들 유학비로 썼어야 했는데… 내 정신적 손해배상까지 모두 청구할게. 아! 앞으로 이것 때문에 배우 생활에 받을 지장까지 모두 더할게. 나 '이리나 니꼴라예브나 아르까지나'야. 잊은 건 아니겠지? 지금까지 쓰기가 아까워서 벌벌 떨던 당신의 그 돈! 아끼면 어떻게 되는지 배워 봐, 이번 기회에.

뜨리고린   내가 당신에게 다시 돌아갔던 그날 밤, 당신이 술 취해 했던 말, 난 똑똑히 기억해. 날 죽이고 싶지만, 니나와 헤어지고….

아르까지나   (말을 막으며) 그 이름 꺼내지 마.

뜨리고린   (지지 않으며) 니나와 헤어지고 쓴 내 글이 피부로 와 닿는다고, 나라는 인간은 경멸하지만 내 작품만은 더 사랑하게 됐다고! 기억 안 나?!

김수연

아르까지나 책에서 본 걸 따라 해 본 것뿐이야.[09] 소설가는 찬양과 아첨이면 금방 사로잡을 수 있다고 책에서 말하더라고. 당신에게 두 번 써먹었어. 모두 성공했지. 앞으로는 여자의 진심이란 것도 한 번쯤은 의심해 봐. 순진하긴. 하긴, 순진해서 결과적으로 이런 일이 벌어진 거지. 언제나 '시간만이 정답을 알려 줘.' 악행도 선행도 그 당시엔 답이 내려진 것처럼 보이지만, 결국 시간이 지나 봐야 선명한 답이 드러나. 시간이 오늘에서야 정답을 내려 줬어…. 시간은 느리지만 결코 지나치는 법이 없어.

뜨리고린 그래! 당신의 말대로라면 어떤 것도 낙관하지도 비관하지도 않는 것이 현명한 태도야.

두 사람. 같은 낙인. '메스'들이 되어 그들을 찌르는 지난 과거들.
이때, 술에 잔뜩 취해 신이 나 펄쩍펄쩍 뛰면서 들어오는 마샤.

09　　원작 「갈매기」에서 3막 중, 뜨리고린이 아르까지나에게 니나와의 사랑을 고백하며 아르까지나에게는 연인이 아닌 친구로 남아 달라고 말하는 장면에서, 아르까지나는 그의 작품에 대한 찬양과 아첨으로 단번에 그의 마음을 사로잡는다. 원작 「갈매기」에는 이에 대한 복선이 2막에 깔려 있는데, 모파상의 「물 위에서」에 나오는 구절을 아르까지나가 소리 내어 읽는 장면이다. 소설가의 마음을 사로잡으려는 여성은 찬양과 아첨 등을 열렬히 하라는 내용이다. 원작 「갈매기」에서 본 희곡으로 이어왔다.

익연

마샤　　(술 취해 노래 부르며) 아~ 흔적이 없어. 여기엔 흔적이 없네. (머리가 가려운 듯 긁적이며) 이 안에 있던 생각이 드디어 뽑혀 나갔네. 이제 어떤 기대도 없어. 해방~됐어. 드디어! 해가 뜨고 지는 것만 바라보면서 늙어 늙어 갈 테야. (횡설수설) 경찰서에서 제일 먼저 사라져서 급한 일이 있는 줄 알았어요. 두 사람. (손가락으로 아르까지나와 뜨리고린을 번갈아 가리키며) 가짜와 진짜… 진짜와 가짜… 가짜와 가짜… 아, 세상엔 말이에요. 가짜가 너무 많아서 진짜와 가짜를 구분하기가 정말 어려워.

아르까지나의 술을 따라 마시는 마샤.

아르까지나　(질색하며) 손대지 마! 내 물건에!!
마샤　　(고분고분하게) 네~.

대답만 고분고분하게 하고, 술을 따라 마시는 마샤.

뜨리고린　(언제 그랬냐는 듯 젠틀하게) 나가 줘요. 이 사람 좀 쉬어야 해요.
마샤　　(더 고분고분하게) 네~.

말과 행동, 속과 겉이 다른 마샤. 슬플수록 더 방방 뛰고, 말을 듣는 척하며 듣지 않는다.

　　　　　　　　　　　김수연

메드베젠코   (멀리서 마샤를 부르는 소리) 여보~ 마샤!

뒤따라 들어온 메드베젠코, 가방을 하나 들고
있다.

메드베젠코   (눈치를 보며) 이제 집으로 가야지. 우리 소피
아가 기다려.

마샤   누구세요?

메드베젠코   당신 남편.

마샤   (깊은 한숨을 쉬며) 이제 어떤 기대도 없이…
해가 뜨고 지는 것만… 바라보면서 늙어… 늙
어…. 하~아.

메드베젠코는 마샤에게 다가가 귓속말을 한
다.
마샤는 갑자기 벌떡 일어나, 그의 가방을 단숨
에 빼앗아 달려 나간다.
마샤를 뒤따르는 메드베젠코.
조명 아웃.

제2막

1장 Musavenit

Bar Musavenit. 씨에나, 도른, 폴리나, 루진 프

    익연

라우다(형사).

씨에나 (도른에게) 자, 여기 뮤자베니트 안에 사람들을 둘러보세요. (도른의 주의를 다시 끌며) 유난히 하얀 피부… 햇빛이 차단된 곳에서 일하는 직업! (관찰한 것을 흉내 내며) 이렇게 손가락들을 둥그스름하고 길게 펴고… 손에 무언가를 낄 준비가 되어 있는 자세란 말이죠…. 혼자 끼는 건 아니고, 누군가 끼워 주겠죠. 절 쳐다보시는 게 맞나요? 사시 기가 있네요. 조금 심한 편이고. 좌뇌와 우뇌가 막 동시에 굴러가는 거죠. 정보를 한꺼번에 처리하거든요. 그게 시신경을 통해 (사팔뜨기 흉내를 내며) 이렇게 나타난 거고. 한 번에 좌뇌, 우뇌! 고로 당신은 대단히 높은 지능을 가졌을 거예요. 아마도 굉장히 복잡한 어떤 이론들을 다룰 거예요. 그렇죠? 그래서 이 씨에나가 추측하는 당신의 직업은?

도른 내 직업은?

씨에나 두둥. 바로 의사예요.

도른 내가 의사라고? 칼을 잡아 본 적도 없는데.

씨에나 분명해요. 그 둥그렇게 말고 무언가를 대기하고 있는 손은, 간호사가 수술 장갑을 끼워 주길 기다리고 있는 것이 습관이 된 손이죠. 그래서 당신은 내과의가 아니라, 서전이죠. 칼을 다루는, '칼잡이' 의사.

도른 (독한 술을 단숨에 들이켜며) 계속해 보세요.

김수연

씨에나   (도른의 술잔을 들며) 아주 독한 술! 제가 이곳
         에서 일한 지난 6개월간 이 술을 시킨 사람은
         모두 칼잡이들이었어요. 비릿한 피 냄새를 지
         우려고. 의사만 있었을까요? (문득) 어머! 살인
         자들도 있었겠죠? 그래서 당신은 두둥! 서전
         중에서도 피를 굉장히 많이 보는 과목의 의사
         일 거예요. 자, 다시 한 번 둘러보세요. 다른 남
         자들은 뭘 하고 있나요? 여자들을 보고 있네
         요. 그죠? 하지만 당신은 오늘 밤에는 여자들
         에겐 관심이 없네요. 유일하게 저 빼고는요. 그
         래서 당신은 아마….

도른   아마?

씨에나   성형외과 의사나 산부인과 의사가 아닐까 싶
         네요.

도른   왜지?

씨에나   성형외과 의사나 산부인과 의사는 대부분 고
         객이 여자일 거란 말이죠. 지겹지 않을까요?
         여자라면, 아주 진절머리가 날 거 같은데.

도른   그렇다면 왜 당신에겐 관심이 있다고 생각해?

씨에나   그건 제가 이곳에 있는 모든 여자들 중에 객관
         적으로 가장 젊고, 이 '젊다'는 게 의사들에게
         가장 중요한 포인트죠. 의사들은 죽음을 두려
         워하거든요. 죽음에 무심한 척하지만, 죽음을
         가장 많이 목격해서 아마 죽음에 대한 공포를
         제대로 해소도 못 하고 생명을 다루는 의사들
         이 많을 거예요. (자신의 말에 신나서) 맞아. 정

익연

말 그럴 거야! 죽음과 붙어 있는 의사들이 가장 빠르게 이 직업적 공포에서 벗어나는 방법이 뭐냐? 두둥! 그건 생명력이 넘치는 대상을 만나 도취되는 거죠! 자, 다시 한 번 이곳을 둘러보세요. 여기서 제가 제일 '젊죠?' 동의하시죠? 그래서 당신은 결혼 따위는 전혀 고민하지 않는 나이의, 질척거리지 않고 상큼한 타입의 여자, 즉 저에게'만' 관심이 있을 수밖에 없다 이 말씀!

도른 (속마음을 들킨 것 같아 움찔하는 도른) 우리 병원에 온 적이 있는 모양이군. 아니면 내가 쓴 칼럼을 봤다거나.

씨에나 설마 정말 의사 선생님이세요? 정말 제가 많이 맞혔나요? 얼마나 맞혔어요? 반 이상? 전부 다? (환희에 차서) 속고 계신 거였어요! 사실은 전 배우 지망생이에요. 연기를 공부하면 다른 사람을 정밀하게 관찰해야 하거든요. 다 맞힌 거예요? 정말? 연기는 정말 매력 있어요! 가슴이 너무 뛰어요!

도른 그랬었군요. 그래, 우리 직업을 가진 사람들이 좀 특이하던가요?

씨에나 (신나서) 의사들만 그런 게 아니라, 모든 직업은 사람들에게 특별한 어떤 것을 부여하죠. 다른 사람의 직업을 이해하고, 뛰어난 관찰력을 가지고 있다면 누구나 맞힐 수 있을 거예요.

도른 난 그런 생각 자체를 해 본 적이 없어서. 연기?

연기라는 건 다른 사람을 이해하는 일이군요, 아가씨의 말대로라면…. 나도 다른 사람을 이해하는 직업이지. 난 뼈와 근육, 세포와 조직, 피부와 혈관을 이해하고 다루네…. 그리고 여자의 그곳을 매일 수십 개씩 들여다보지. 그것들은 같아 보이면서도 모두가 오묘하게 달라. 여자의 그것조차 내겐 너무 복잡해서 그걸 타고 내장을 거쳐 그 위로 쭉 더 올라가서 그 사람 심장 안의 것들을 들여다볼 여력이 없었는지도 모르겠네.

씨에나 선생님의 직업과 선생님의 그 감정은 과연 어떤 것일지 전혀 가늠이 되지 않아요. (놀라며) 여자의 그곳을 매일 수십 개씩?

도른 다른 직업을 가진 사람들에 대해서 한 번 말해 봐요. 궁금해지는데… 예를 들면, 나랑 정반대의 직업을 가진 사람?

씨에나 모두를 다 알진 못해요. 하나를 제대로 아는 데에도 엄청난 시간과 공이 들거든요. 그저 제가 애정을 가지고 오래 관찰한 사람을 잘 아는 수준이죠, 사실.

도른 작가… 작가에 대해서 애정을 가지고 관찰한 적은 있나? 혹시?

씨에나 당연하죠! 제가 최근에 만난 작가님 이야기를 해 드릴까요? 비밀 지켜 주셔야 해요! 이탈리아의 씨에나라는 도시에서 우리는 만났거든요. 제 이름도 씨에나거든요. 운명적이지 않아

익연

요? 처음엔 그분이 누군지 몰랐죠. 그분이 그렇게 유명하신 분이라는 건 여행에서 돌아온 뒤에 알게 됐죠. 그분의 책을 몽땅 샀어요. 세상에… 전 그렇게 멋있는 글들은 처음 봤어요. 제가 다시 태어나지 않는 이상 이런 완벽하게 마음을 움직이는 글은 쓰지 못할 거라는 걸 깨달았어요. 작가들은 뭐랄까, 말에 에너지를 실어서 말하는 것 같아요. 글쎄, 그분이 "씨에나 양, 씨에나 양은 뒷모습조차 아름다운 그리스의 여신 조각 같소. 모든 남자들이 갖고 싶지만 가질 수 없는 전설의 여인 말이요. 성스러운 인류의 불꽃을 가지고 달려가고 있는 바로 그 전설의 그리스 여신 말이오"라는 거예요.

도른   내 보기엔 말에 에너지보다는 여성을 아주 들뜨게 하는 재주가 있는 것 같은데.

씨에나   아니요! 전 그 말을 듣자마자 울어버렸는걸요?

도른   아니 왜? 그 자식이 갑자기 폭력을 휘둘렀나?

씨에나   저를 무결하게 봐 주는 그 시선에 그동안의 무가치한 만남들과 언어폭력에 대한 이유를 찾게 됐다고나 할까요? 저에게 다가왔던 남자들은 사랑을 맹세하다가 제가 받아 주지 않으면 친구가 되자고 해요. 그렇게 겨우 우정을 나누는 친구가 되었다고 느끼면, 어느 날 난데없이 "이 쌍년아! 니가 그렇게 잘났어? 뭐가 잘났길래 끝까지 잘난 척이야!" 이러는 거 있죠? 전 그래서 이젠 속지 않아요. 분별해 내려고 노력

김수연

하고 있어요.

도른　　감별사구만. 정의의 여신처럼.

씨에나, 여행 서적을 한 권 꺼내 도른에게 조심스럽게 펴 준다.

씨에나　　여기, 여기예요. 여기를 읽어 보세요. 꺅~! 지난달에 그분의 새 여행책이 발간됐거든요. 저와 만난 씨에나라는 곳에 대한 그분의 묘사예요. 꺅~!

도른　　(책을 읽으며) "씨에나… 씨에나… 눈을 감고, 그 이름을 천천히… 그리고 내 귓가에만 들릴 수 있도록 비밀스럽게 발음해 보면 (따라 해 보며) 씨. 에. 나… (다시 읽으며) 눈을 떴을 때, 그 이름처럼 몽환적 표정을 지닌 전설의 비너스가 서 있을 것만 같다. 중세의 영광을 간직한 아름다운 씨에나… 캄포 광장을 규칙적인 무늬로 수놓은 어느 벽돌 바닥을 딛고 서 있을 운명의 누군가를 여러분이…" 씨에나 양에 대한 이야기가 아닐 수도 있잖아. 팩트만 보면 간단한데 말이죠.

씨에나　　(책을 빼앗으며) 그분이 저와 헤어지던 날, 저에게 속삭인 말들이란 말이에요…. (얼굴이 빨개져서) 어떻게 저도 모르는 저를 이렇게 찬란하게 묘사해 줄 수 있죠? 저 자신의 품격과 기품이 절로 높아져서, 마치 저는 고귀한 사람이 된 것 같은 그런 기분이에요.

도른 훌륭한 배우가 될 거야, 다양한 경험들 때문에. 나같이 수술방에 갇혀서 어느새 기계적인 업무가 되어버린 일을 하는 사람과는 다를 거야. 술이 없네.

씨에나 같은 걸로 드시겠어요?… 흔하지 않은 거라 창고에서 좀 찾아야 해요…. (뒤돌아서 나가다가 멈춰서 도른에게) 감사해요, 용기를 주셔서.

혼자 생각에 잠겨 있는 도른. 주위를 살피며 폴리나가 다가온다.

폴리나 병원 업무도 다 내팽개치시고, 이러고 계시는군요? 지금 이럴 때가 아닌데.

도른 쫓아오는 사람은 없었나요?

폴리나 뜨레쁠레프의 사건이 살인 사건으로 전환된 이후부터 경찰들이 수시로 들락거리고 있어요. (가방을 건네며) 자, 이건 속옷하고 양말. 필요할 만한 거 다 들어 있어요. 너무 감동하진 말아요. 우리 남편 거야. 대충 입고 버려요. 없어진 줄 알면 잔소리할 텐데 어쩔 수가 없잖아.

도른 필요 없어. 뭘 이런 거까지. 굳이.

폴리나가 기어코 도른의 손에 옷가지들을 넘겼다.

김수연

폴리나   (신문을 꺼내며) 당신 기사 봤어요?

도른이 신문을 펼쳐서 본다. 씨에나가 와서 도른과 함께 보고 있다.

씨에나   (기사를 읽으며 놀라서) '의사인가? 희대의 사이코패스인가?'

도른   (껄껄 웃으며) 여기 범죄 심리학자의 의견도 덧붙여 놨네? 아, 그러니까 내가 의사의 탈을 쓴 사이코패스다?

씨에나   캐릭터 연구 시간에 배웠는데요, 의사 중에 사이코패스가 많대요. 소시오패스도! 경계성 인격장애도! (말실수인 것을 깨달으며) 아니, 선생님이 그러시다는 게 아니라요. 저, 이제 곧 공연을 해야 해요. 시간이 됐어요! 아, 떨려요. 이따 봬요!

씨에나 퇴장. 씨에나를 경계하며 질투심에 끝까지 노려보는 폴리나.

도른   (혼자 되뇌며) 의사인가? 희대의 사이코패스인가? (웃으며) 뜨레쁠레프 사건에 진술을 한 게 다인데, 희한하게 됐어 일이.

폴리나   이게 재밌어요? 지금 여기서 한가하게 술이나 마실 때가 아니에요. 최근에 자살한 사람 중에 당신이 처방한 약들을 먹었던 사람이 있나 봐.

익연

뜨레쁠레프 말고도…. 라흐리프 부인… 알죠? 경찰서장 와이프. 그 여자도 그렇게 됐다나 봐. 그래서 경찰서장이 당신을 자살 방조죄로 엮어 가고 있대요. 소문이 쫙 퍼졌어. 난 불안해 죽겠어. 당신이 최초 현장을 목격했고, 뜨리고린 작가님을 불러 우리를 데리고 산책을 가라고 말했잖아요. 그것도 문제래, 경찰에서는. 최초 사망 선고 시간이 늦었고, 사람들을 모두 불러내서 되든 안 되든 응급처치를 해야 하는데 오히려 현장에 있던 우리를 밖으로 내몰아서는 일부러 경찰에 신고도 늦어지게 했다고. 상식적으로 말이 안 된다고. 경찰서장이 그걸 뒷받침하는 증거들을 만들고 있대요. 아 참, 그리고 원고! 원고 조각이 뜨레쁠레프의 시체 옆에서 흩날리는 걸 보고 백합꽃 같다고 했다면서요? 아. 맙소사. 어떻게 그런 말을.

도른   재밌군. 내가 뜨레쁠레프가 죽도록 방치해서 얻게 되는 것이 무엇이기에? (오페라 노래를 흥얼거리며) '인생은 오해의 연속, 그대 늙었다 방심하지 마오~.'

폴리나   바로 그 노래! 그 노래가 제일 문제예요, 지금! 당신이 시체가 있던 현장에서 나오자마자 오페라 노래를 불렀다면서 '사이코패스'가 아니고서는 총기 자살을 해서 뒤통수가 너덜너덜… 아우~끔찍해. 너덜너덜해진 시체를 보고 노래를 부를 수 없다며, 사이코패스는 재미

김수연

로 사람을 죽인다고, 여죄가 분명 있을 거라고 당신 병원 간호사들을 추궁하고 있어요. 게다가 그 수면제랑 항우울제. 뜨레쁠레프한테 유럽에서 인정도 하지 않은 약들을 실험하듯 2년 동안이나 먹였다며… 뜨레쁠레프가 그 수면제로 인한 쇼크와 발작이 아니냐는 이상한 말들도 나오고 있고. 아우~ 이런 이야기를 내 입으로 하면서도 너무 잔인하다, 정말.

이내 조용해진 도른. 자신이 살아온 그동안의 인생 방식들이 잘못된 것인지도 모른다는 생각이 불현듯 밀려온다.

도른 왜 내가 젊은 여자에게 끌리는지 생각해 본 적 있나요?

폴리나 언제 젊은 여자 나이 든 여자 가렸었나요? 이제 와서 여자 취향이 확고한 척하지 마시죠.

도른 두려움… 두려움 때문이야. 레지던트 시절에 혼자서 움직이질 못하는 환자를 진료해야 한 적이 있어. 움직이질 못하니까 이리저리 계속 뒤집어 줘야 해. 한 자세로 오래 놔두면 금세 욕창이 생기거든. 욕창이 생기면 살이 썩는 냄새가 나… 고약해 아주…. 그래서 나도, 보호자도 뒤집는다고 열심히 뒤집었는데… 어디선가 자꾸 냄새가 나. 봤더니 결국 욕창이 생겼더라고… 역겨웠어…. 이후부터는 내 살에서도 냄

익연

새가 날까 봐 노이로제가 걸려버렸어…. 그걸 지워야 했고… 결과적으로 이렇게 됐지…. 살 썩어 들어가는 냄새, 피 냄새…. 빌어먹을 직업이 날 이렇게 만들었어. 알코올 중독자인 아버지와 공장에서 일하는 어머니, 그리고 누이들의 가난을 위해서 의사가 되어진 것뿐인데…. 이젠 가족들도 더 이상 그립지 않고… 난 뭐가 된 걸까….

폴리나   당신이 훌륭한 의사였기 때문에 모두 존경했고, 내가 질투하는 수많은 (심각한 도른을 웃겨주려고) 그 '쌍년'들도 그랬을 거예요. (선심 쓰듯) 세상 모든 여자들을 만나도 좋으니, 살아만 있어요. 아, 결혼은 하지 말고.

도른   신문기사 내용이 맞는 것 같은데. (씨에나를 가리키며) 저렇게 어린 아가씨도 자신이 무엇을 원하고 사랑하는지… 진심으로 관심을 주고받는다는 것이 무엇인지 아는데, 난… 도통 모르는 것 같아. 가늠할 수조차도 없어. 뜨레쁠레프에게 관심이 있긴 했지만, 그건 다만 '척'에 불과했지, '진짜 관심'이 아니었어…. 만약 사랑했다면… 수면제 같은 것은 주지 않았을 거야. 근본적인 문제를 해결해 줄 생각을 못했기 때문에 그냥 잠재우려고 했을 뿐이야….

매일 다른 사람의 생살을 찢고, 여자의 두 다리 가랑이에서 아이를 받고, 불법 낙태를 하기도 하는… 나 같은 인간에게 물리적 통각의 역

치는 너무 높아서, 일반인들의 고통에 전혀 공
감을 못 해. 누군가 고통을 느낀다고 울어 대면
엄살을 부리는 것처럼 느껴지는 것이 솔직한
내 심정이야…. 그래서 다른 사람을 사랑한 적
이 없어, 단 한 번도… 더 끔찍한 건 나 자신마
저도 사랑하지 못했어…. 겉도는 삶을 살고 있
나 봅니다, 제가. 특히 여자의 얼굴을 보면, 직
업병이 도져서 제대로 눈을 쳐다볼 수가 없어.
자꾸 다른 게 상상이 되니까. 내가 사시인 것이
다행인지도 몰라.

폴리나 어머, 알고 있었어요?

도른 당신도 이미 알고 있었군. 나쁜 사람.

폴리나 착각하게 한 사람이 누군데. 멀찍이 떨어져 있
어도 당신이 항상 날 뚫어지게 쳐다보고 있길
래, 난 날 좋아하는 줄 알았지. 나 말고도 많을
거야. 이젠 어딜 보고 있는지 알지. 에휴. 어디
봐! 여기 보라고! 여기! 그리고 시도 때도 없는
오페라는요? 부를 때 됐는데, 지금 이쯤이면.

도른 …대면을 못 하겠어, 누군가와. 진짜 소통이 싫
어. 기대하는 것을 해 줄 수 없으니까.

폴리나 참 많이도 불렀네. 특히 나랑 얘기할 때~ (슬픈
음의 오페라 노래를 장난스럽게 이어 가며) '그
래서 답답하고 슬펐던 내 마음….' (웃으며 말
한다) 이유가 있었네요, 이유가.

도른 (오페라 노래로) '이런 깨달음조차도 이 머리로
하는 것. 감성 없어~ 여전히 받아 줄 수 없는 너

익연

의 마음. 우리는 영원한 물과~ 기름~.'

폴리나   (술잔을 탁 내려놓으며 결심한 듯) 피. 그래, 피. 난 당신의 피와 달라. 내 피가 필요 이상으로 진해서 문제야. 좀 건조해도 되는데. 그러질 못해서 불행을 자초하며 살아왔어요. 내 딸 마샤가 내 피를 이어받아 지금 저렇게 죽을 고생을 하는 것 같아. 손녀딸도 내 피를 이어받을까 봐 겁이 나. 내 피를 가진 내 딸의 고통을 백번이고 대신 겪어 주고 싶으면서도, 내가 아니라 한편으론 다행이기도 하고…. 어떻게 이런 생각을 할 수가 있는지… 인간은 다 그런 건가…. 내가 엄마인지… 뭔지…. 여전히 어려워…. 어쨌든 난 앞으로 반드시 건조하게 살아가려고 합니다. 좀 바꿔 보려고 해, 내 자신을. 이 피를. 꼭.

도른   인생이 얼마나 남았다고 우리에게. 너무 늦었어, 다른 무엇이 되기엔.

두 사람은 지난 세월의 무상함을 생각하며 각자 생각에 잠겨 있다.
이때, 감미롭고 몽환적인 음악 흐른다. 씨에나가 노래를 시작하려고 무대에 오른다. 폴리나는 도른에게 춤을 추자고 제안한다. 춤을 추며 대화하는 두 사람.

도른   인간을 이해하는 것이 의학의 완성인 걸 깨닫는 데 이렇게 큰 대가가 필요한지 몰랐군.

김수연

잠시 현실을 잊게 해 주는 마취제로 가득 찬 뮤자베니트.

씨에나 노래 무언갈 깊이 원하지 마 ~

인생은 각자 모양 지어진 대로 ~

남은 생도 이렇게 ~ 흐르는 대로 ~ 그저 ~

달콤한 죽음의 유혹 ~ 당신에게 다가온대도 ~

이렇게 ~ 그저 ~ 이렇게

그들은 춤을 추며 늙어 갈 것이다. 이렇게 가끔 삶이 그들을 고통스럽게 할 때마다.

도른   얼마 전, 내 몸이 말을 걸어왔어요. '지금까지 이 육체로 즐기고, 누군가를 농락하고 또는 내가 누군가에게 농락당한 것에 대해 밀린 이자를 지불하시오'라고 하더군…. 인생에는 공짜가 없어요… 위암에 걸렸어요.

이때, 형사 등장. 누군가를 찾고 있다. 도른을 숨기려 하는 폴리나. 뒷문으로 나가는 도른.

형사   방금 나간 사람, 도른 의사 선생이 맞죠?

씨에나   (마이크에 대고 즉흥적으로 말한다) 음…! 그, 그분은!… 자원봉사자예요! 음, 제3세계의 아픈 사람들을 돌보시는, 아주 훌륭하신!

익연

조명 아웃.

여전히 은은하게 흐르고 있는 뮤자베니트의
감미로운 음악.

2장 사실과 진실

그들의 집. 마샤, 메드베젠코.

1막과 2막 사이 약 보름 정도의 시간이 흘렀다.
뜨레쁠레프 사건은 별다른 진전을 보이지 못
하고 있는 듯하다. 불어난 의혹들도 잠잠해지
고 있었다.
세상과는 완전히 단절된 듯 적막한 마샤와 메
드베젠코의 집. 찢어진 조각을 일일이 맞춰서
붙인 흉물스러운 원고가 여기저기 널려 있다.
메드베젠코가 등장한다. 마샤는 그가 온지도
모른 채 잠들어 있다. 그녀 주변의 술병과 담배
꽁초 등을 조용히 치우는 메드베젠코. 원고도
정리하기 시작한다. 원고가 사각거리는 소리
를 듣고 잠에서 깬 마샤.

마샤　　　(흠칫 놀라며) 만지지 마.
메드베젠코　정리만 하는 거야.
마샤　　　좀!…. (이내) 미안해.

　　　　　　　　　　김수연

일어나서 복잡한 감정으로 원고를 치우는 마샤.

메드베젠코   (가방을 정리하며) 오늘도 장모님 댁에 다녀왔
거든. 그사이 소피아가 체중이 좀 늘었더라….
방긋 웃는데 정말 예뻐. 당신도 봤어야 하는데.
(별 반응이 없자) 장모님과 장인어른이 당신 걱
정을 많이 하셔.

마샤   가 볼게.

메드베젠코   정말? 그래. 소피아가 참 좋아하겠다. 아 참, 당
신 식사는 했어?

마샤   어.

메드베젠코   뭐 먹었어?

마샤   어.

메드베젠코   (자신의 원고를 보여 주며) 글쎄, 교내 학보지
에 실릴 글에 내가 선정됐어. 교사들 모두 의무
로 써야 하는 거라 전혀 기대 안 했는데, 내 글
이 꽤 흥미로웠나 봐. 당신 글 읽는 거 좋아
하니까 앞으로 자주 써 보려고.

마샤   (혼잣말로 중얼거리며)… 늦었어.

메드베젠코   뭐가?

마샤   아니야. 아니야.

메드베젠코   (분위기를 바꾸려고) 오늘 학교 앞 레스토랑에
서 연어샐러드 빵을 할인해 주는 날인데 놀라

익연

지 마. 무려 100루블 58코페이카[10]나 할인을 해 주는 거야. 그 돈이면, 당신 담배 한 갑 가격이야. 대단하지? (연어샐러드 빵을 자랑스럽게 꺼내며) 그래서 당신 먹을 것도 하나 사 왔어.

마샤는 연어샐러드 빵을 물끄러미 바라보다 받아서 한쪽으로 밀어 놓는다.

메드베젠코 여보. 유통기한이 오늘까지야. 그래서 100루블 58코페이카나 할인해 주는 건데. 나 괜히 또 출출하네. 지금 먹어야겠다. 오늘 소피아를 너무 많이 안아 줬나 봐.

속으로 질색하는 마샤.
원고 정리를 끝낸 그녀는 메드베젠코와 멀찍이 떨어진 의자에 앉아 있다.
검정 옷을 입고 완전히 축 늘어져 있는 마샤.
메드베젠코는 주방으로 가서 자신이 먹어 치우려던 연어샐러드 빵을 반으로 쪼개 차와 함께 두 세트로 만들어 가지고 나온다.
원고 더미 옆에 한 세트를 내려놓는 메드베젠코.

---

10   본 작품의 시간적 배경은 현대이므로, 체호프의 원작 「갈매기」와는 다르게 러시아 화폐 가치를 적용했다. 원작 「갈매기」 1막에서 메드베젠코는 교사로서 자신의 한 달 월급이 겨우 23루블밖에 되지 않아서 힘들다고 고백했다.

김수연

메드베젠코   계속 읽어. 여보. (웃으며) 다 읽으면 나한테 이
            야기해 줄 거지?

그 말이 끝나자마자 메드베젠코를 아주 날카
롭게 쏘아보는 마샤.
메드베젠코는 움찔 놀라 눈치를 보며 멀리 떨
어진다.
그러고는 '홀짝 홀짝' 차를 마시며 연어샐러드
빵을 먹는다.
"할짝 할짝 스읍 스읍… 쩝쩝 쩝 쩝 쩝쩝쩝…
할짝 할짝… 쩝쩌억 습습."

마샤   (억제하며) 꼭, 그렇게, 먹고 마셔야 해…?

마샤는 머리를 감싸고 더욱 쪼그라든다. 사소
함이 공포가 되는 믿을 수 없는 상황에 그녀는
숨을 헐떡인다. 먹기를 멈추고 그녀를 진정시
키기 위해 다가가는 메드베젠코. 그는 서두르
다가 좀 전에 마샤를 위해 타 주었던 차를 원고
에 엎지르고 말았다. 본능적으로 알아채고 머
리를 쳐드는 마샤.

마샤   (머리를 쥐어뜯으며) 으, 아… 아, 아아아악~!

그녀는 메드베젠코를 밀치고, 간신히 원고를
구해 낸다.

익연

원고를 안전한 곳으로 옮긴 그녀는 잠시 고민하다 술을 구하러 주방으로 간다. 차 마시는 컵에 술을 몰래 따라 시치미를 뗀 채 들고 나나오는 마샤.

마샤　(몰래 술을 마시는 것에 대해 미안한 마음이 들어 보상하듯이 주절주절하며) 연어샐러드 빵? 그거랑 같이 먹을게. 나도 정말 이러고 싶지 않은 거 알지? 당신 따라서 전근 가면, 진짜 새롭게 살고 싶어. 당신이랑 소피아랑. 난 할 수 있어. 변할 수 있어. 한다면 하는 거 알지? 다시 교회도 나갈 거고.

메드베젠코　(술인 것을 단숨에 알아차리고) 어~ 어~ 여보! 잠을 자고 알코올 기운이 날아가서 겨우 술이 깼는데 왜 다시 술을 마시는 거야? 술을 끊으려면 그 나른한 잠시의 순간들을 잘 견뎌야 해. 몸이 낫고 있는 거거든! 과립구가 줄어들고 있다고. 아, 무슨 말이냐면 내가 얼마 전에 읽은 책의 내용인데, 사람이 평상시보다 큰 스트레스를 받잖아? 그러면 우리 몸이 일부러 염증을 일으킨대. 스트레스를 자가 치료하려면 과립구란 게 많이 필요해서 그렇대. 과립구는 염증에 위치할 수 있거든. 당신은 지금 엄청난 스트레스를 받고 있는데, 그걸 감당하려면 엄청난 양의 과립구가 필요하단 말이지. 과립구를 더 많이 만들려면 염증들이 더 필요하잖아. 당신

김수연

이 염증 주머니를 만들기 위한 방법은 술이야. 술을 당신 몸에 들이부어서 온몸의 장기나 뇌에 손상을 주는 거지 억지로. 당신 몸은 그래서 여기저기 염증이야.

그렇지만 지금 당신은 스트레스를 스스로 이겨내고 있는 중이라고. 이렇게 과립구가 극한의 최대치를 찍으면 서서히 스트레스가 지나가고 몸이 치유를 준비해. 이게 사이클이야. 염증 주머니를 다시 없애는 거지. 그러면 과립구가 머물 공간도 줄어들어. 과립구가 머물 공간이 줄어들면 저절로 잠이 들게 해. 잠을 자야만 치유가 일어나거든. 당신! 기쁘게 받아들여. 드디어 시작됐어. 당신을 힘들게 했던 그 엄청난 슬픔과 충격이 사라질 준비를 하고 있다고!

마샤　　(나지막이) 지긋지긋해… 너무 많아 말이.

메드베젠코　(마샤의 말을 듣지 못하고 기쁘게) 그리고 염증 감소엔 연어가 좋대.

마샤　　(낮은 한숨을 쉬며) …하아.

메드베젠코　염증을 줄이는 노력을 해 나간다면 금주에 성공할 수 있고, 그러면 술 사는 데 낭비되는 돈을 아낄 수 있어.

마샤　　어렵게 이야기해도 결론은 늘 쉬워. 돈… 돈… 돈 이야기…. 당신이 제일 걱정하는 건 결국 내가 돈을 낭비하는 거지? 우리 아버지 돌아가시면, 아버지 재산 충분히 나눠 줄게. 됐지?

익연

메드베젠코를 쏜살같이 지나쳐서 침대에 누워
버리는 마샤.
혼자 덩그러니 남아 있는 메드베젠코.

메드베젠코   …가여운 사람.

잠시 후, 불을 끄고 침대로 가서 따라 눕는다.
마샤는 미동도 하지 않는다.

메드베젠코   …당신은 뭔가를 혼동하고 오해하고 있는 것 같
아…. 현실과 망상…. 더 엄밀히 말하면… 사실
과 진실 말이야. 이제 분별해 줘야 할 것 같아.

마샤, 이불을 홱 젖히고 침대를 벗어난다.

마샤   제발 날 내버려 둬. 이렇게 부탁할게, 응? 며칠
안 남았어. 그만한다잖아. 안 마신다잖아! 시간
이 필요해, 시간! 아주 조금만 시간을 줘!
메드베젠코   저걸 읽을 시간 단 하루만 달라던 당신이야. 언
제까지 이럴 거야? 더 이상 당신을 이렇게 내버
려 둘 수 없어.
마샤   당신이 참견할 문제가 아니야!

두 사람은 쫓고 쫓기며 온 방 안을 휘젓고 다닌
다.

김수연

메드베젠코 여보! 소피아를 봐서라도 이러지 마. 더 이상 이렇게 살 수 없어. 우린 애를 가진 부부야! (사이) 그는 죽었어!

마샤 …!

메드베젠코 죽었다고. 그게 사실이라고. 누구도 바꿀 수 없는, 손쓸 수 없는!…. 그리고 당신이 나와 결혼했다는 것이, 남은 '사실'이야. 그래서 당신과 나, 우린 그 '사실'과 '일치하는 진실'로서 서로 사랑하려 노력해야 해…. (원고들을 움켜쥐며) 지금, 이 원고들의 주인! 뜨레쁠레프! 그는 없고, 그래서 당신은, 그의 말도 들을 수 없고, 몸짓도, 행동도, 태도도, 볼 수 없어. 오직 이 찢겨진 글에서 그의 생각의 세계만 넘보고 있잖아. 당신은 당신의 두 눈으로 '사실'을 목격하지 못하니까 '진실'을 왜곡하고 있어. 그 왜곡된 상상이 망상으로 발전했지. 뜨레쁠레프의 관념을 왜 당신 마음대로 왜곡해서 망상에 빠져 있는 거야? 당신은 '사실'과 '진실'을 구분하지도 못하고, 왜곡하고 있어!

마샤 ….

메드베젠코 죽음 그 이후부터는 어떠한 '사실'도 없어! 존재하지 않는다고! 존재해서도 안 되고! 알겠어? 그래서 이제 그 누구도 '진실'이 무엇인지 몰라. '사실'이 없인 '진실'도 없으니까.

마샤 '…난! 나는! 메드베젠코의 아내다'라는 '사실'이 새롭게 생기면 내 '진실'이 바뀔 수 있을 거

익연

라고 생각했어. 하지만, '사실'이 무엇이든 '진
실'은 바뀌지 않아. 난 그걸 알게 됐어.
'사실'이 무엇이든 '진실'은 결코 바뀌지 않는다
는 것!
'사실'이 무엇이든 '진실'은 결국 드러나게 된다
는 것!
당신! 아직도 당신의 '사실'과 '진실'을 모르겠
어? 그래? 내가 말해 줄게. 이제 당신이… 필
요… 없어! 왜 당신과 결혼한지 알아? 누군가
존재했기 때문에… 당신이란 사람의 자리도
있었던 거야. 나에겐 이것이 남은 '사실'이야!
그러니 제발 떠나! 소피아, 그 애도 꼭 데리고
가! 어쩌면… 그 애가 당신 애가 아니길 바랐나
봐. 그래 그게 '바랐던 진실'이야…. 하지만 '사
실'을 확인하지 않아도 알 것 같아. 소피아, 그
앤 당신 애구나. 그 애 눈을 보면 알아. 그 '사
실'이 날 무력하게 만들어.

메드베젠코, 마샤의 뺨을 때린다. 마샤는 아랑
곳하지 않는다. 충격도 잠깐, 자신의 손으로 마
샤를 때린 것에 이내 마음이 아파 오는 메드베
젠코.

마샤   그 사람을 몰랐어도 당신은 사랑하지 않았을
거야…. 당신의 그 눈동자 말야… 그 눈동자를
보게 되면, 그 사람 눈이 그리워서 숨이 막혀…

김수연

그 사람 눈은…. 당신처럼 생기지 않았어.

마샤는 예술적 감각이 배어 있지 않은 메드베젠코의 눈동자를 탓하는 것이 아니다. 마샤 역시도 메드베젠코가 어찌할 수 없다는 걸 안다. 마샤는 술병을 찾아 헤맨다. 그녀는 숨겨 놓은 술을 단숨에 들이켠다. 그 자신의 마음대로 할 수 없는 영혼의 무게가 식도를 타고 뜨겁게 흘러내린다. 신음을 내뱉는 마샤.

그에게 너무 심하게 말했음을 후회한다. 그래서 그의 눈을 바라보지 않는다.

그녀는 그가 안쓰럽다. 그렇다고 그를 사랑할 수도 없는 노릇이다.

메드베젠코, 그의 머릿속에 종이 울렸다.

계산에 없던 일이다. 뜨레쁠레프, 그만 없다면 그녀가 당연히 자신을 사랑할 것이라 믿었기 때문이다. 마샤의 말은, 자신의 세계를 일순간에 전복시키는 중대한 외침이었다.

두 사람은 처음으로 서로의 진실을 확인했다.

고통으로 신음하던 마샤는 무너지듯 침대에 눕는다.

한참을 멍하니 서 있던 메드베젠코, 그도 마샤의 침대 아래에 눕는다.

그는 그래도 그녀의 곁을 지킨다.

익연

마치 그림자가 자신의 의지로도 결코 주체를
떠날 수 없는 것처럼.

정적.
조명 아웃. 깊은 고독이 느껴지는 음악.

3장 소원

Bar Musavenit. 씨에나, 메드베젠코, 마샤, 루진
프라우다(형사).

강렬한 비트의 음악.
화려한 조명.
퇴폐적인 분위기의 뮤자베니트.[11]

조명 인 되면, 텅 빈 뮤자베니트 안.
'선글라스를 끼고' 홀로 서 있는 메드베젠코.
자신의 모습에 살짝 도취되어 무대 중앙에 서
있는다.
이내 휘청하는 메드베젠코, 술에 취했다.

---

11   뮤자베니트는 환희와 도취, 순수와 타락, 선과 악이 공
      존하는 곳이다. 이곳은 철저하게 디오니소스적인 곳이
      므로, 전 장의 뮤자베니트가 디오니소스의 풍요와 달콤
      함, 황홀경을 상징한다면, 이 장의 뮤자베니트는 바쿠
      스로서의 광기, 퇴폐, 환락, 원초적인 힘, 원시적 두려
      움, 직관과 본능을 상징한다.

무대 밖에서 들려오는 씨에나[12]의 목소리.

씨에나 (매우 분노해서) 찾아오지 마! 한 번만 더 찾아
오면 널 갈기갈기 찢어서 죽여버릴지도 몰라.
니가 알던 난 죽었어. 니가 마음속에 품고 있는
내 형상은, 내가 아냐. 깨부수어버리란 말야!
니가 아니라 과거가 그리워서 찾아갔어. 보다
시피 내 인생이 아주 엿같애. 삼류 인생. 느껴
지지? 보이지? 니가 유일하게 날 주인공으로
만들어 준 남자거든. (목이 메어서) 결국엔 다
날 젖은 쓰레기마냥 뒤도 돌아보지 않고 버렸
는데…. 그래도 너는 유일하게 날… 주인공으
로 만들어 줬거든. 근데… 그게 다야! 그 이상
도 그 이하도 아냐!!! 주인공이 되는 기분을 한
번 더 느끼고 싶었던 것뿐이야. 그러니 꺼져!

씨에나가 씩씩거리며 등장. 퇴폐적인 의상의
씨에나. 벌컥벌컥 마시는 술.
갑자기 뮤자베니트 안으로 돌진해 오는 씨에
나의 예전 남자. 단숨에 씨에나를 낚아채서 폭
력적으로 질질 끌고 나간다.

---

12 이 막에서의 씨에나는 전 막과 완전히 다른 인격으로
보였으면 좋겠다. 마치 원작 「갈매기」의 니나가 1막과 4
막에서 확연히 다른 것처럼. 본 장에서는 더 퇴폐적이
었으면 좋겠다. 씨에나는 아프락삭스처럼 선과 악이 함
께 공존하는 캐릭터였으면 좋겠다. 이름만 같고 완전히
다른 인물로 보여도 좋다.

익연

무대 밖에서 들려오는 소리들은 끔찍하다.

씨에나를 때리며 자신의 모든 한을 풀듯 씩씩거리며 흥분된 숨소리를 내뱉는 남자. 악을 지르며 맞서는 씨에나. 들려오는 씨에나의 신음은 그걸 견디는 소리다. 퍽! 퍼억! 퍽! 여전히 서로의 몸을 잊지 못하지만, 살점을 도려내듯 몸에 기록된 서로의 흔적을 떼어 내는 중이다. 계속된 폭력의 소리들.

메드베젠코는 그 소리들을 묵묵히 견뎌 내며 바 테이블 위에 술값을 지불하고, 술 한 병을 꺼내 마신다. 독주다.

씨에나   (무대 밖에서) 난 겁 안나. 난 악마도 겁 안나. 너 같은 새끼는 니 수준에 딱 맞는 시궁창 같은 것들이나 만나서 살아야 돼!

씨에나 등장.

씨에나의 얼굴에는 눈물 자국과 핏자국이, 팔과 다리에는 여기저기 생채기가 나 있다. 씨에나는 메드베젠코를 발견하지 못한다.

씨에나, 바에 놓인 술을 벌컥벌컥 마신다. 흐르는 눈물이 멈추길 바라며 의미 없이 천장을 바라보던 그녀는 작은 의자에 박쥐처럼 몸을 웅크린다.

반대편에 미동도 않고 앉아 있는 메드베젠코.

메드베젠코, 그녀를 바라보고 있다. 마시지도

김수연

못하는 독주를 벌컥벌컥 마시는 메드베젠코.
독한 술을 이기지 못하고 기침을 한다. '캑!'
그 소리를 듣고 움찔하는 씨에나.

움찔하는 씨에나를 보고 기가 죽어 술을 '홀짝 홀짝' 마시는 메드베젠코.

잠시 후, 메드베젠코는 그녀에게 다가간다. 얼굴에 흐르는 피를 보고는 조심스럽게 손수건을 건넨다.

메드베젠코 저기, 피….

씨에나 영업 끝났어. 나가.

메드베젠코 어? 피가 많이 나요.

씨에나 신경 쓰지 말고, 나가! 너도 날 원해? 여긴 왜 자꾸 오는 거야!

메드베젠코 (손사래 치며) 아. 아니. 난 그냥… 단지 쉴 곳이 필요해서….

메드베젠코는 자리로 돌아와 술병 뚜껑을 닫고 가방에 넣는다.

출구를 향해 저벅저벅 걸어가는 메드베젠코의 발소리.

씨에나는 술을 한 잔 더 마시려고 술잔을 들지만 술은 이미 바닥나고 없다.

가던 걸음을 멈추고 돌아와 그녀의 잔에 술을 그득 채워 주는 메드베젠코.

고개를 들어 넘쳐흐른 술잔을 바라보는 씨에나.

익연

씨에나 야. 뭐든 적당한 게 좋은 거야, 적당한 게. 선글 라스도 지금 적당하지 않아.

메드베젠코 예….

대답만 하고 선글라스를 벗지 않는 메드베젠 코.
직접 선글라스를 벗겨 주는 씨에나. 그의 눈이 아름답다는 사실을 발견한다. 씨에나가 자신 의 눈을 바라보자 마샤의 말이 생각나 다시 선 글라스를 쓰려고 하는 메드베젠코. 씨에나가 이를 저지한다. 약간의 실랑이 끝에 씨에나 손 에 쥐여진 선글라스.

씨에나 눈이 정말 예쁘다. 왜 가리고 있는 거야? (뚫 어지게 관찰하며) 선량하고… 하나밖에 모르 고… 고집은 있지만… 나쁜 뜻은 없어…. 그러 나 슬픔이 있네… 아주 깊은 슬픔이…. 저런… 누구한테도 털어놓은 적이 없을 거야… 털어 놓았다면 이런 깊은 눈동자를 가질 수 없었을 테니까.
(콧날을 쓰다듬으며) 길게 뻗은 코는 의지를 상 징해. 결코 자존심을 굽히거나 낮추는 일도 없 지…. 하지만 그래서 외로워… 기댈 수가 없어, 타인에게… 자립심이 이 콧날처럼 너무 단단 해서, 남에게 부탁을 못 하니까….

메드베젠코 (사시나무 떨듯 하며) 전, 생각하시는 그, 그, 그

김수연

런 사람이 아, 아닙니다.

씨에나의 손은 메드베젠코의 입술을 타고 내려간다. '읍' 하는 메드베젠코.

씨에나 …말하길 좋아하지만… 아마도 신중할 거야. 말을 한다면, 열 번은 망설이다가 할 거고… 참다 참다… 겨우겨우 말하는 거니까, 한 번 말하면 수다스럽기도 하겠지.

메드베젠코는 자신의 얼굴을 쓰다듬는 씨에나의 손길을 느끼다가 천천히 그녀의 손을 잡아 부드럽게 손길을 막는다. 메드베젠코는 낯선 여자이지만, 처음으로 누군가와 소통이 되는 것 같은 느낌에 도취되어 자신도 모르게 그녀에게 키스한다. 그러다 갑자기 멈춘다.

씨에나 키스할 때는 눈을 뜨는 게 아니야.

씨에나는 계속해서 메드베젠코의 눈을 감기려 애쓰고, 메드베젠코는 눈을 감으면 씨에나에게 빠져버릴 것 같은 두려움에 더욱더 눈을 치켜뜬다. 어느 순간 메드베젠코가 더욱 적극적으로 키스한다.

메드베젠코 (씨에나를 급하게 떼어 내며) 아… 미안해. 내가 순간적으로 실수를 할 뻔했네.

씨에나 어째서 실수라는 거야?

메드베젠코 (횡설수설하며) 그게… 난… 아이가 있어. 어, 아내도 있고… 어… 결혼도 했네. 미안.

씨에나 (놀리며) 아~ 그래? 그런데 왜 나와 키스했어?

메드베젠코 (더듬으며) 실, 실, 실수라고 했잖아.

씨에나 실수는 위대한 발견을 가져오는 경우가 있어. 아마 오늘이 그 위대한 날이 될 거야.

메드베젠코 ….

씨에나 넌 실수한 게 아냐. 넌 그 무엇도 아직 사랑하는 게 아니거든.

메드베젠코 난 사랑해. 우리 가족을.

씨에나 (빤히 쳐다보며) 넌 뭘 원해? 너의 소원이 뭐야?

메드베젠코 …내 소원?

씨에나 그래. 니 소원.

메드베젠코 ….

씨에나 (각자의 잔에 술을 따르며) 재미있는 이야기를 해 줄게. (의미심장하게) 넌 정직하니까…. 러시아에 소원 이루어 주는 곳! 있는 거 알아? '반드시 이루어진대.' 굉장하지?

메드베젠코 (반신반의하며) 그런 곳이 있어? 거기가 어딘데?

씨에나 너처럼, 너도나도 거길 가서 소원 빌면 어떻게 될까?

메드베젠코 (잠시 생각하다 멋쩍어 웃으며) 그러네. 엉망이

김수연

되겠네.

씨에나 그래! 그곳엔 아무도 못 가. 국가에서 모두 막 아 놨어. 법을 어기고 거기 근처만 가도 빵! 사 살돼. 총에 맞아서. 아주 삼엄해. (반전을 주며) 하지만, 죽을 각오로 목숨 걸고 가는 거지. 왜? 일생의 소원을 이뤄 준다잖아! '벤'이라는 남자 도 목숨을 걸었지. 다행히 그 사람은 운이 정말 좋았어. 무사히 도착했고 간절하게 빌었지…. 집으로 돌아온 '벤'은 어마어마하게 큰 부자가 되었어.

메드베젠코 (감탄하며) 우와. 이루어졌구나!

씨에나 아니, (사이) 그는 목을 매, 자살했어.

메드베젠코 (굉장히 의아해서) 아니, 왜?!

씨에나 (사이) '벤'은 그곳에서 부자가 되고 싶다고 빌 지 않았어. (사이) 죽은 동생이 살아 돌아오길 바란다고 빌었어. 동생이 자기 때문에 죽었거 든. 다투다가 흥분해서 우발적으로 밀었는데 동생이 넘어져 머리를 부딪쳤고, 죽었어. 불행 이 순식간에 일어났지. '벤'은 '죄책감' 때문에 폐인이 되었고, 마지막으로 할 수 있는 유일한 것이 목숨을 걸고 거길 가는 거였어. 제발 '사 랑하는 동생'이 살아 돌아오게 해 달라고.[13]

메드베젠코 동생은 살아오지 않았고, 그는 부자가 되었구

---

13   씨에나가 메드베젠코에게 들려준 진짜 소원에 관련한
'재미있는 이야기'는 안드레이 타르코프스키의 영화 〈스
토커〉에서 극 중 인물들의 대화에 잠깐 언급된 것인데,
무척 인상적이어서 각색하여 실었다.

익연

나…. 어마어마한 부자가 되는 게 그 사람이 정말 원했던 거였어.

씨에나 자기 자신조차도 몰랐던, 저 아래 깊은 곳. 무의식의 염원이었던 거지…. '진짜 소원.'

메드베젠코 (충격에 잠시 숙연해져서) 진짜, 소원.

씨에나 너무 충격받지는 마. 우리의 무의식의 소원은 신만이 아시니까. (까르르 웃으며) 야. 이제 그만 정신 차려. (크게 웃다가 얼굴의 상처가 갑자기 쓰라려서) 아 아! 따가워!

메드베젠코 (상처를 발견하고) 어?! 병원에 가야겠는데, 살이 찢어졌어. (상처를 닦아 주며 조심스럽게) 그리고 말야. 아까 그 남자한테 말을 너무 심하게 했어. 진실은 말야… 어떠한 경우에도 입 밖으로 꺼내는 게 아니야.

메드베젠코는 벤 이야기의 충격에서 벗어난다. 그는 자신에게 깨달음을 준 씨에나의 상처를 사랑하는 여인을 치유하듯 정성껏 닦아 준다.

씨에나 아니! 잔인하지 않으면, 그는… 죽어…. 그가 원하는 것을 이젠 결코 해 줄 수 없으니까. 그가 알던 나는 죽었으니까.

메드베젠코 잘 이해가 안 돼. 뭔가를 이해하기엔 정말 난 너무 평범한가 봐.

씨에나 평범한 것이 비범해지면 가장 무서운 법이야.

김수연

긴 침묵.

두 사람은 각자의 생각에 잠겨 있다. 이윽고 씨에나가 입을 연다.

씨에나   (술을 들이켜며) 작가의 정신을 사랑한다는 게 어떤 건지 알아?

메드베젠코   작가?

씨에나   그래, 작가…. 어떤 사람의 정신을 엿보면서 내 모든 감각이 다 열리는 기분, 미치도록 황홀한 그 기분 알아? 육체라는 건 소유할 수 있지만, 그 사람의 정신은 소유할 수 없기 때문에… 언제나 갈망의 대상이야…. 그걸 모든 독자와 공유해야 한다는 게 질투가 나. 그런데 날 감동시키는 건, 그가 만든 그 작품 안에 진짜 내가 있다는 거야. 나조차도 알지 못하는 내가…. 그는 조물주처럼 그의 세계 안에서 언어를 조합해서 날 창조해. 그래서 그는 나의 하나님이야. 현실에 난 죽은 거나 다름없어. 내 영혼을 그의 작품으로 옮겼거든. 그런데 문제가 뭔지 알아? 나 같은 여자가 그의 작품 속에 넘쳐난다는 거야. 그렇지만 그를 떠날 수 없어. 죽을 때까지 그의 노예가 될지도 몰라…. 관능의 세계만이 전부인 줄 알았던 내 세계가 완전히… 완전히 무너졌어…. 난 이제 무엇도 할 수 없게 됐어…. 난 어떤 누가 되어버린 거지?

메드베젠코   (슬프게) 작가를 사랑한다는 건 그런 거구나.

익연

(사이) 그를 원해?

씨에나   응. 너무나.

메드베젠코   그런데 왜 나와 키스했어? 내가 너의 진짜 소원도 아닌데….

씨에나   그 순간엔 니가 내 소원이라고 난 '생각했고, 정해버렸어.'

메드베젠코   소원을 정해버렸다고?

씨에나   그래. 정했어. 그리고 믿으면 돼. 맹목적이면 더 간단해. 그럼 그게 진짜 소원으로 '생각되어져'. 어차피 무의식의 소원은 평생이 걸려도 알기 어려워. 신만이 안다니까.

메드베젠코   (생각하다 깨달음이 와서) 그건 진짜 원하는 게 아니잖아!

씨에나   이제 알겠지? 이게 이유야…. 내가 너랑 키스한 이유. 네가 '실수'를 해서 '위대한 발견'을 하게 하기 위해서. (입술을 쓱쓱 닦으며 까르르 웃는 씨에나) 누군가 한 사람이 희생되더라도 큰 깨달음을 얻게 된다면 아무래도 상관없는 거야.

메드베젠코는 어떤 깨달음으로 인한 슬픔에 털썩 주저앉는다.
씨에나가 그에게 다가가 부드럽게 안아 준다.
두 사람은 낯설지만 마치 예전부터 알았던 사람들처럼 다정하고 따뜻하다.
언제 등장했는지 마샤가 메드베젠코를 지켜보

김수연

고 있다.

메드베젠코와 씨에나가 그녀를 발견한다.

씨에나	누구야?
메드베젠코	(갑자기 호기를 부리며) 오~ 신경 쓰지 않아도 돼. 우리 나갈까?
씨에나	(재미있다는 듯 비웃으며) 아니야. 금방 해결하고 빨리 나와. 오늘은 봐 줄 수 있으니까.

씨에나 퇴장.

메드베젠코, 마샤 앞에서 급하게 선글라스를 낀다.

메드베젠코	친구가 생겼어. 오늘 좀 늦을 것 같아.
마샤	…집으로 가자.
메드베젠코	…왜 이러는 거야?

마샤는 직접 메드베젠코의 선글라스를 벗기려 한다. 메드베젠코는 처음 있는 일이라 자신도 모르게 본능적으로 움찔한다.

마샤는 그의 선글라스를 벗긴다. 메드베젠코는 마샤가 자신의 눈을 보지 못하게 고개를 살짝 돌린다.

마샤는 부드러운 손길로 그의 얼굴을 자기 쪽으로 돌려 그의 눈을 바라본다.

익연

마샤 집으로 가자…. 노력해 볼게… 술… 말… 야….

메드베젠코는 그녀를 처음으로 거부한다.
그의 거절에 적잖이 충격을 받아 뛰어나가는
마샤.

메드베젠코 (외치며) 오늘, 나 기다리지 마!

이때 울리는 경찰 사이렌 소리. 형사 루진 프라
우다와 경찰들 들이닥친다. 순식간에 달라진
뮤자베니트 안의 분위기.

형사 (메드베젠코를 거칠게 제압하고 수갑을 채우
며) 세묜 세묘노비치 메드베젠코! 당신을 콘스
탄틴 가브릴로비치 뜨레쁠레프의 살인 용의자
로 긴급 체포합니다. 당신은 모든 질문에 묵비
권을 행사할 권리가 있습니다. 지금부터 당신
이 하는 모든 발언은 법정에서 불리하게 작용
할 수 있으며, 당신은 변호사를 선임할 권리가
있습니다!

조명 아웃.

김수연

제3막

1장 비밀

쏘린의 저택 별관 서재. 뜨리고린, 마샤, 아르
까지나, 알렉산드르.

원고 집필에 열중하여 매달리고 있는 뜨리고
린. 잘 안되는지 애를 먹고 있다.
마샤 등장.

마샤   선생님. 읽어 보셨겠죠?

뜨리고린   (아주 깜짝 놀라며) 마샤. 이 시간에… (난감해
하며) 제가 연락드린다고 말했잖아요. 보시다
시피 작업 중이에요…. 조금 예민해요… 시기
적으로….

마샤   선생님. 저 정말 이제 버틸 힘이 없어요. 찾아
간 모든 출판사가 만나 주지 않거나 일방적으
로 약속을 파기했어요. (쭈뼛거리며) 원고를 읽
어 봤다는 출판사 대표와 만났는데요….

뜨리고린   (담담하게) 그래 뭐라고 하던가요?

마샤   말하지 않을래요.

뜨리고린 더 이상 묻지 않는다. 뜨리고린이 아
무 말 없이 자신의 일에 집중하자 스스로 이야
기를 쏟아내는 마샤.

마샤 그 사람들은 뜨레쁠레프의 글을 이해하지 못해요. 아 참, 원고에 대한 비밀 지켜 주셨죠? 전 솔직히요. 뜨리고린 선생님의 모든 면을 존경하지는 않아요. 죄송해요. 하지만 그건 선생님도 아실 거라고 생각해요…. 그래도 선생님의 지성이나 작품 세계에 대한 혜안은 절대적으로 믿어요. 제발 뜨레쁠레프의 원고를 읽어 주세요. 그 사람 원고를 출판하는 거, 그게 제 삶의 유일한 이유예요.

뜨리고린은 한참 동안 마샤를 응시한다.

뜨리고린 마샤. (그는 그녀가 앉을 수 있도록 자리를 마련해 주며) 여기 앉아 봐요. 그래요. 당신의 마음을 충분히 알겠어요. 그러면 저도 고백하죠. 네, 사실은 다 읽어 봤어요.

마샤 (진심으로 놀라 기뻐하며) 너무 떨려요! (마치 중요한 일을 앞두고 의식을 치르듯 몸을 추스르며 술 마실 설렘으로) 선생님 외람된 말씀입니다만, 저 앉기 전에 술을 좀 마셔도 되나요? 술이 긴장 해소에 얼마나 도움 되는지 모르실 거예요. 새로운 출판사에 들어가게 될 때마다 몰래 마셔 댔어요. 좀 솔직해져도 되죠? 어차피 저에 대해 다 아시니까요.

뜨리고린 (웃으며) 원하는 대로 해요.

마샤 (술 때문에 기분이 무척 좋아져서) 술은 마셨

김수연

지만 술 냄새를 풍길 수 없어서 향수를 막 뿌려 댔더니 글쎄, 한 출판사 사장이 자기도 술을 마시고 왔다고 애쓰지 말라는 거예요. 도리어 저보고 가진 술이 있냐고, 같이 마시면서 이야기 하자고… 위로받는 기분이었어요. 이거 말고 다른 건 별 위로가 안 돼요. 마음대로 말하고, 숨을 쉴 수 있죠. 선생님도 술을 좀 드시고 글을 써 보시면 새로운….

뜨리고린   (아주 진중한 태도로) 뜨레쁠레프의 글에는 크게 두 가지 장점이 있어요. 하나는 감각이 매우 젊다는 것, 그리고 자유롭게 썼다는 것.

마샤, 침을 꼴깍 삼키며 바짝 붙어 앉는다.

뜨리고린   조금 부담스럽네요.
마샤   (멋쩍어하며) 네에.

마샤, 일정한 거리를 두고 앉는다.

마샤   (매우 궁금해하며) 그리고 또?
뜨리고린   주제가 참신하다는 점? 몽환적이에요. 보이지 않는 세계를 꽤 섬세하게 표현했는데, 신선해요.
마샤   출판 가능하죠? (매우 감격하며) 그래, 그렇다니까! 그럴 줄 알았어!
뜨리고린   (침착하게) 아니요. 글의 단점이 너무나 많

익연

고…. 짜임새가 없어서 스토리가 전혀 매력적이지 않아요…. 한마디로 기본기가 전혀 안 잡혀 있다는 말이에요. 누구도 출판해 주지 않을 거예요. (마샤를 달래며) 이제 결혼 생활의 새로운 재미를 찾아보는 것이 어떨까요? 우리 모두 상처는 잊고, 그동안 황폐해진 삶을 좀 복구할 필요가 있지 않겠어요?

그녀는 깊이 좌절했지만, 수긍한다. 그리고 원고를 가지고 일어선다.

뜨리고린   마샤. 그건 당신의 것이 아니에요. 애타게 찾고 있어요, 누군가.[14] 경찰에 알리지 않을게요. 걱정 말고 두고 가요.

이때, 블랙이지만 화려한 의상을 입은 아르까지나와 알렉산드르 등장한다.

마샤   (원고를 아르까지나의 손에 쥐여 주며 울먹거린다) 죄송해요. 늦게 돌려드려 정말 죄송해요.

흐느끼며 뛰어나가는 마샤.
아르까지나는 손에 쥐여 있는 원고를 본다. 자세히 보니 죽은 아들의 필적이다. 원고지에 쓰인 아들의 필명을 보는 순간 울컥한다.

---

14   아르까지나를 의미한다.

김수연

아르까지나 (알렉산드르에게 과장된 태도로) 어떻게 이런
우연이 있어요? 당신 운이 좋은 남자군요! 하
지만 잠시만요. 좀 더 이야기를 나눈 후에, (의
미심장하게) 차례대로… 차근차근.

아르까지나는 원고를 책장 어딘가에 밀어 넣
는다. 지금 그녀는 새로운 연인이 생길지 모른
다는 설렘에 살짝 들떠 있다. 뜨리고린을 슬쩍
바라보는 아르까지나, 자신의 집에서 뜨리고
린부터 나가도록 해야 한다.
알렉산드르라는 아르까지나의 새 남자는 뜨리
고린도 익히 들어 잘 알고 있는 영화감독으로
얼마 전부터 업계에서 주목받고 있다. 뜨리고
린과 알렉산드르는 오늘 처음 만났지만 서로
의 업적에 대해 존중하고 있었으므로 진심을
다해 존경을 표하며 인사를 나눈다.

아르까지나 인사하세요. 여기는 보리스 알렉세예비치 뜨
리고린 작가님. 그리고 여긴 영화계에 떠오르
는 샛별, 알렉산드르 한스 트레브릭. 얼마 전
칸 영화제 경쟁 부문에서 대상은 놓쳤지만 음,
괜찮아요. 아직 젊어서 기회가 많을 거예요.
열 번은 받을 수 있을걸? (뜨리고린에게) 하지
만 각본상을 받은 아주 미래가 촉망받는 감독
이에요. 독일에서 영화 촬영을 마치고 귀국하
자마자 내게 찾아왔어요. 6개월 전부터 나에게

익연

이메일을 보내서 함께 영화를 만들자고 했는데, 바로 얼마 전에야 답을 줬어요. 그리고 우린 이렇게 만나게 되었어요. 며칠째 근처 호텔에 묵고 있어요.

알렉산드르 뜨리고린 선생님. 실제로 뵙게 되어 영광입니다. 저는 선생님 작품을 모두 읽었습니다.

아르까지나 이분은 칭찬에 약해요. 칭찬하면 유혹에 취약한 상태가 되거든. 어떤 부탁을 해도 다 들어줄지 몰라요. 그러니까 살살~.

기품 있게 악수를 건네는 알렉산드르.
젊은 남자 알렉산드르의 손목에서 팔꿈치까지 이어진 근육이 멋지다. 뜨리고린의 손을 기쁜 마음으로 흔드는 알렉산드르의 모습에서 건강한 에너지가 느껴진다.
뜨리고린, 힘이 달린다.
두 사람 사이의 묘한 기류. 살짝 기분이 상하는 뜨리고린.

뜨리고린 어린 나이에 큰 성공을 하셨군요. 많은 사람들과 함께하는 영화 작업은 또 어떤 식으로 진행되는지 궁금하군요. 적어도 외롭진 않겠죠? 배우들도 많을 테고…. 독일 올 로케였나요?

알렉산드르 네. 독일과 프랑스에서 진행했고, 모스크바에서 몇 신만 더 촬영하면 완전히 끝납니다. 저흰 모두가 함께여서 외롭진 않지만 촬영 종료 후

김수연

팀이 해산하고 나면, 그래서 몇 배의 고독감을
느끼죠.

아르까지나 두 사람, 서로의 일에 대해 관심이 많았군요.
잠시만요. 차를 가져올게요.

아르까지나가 자리를 비우자 약간 어색한 뜨
리고린과 알렉산드르.

알렉산드르 두 분이 여전히 함께 지내시는군요. 정말 보기
좋습니다.

뜨리고린 무슨 뜻이죠?

알렉산드르 (매우 들뜬 기분을 가까스로 누르며) 정말 멋진
배우예요. 전, 아르까지나 씨가 나오는 작품들
을 모두 보고 자랐거든요. 그래서 매우 가깝게
느껴져요. 영화를 해야겠다고 마음먹은 것도
아르까지나 씨와 꼭 함께 작품을 해 보고 싶어
서였습니다. 실제로 보니까 더 멋진 것 같아요.
식사를 하고 시나리오 이야기를 했는데, 시간
이 얼마나 지나갔는지 알아차리지도 못했어요.
시간을 초월한 매력이 있는 것 같아요, 저분은.

뜨리고린 멋진 여자죠. 그래서 좀 다루기가 수월하진 않
고요.

알렉산드르 (아르까지나에게 완전히 반했음을 세련되게
표현하며) 다룬다뇨? 저런 분을 다룰 수가 있
을까요? 그저 자신의 존재로서 빛날 수 있게
내버려 두는 것이 아마 저분을 가장 잘 다루는

익연

방법일 겁니다.

뜨리고린　(야릇한 눈초리로) 친구가 별로 없나 봐요.

알렉산드르　(지지 않으며) 네?

뜨리고린　아니… 내 책도 다 읽고, 저 사람 작품들도 다 봤다고 하니까. 한창 즐길 땐데.

알렉산드르　(개의치 않으며) 그럼요, 다 봤죠. 선생님의 책 중 일부는 최소 두 번씩 읽었습니다. 저는 선생님의 책 중에 『낮과 밤』이 제일 좋았습니다. 서정적이었어요.

뜨리고린은 금세 기분이 좋아져서 괜히 헛기침을 한다.

알렉산드르　(계속 이어 가며) 『낮과 밤』, 『붉은 피』, 『지워진 미래』, 전 선생님의 작품 중에서 이 세 작품을 가장 좋아합니다. 지문들이 사려 깊고 품격 있어요. 예를 들어서, (기억을 더듬으며) '신중함을 고민 중인… 두 입술'이라던가…. '고뇌를 보여주는… 은빛 머리카락'…. 이런 문법이 클로즈업과 굉장히 잘 연결되는 소설의 서술 언어인데, 사실 이건 보는 이의 철저한 주관적 태도거든요. 보는 이의 시선이 자신이 바라보고 있는 대상을 미화하는 건데, 이게 카메라의 관음적인 시선과 잘 맞는다는 건 뭐 익히 아실 거고. (자신감 넘치는 태도로) 외람된 말씀이지만, 소설과 영화 모두에서 좀 새로운 문법이 좀 필요

김수연

한 것 같아요. 뭐랄까, 어떤 클리셰 말고요. 제가 이번에 칸에서 각본상을 받은 작품이 그런 클리셰를 파괴한 문법들을 적극적으로 써서 상을 받았던 것 같단 말이죠. 그런데 결국 심사위원들에게 마이너스를 받은 요인은 기성세대들이 만들어 놓은 그런 클리셰를 너무 깨뜨리고 지나치게 새로운 것을 제시한 때문이 아닐까 하는 생각은 듭니다. 사실 뭐 아직 시작 단계라 많이 세련되지 못한 것도 사실이구요. 아직 저만의 스타일을 인정받지 못한 것 같아요. '이런 게 있다. 한번 봐라' 이 정도 차원에서 끝난 것 같아요. 제 스타일을 먼저 확고하게 제시를 해야 평단의 인정도 받고, 그걸 또 완전히 부수고 새로운 시도를 함으로써 자기 복제를 끝낼 수 있는 거잖아요.

뜨리고린 우린 각자마다 한 세계를 가지고 있고, 그래서 자기 복제를 피하기 어렵죠. 우리가 늘 새로운 경험을 할 순 없으니까. 나이가 들수록 더 그렇게 될 거고. 그게 어려운 숙제예요.

알렉산드르 아닙니다. 선생님께서는 자기 복제를 피하고 있는 작가라고 생각되는걸요. 『낮과 밤』, 『붉은 피』, 『지워진 미래』와 비슷한 시기에 쓰인 작품들은 결이 비슷하다고 느껴요. 그런데 최근 작들은 자기 복제를 피해서 다른 시각들을 제시하셨더라구요. 어떤 것은 완전히 그 결이 다른데 '호숫가의 여인'이 특히 그랬어요. 여성관

익연

이 굉장히 변하셨더라구요. 구체적이고 에로
틱하면서 어떻게 보면 또 여성 혐오주의가 살
짝 배어 나오기도 하구요. (말을 매우 망설이
며) 아… 독자로서 욕심이 좀 생기는데, 조금
만 더… 뛰어넘으면 어떨까 하는데 말이죠.

뜨리고린 (기분이 살짝 상해서 헛기침하며) 음, 계속해
봐요.

알렉산드르 사실 뜨리고린 작가님 '같은 정도의' 작가들
은 과거부터 존재해 왔고, 지금도 몇몇을 나열
할 수 있죠. 저는 이런 생각을 합니다. 선생님
같이 유명한 작가분께서 뭔가 전위적인 작품
을 쓰시고, 남녀의 애정사가 아니라 완전히 세
계를 전복시키는 뭔가 새로운 것을 하실 수 있
지 않을까…. 그게 뭘까… 새로운 언어, 문체
나 문법에 구애받지 않는 독특한 형식! 뭔가를
완전히 비틀어서 세계의 통합, 통섭? 모르겠
어요…. 뭔지 정확하게… 뜨리고린 선생님께
서도 확실한 변화, 예술관의 전복? 뭐 그런 것
이 생긴다면, 러시아의 대문호로 기억될 수도
있지 않을까요? 그런 욕심은 없으시죠? 칸딘
스키도 처음엔 사실적인 그림을 그렸고, 그래
요, 몬드리안도 처음엔 사실적인 그림을 그렸
죠. 하지만 그들의 후작들은 추상적이면서 통
섭적인 예술 세계를 추구했던 거죠. 분명 그들
의 예술관을 뒤집는 어떤 깨달음이 있었을 거
라고 전 봅니다.

김수연

(흥분해서) 아! 그런데, 죽은 뜨레쁠레프 씨의 소설에는 그 가능성이 처음부터 과감하게 열려 있더라구요. 너무 신선했죠. 러시아에 이런 작가가 있었나 하고 생각했죠. 읽어 보셨나요? (대답도 기다리지 않고) 안타까워요. 정말 안타까워요. 러시아는 새로운 물결을 일으킬 신진 아티스트를 잃었어요. 자신만의 시각과 언어를 발전시킬 수 있었을 텐데! 자살…. 입에 올리기 힘든 말이지만, 창작자라면 누구나 그런 자기 파괴적인 생각을 하죠. 어쨌든 그분의 작품을 영화화하고 싶었어요. 아르까지나 씨에게 이메일을 보낸 지 반년이 넘었는데 전 포기하지 않았죠. 너무 늦게 확인하시는 바람에 그사이에 뜨레쁠레프 씨가 세상을 떠났지만…. 사람들이 뜨레쁠레프 씨의 작품에 정말 악평을 많이 하더라구요. 그건 아집과 고집에 꽉 찬 오래된 '꼰대'들이나 그럴 거예요. 왜 새로운 작품의 탄생을 눈치채지 못할까요? 아마도 그건 인정하기 싫어서일 거예요. 제 대학원 박사 졸업 논문에 뜨레쁠레프 씨 작품 중 일부를 레퍼런스로 삼아서 연구할 예정입니다. 아르까지나 씨와 뜨레쁠레프 씨 모두 제겐 멋진 예술가들이죠. 아, 물론 선생님두요. 뜨레쁠레프 씨의 작품을 각색해서 영화화하는 게 제 다음 목표입니다. 판권을 사고 싶어요. 제가 뜨레쁠레프 씨의 다른 습작들도 너무 보고 싶다

익연

고 아르까지나 씨를 졸라서 여기까지 따라오
게 됐습니다.

아르까지나 등장.
화려한 홈드레스로 갈아입었다.

아르까지나 (새침하게) 서운해요, 알렉산드르. 내 아들의
작품을 사랑해 줘서 정말 고맙지만, 여기 온 이
유가 그게 전부인가요? (까르르 웃으며) 그게
전부는 아닐 텐데….

알렉산드르 (동물적 감각으로 기회를 알아차리고) 결코 그
게 전부가 되어선 안 되겠죠.

아르까지나 (차를 건네며) 두 사람, 무슨 이야기 중이었어
요?

관능적인 기분에 살짝 도취되는 아르까지나.
알렉산드르에게 대담하게 스킨십을 한다. 움
찔 놀라지만 매우 황홀해하는 알렉산드르. 간
지럼을 타는 것처럼 천진난만하게 웃는다.
곁눈으로 보는 뜨리고린.

알렉산드르 (얼굴이 새빨개져서 당황하며) 아, 아무, 아무
래도 오, 오늘은 가 봐야 할 것 같습니다! (차를
마시다 깜짝 놀라며) 앗, 뜨거워!

아르까지나 벌써요? 아직 작품 이야기를 다 못 했잖아요.

뜨리고린 그래요. 더 있다 가요, 알렉산드르 씨.

알렉산드르 오늘 밤은 가보도록 하겠습니다. 아르까지나 씨에게 뜨레쁠레프 씨의 습작에 대해 이야기를 들어야 하니, 그 이야기만 나누고 가겠습니다. 하지만 다음엔 뜨리고린 씨와도 더 많은 이야기를 나누고 싶습니다.

아르까지나는 부탁의 의미로 알렉산드르에게 키스한다. 알렉산드르는 아르까지나에게 아쉬운 작별 인사를 귓속말로 전하고 자리를 떠난다. 자지러지는 아르까지나. 뜨리고린은 겉으로 비웃는 듯 보이지만, 질투심과 소유욕에 온몸의 피가 거꾸로 솟는 것 같다. 알렉산드르가 떠나는 모습을 완전히 확인한 아르까지나는 태도가 돌변한다.

뜨리고린 진심이야?

아르까지나 뭐가? (알렉산드르를 말한다는 걸 알아듣고) 아~. 그러니까 위자료를 빨리 해결해 줘. 그리고 당장 남은 짐을 싸. 내가 저분을 모셔 오는데 얼마나 힘들었는지 알아? 아직까지 뭉개고 있는 바람에 완전히 다 틀렸잖아!

뜨리고린 당신이 원하는 걸 저 애송이가 줄 수 있을 거라 생각해?!

뜨리고린은 아르까지나를 자극하지만 그녀는 눈길을 피한다. 큰 가방에 자신의 짐을 넣는 뜨

익연

리고린. 아르까지나는 뜨레쁠레프의 원고를 살짝 펼쳐 본 후, 원고를 서랍 속에 넣는다. 뜨리고린, 퇴장한다. 혼자 남은 아르까지나는 거울을 보고 서둘러 속옷을 정리한다. 그리고 알렉산드르에게로 간다.

아르까지나 알렉스~! 어디 있는 거예요? 알렉스~!

빈방. 그리고 정적.

그녀가 나가자마자 뜨리고린이 쏜살같이 방으로 들어와 급히 서랍을 연다.
이때, 향수를 뿌리지 않음을 깨달은 아르까지나가 방으로 들어오다 멈춰 선다. 그녀는 원고를 보고 있는 뜨리고린을 발견한다.
원고 내용을 종이에 빠르게 옮겨 적다가 이내 카메라로 내용을 찍고 있는 뜨리고린. 마음이 급해 잘 안된다.
아르까지나는 숨죽이고 지켜보고 있다.
뜨리고린은 안 되겠는지 자신의 가방에서 원고 더미를 꺼내서 뜨레쁠레프의 원고와 자신의 원고 일부를 바꿔치기한다.
아르까지나는 이 모든 것을 지켜보고 있다.
뜨리고린이 완벽하게 일을 끝냈다고 생각하고 홀가분한 마음으로 뒤도는 순간, 그는 자신의 모든 행동을 아르까지나에게 들켰음을 알

김수연

게 된다. 수치스러움도 잠깐, 아예 정면승부 해
야겠다고 결심한 뜨리고린. 자신도 모르게 원
고를 손에 꽉 쥔다. 이대로 무너질 수는 없다는
강철 같은 의지가 그의 손아귀에서 드러난다.

아르까지나는 직감한다. 매우 흥미롭고 중대
한, 도발적인 사건이 일어났음을. 그녀는 압박
하듯 뜨리고린에게 다가간다. 뜨리고린은 움
찔하지만 원고를 놓지 않는다.

아르까지나　무슨 수작이야? 당신이 무슨 생각을 하고 있는
　　　　　　지 난 다 알고 있어.

뜨리고린　　어차피 당신에겐 의미가 없는 거잖아.

아르까지나　원고를 이리 내!

뜨리고린　　그의 작품을 조금 참고한다는 거야. 그의 글이
　　　　　　출판되면 그도 좋아할 거야.

아르까지나　당신이란 사람 재밌는 사람이야. 내 아들의 모
　　　　　　든 것을 훔치려고 하네. 당신의 소설 속에 고매
　　　　　　한 언어가 당신이야? 아님, 쥐새끼처럼 남의
　　　　　　곳간을 기웃거리며 남의 것을 갉아먹는 저열
　　　　　　한 모습이 당신이야? 아마 둘 다겠지? 당장 이
　　　　　　집에서 나가.

뜨리고린　　당신 곁에 머무르고 싶어 당신을 위해 할 수 있
　　　　　　는 일이 무엇인지 생각해 본 거야! 당신이 원하
　　　　　　는 것이 정말 내가 떠나는 거야? 그걸 원해? 솔
　　　　　　직해져 아르까지나. 저 애송인 당신을 몰라. 아

익연

무것도 몰라. 아무것도 모르기 때문에 이미 만들어진 질서에 대해서 이러쿵저러쿵 떠들어대며 흠집을 잡는 것밖에 할 줄 모르는 거야. 저 자식이 뭔가 새로운 대안을 제시하는 것 같지? 아니! 새로운 걸 제시하는 사람들은 과거에도, 더 더 과거에도 항상 있어 왔어. 제대로 이룬 것이 아무것도 없기 때문에, 뭔가 이룬 사람들을 비판하면서 주목을 끄는 것뿐이야! 왜냐고? 그래야 자신이 특별해 보이니까.

아르까지나   상관없어. 지금 내 곁에 머무르길 원하는 사람은, 미안하지만 러시아가 주목하고 있는 떠,오,르,는,샛,별, 저 신진 작가 알렉산드르야. (밖을 향해) 알렉스~ 잠시만 기다려요!

뜨리고린   (말을 막으며, 질투심에 기가 차서) 알렉스? 알렉스?!

아르까지나   어. 알렉스! 저 앤 내가 나오는 모든 연극을 다 보고 자랐대. 당신이 반기지 않는 주름진 내 몸뚱아리와 화장 밑에 숨겨진 기미와 내 몸 곳곳에 숨겨져 있는 (자신의 생식기를 가리키며) 하얀 털들도, 그는 명예나 훈장처럼 보더라고. (묵은 분노를 터트리며) 난 당신이 왜 니나에게 빠졌었는지 비로소 그걸 이해하게 됐어! 나도 당신이 니나를 당신 글의 재료로 삼고 버린 것처럼, 알렉산드르와의 경험을 내 연기 재료로 삼을 예정이야! 난 습득력이 뛰어나다고 이야기했지? 당시엔 당신이 미쳤다고 생각했는데,

김수연

지금 이 만남에는 말이야, 몰입이라는 것이 있어서 나를 흥분시키고, 내 에너지가 바깥 세계에 존재해서 그걸 쫓아가느라 너무 바빠. 그게 마치 젊었을 때의 나의 에너지를 그대로 재생한 것 같아….

당신은 니나를 소설의 재료로 삼고 버렸어. 하지만 나는 알렉산드르가 나를 버릴 때까지 결코 떠나지 않을 작정이고, 보살펴 줄 거야. 그게 당신과 내가 '근본적'으로 다른 점이야. 당신과 한시도 마주하고 싶지 않아. 나가. 알렉스가 (섹스를 상징하는 제스처를 취하며) 기다리고 있어.

질투심에 사로잡혀 부들부들 떠는 뜨리고린. 아르까지나로 인한 질투심이라기보다는 젊은 남자를 향한 설명하기 힘든 패배감이 그를 지배한다. 자존심이 깊이 상한 그는 이내 탐욕적인 생각에서 벗어나 원고와 재기에 대한 집착을 포기하고 돌아 나간다.

이때, 아르까지나가 뜨리고린을 시험한다. 그녀는 뜨레쁠레프의 원고를 찢어 없애버리려한다. 갑자기 정신이 번뜩 든 뜨리고린은 아르까지나에게 달려간다.

뜨리고린   뭐 하는 거야!

아르까지나   (폭발적으로) 주인이 없는 이깟 원고가 뭐야!

익연

이게 뭐라고!

뜨리고린은 그녀를 막지만, 그녀는 완강하다. 그는 그녀를 막을 방법을 찾지 못해 안절부절 못하다가 최후의 수단으로 무릎을 꿇는다. 그는 처음으로 무릎을 꿇었다.

뜨리고린 제발. 그러지 마! 제발⋯. 어떤 것을 복구해서 그 전보다 나은 상태로 만들기 위해서는 그 이상의 것과 새로운 패턴이 필요한데, 이 원고 안에 그게 있어. 저 애송이는 당신을 위해서 할 수 없다니까. 본질을 건드려야만 클래식이 될 수 있어! 난 그걸 알고, 해낼 수 있어. 약속해.

아르까지나 필요 없어. 더 이상의 새로운 삶도 지긋지긋해. 원하지 않아.

아르까지나는 냉정하게 뒤돌아서 나간다.

뜨리고린 (아르까지나의 뒷모습을 향해) 내가! 잘못했어! 당신에게 진심으로 용서를 구해!

순간 멈추는 아르까지나. 천천히 뒤돌아본다. 무서운 표정의 아르까지나.

아르까지나 무슨 용서를 구한다는 거지?
뜨리고린 내 과거.

김수연

아르까지나	무슨 과거?
뜨리고린	해서는 안 되는 부도덕한 일을 저질렀어.
아르까지나	….
뜨리고린	당신 아들의 여자를 몰래 만나고, 당신을 기만했어…. 아이를 낳았고, 파렴치한 행동을 1년이 넘게 저질렀어.
아르까지나	….
뜨리고린	핑계… 핑계를 댔어. 결과론적으로 소설을 쓰는데 도움이 되었다고.
아르까지나	….
뜨리고린	예술을 위해서였다고… 출발이 내 개인적 욕망이었고, 그걸 억제하지 못했던 것에 용서를 구해… 결과적으로 작품에도 악용했어….

야릇한 미소를 짓는 아르까지나. 승리의 미소다.

사실 아르까지나는 아까 전부터 뜨레쁠레프의 소설을 뜨리고린에게 넘기겠다고 결심했다. 다만 그녀는, 어떻게 뜨리고린을 자신이 원하는 방향으로 움직여 평생의 노예로 만들까를 고민했던 것이다. 그러나 그녀 자신도 죽은 아들에게 이렇게까지 해야 하는 자신의 처지에 깊은 애통함을 느끼고 있다.

아, 삶이여… 그리고 신이여… 왜.

조명 아웃.

익연

2장 Panopticon, 심문[15]

경찰서 심문실. 메드베젠코, 루진 프라우다
(형사).

형사 세묜 세묘노비치 메드베젠코. 맞습니까?

메드베젠코 네.

형사 당신은 콘스탄틴 가브릴로비치 뜨레쁠레프 사
건의 살인 용의자로, 최종 지목되었습니다. 죽
은 뜨레쁠레프 씨의 찢겨진 원고 조각들이 최
초 현장에 있었다는 증언을 확보했고, 살인 용
의자에 의해 도난당했다고 판단했습니다. 그런
데 공교롭게도 원고뿐만 아니라 고인의 기록물
들 대부분이 선생의 댁에서 발견되었습니다.

메드베젠코 원고와 기록물들! 그것들이 제가 살인을 했다
는 증거가 됩니까?!

형사 결정적으로 현장에 있던 총기에서도 선생의 지
문이 발견되었습니다. 죽은 뜨레쁠레프 씨의
원고와 기록물들이 왜 선생의 집에 있었는지,
어째서 총에서 선생의 지문이 발견되었는지 밝
히지 못한다면 법의 처벌을 받을 겁니다. 만약,
결백하다면 재판을 통해 밝혀야 할 거구요.

메드베젠코 ….

형사 사건 당일, 현장에 있던 사람들 모두 로또 게임

---

15 본 장 '심문'은 원작 「갈매기」의 마지막 장에서 얻은 정
보를 모티브로 하여 사건을 구성하고 발전시켰다.

김수연

을 즐기고 있었던 그 시각, '유일하게' 자리를 비우셨죠?[16] 총성이 울리던 그때, 어디에 계셨나요?

메드베젠코 저는 그날 일찍 집에 갔습니다.

형사 왜죠?

메드베젠코 아이가 어려서 돌볼 사람이 필요했습니다. 아직 10개월밖에 안 되어서요.

형사 부인 되시는 분은 거기 그대로 남고요?

메드베젠코 네. 저 혼자 갔습니다.

형사 혼자 가셨군요?… 사건 발생 3일 전부터 부인이 뜨레쁠레프 씨 댁에 머물렀다고 하던데[17] 사실입니까?

메드베젠코 네.

형사 왜죠? 주변 사람들 말로는 자주 있는 일이었다고 하던데.

메드베젠코 그 집을 관리하시는 장인 장모님을 돕기 위해서입니다.

형사 단지 그 이유인가요?

메드베젠코 네.

형사 (날카롭게) 그날 현장에 있던 사람들 말로는 메드베젠코 씨가 집에 돌아가겠다고 작별 인사까지 한 후 다시 돌아와 합류했다고 하던데요.

---

16   원작에서 메드베젠코는 유일하게 사건 현장에 없었다.

17   원작 「갈매기」 4막에서 마샤는 3일 동안 쏘린의 저택, 즉 뜨레쁠레프의 집에 머물렀고, 메드베젠코는 마샤에게 집에 돌아와 줄 것을 부탁한다.

익연

메드베젠코   아! 네. 그랬었습니다.

형사   왜죠?

메드베젠코   집에 돌아갈 수 있는 상황이 여의치가 않아서
       요.

형사   상황의 여의치 않았다? 귀가를 '번복'[18]하셨군
       요.

메드베젠코   네.

형사   이후에는 확실히 댁으로 가셨고요?

메드베젠코   네.

       메드베젠코의 행동을 자세히 살피는 형사.
       자못 긴장한 메드베젠코.

형사   메드베젠코 씨. 현재 상황이 메드베젠코 씨께
       여러 가지로 어렵다는 것을 말씀드려야겠습니
       다. 우선, 목격자의 결정적 증언이 확보됐습니
       다. 목격자는 뜨레쁠레프 씨 시체를 발견하고
       테라스로 통하는 창문을 열자, 창밖 정원에 누
       군가 서 있다가 황급히 도망쳤다고 하더군요.
       현재 저희는 그 '누군가'가 메드베젠코 씨라고
       확신하고 있습니다만, 정황 증거밖에 확보하
       지 못했습니다. 결정적 물증을 찾으려고 CCTV
       기록을 조사했는데, 참 이상하게도 총성이 울

_____

18   원작 「갈매기」 4막에서 메드베젠코는 집으로 가라는 마
      샤의 종용에 그러겠다고 하고 퇴장한 후, 장인이 말을
      내주지 않아 가지 못했다며 번복하며 재등장한다.

김수연

린 그 시각과 그 시각 직전, 직후의 녹화기록이
유일하게 손상되어 있더군요.

메드베젠코 (확고하게 주장하며) 전 그 시간에는 그곳에 간
적, 없습니다.

형사 (날카롭게) 다른 시간에는 가셨고요? (사이) 손
상된 영상 이외의 녹화 기록은 모두 남아 있었
는데, 놀랍게도 메드베젠코 씨가 찍혀 있더군
요. (증거 사진 몇 장을 내밀며) 이것은 사건 전
날 저녁 7시 30분경인데, 메드베젠코 씨 혼자
서 정원 테라스 부근을 서성이기도 하고, 호숫
가에 있는 가설무대 커튼 뒤에 몸을 숨겼다가
나오기도 하고.[19] (다른 사진들을 내밀며) 이것
은, 사건 당일 기록입니다. 정확히는 사건이 일
어나기 1시간 전이고요. 전날과 비슷한 행동을
하고 계시고요.

메드베젠코 (무척 당황하여) 제가 테라스 쪽 정원에 갔던
이유는 가설무대 때문입니다. 호숫가 부근에 2
년 넘게 방치된 가설무대가 이제 너무 낡아서
철거를 하는 게 어떨까 해서 자세히 살펴보기
위해서였습니다.[20]

형사 가설무대 철거를 메드베젠코 씨가 왜 신경 쓰

---

19 원작 「갈매기」 4막에서 메드베젠코는 사건 전날 저녁에
가설무대 앞을 지나갔다고 마샤에게 말한다. 대사 내용
을 모티브로 행적을 상상하여 구성하였다.

20 원작 「갈매기」 4막에서 메드베젠코는 정원의 가설무대
철거에 대해 고민하고, 마샤에게 이야기한다.

익연

시는 거죠?

메드베젠코 결국 장인 장모님의 업무니까, 저도 뭔가 도움이 될까 해서죠.

형사 그런데 왜 숨기셨죠?

메드베젠코 (무척 당황하며) 숨기다뇨. 숨긴 적 없습니다. 뜨레쁠레프 씨의 일과는 관련조차 지은 적이 없어서 그게 그렇게 연결될지 생각조차 못 했던 것뿐입니다. 그리고 괜한 오해를 살까 봐, 두려워서 그런 겁니다. 가설무대에서 바람이 불 때마다 이상한 소리가 들렸는데 아마도 커튼이 원인인 것 같아서 그걸 확인하려고 커튼 뒤쪽으로 돌아가 살펴본 것이 전부입니다.

형사 아니오! 당신은 사람들에게 집에 가겠다고 하고 그 집 내부에 숨어 있을 은신처가 필요해서 커튼 뒤를 탐색하러 들어갔겠죠! 그 누구도 오랫동안 버려진 호숫가 가설무대 따위엔 관심 없으니까! 아주 적당했겠죠! 당신이 사건 당일, 집에 가겠다고 작별 인사까지 하고선 번복하여 되돌아온 건, 뜨레쁠레프를 죽이기 위한 정확한 타이밍 계산에 실패해서 뜨레쁠레프의 내부 위치를 다시 파악하기 위해서였고!

메드베젠코 형사님. 왜 이러십니까. 도대체 무슨 말도 안 되는 소리를 하는 겁니까! 그날 거기 같이 있던 사람들을 불러 주세요! 오해하시고 있는 걸 깨끗이 해명해 줄 겁니다.

형사 해명이요? 어쩌죠? 이미 하고 갔습니다. 좀 전

김수연

에 그 댁에서 일하는 릴 양도 증언을 마쳤고요. 릴 양의 증언에 따르면, 사건 당일 뜨레쁠레프 씨는 가족들에게 식사를 하지 않겠다고 말했고,[21] 그런 일은 자주 있는 일이라… 뜨레쁠레프 씨의 식사만 따로 준비해서 방으로 가져갔다고 하더군요. 그런데 뜨레쁠레프 씨가 누군가와 다투는 듯하는 소리가 들려서… 방문 가까이 가지도 못하고, 저녁을 물렸다고 증언했습니다. 릴 양은 저녁 식사를 하시는 분들 중에 '메드베젠코 씨만 안 계셔서'[22] 당연히 선생과 함께 있는 거라고 생각했다고 하더군요.

메드베젠코   전 저녁 식사 시간 직전에 집으로 갔다고요!

형사   그러니까요! 그를 죽이기로 결심했고, 계획적으로 알리바이를 만들기 위해 집으로 돌아가는 척했던 거죠. 현장에 당신이 없었다고 해야 살인을 자살로 위장할 것이니까요. 그리고 가설무대에 숨어 있다가 뜨레쁠레프의 방에 몰래 숨어들었고요!

메드베젠코   (다급해서) 아! 정원사, 정원사인 야꼬프를 불러 주세요! 가설무대 철거에 대해 틀림없이 야꼬프와 이야기했습니다.

형사   현재 야꼬프 씨는 연락이 되지 않습니다. 사건

---

21   원작 「갈매기」 4막에서 뜨레쁠레프만 저녁 식사를 하지 않고 홀로 시간을 보낸다.

22   원작 「갈매기」 4막에서 메드베젠코는 저녁 식사도 하지 못하고 홀로 집으로 돌아간다.

익연

이후 자취를 감춰버렸죠. 저희가 찾는 결정적 증거인 CCTV를 관리한 사람인데 말이죠. 당신의 알리바이를 증명해 줄 그 누구도, 현재는 없습니다. 야꼬프 씨는 어디 있습니까? 무슨 사이죠? 살인을 공모했나요? 아니면 숨도록 매수했나요?

메드베젠코 생각을 해 보세요. 제가 무엇 때문에 콘스탄틴 가브릴로비치 뜨레쁠레프를 살해하겠습니까?

형사 (메드베젠코를 응시하며) 질투심 때문이겠죠. 질투심 때문에 사람들은 가끔 나쁜 판단을 하기도 하니까요.

메드베젠코 질투한 적 없습니다!

긴 침묵.

형사 아내분이 뜨레쁠레프 씨와 각별했던 것, 알고 계셨나요?

메드베젠코 두 사람은 어렸을 때부터 아는 사이고, 친구입니다.

형사 메드베젠코 씨는 고인과 어땠나요?

메드베젠코 예… 저도 오래 알고 지냈습니다.

형사 친구였나요?

메드베젠코 예. (이내) 아니요… 아니… 잘 모르겠습니다. 친구의 기준을요.

형사 그럼, 고인의 '친구'였다던 아내분이 고인을 스토킹했다는 증언에 대해서는 어떻게 생각하십

김수연

니까?

메드베젠코 아내는 '스토킹'이나 하는 그런 한가한 여자가 아닙니다.

형사 사람들이 한가해서 스토킹을 하는 것은 아니죠. 당신 부인이 고인의 스토커라는 건 어쩌면 당신이 제일 잘 알고 있었을지도 모르겠군요…. 당신은 당신 부인 마샤가 콘스탄틴 가브릴로비치 뜨레쁠레프를 사랑하는 걸 알고 있었고, 그걸 참을 수 없었던 거겠죠? 그게 질투입니다.

메드베젠코 함부로 말씀하지 마십시오!

형사 당신 부인 이야기를 더 해 보죠. 당신 부인은 당신과 결혼 이후엔 더 노골적으로 뜨레쁠레프의 집에 머물렀어요. 그렇죠? 3일 이상 집을 비우고, 아이는 돌보지도 않았고. 당신이 몇 번이나 그러지 말라고 부탁했겠죠. 하지만 말을 듣지 않았고요. (사이) 아내가 집을 비운 그 3일 밤 내내 당신은 무슨 상상을 했을까요? 어쩌면, 그 긴 밤 두 사람이 잠자리를 하는 상상에 미쳐버릴 것 같았을지도 모르죠…. 뭐, 상상이 아닐 수도 있죠. 뜨레쁠레프 씨도 혈기왕성한, 너무나 젊은 남자였고…. 자신을 좋아한다고 매달리는 상대와 충분히 그럴 수 있죠. 외로웠을 테구요. 뭐 술김에라도…. 그래서 두 사람이 내연관계였다는 가능성도 열어 놓고는 있는 거죠.

메드베젠코 (이성을 잃지 않으려 노력하며) 그만하시죠! 지

익연

나치시군요! 무례한 언행을 계속하시면 참지 않겠습니다, 더 이상! (사이) 사실 제 아내가 산후 우울증을 조금 앓고 있어서 아무래도 장모님 곁에서 지내면 좋을 것 같았죠. 그래서 제가 직접 권유해서 그곳에 머무르게 한 것이지 콘스탄틴 가브릴로비치 뜨레쁠레프 때문에 머물렀던 것이 아닙니다.

형사 아, 그래요? 그렇게 아내를 끔찍하게 생각하는 사람이 음독자살 시도를 한 당신 아내가 밤낮이고 혼자 방 안에서 술을 퍼마시게 방치했나요? 퇴근하고 곧바로 집으로 들어간 날이 드물더군요. 당신 카드 사용 내역서를 보니 서점과 뮤자베니트라는 술집에 자주 출입했고요.

메드베젠코 아내는 혼자 치유의 시간도 필요했고, 저는 그런 아내를 도와주기 위해서 일부러 서점에서 책을 본 것뿐입니다.

형사 자살, 병적 우울, 백혈구와 과립구, 치정 살인, 사제폭탄 제조, 연쇄 살인마의 기록…. 아주 지독한 종류의 책들만 읽었잖아요! 뒤이어선 의식처럼 술집에 가서 지독한 술을 들이부었고.

메드베젠코 아니요! 그저 저는 상상하고 싶었을 뿐입니다. (괴로워하며) 이런 이야기까지 해야 하는 겁니까? 네? 제가 진 짐들은 무거워서, 제 짐들은 너무 무거워서… 전 그저, 그런 책들을 읽으며 시간을 때웠던 것뿐입니다…. 그리고 아내가 어떤 심정으로 술이란 것을 마시는지 저로서

는 도무지 이해할 수 없어서… 제 아내를 이해
하기 위해서 술을 마셔 봤습니다.

형사   아내분의 심정이 좀 이해가 되던가요? 그래요,
어떤 심정이던가요?

메드베젠코   (최선을 다해 묘사를 해 보려다 이내) 잘… 모
르겠습니다….

형사   맞아요, 메드베젠코 씨. 당신은 잘 알 수가 없
을 거예요. 당신이 말한 그 짐 때문에 남을 절
실히 이해하기 어렵겠죠. 타인을 이해하려면
최소한의 공간이 마음속에 있어야 하거든요.
어쩌면 당신에겐… 당신의 그 짐이 모든 것의
원인이었을 테죠. 조사 결과, 당신에겐 빚이 생
각보다 많더군요. 당신 부모님의 생활비도 꾸
준히 대고 있고, 동생 셋도 돌보고 있더군요.
교사인 당신 월급으로 충분하지 않을 거라고
생각되네요. 당신보다는 형편이 훨씬 나은…
당신 아내와는… 돈 때문에 결혼했을지도 모
르죠.

메드베젠코   돈이 없는 것은 사실이지만 돈 때문에 원치 않
는 결혼을 한다거나 사람을 죽이진 않습니다.
제가 돈 때문에 뜨레쁠레프를 죽였다고 생각
하십니까? 제가 뜨레쁠레프를 죽인다고 직접
적으로 돈을 얻을 수 있는 것도 아닌데, 왜 그
사람을 죽였겠습니까!

형사   돈 때문이 아니라, 정확히는 돈의 결핍으로 인
한 질투심! 패배감! 무력감! 분노 조절 장애 때

익연

문이겠죠.

메드베젠코 그는 태생부터가 저와 다른 세계 사람이었으니 동경은 했겠지만 질투할 이유? 제겐 없습니다. 패배감? 네, 솔직하게 말씀드리면… 패배감을 느낀 적은 있는데 그건! 뜨레쁠레프에게 느낀 것이 아니라 세상 속에서 저도 모르게 제가 늘 느끼고 있는… 그런… 그런… 어쩔 수 없는, 저로서도 어쩔 수 없는 감정의 종류일 뿐입니다. 무력감, 분노, 당신은 그런 걸 느끼지 않고 사나요? 네?!

형사 동경은 시간이 지나면 자주 질투로 변질되죠! 아이러니하게도 동경하던 대상과 가까워지면 가까워질수록 말이죠! 처음엔 뜨레쁠레프를 동경하며 그저 부러워했을 겁니다. 유명 배우인 어머니에, 예술적 재능에, 삼촌과 어머니로부터 물려받을 재산에, 그리고 애써 모른 척했지만 당신은 그를 향한 당신 아내의 맹목적인 사랑도 알고 있었고, 당신 장모와 장인까지도 당신보단 그를 더 아끼고 좋아했으니까요. 당신은 발톱을 숨기고 있었지만 어느 순간 못마땅했겠죠.

메드베젠코 설사 그런 감정을 느낀다 해도 누가 그 정도 감정으로 사람을 죽인답니까?

형사 그 정도 감정은 누구나 느끼지만 임계치가 넘어가면 문제가 발생한다고요. 아무나 임계치를 넘진 않죠! 당신은 임계치를 넘긴 아무 중

김수연

하나고! 당신 아내가 뜨레쁠레프와 내연관계인 것을 알게 되자 질투심과 패배감이 그걸 넘어버렸겠죠. 그래서 종종 그가 없어지면 좋겠다고 생각한 것이 살인이라는 극단적 생각까지 진행된 걸 거고.

뜨레쁠레프는 과거에 총으로 자살 시도를 한 적이 있었고, 그가 우울감에 언제라도 자살할지도 모른다고 사람들이 염려한다는 것도 알고 있었고. 그래서 자살로 위장시키기로 결심한 거죠. 자신이 사랑하던 여자 친구를 빼앗아 간 모친의 남자 친구에게 여전히 분노하고 있는 우울증 환자가, 원인 제공자인 그 남자 뜨리고린을 다시 마주친 그날, 트라우마로 인해 극단적 자살을 시도한다? 충분히 납득될 수 있는 시나리오죠! (사이) 메드베젠코 씨. 뜨레쁠레프와 당신 아내 마샤! 두 사람이 내연관계였다는 걸 증명할 자료만 충족되면 일정 부분 정상참작될 겁니다. 자백하세요.

메드베젠코   항상 이런 식으로 수사라는 것을 진행하고 원하는 자백을 강요하는 겁니까! 어림도 없습니다. 제 변호사를 불러 주세요. 당장!

형사   살인 사건의 반 이상은 이런 질투심이나 질투로 인해 변형된 감정 때문에 일어납니다. 특히 이런 치정 사건들은 예외 없이 더더욱! (잠시 생각 후 회유하며) 자, 메드베젠코 씨. 진정하시고. 담당 변호사가 오기 전에 이야기를 끝냅

익연

시다. 시간 그만 끌어요! 그래요. 우발적이었을지도 몰라요. 예! 당신이 우발적으로 그랬을지도 모른다고요.

아마 사건 당일 자존심이 크게 상한 것이 계기가 된 것이겠죠? 주변 사람들 증언에 따르면, 장인 장모와 당신 아내는 다른 사람들 앞에서 당신에게 자주 면박을 주며 무시했다고 하더군요. 사건 당일도 집으로 귀가하라며 면박 줬다죠? 그것도 뜨레쁠레프 씨가 있는 앞에서. 그렇죠? 그래서 당신은 자존심이 상한 거죠. 장인과 장모, 당신 아내 모두 뜨레쁠레프에게 친절하고, 그 사람과 당신을 늘 비교하고. 그날 따라 유독 참을 수 없었을 거고요. 그 사람들이 특별히 사랑하는 뜨레쁠레프를 파괴하고 싶은 충동을 느끼기 충분했을 겁니다. (점점 더 회유하는 태도로) 우발적으로 그런 거죠? 그래서 집에 가는 길에 다시 되돌아온 거예요. 때마침 뜨레쁠레프의 아킬레스건인 뜨리고린이 그 집에 다시 돌아오는 날이기도 했고. 어때요? 제 말이 맞습니까? 두 사람의 내연관계에, 충동적 감정 때문에 우발적으로 저지른 일이라는 것이 더해지면, 분명 더 감형될 거예요. 자, 자백합시다.

메드베젠코 뭘 자백하라는 겁니까, 도대체. 당신은 내 말을 믿으려 하지도, 아니 들으면서도 마음대로 생각하기로 작정했는데 뭘 말하라는 겁니까!

김수연

어째서 사실을 말해도 내 말을 다 무시하는 겁니까?!

형사 결정적 증거가 모두 당신을 향하고 있으니까! 총에 묻은 지문까지도!

메드베젠코 정말 내가 죽였다면, 왜 지문을 남겨 놨겠습니까!

형사 남긴 게 아니라 남게 된 거겠지. 지문을 지우는 과정에서 당신도 모르게 남게 된 거. 꼼꼼하게 처리하기엔 시간이 촉박했잖아! 아니, 어차피 자살 사건으로 처리될 거라 생각해서 이렇게 잡힐지 몰랐겠지. 그래서 그동안 안심하고 일상생활을 했던 거고!

메드베젠코 마음대로 지어내 봐! 더 마음대로 지껄여 봐!

형사 장인과 장모의 눈빛이 살인을 부추겼었나? 당신 애의 얼굴이 뜨레쁠레프를 닮아 보이는 의처증 증세까지 생긴 거였어?!

메드베젠코 미친 새끼! 그 입 닥쳐!! 치욕스러워! 그만 모독하라고! 그만!! 아무것도 모르면서, 아무것도 제대로 모르면서 함부로 지껄이지 마!…. 증오해! 그래, 증오해! 당신 말이 맞아! 난, 난! 그 인간 때문에 내 인생의 반을 패배감으로 보냈어! 아니, 내 인생의 반은 모두 엉망진창 만신창이였어! 콘스탄틴 가브릴로비치 뜨레쁠레프! 날 끝까지 괴롭히고 있어. 죽었잖아, 죽었잖아! 죽어버렸잖아! 그런데도 살아 있는 날 비참하게 만들고 있어! 어차피 이렇게 될 거였

익연

다면 내가 죽였어야 했어! 마샤는 그런 여자가 아니야! 넌 마샤에 대해서 아무것도 몰라!! 우리 사이에 대해 아무것도 몰라! 절대 널 용서 못 해!

메드베젠코는 분노를 조절하지 못한다. 폭발하는 분노를 참지 못해 난동을 일으키는 메드베젠코, 미친 듯이 형사에게 폭력을 행사한다.

조명 아웃.

3장 Panopticon, 붕괴

구치소의 면회장. 메드베젠코, 마샤.

일주일 이상의 시간이 흘렀다.
구치소 투명 창을 사이에 두고 어색하게 앉아 있는 메드베젠코와 마샤.

긴 침묵.

마샤 야꼬프가 돌아왔어. 뜨레쁠레프 장례 치르던 그날 고향으로 바로 떠나버렸다나 봐. 장례를 끝까지 볼 자신이 없었대. 그럴 만도 해. 두 사람은 아이 때부터 늘 함께했었잖아. 당신이, 이렇게 된 걸 전혀 모르고 있었더라. 그도 정신과 치료 중이더라고. 시골에 있는 그의 부모님을 설득해서 겨우 그에게 연락했어….

야꼬프가 당신을 위해서 모든 걸 증언했어. 그날 당신이 호숫가의 가설무대가 흉측하게 변한 데다 이상한 소리까지 난다고 철거를 부탁한 것도. 야꼬프가 당신 얘길 듣고, 그날 밤에 가설무대에 있었는데… 그때, 니나 미하일로브나 자레치나야가 거기로 왔었대.[23] 밤이라 어둡기도 했고, 야꼬프는 커튼 뒤에 있어서 니나는 야꼬프를 못 봤대…. 뜨레쁠레프가 밖에서 서성이던 니나를 발견하고 테라스를 거쳐 방으로 데리고 들어갔대. 니나는 뜨레쁠레프의 방에서 머무르고 다시 테라스를 통해 정원으로 뛰어나왔고…. 그리고 몇 분도 채 안 되어서 총성이 울렸대…. 그는… 혼자 그런 것이 맞아. 도른 선생님이 창문에서 목격했다던 그 사람은 니나였고. 릴이 뜨레쁠레프 서재에서 들었다던 목소리도 당신이 아닌 니나였고…. 손상된 CCTV 기록도 야꼬프가 가지고 있던 원본 칩을 돌려줘서 복구되었어. 일부러 그랬대…. 니나를 만나고 그가 '그런 것'을 사람들이 알면 지금처럼 곤란한 일이 생길까 봐 그랬다나 봐. (담담하게) 당신은 날 잘 아니까… 응급차와 경찰이 오기 직전, 그의 서재에 들어가서… 원

---

23   원작 「갈매기」 4막에서 니나는 2년 만에 가설무대에 가 봤음을 뜨레쁠레프와의 마지막 만남에서 이야기한다.

익연

고 조각 하나하나까지 다 가져왔고, 그걸 내가
이어 붙여서 복구한 게 맞는다고 사실대로 증
언할 거야. (겨우겨우 말을 이어 가며) 나 때문
에… 당신을 힘들게 했음을… 다 고백할 거야.

메드베젠코 이제 됐어. 그런 말은 하지 마.

마샤 벌을 받아야 해.

메드베젠코 달라질 것이 없어. 이미 늦었고.

긴 침묵.

마샤 하지만 당신을 증오해. 여전히. 아니, 전보다
더.

메드베젠코 그럴 만해.

마샤 당신은 그 원고와 기록들을 내게 가지고 와선
안 됐어. 그 사람의 원고… 그 사람의 일기…
습작들, 메모들, 그가 남긴 모든 것들에는… 오
직 한 사람의 싱그럽고 빛나는 형상에 대한 찬
미로 가득 채워져 있었어. 난 몰랐어… 그가 그
렇게 그 누군가를 사랑하고 있는지…. 당신은
나의 망상을 일깨워 주기 위해서, 그 글들을 내
게 가져다준 거야. 그렇지? 방법이 잔인했어.
당신.

메드베젠코 (놀라며) 난 몰랐어!

마샤 몰랐을 리가 없어.

메드베젠코 알았다면, 그것들을 당신에게 갖다주지 않았
을 거야!

김수연

마샤	(분노하며) 아니! 그 원고 속 내용을 당신이 알
	았건 알지 못했던 간에 당신을 용서할 수 없어!
메드베젠코	마샤, '당신이야말로' 끝까지 내 진실을 들여다
	보려 하지 않는구나.
마샤	우리 사이에 진실 따위는 없다니까, 애초에.
메드베젠코	들으려… 하지 않아…. 듣고 싶지 않은 거지.

누군가 묻더라고. 소원이 무어냐고. 곰곰이 생각했지. 그러곤 대답했어. 당신 사랑을 얻는 것이라고…. 그런데 그가 다시 묻더라고. 내 '진짜 소원'이 무어냐고… 이 안에서야 한참을 생각해 봤어. 내가 무엇을 원하는지… 내가 누군지… 내가 무엇을 위해 그 원고를 훔쳤는지… 어째서 뜨레쁠레프를 증오했는지… 내가 왜 당신을 사랑하는지… 사랑한다'고 생각'하는지… 그게 맞는지… 그렇다면 난 '무엇을' 사랑하는지… 아니, 사랑'했던 적'이 있는지… 난 내가 누구인지… 뭘 원하는지….

도무지 모르겠어. 여기에 왜 들어오게 되었는지도 모르겠어. 혼란스러워. 아무것도 모르겠어. 난 마치, 천 년이나 산 사람 같아. 많이 생각해 봤는데 어쩌면… 내 욕심과 집착… 내가 살기 위해서 내 가족들을 살리기 위해서 당신을 희생시키고, 이용한 걸지도 몰라. 난 당신이 '필요'했던 것 같아. 사랑했던 것이 아니라.

마샤	무슨 말들을, 지금에 와서 하는 거야?
메드베젠코	가난이 무엇인지 당신은 몰라. 오로지 나만 의

지하고 있는 동생들이 있다는 것…. 그것도 당신은 결코 이해할 수 없을 거야. 쥐꼬리만 한 월급을 받아 늙은 부모와 세 명의 동생들을 부양한다는 게 뭔지 당신이 아느냐고…. 그건 멍에야. 지울 수 없는 멍에…. 날 구해 줄 하나의 방법은 더 나은 환경의 여자를 선택하는 것… 그것뿐이었을지 몰라. 내가 누군가를 선택한다는 그것조차도 멍에 안에서 기준점을 정해야 했던 거지. 내 진짜 의견은 없었을지 몰라. 비겁하게 내 자신조차도 그걸 모른 척했어. 그래야 덜 비참하니까… 난 정해버렸어. 그리고 당신만 사랑하도록 스스로를 세뇌시키고 믿었어. 다른 선택지는 바라보지도 않았지.

마샤　그런 생각들이 다 무슨 소용이야. 모든 것은 이미 다 실패했는걸.

메드베젠코　내 진짜 소원이 당신이 아니라는 걸 고백하는 거야.

마샤　당신의 진짜 소원이 뭔데?

메드베젠코　나도 몰라. 이제 찾아야지.

마샤　늦었다니까. 뭐가 되던 달라질 것이 없다니까. 앞으로도, 그 앞의 이후로도.

메드베젠코　아니야. 우린 달라져야 해. 어떤 방식으로든.

마샤　(예감한 듯) 결정했구나, 당신.

메드베젠코　당신과 나. 각자의 길을 가자. 이혼해.

조명 아웃.

　　　　　　　김수연

제4막

1장 회귀

모스크바, 그들의 저택. 아르까지나, 뜨리고린.

아르까지나는 며칠 밤을 뜬눈으로 지새웠다.
며칠 내내 술을 마셨다. 일어나자마자 마시고,
마시다가 잠들고, 깨어나서 또 마시고, 그녀는
인생을 되돌아보고 있다. 그녀는 스스로에게
묻고 답하고 있다. 슬립 차림으로 편하게 술을
마시며 중얼거리는 아르까지나.

아르까지나 (스스로에게) 왜 슬픈 거야? 왜 슬퍼? 넌 행복
하잖아. 널 사랑하는 사람도 많고, 널 좋아하는
사람도 많고, 너의 외적인 것을 좋아하고, 너
의 재능을 좋아하고… 근데 왜 슬퍼? 그 사람
들은 날 진짜 사랑하는 게 아냐. 나의 어떤 면
을 사랑하지 아니 좋아하지. 그래서 붙지, 뜯어
먹을 게 있거든. 아, 뭐라고 설명해야 될까 이
걸. 아님 언제든 버릴 수 있으니까? 통조림화
시키려고? 순간적으로 나도 동조해. 근데 그
게 날 되게 슬프게 해. 그리고 난 집에 혼자 돌
아와서 와인을 마시지, 방구나 뀌면서, 방구 뀌
는 게 더 좋아. 사람들은 그러지, 야, 어디서 방
구나 좀 뀌겠네, 야, 그래야 방구나 좀 뀌지. 방

구 뀐다는 게 어떤 의미인 줄 아니? (자조하며 웃는다) 그거 굉장히 어려운 거야. 난 지금 이렇게 말을 하면서도 내 자신을 돌아보고 있어. 음, 돌아본다기보다는 내 자신을 감시하고 있지. 그래! 그래서 슬퍼. 굉장히… 슬퍼. 사람들이 생각할 때의 나는, 미래야. 미래. 버릴 수 있는 미래… 랄까? 그래서 그게 날 슬프게 해. 난 항상 내가 세상을 깜짝 놀라게 하고 싶다는 생각을 하고 살고 있었고. 잘 안 돼, 그게. 잘 안 돼. 그래, 그래서 이 이야길 하고 싶었나 봐. 우리는 꿈을 가지고 있었잖아. 모든 걸 다 잃었잖아, 우리는, 자라면서… 이렇게 이야길 하다 보니까 또 이야기를 위한 이야기를 하게 된다. 분명히 내 속마음에서 출발한 이야긴데, 이야기를 하다 보니까 또 남한테 듣기 좋은 얘기를 해. 그러지 말아야지 하고 지금 또 스스로 다짐을 해. 그래! 그냥 그 옛날의 이야기를, 또는 내 꿈을, 또 다른 변명을… 한번 이야기해 볼까? 너무 고통스러운 이야긴데… 지금의 나를 이야길 해 보면… 모르겠다, 진짜. 왜 이렇게 눈물이 나는지 모르겠다.

아르까지나의 독백이 끝나고 뜨리고린이 무대에 등장한다.
전체 조명 밝아진다.
아르까지나를 바라보는 뜨리고린. 고통스러워

김수연

하는 그녀는 평소와 다르게 나약해진 모습이
다. 무언가를 꾸미려는 태도도 없다.

아르까지나 (뜨리고린에게) 죽은 아들의 원고를 표절하는
것이 내 남은 인생에 뭐가 중요한지 몇 날 며칠
골똘히 고민해 봤어… 내 양심은, 그렇게 할 수
없다고 말해…. 그 애의 글을 처음으로 읽어 봤
어. 어째서 내가 알고 있는 그 애와, 그 애의 내
면이 다른 거지? 완전히 달랐어…. 그 애는 함
께 있는 순간에도 날 그리워했더라. 그게 날 견
딜 수 없게 해… 뜨리고린, 난 너무나 큰 슬픔
을 느껴. 난 지금껏 분노를 슬픔으로 착각했나
봐. 그 애가 떠났다는 말을 듣고 느꼈던 그 모
든 감정의 모태는 분노였어. 난 그게 슬픔인지
알았어. 지금 느끼고 있는 (가슴팍을 쥐고 흔들
며) 이 감정이 슬픔인 거야. (가슴에 원을 그리
며) 여기가 뻥 뚫리고 슬픔이란 감정이 완전히
내 몸을 잠식하고 있는 느낌이야. 그 무게가 너
무 크고, 파장이 강렬해서 내 세포 하나하나는
물론 이 방 안을 다 메우고 있어. 난 진짜 슬픔
을 느껴 본 적이 없나 봐. 지금 이 감정을 아이
처럼 더듬더듬 익히고 있어. (진심으로 우는 아
르까지나) 난 이 감정을 느끼며 비로소 알게 됐
어. 그동안의 내 연기는 거짓이었고, 난 지금껏
다른 사람을 단 한 번도 이해한 적이 없었으며
오로지 내 자신의 존재 증명의 차원으로만 연

익연

기했다는 것을 깨달았어. 정말 부끄러운데, 날 과시하려는 목적, 그 이상, 그 이하도 아니었어….

지금 나는 이렇게 말을 하면서도 죽은 내 아들을 여전히 이해하지 못하고 있어. 도무지 알 수가 없어. 인간 감정의 기본 중에 기본도 제대로 이해 못 하는 내가 러시아 최고의 여배우까지 되었다는 것은 무슨 뜻인지 생각해 봐…. 이 척박하고 음모와 술수가 넘치는 예술계통에서 살아남는 자들은 나 같은 위선자나 계략자가 반 이상을 차지할 거야…. 처음엔 모두 순수 예술의 세계를 지향하며 이곳에 도달하길 원했지만 결국 살아남기 위해서는 다른 사람을 밟고 올라서야 했고, 그 과정에서 순수함을 잃어버리고 성취의 기쁨에 도취되어서 정작 중요한 걸 잊게 됐을 거야. 다들. 나처럼. 끔찍해! 난 평생 연기를 업으로 삼아 왔지만, 이 일이 아니었다면 이대로 죽었을지도 몰라. 내 아들이 나에게 깨달음을 줬어. 내 인생이 모두 잘못되었다고 알려 줬어. 몰라도 되었을 텐데, 그냥 이대로 모른 채로 끝까지 죽게 놔두지. 내가 지금까지 예술가랍시고 떠든 모든 말들을 다 주워 담고 싶어. 그런데 이렇게 아픈 깨달음을 얻었으면서도 또 다른 내가 아우성 쳐. 다들 이렇게 산다고. 더한 인간들도 있다고. 혼자 변화한다고 해 봤자 달라지는 건 아무것도 없다고. 지

김수연

금까지 쌓아 올린 것을 포기해선 안 된다고! 또 다른 내가 미치도록 소리쳐. 난 누구지? 대체 난 어떤 괴물과 싸우고 있는 거지? 난 분명 어떤 괴물과 싸우고 있는데… 그게… 나야….

뜨리고린   우리가 뭐라고 생각하는 거야, 아르까지나? 인간이 무결하길 바라는 거야? 인간들의 습성을 몰라? 아침에 일어나 대충 똥이나 싸지르고는 입구멍에 밥을 욱여넣고, 하루 종일 노예처럼 일만 하다가 그 위안으로 맥주 두어 잔을 마시고, 별다른 걱정 없이 살아가는 인간들이 80퍼센트야 이 세상에. 다 괴물이야! 괴물이 아닌 사람들이 어디 있어! 껍데기만 그럴 듯한 거지. 아르까지나, 당신 참 귀엽다. 생각이 참 귀엽다고. 당신 아주 고상한 고민을 하고 있네. 양심? 슬픔? 반성? 깨달음? 웃기지 마. 당신, 가난이 뭔지 알아? 고통을 견디는 것이 뭔지 아냐고? 당신은 알 수가 없어. 인간은 변할 수 없어. 인간이 누군지 아는 방법은 단순해. 그 인간이 한 경험의 총체. 그 인간의 뇌 속에 무엇이 장기 기억되어 있는지, 어떤 경험을 했고, 그 경험으로 어떻게 사고해서 축척된 사고방식을 갖고 있는지를 파악하면 그 인간을 알 수 있어. 그 경험치들, 그러니까 당신이 걸치고 있는 옷, 지금까지 먹어 왔던 모든 것, 당신이 본 것들, 당신이 생각한 생각의 폭들. 그게 당신이야. 그게 뜨레쁠레프고. 적당한 귀족들. 당신네들.

나? 나도 물론 적당한 귀족이 됐지. 하지만 내 경험의 총체를 들여다볼까? 난 아주 가난한 집에서 매일매일을 폭력에 맞서며 부모의 사랑이 뭔지도 모르고 자란 인간이지. 물론 똑같이 가난한 집에서 태어나도 어떤 새끼는 절도범이 되는 반면, 어떤 새끼는 자수성가한 부자가 될 수도 있지. 상황은 같지만 그걸 해석하는 주체가 다르니까. 하지만 절도범이든 부자든 다시 과거로 돌아가서 그걸 견디라고 하면 돌아가서 견딜 수 있을까? 절도범은 울며 겨자 먹기로 돌아갈 수 있을 거야. 그가 여전히 가난하다면. 하지만 신분이 올라간 부자는 다시 가난의 상황으로 스스로를 내몰 수 있을까? 아니 절대! 그 가난을 딛고 올라서서 어느 위치에 섰을 때, 가난에서 완전히 벗어났을 때! 그때, 비로소 가난이 뭔지, 고통이 뭔지, 돈이 없다는 것이 얼마나 치욕스러운 건지, 명예가 없다는 것이 얼마나 시시한 인간의 삶인지 알게 돼. 간단하다니까. 다시 그곳으로 돌아가 보면 안다니까. 그 옛날 그 수챗구멍, 더러운 다리 밑 전염병이 돌던 동네 어귀, 바퀴벌레와 쥐가 득실거리던, 돈 때문에 서로가 서로를 할퀴고, 부자들을 경멸하던 그때로. 상상만 해서는 절대 알수 없어. 상상은 절대 현실을 뛰어넘지 못해. 인간은 그런 존재야. 내가 그랬으니까. 나야말로 인생의 아주 큰 깨달음을 얻었어.

김수연

당신한테 고백할게… 나는 잠시 니나의 빛을 따라갔지만 이내 다시 그런 세계로 돌아간 걸 느꼈어. 정말 현기증이 났어. 염증이 났다고. 과거로 퇴보한 기분 느껴 봤어? 그거, 인간의 진보적 본능과 완전 정반대야. 그래서 그게 사람 미치게 하는 기분이야. 난 그럴수록 아르까지나 당신이 너무 그리웠어. 더 솔직히 말하면 아르까지나 당신의 냄새, 이 공기, 촉감, 질 좋은 음식, 이것들을 향유할 때의 내 자신의 기분들… 난 1년을 넘게 니나와 견뎠어. 아마 아르까지나 당신이라면 두 달도 견디지 못했을 거야. 지금 내가 말하는 이런 낙차가 큰 경험을 실제 해 보지도 않은 사람들이 하는 비난들? 난, 듣지 않아! 하나도 모르고 지껄이는 거거든. 특히 당신! 당신은 몰라! 평생을 화려한 여배우로 대접받고 살아온 당신이, 이런 경험이 전무한 당신만은, 날 욕해선 안 돼! 당신 지금 날 잡아야 해. 헤매지 마. 알렉산드르? 그 애송이가 할 수 있을 것 같아? 아니! 난 이 글에 생명을 부여할 방법을 가장 잘 아는 사람이야. 이미 마샤가 유명 출판사에 다 보냈지만, 총기 자살 이슈에도 불구하고 매몰차게 거절당했어. 반대로 이 스캔들로 '호숫가의 여인'은 다시 베스트셀러가 됐어. 그게 뭘 말하는 거라고 생각해? 대중의 선택을 우습게 보지 마. 대중은 장난치지 않아.

익연

그리고 난 내 자신이 뜨레쁠레프 원고를 읽은 이후부터 미친 사람처럼 느껴져…. 다른 걸 쓰고 싶은데 자꾸 그 글들이 날 쫓아다니며 가만 두질 않아. 난 그걸 쓰지 말아야지 하고 박박 찢어버려도 또 그걸 쓰고 있어. 내가 왜 이러는지 이해가 안 돼. 내 의지가 아닌 것 같아. 덫에 걸려든 사람 같아. 마치 뜨레쁠레프가 날 통해 무슨 할 말이 있는 게 아닌가 하는 착각이 들 정도야…. 광기와 편집증적인 집착이 날 미치게 해.

아르까지나　　어디서부터 무얼 다시 시작해야 할까, 다시 시작한다고 해서 할 수 있을까. 난 누구이며, 지금까지의 나를 나라고 말할 수 있을까. 내가 내 예술에 정직하고 솔직하게 내 모든 것을 쏟아부었음을 내 자랑으로 알고 살아왔어. 거기에 내 스스로의 가치가 있다고 생각해 왔는데… 돌이켜 본 내 삶 자체가 거짓이었고 삶의 진짜 경험도 아니었어…. 들춰 봤더니 오로지 내 자신의 명성을 위해서 조급증과 갈급증으로 채운 것이 전부야.

부끄러워. 그런 걸 투영했던 지난날의 내 예술 세계가 고귀할까? 아니 고귀까지도 바라지 않아. 존재했다고 할 수 있을까? 그래, '내'가 '나'로 그동안 존재했던 걸까? 난 뭘 위해서 '예술! 예술!'이라고 목청을 높여 왔던 걸까…. 이제 또 이런 고민들을 해결하지 못해서, 남들 모르

　　　　　　　　김수연

게 덮겠다고 더 교묘하게 뭔가 '하는 척'하겠
지…. 끝이 안 보이는 이런 발버둥에 이젠 지
쳤어… 은퇴해야겠어.

뜨리고린   (비웃으며) 역시 당신은 배우야. 천생 배우. 순
수해, 아직까지. 당신은 여전히 스스로를 잘
몰라. 당신은, 당신 자신의 관성을 결국 못 버
려 낼 거야. 거봐, 벌써 후회하고 있잖아…. 난
이번 스캔들로 인해서, 두 번 다시는 바닥으로
떨어지지 않을 거라고 내 모든 삶을 걸고 맹세
했어. 난 당신도 잃지 않을 거고, 그 무엇도 잃
지 않을 거야…. 뜨레쁠레프의 글은 전위적이
야. 형식 면에서는 손볼 곳이 많아. 하지만, 그
특유의 에너지와 오감을 뒤흔드는 독특한 표
현법이 일품이더라고. 스토리 면에서 전혀 특
별할 게 없는 게 가장 큰 문제야. 내러티브를
더 탄탄하게 받쳐 줄 디테일한 이야기들을 설
계하고, 개성 있는 캐릭터를 곳곳에 배치해서
전혀 다른 글을 만들 거야. 완전하게 각색할
거야.

그의 글을 조금 더 빨리 읽었다면, 난 이 이야
기를 진심으로 그에게 했을 거야. 난 너무나
후회해. 젊은 작가의 고뇌를 누구보다 잘 알면
서, 나는 뜨레쁠레프의 젊음과 가능성을 어쩌
면 질투했는지도 몰라. 내가 진심으로 그의 글
에 대해서 이야기 나누길 원했었다면 지금 그
가 어떻게 되었을까 하고 생각해 봤어. 죽어서

익연

그를 만나면 사과할 거야. 아직 살아 있으니, 그를 위해 할 수 있는 건 이것밖에 없을 거라는 생각을 했어.

아르까지나 아니야. 그래선 안 돼. 뜨리고린. 날 흔들지 마. 당신이 내 아들에게 저지른 잘못은, 이 원고를 표절하겠다는 것뿐만이 아니야.

뜨리고린 (발끈하며) 또 그 얘기! 그 애가 날 너무 사랑했어. 계속해서 날 찾아왔어. 날 사랑한다고, 다시 한 번 기회를 달라고 편지를 보내고, 질리게 했어. 니나는 날 사랑했어.

아르까지나 (취해서 아주 호탕하게 웃으며) 그런 풋사랑까지 다 사랑이라고 한다면, 세상은 아주 로맨스 천국이겠네. 보리스 알렉세예비치 뜨리고린, 순진한 글쟁이야. 니나가 당신을 아직도 사랑한다고 생각하지? 그래서 열렬하게 구애하는 거 같지? 평생에 단 하나밖에 없는 유일한 사랑처럼. 당신 정말 모르는 거야? 아니면 모르는 척하는 거야? 내가 이야기해 줄게! 니나는 말야. '호숫가의 여인'에 자신이 묘사된 모습을 보고 자신의 뒷목덜미, 아킬레스건이 빳빳하게 서 있는 탄력 있는 발목, 잠자리에서의 그 은밀한 표정, 아이를 낳을 때의 고통이 서린 얼굴과 여신을 닮은 몸의 자태, 그리고 거기서 파생된 감정들이 스스로도 그렇게 아름다웠을지 몰랐을 거야. 아마 그 앤 당신이 쓴 '호숫가의 여인'을 읽고 자신의 가치를 영원하게 만들

김수연

어 준 당신이란 남자를 더 높은 차원으로 사랑
하게 되었을 거야. 불쌍한 니나.

책이란 게 편집 과정을 거치면, 당신이 탈고 후
에 6개월은 지나서 세상에 나올 텐데, 이미 그
때 당신은 탈고와 함께 모든 기억들 바이바이
~. 그런데 그 애는 서점에 전시된 책을 설레는
마음으로 집에 가져와 읽고 뒤늦게 당신과 사
랑에 빠지겠지. 어쩌면 책 속의 자기 자신과 사
랑에 빠졌는지도 모르지. 마치 내가 그랬던 것
처럼!

아르까지나는 참담한 심경을 느끼며 흐르는
눈물을 주체하지 못한다.

시간의 세례는 그녀에게 영적 성장을 가져오
지 못했고, 젊음과 생기를 퇴색시켰다. 그녀는
여전히 눈부시게 아름답지만, 철저하게 자신
만 알고 있는 '그녀의 늙음의 세계'는 언젠가부
터 멍에가 되어 삶을 지배하고 있었다.

뜨리고린은 생각에 잠긴다.

뜨리고린   하얀 종이를 까맣게 물들인다는 게 뭔지, 사람
들은 몰라. 글을 쓰고 지우고 짓고, 허구의 세
계를 창조하고, 실존 인물을 허구의 세계로 끌
어오는 그 일은 반드시 희생이 뒤따라야 해. 그
희생은 고통스럽고 생명을 좀먹는 거야. 소설
속 상상의 인물과 실존 인물을 뒤섞을 때는 오

익여

로지 그 인물만을 위해 '생각하고', 24시간 내
내 그 인물만 사랑해야 하기 때문에, 내 생명
을 바쳐야 한다고. 평생 니나에게 줄 수 있는
내 모든 사랑, 그 이상의 완전한 것을 이미 '호
숫가의 여인'을 쓰며 다 주었고, 집필이 끝난
후엔 잊고 내 삶을 회복하겠다는 것이 뭐가 잘
못이야?!

아르까지나 (책망하며) 어린애를 너무 고통스럽게 했어.

뜨리고린 당신이 아는 것보다 훨씬 강하고 나와 지내는
동안 영적으로 크게 성장했어. 우리는 서로를
축복하며 이별했고! 어린애가 아니야, 니나는.

아르까지나 (고통스러워하며 소리 지른다) 니나! 니나! 니
나!

뜨리고린 아르까지나. 날 이해 못 해 주겠어? 난 '호숫
가의 여인'이 많은 이들의 사랑과 감탄, 존경
그리고 공감을 받을 것이란 것을 확신했었어.
왜?! 실제 '살아 냈던' 일이니까! 전율이 왔어.
'호숫가의 여인'을 마쳤을 때, 어떤 작가도 제
대로 경험하지 않고는 쓸 수 없었다는 걸 내
몸은 깨달았고. 그래, 인정해! 많은 이들의 희
생! 하지만 누군가의 진짜 희생이 있어야만, 글
은 독자들에게 닿을 수 있다는 것도 알게 됐어.
(진심으로) 내 가슴도 당신의 가슴이나 그들의
가슴만큼이나 피로 물들었어. 왜 알지 못하는
거야? 왜 이렇게 매몰차게 대하는 거야? 내 가
슴에 흐르고 있는 피는 보이지 않는 거야? 아

김수연

르까지나… 내 딸도… 죽었어… 당신 아들보다 훨씬 더 먼저…. 그 애가 이 세상에 존재한 시간은 100일도 채 안 돼….

당신을 사랑한다는 거, 당신이란 여자의 가치, 내 인생에 다시없을 사랑은 '당신', 오직 당신이라는 거…. 그걸 깨닫기 위해서 너무 큰 대가를 치렀어…. 그냥 날 있는 그대로 이해해 주고 보듬어 줄 순 없는 거야. 난 그런 줄로만 알았어. 당신이, 날 완전히 품어 준 줄로만 알았어. 예술가? 그래 예술… 예술가로서의 내 자신의 이런 경험은 당신이 알다시피 결과론적으로 온전히 예술을 위해 바쳐졌잖아. 세상 사람들이 그 경험의 산물을 너무나 재밌고 흥미롭게 읽어 줬어. 난 기뻤어. 내 자랑이었고… 그런데, 그렇게 내 작품을 사랑해 줬던 세상 사람들이 이제 와서 나에게 낙인을 찍고… 지금은 반대로 그 경험이 칼이 되어 돌아왔네. 이런 아이러니한 상황이 안 믿겨. 그 일이 정반대의 결과로 현재를 갉아먹고 있음을 받아들이기가 힘들어… 난 말야. 아르까지나, 세상 사람 모두가 내게 낙인을 찍어도 괜찮아! 난 당신에게 찍히는 하나의 낙인이 그토록 힘들다는 걸 이제 깨달았어. 진심이야. 아르까지나. 내게 이러지 마. 난 당신에게서 멀어질 용기도 사실은 지금의 이 난관을 혼자 헤쳐 나갈 용기도 없어…. 원한다면 내 전 재산을 다 가져도 돼…. 난 지

익연

금… 다른 어떤 것도 원하지 않고… 오로지…
당신만 원해….

아르까지나의 마음은 진심과 거짓을 오가는
그의 말에 심정이 복잡하다.

뜨리고린   우린 물러설 데가 없어. 지금에 와서 우리가 모
든 걸 다 잃게 되면, 우리에게 남는 건 정말 아
무것도 없어. 당신은 그렇게 살 수 없는 사람이
야. 난 그렇게 살지 않기로 결심했고. 우리만
이렇게 사는 게 아냐. 모든 인간들이 냄새 풍기
며 살고 있어. 이 정도 반성이면 충분해. 우린
'살아야만 해.' 어차피 모두 죽어. 얼마 안 남은
시간을 나락에서 보내는 건 죄악이야. 착한 마
음? 그건 그냥 마음에 담아 놔. 충분해. 그걸로
충분해. 우린 방법을 알고 있잖아. 아르까지나.
왜 그래야 해?

아르까지나 고개를 흔들지만, 설득당했다.
뜨거운 키스로 사랑을 확인하는 두 사람.

조명 아웃.

        김수연

2장 영원

모스크바 저택, 뜨리고린의 서재. 메드베젠코,
뜨리고린, 아르까지나, 마샤.

몇 개월의 시간이 흘렀다.
미동도 않고 뜨리고린을 기다리고 있는 메드
베젠코.
세 시간을 꼬박 그의 서재에서 기다리는 중
이다.
서재로 들어오는 뜨리고린.

뜨리고린   (놀라며) 세몬 세묘노비치 메드베젠코? 아, 여
기 웬일이에요. 얼마 만이죠? (상황을 파악하
며) 아, 앉으세요. (의자를 주며) 낮 동안은 모
두 집을 비우고 있어서 온기가 없는데, 춥죠?
차 한잔할래요?

메드베젠코   부탁이 있어 왔습니다.

뜨리고린   메드베젠코 씨가 제게 부탁할 일이 무엇이죠?

메드베젠코   신문과 뉴스에서 곧 발표될 뜨리고린 선생님
의 새 소설과 그것을 각색하여 세계로 팔리게
될 희곡에 대한 기사를 봤습니다. 그 이야기가
맞는다면 그것은 (아주 조심스럽게 말을 꺼내
며) 비윤리적이며 막아야 하는 일이라고 생각
되어 여기까지 오게 되었습니다.

뜨리고린   (짐짓 괜찮은 척하며) 오해가 있군요. 제 소설

익연

을 발표하는데 '비윤리'라는 단어를 쓰셨나요? 저로서는 이해가 안 되는군요. 그리고 설사 비윤리적, 비도덕적, 심지어 법률에 어긋난다 해도 그건 당신이 참견할 문제가 아니에요. 아시겠어요? 마샤 양과 이혼했다고 들었습니다. 제 말이 맞죠?

메드베젠코 (어렵게) 네. 맞습니다. 우린 헤어졌습니다.

뜨리고린 그러니까요. 이제 더 이상 우리 사이에 용건이 없는 것 같은데요. 말씀이 끝나셨으면 이만 돌아가 주시죠.

메드베젠코 제가 참견할 문제가 맞습니다. 애초에 그 원고를 제가 뜨레쁠레프의 방에서 훔치지 않았다면, 이런 일은 일어나지 않았을 겁니다. 제 잘못입니다.

뜨리고린 (소리를 낮추고 위협하듯) 한 번만 더 쓸데없는 소리를 모스크바나 러시아 어느 구석에서라도 꺼냈다가는 가만두지 않겠어요.

메드베젠코 (매달리며) 제발 그 일을 멈춰 주세요. 양심의 가책을 느낍니다. 마샤를 위해 제가 훔쳤을 때 없애버릴까를 고민했습니다. 고통스러워하는 아내를 두고 볼 수 없었죠. 하지만 제 판단은 잘못된 겁니다. 아내가 그걸 읽어버리는 바람에… 아니, 그걸 읽은 사람들 모두가 결국 남은 인생을 괴롭게 보내게 되었어요. 아내를 위한답시고 뜨레쁠레프의 원고를 훔친 행위가 결국 남은 인생을 망치게 되었군요….

김수연

전 글도, 예술도 모릅니다. 그러나 당신이 제
대로 살 것을, 자기 자신을 바라볼 것을, 명예
나 그런 종류의 것들이 중요한 것이 아님을 언
젠가라도 깨닫길 바랍니다. 어쩌면 이 모든 것
의 시작은 당신으로부터 시작된 것일지 모릅
니다. 당신이 순간의 욕망을 참아 냈다면, 당신
이 인생을 더 멀리 내다볼 줄 알았다면… 주제
넘게 죄송합니다. 그러나 그게 아닐지라도 제
가 드린 말씀을 한 번이라도 깊게 생각해 보시
길 바랍니다.

뜨리고린   (씁쓸하게 웃으며) 욕망을 참아 내지 못해서 일
어난 일이 아니오, 선생. 단지 운명이지, 악몽
같은… 인생에 길들여진. 우리 모두의 운명은
결국 쳇바퀴요. 그 누구도 다른 사람을 비난할
수 없어요. 모두가 자신의 관성에 마약처럼 길
들여져 있을 뿐이죠. 그 관성대로 살아가는 것
뿐이고…. 당신처럼 그걸 끊는 사람도 간혹 있
고, 그건 대단하지만 크게 잃을 것이 없는 사람
일 때만 가능하죠. 난… 잃어선 안 되는 게 너
무 많잖아…. 난 나 자신의 죄를 잘 알고 있어
요. 괴롭죠…. 당신이 생각하는 것보다 난 더
많이 자책하고 있어요…. 내가 매일매일 겪어
내고 있는 일들이 무엇인지 당신이 안다면 날
비난하지 못할 거요. 그러니 선생… 내가 밝은
빛만 쫓고 있다고 생각하지 말아요….
나는 나의 죗값을 언제든지 받을 준비를 하고

있어요. 나의 죄에 대한 대가…. 그것은 갑자기 찾아올 거예요. 멀다면 내 생이 끝난 이후일 수도 있고…. 시간은 내가 죽어서도 흘러가고, 날 처벌하기 위해 꾸역꾸역 내가 잠든 묘지의 흙을 비집고 흘러 들어오겠죠. 누군가는 내 묘비에 침도 뱉겠죠…. 아, 그 생각을 하니 정말 두렵군요. 하지만 지금은 그 무엇도 바로잡을 수 없어요. 이것이 우리 모두의 운명일 뿐이니까. 다른 방도가 없는.

이때, 아르까지나와 마샤가 등장한다.

아르까지나 (매우 흥분해서) 왜 이러는 거야 마샤! 미친 거야?! 거기가 어디라고 찾아와! 난 이제 주목받는 일은 질색이라고!

마샤 (광적으로) 아르까지나 씨! 그래선 안 돼요. 제발 그 일을 멈춰 주세요. 제가 무엇이든 다 할게요. 제발 그의 이름으로 작품을 내주세요!

아르까지나 (제압하며) 무슨 말을 하는 거야?! 마샤! 제정신이야?

마샤 다 알고 있어요. 당장 그만두지 않으면 기자들을 부르겠어요.

아르까지나 더 이상 무례하게 굴면 가만있지 않겠어.

마샤 원고를 내놔요. 원고를 돌려줘요! 제, 발!

마샤, 온 공간 안을 뒤진다.

김수연

뜨리고린	뭐 하는 거예요? 마샤!
마샤	당신에게 그 원고를 넘기는 것이 아니었어. 그래선 안 되는 거예요. 그것은 뜨레쁠레프의 전부예요. 뜨레쁠레프가 살아 있다면 그 글만큼은 지키려고 할 거예요. 모두가 그 사람을 떠났을 때 그는 글을 쓰며 겨우 버텨 냈어요. 당신들이 그가 유일하게 사랑했던 일까지 빼앗아 갈 순 없어요…. 제발 그의 이름으로 작품을 내주세요. 그 작품은 뜨레쁠레프의 진짜 숨소리가 담겨 있는 글이에요. 누구도 그의 진짜 목소리를, 그 섬세한 호흡을 흉내 낼 수 없어요. 전 알 수 있어요. 그가 그 글을 쓰면서 느꼈을 고통과 슬픔, 인생을 견뎌 내기 위해서 흘려야 했던 피눈물…. 그걸 다른 사람이 함부로 빼앗을 순 없어요.

뜨리고린은 원고가 담긴 가방을 찾는다. 뜨레쁠레프의 원고를 꺼낸다.
그리고 자신의 원고도 찾아 꺼낸다.
그의 손에는 두 개의 원고가 있다.

뜨리고린	마샤. (뜨레쁠레프의 원고를 보여 주며) 당신이 찾는 게 이 원고가 맞나요?

마샤는 마치 뜨레쁠레프를 다시 만난 것 같은 기쁨과 슬픔을 느끼며 고개를 끄덕인다.

익연

뜨리고린   (원고를 한 번 훑어보며) 이 글은… 출판할 수
        있는 상태가 아니에요. 그리고 원고는 당연히
        당신에게 돌려줄 수 없어요. 이 원고의 주인은
        다시 한 번 말하지만 당신이 아니라 여기 이리
        나 니꼴라예브나 아르까지나 씨고, 만약 원고
        가 이대로 출판된다면 가장 노할 사람은 (천장
        을 손으로 가리키며) 저기 이 원고의 진짜 주
        인, 뜨레쁠레프일 거예요. 자신의 글이 이런 상
        태로 출판되기를 바라는 작가는 이 세상에 단
        한 명도 없을 거예요. 그건 모욕이죠. 고인에
        대한 모욕.

마샤   당신은 그의 글을 '표절'했어요.

        아르까지나는 최후의 방법으로 뜨리고린의 새
        원고를 마샤와 메드베젠코에게 보여 준다. 마
        샤는 소파로 가서 정신없이 뜨리고린의 원고
        를 읽는다. 사이.

뜨리고린   두 글이 같나요? (사이) 단지 참고한 거예요.
        그리고 재창조했고. 뜨레쁠레프의 이름으로
        책을 내는 걸 원해요? 얼마든지 내줄 수 있어
        요. 하지만 잘 들어요. 그렇게 되면 그 책은 단
        100권도 팔리지 않을 거예요. 그렇지만 내가
        이렇게 재창조해서 내 이름으로 책을 내면 최
        소 천배 이상이 팔리겠죠. 그리고 아주 오래도
        록 팔릴 거예요. 당신이 상상할 수 없는 시간을

김수연

넘어서. 혹은 특별하게 감명을 받은 일부의 독자들의 가슴속에서는 영원히 살 수도 있을 거예요.

마샤　(글의 결이 완전히 다름에 충격받아) 그래도 그건 도둑질이에요.

아르까지나　여기 뜨리고린 작가 선생님을 모독하지 마! 한 번만 더 그딴 소리를 지껄이면 그땐 참지 않겠어.

뜨리고린　마샤. 표절의 기준을 아나요? 법적으로 이 글은 표절의 조건에 부합되지 않아요. 당신이 말하는 건 도의적 기준이죠. 하지만 읽어 보았다시피 이 글은 전혀 다른, 새로운 글이에요. 생각을 바꿔요. 뜨레쁠레프를 살리기 위해서 저 '보리스 알렉세예비치 뜨리고린'이 이름마저 빌려준 거예요.

아르까지나　마샤. 넌 이 일을 막을 자격이 없어. 이것만이 그 애가 날 위해 할 수 있는 마지막 일이야. (사이) 아니, 우리를 위해.

마샤는 고통의 눈물을 흘린다.
네 사람 모두 목이 죄이는 고통을 느끼는 중이다.
메드베젠코는 천천히 뜨리고린에게 다가간다.
은근히 움찔 놀라는 뜨리고린.
메드베젠코는 뜨리고린의 손에 쥐어 있는 뜨레쁠레프의 원고를 가져와서 뜨레쁠레프의 글

익연

에 불을 붙인다.

불이 붙는다.

불타는 뜨레쁠레프의 원고.

모두 지켜보고 있다. 마샤도 지켜보고 있다.

그 누구도 어떤 소리도 내지 못한다.

뜨레쁠레프… 그가 진짜 죽는다. 이 세상에서… 그의 목소리가… 그의 혼이….

아니 어쩌면 그는 영원히 살게 되는 건지도….

창밖으로 세찬 비가 내린다. 창문을 두드리는 빗소리….

아르까지나   마샤. 네가 아는 것이 전부라고 착각하지 마. 넌 내 아들에 대해 잘 몰라. (뜨리고린에게) 가시죠.

뜨리고린과 아르까지나 퇴장.

마샤의 황폐한 모습을 바라보는 메드베젠코.

초라하게 서 있는 마샤.

메드베젠코는 어색하게 다가간다. 마샤는 그에게 더 이상 다가오지 말라는 손짓을 하고 뒤돌아 나가려고 한다.

메드베젠코   마샤!

마샤는 메드베젠코가 자신의 이름을 부르는 소리가 피부에 와닿는 것을 느낀다. 자신이 그

김수연

목소리를 그리워했다는 것을 깨닫는다. 순간 미동도 않고 서 있는 마샤. 그러나 이내 뛰어나가려는 마샤.

메드베젠코 난! 모든 걸 다시 생각해 봤어… 난 기도했어. 답을 알려 달라고. 어떤 답이라도 내게 내려 달라고…. 겨우 알 것 같아. 이제 소원이 무엇이든 그게 진짜든 가짜든, 나라는 인간에게는 별로 중요하지 않다는 것을. 마샤! 내 멍에를 버릴 수 없으니, 당신도 버릴 수 없는 거야. 당신 말고는 다른 걸 꿈꾸게 하지 못하도록 하기 위해서 신께서 나라는 인간에게 그런 멍에를 주셨나 봐. 그게 내 운명인가 봐. 당신과 멀어지면 멀어질수록… 당신에게… 닿고… 싶어…. 마샤… 진실로 닿아 보고 싶어….

마샤 내 기억들에 온통 흉터밖에 없는데… 그럴 순 없어….

고개를 숙이고 눈물을 떨구는 마샤.
메드베젠코, 맨발로 뛰어 들어온 마샤에게 자신의 신발을 벗어 신겨준다.
맞지 않은 메드베젠코의 신발을 신고 있는 마샤. 메드베젠코는 조용히 그녀의 어깨를 감싼다. 두 사람은 처음으로 같은 아픔을 느낀다.
깊은 슬픔을 느끼며 흐느끼는 두 사람.

익연

조명 아웃.

3장 뫼비우스

모스크바의 어느 호텔 파티장. 마샤, 메드베젠
코, 도른, 아르까지나.

2년 후.
밝고 경쾌한 어떤 하루. 밝은 조명과 연주곡.

뜨리고린의 소설은 이루 말할 수 없이 큰 성공
을 거두었다. 왁자지껄한 파티가 열리는 중이
다. 파티장 안의 프라이빗 룸. 메드베젠코와 마
샤가 일행들을 위해 파티 준비를 하고 있다.

도른　　　제가 왔습니다!

마샤　　　(무척 반기며) 와 주셨군요!

마샤와 메드베젠코, 도른을 보고 환호한다.

메드베젠코　공항에서 바로 오시는 길인가요?

도른　　　바로 왔어요. 파티가 끝나면, 방송국과 인터뷰
　　　　　　를 하고 다시 아프리카로 떠나야 해요.

마샤　　　대단하세요, 선생님. 이제 유명 인사가 되셨네
　　　　　　요.

메드베젠코　(들떠서) 아르까지나 씨가 선생님을 굉장히 보

고 싶어 하세요!

도른   그래요, 아르까지나 씨는 아직 도착을 안 했나
       요?

마샤   아! 공항에서 이곳으로 오고 있다고 연락 왔어
       요. 알렉산드르 씨는 대단해요.

도른   아르까지나 씨는 그의 작품 안에서 색다른 모
       습을 보여 주더군요!

메드베젠코 저희도 발표할 소식이 있습니다. 새 생명을 내
        려주셨어요. (사진을 꺼내며) 둘째예요. 어때
        요?

도른   (감탄하며) 오~ 자네라고 해도 믿을 만큼 꼭 닮
       았어.

메드베젠코 딸이에요.

        모두 박수를 치며 진심으로 기뻐한다. 유쾌한
        한때를 보내는 사람들.
        잠시 후, 메드베젠코는 도른의 곁으로 가까이
        다가간다.

메드베젠코 선생님. 아프리카 생활은 어때요? 무료 진료
        라니… 그러니까 돈을 전혀 안 받으시는 거죠?
        어떤 희생정신이 빛나려면… 그렇죠, 물질적
        가치가 개입되면 안 될 거예요. 저도 언젠가 함
        께하고 싶어요.

도른   오, 그래요! 꼭 함께하면 좋겠군요! 꼭! 정말로
       달라요. 그 어느 때보다 내가 살아 있다는 걸

익연

느끼고… 그 느낌은 내가 시한부 삶을 살고 있다는 걸 완전히 잊게 해 줘서 내 건강이 허락하는 한… 아니 허락하지 않는다 해도 끝까지 그들을 돕고 싶어요. (깨달음에 웃으며) 아! 어쩌면, 그들이 나를 돕고 있는 건지도 모르겠군요!

아르까지나 등장한다.

아르까지나   (무대 밖에서) 잠깐! 다들 어디 계세요? 할리우드 여배우 이리나 니꼴라예브나 아르까지나가 왔어요. (무대로 들어오며) 늦지 않았죠?

마샤   알렉산드르 씨와 뜨리고린 씨는요?

아르까지나   공항에서 방송국 기자들에게 완전히 포위됐어. 그들은 아직 방송 매너를 몰라 인터뷰 거절이 서툴러요. 나 먼저 왔어요! 아! 언론의 환대가 대단했어요! 알렉산드르 그이는 그걸 매우 즐기는 거 같더라고. 난 그이가 좋다는 건 다 좋지만 반복되는 인터뷰는 딱 질색. Je suis gêné.[24] 곧 도착할 거예요. 그 두 분의 잔은 조금 특별한 것으로 준비해 주실래요. 마샤?

도른   (잡지를 꺼낸다) 기내에서 나눠 주는 신문들의 헤드라인이 모두 이 기사예요. (신문을 읽는다) '러시아가 주목하는 작가 보리스 알렉세예비치 뜨리고린이 발표하여 화제가 된 소설 『뫼비우스』가 알렉산드르 한스 트레브릭에 의하

---

24   '귀찮아'라는 뜻의 불어.

여 각색되었고, 곧 할리우드 영화로 세계인의 가슴속을 두드릴 예정이다!『뫼비우스』는 미국 유니버셜 필름과 이미 계약을 끝냈고, 이리나 니꼴라예브나 아르까지나로 주연까지 확정되어 세계화될 모든 준비를 마쳤다. 100여 개 국에 선판매가 된『뫼비우스』는 그동안 뜨리고린이 발표한 작품들과는 완전히 다른 주제, 참신한 문체와 묘사로 화제를 모은 작품으로서 죽음을 앞둔 젊은 작가의 삶과 예술에 대한 고통을 담고 있다.『뫼비우스』는 예술에 대한 광기와 고뇌, 인간의 삶에 대한 근원적인 고민을 완성도 있게 묘사한 보기 드문 수작으로 러시아 문학계에 길이 남을 작품으로 평가받고 있다.' 멋진걸요? 대단합니다.

아르까지나   (매우 만족감을 느끼며) 자, 우리 모두 건배해요!

도른   로또 게임, 준비되었나요? 다른 손님들도 궁금하군요.

메드베젠코   이제 곧 시작할 시간입니다. 다 함께 가시죠.

대화를 나누며 서둘러 퇴장하는 사람들.
사람들을 뒤따르다 문득 멈춰 선 마샤. 뒤돌아본다.
축하를 위한 샴페인 잔들, 장식을 위한 소품들….
포크와 나이프 그리고 냅킨 들….

익연

살아 있는 사람만이 남길 수 있는 생의 흔적들을 바라보고 있는 마샤.

그럼에도 삶은 계속되고 있었다.
무뎌지는 아픔 속에서 작은 꽃을 피우며, 그렇게, 그렇게….

무대 밖에서 계속 들리는 왁자지껄한 소리.

정적.
조명 아웃.

Epilogue

병원 응급실. 마샤, 메드베젠코.

정적을 깨고 한 방의 총성이 울린다.
총성은 강렬해서 소리의 흔적을 무대에 깊게 남긴다.
소리의 여운이 사라지기 직전, 희미하게 들려오는 응급차 사이렌 소리 오버랩 된다. 점점 커지며 가깝게 다가오는 사이렌 소리.
다급한 발소리들과 거친 숨소리들. 무대 오른쪽에서 응급환자 이송용 침대 위 마샤의 모습과 대원들의 모습 드러난다.

김수연

자살 시도를 한 마샤.

침대를 하수 업스레이지에 재빠르게 고정하고, 긴급처치를 하는 대원들.

위급한 순간을 넘겼다는 상징적인 의료기기 사운드. 규칙적으로 이어진다.

응급 대원들 무대 밖으로 퇴장한다.

잠시 후, 들어오는 메드베젠코.

마샤를 발견한다.

의식이 없는 마샤를 바라보고 슬픔에 잠기는 메드베젠코.

기도를 하고 마샤의 침대 곁에 앉는다.

계속 들리는 의료기기 사운드.

잠시 후, 생명이 다함을 알리며 꺼지는 의료기기 사운드.

정적.

조명 아웃.

막.

그게 다예요

* 이 작품은 2020 국립극단 희곡우체통 5차 낭독회 초대작으로 10월 19일 백성희장민호극장에서 낭독회로 소개되었습니다.

강동훈

작가의 말

저는 심장에 조그만 구멍이 난 채로 태어났다고 합니다. 심방중격결손. 이 뚫려버린 구멍은 무엇을 위한 자리일까요. 「그게 다예요」는 날실과 씨실처럼 교차하는 두 쌍의 연인, 한 낯선 가족의 자취를 엮은 작품입니다. 너무나 다른 두 세대의 이야기를 오가면서, 저는 각자의 "삶 한가운데 뚫려버린 구멍"이 바로 타인과 나를 이어 주는 통로임을 목격하였습니다.

등장인물

조모
조부
그녀
그
L.L(리틀 레모네이드)

이름 모를 두 연인의 결혼식.

드레스를 입은 여인이 걸어 나오자 남자는 자신도 모르게 깊은 탄식을 내뱉습니다.
"짧은 하루들, 오 부디. 우리가 긴 희망을 품지 못하게 하소서."

1장 실루엣

모모

모모. 그는, 그러니까 자신을 기른 조부로부터 주로 '모모'라는 애칭으로 불리는 20대 후반 정도의 남자는 애초에 없었던 것. 상실해버렸다고 하기엔 애당초 그가 소유한 적이 없던 것들을 오늘도 그려 보는 중이다. 화자가 들여다본 그의 기억이 닿는 시간. 그 속에선 만질 수 없던 어머니-아버지의 쇄골-콧대-손날이라든지 자신이 태어난 1992년 한국 성모병원의 소독약 냄새, 고향, 풋내, 젖내. 부모가 남겨 줬다는 '다인'이라는 중성적인 이름이나 태아 시절부터 그렇게 좋아했다던 참외의 달콤한 향 같은 것들. 그는 그런 유년 시절의 기억이,

그   통째로 상실되어버린 것 같다고 느낄 때가 종

강동훈

종 있다.

그가 중학교 입학 전으로 기억나는 건 고작,

그	유모차의 시트가 그 뒤로 다시 본 적 없는 새하얀 색이었다는 것. 유치원 선생님과 둘만 남으면 심술이 나 커피를 부어버린 것. 화가 날 땐 실내화 가방을 발로 차 댄 것. 계단을 뛰어 내려가다가 굴러 넘어진 것.
조모	피가 철철 나는데도 차마 말하기가 민망했는지 혼자 두 시간을 거기에 앉아 있었어.

그리고 조부가 자기 전이면 매일 틀어 줬다던 책 읽어 주는 테이프. 내용은 기억나?

그	매일 잠이 쏟아질 때까지 틀어져 있었다. 이야기가 마무리될 때면 생경한 클래식 음악이 흘러나왔고 자기 전에 만지작대던 조모의 부드러운 팔. 조부의 펜 긋는 소리. 조모의 규칙적인 재봉틀 소리. 그 정도.

고작 그 정도. 그가 유년 시절을 기억하는 건,

조부	잠이 없는 꼬마였어. 울어 대면 새벽에도 유모차를 끌고 나가 산책을 했고,
조모	사경이 심해서 왼쪽으로는 목이 잘 돌아가지

그게 다예요

도 않았어.

조부　선생님들을 유난히 싫어했지. 매일같이 누군
　　　　가랑 다투고 돌아왔는데,

조모　울지를 않았어. 그 조그만 게 잘 울지를 않아서
　　　　나는 그게 다 기억이 나. 그때가 오히려 더 선
　　　　명하게.

　　　　그의 이런 유년 시절을 상징이라도 하는 것처
　　　　럼 전해지는 일화가 하나 있다.
　　　　조부는 그가 어릴 때부터 여자 친구라도 데리
　　　　고 오는 날엔 매일 그 얘기를 했는데,

조부　태어날 때부터 심장에 작은 구멍이 있었어. 심
　　　　방중격결손. 신생아 만 명 중에 한 명이 그렇다
　　　　는데. 얼마나 울었는지 몰라 조그만 게 가여워
　　　　서,

조모　엄마 아빠도 없는 것이 병까지 앓으니 너무 가
　　　　여워서,

조부　1년을 지켜보고 채워지지 않으면 수술을 하자
　　　　고 했지.

조모　아마 위험할 거라고 했어. 아마 위험할 거라니!
　　　　하염없이 기다리며 7개월 동안 병원에 다녔지.
　　　　그런데 의사 선생님이 글쎄,

그녀　럭키!

조모　자연스럽게 메워졌다고 했어.

조부　저절로 구멍이 채워졌다고,

강동훈

조모   그럴 확률이 얼마나 된다고 했더라?

그녀   만 명 중 한 명. 심방중격결손이 생긴 애들 중
        에서도 만 명 중에 한 명 정도만.

그   지어낸 말 아닐까?

        그는 그 말을 별로 믿지는 않았다.

그녀   글쎄. 그 이야기를 150번은 들었지만,

        들을 때마다 재밌어.

그녀   꼭 메타포 같아서 기분이 좋아.

        그가 중학교에 진학한 후로는, 그러니까 소위
        집 울타리를 넘어 사회화 과정 속에 놓인 후로
        는 뒤죽박죽이던 기억이 제법 안정을 되찾는다.

그   어릴 적부터 곧잘 하던 축구를 시작한다. 기억
        에 남을 친구들도 여럿 사귄다. 대회 우승도 두
        번. 두 번 다 결승전에서 퇴장. 중2 겨울 마지막
        대회 결승에서 다리를 다친다. 축구를 접는다.
        접어야 한다. 더는 친구도 필요가 없다.

        친구가 없다.

그   왕처럼 굴더니 꼴좋다고 놀리던 선배를 팬다.

그게 다예요

끌려가서 맞는다. 드럼통 속으로 꾸겨지다시
피 들어가 맞는다. 그들은 한 대씩만 때리겠다
고 한다. 선배들이 시켜서 어쩔 수 없다고.

왜 울지를 않는 거야?

그   같이 뛰던 10명이 번호 순서대로 줄을 서더니
           그들은 한 대씩 때리지 않는다. 그는 그들의 등
           번호를 하나하나 외운다.

           개처럼 팬다.
           등번호를 다 외우고 그들의 얼굴은 지웠다.

그   그날 그는 개처럼 맞았다.
그녀   그리고 나를 만났지.
그   연이 네가 그날 고아원을 나와 우리 집으로 왔
           지. 할머니 손을 붙잡고 여기서 살게 해 달라
           고, 살 거라고. 넌 첫날부터 선언 아닌 선언을
           했고. 그때 나는 몰랐어. 정말 아무것도. 무너
           진 폐허에서 나를 건지러, 네가 왔다는 것도.
조모   안색이 안 좋아 모모. 괜찮아?

           그는 대답으로부터 도망친다. 조모가 재봉 중
           인 색색의 원단들을 지나쳐서,

조모   모모 너와 내가 우리에서, 나와 당신으로 분리

강동훈

되던 순간을 나는 기억한다.

그는 조부의 작업실로 들어간다. 유년 시절 그
의 놀이터. 유일한 쉼터.
조부는 안경을 쓴 채 여느 때처럼 펜을 쥐고서,

그   이제 선을 그을 거야?

조부는 그를 보고 고개를 가로저으며 펜을 내
려놓는다.

조부는 모모의 머리가 헝클어져 있다는 사실
을 알아챈다.

조부   안색이 창백하다는 것도,

조모에게 보이고 싶지 않은 모습으로 자신에
게 왔다는 것도,

그   응?
조부   아직,
그   그럼 뭘 보고 있어?

조부는 안경을 올려 쓰고 머리를 쓸어 넘긴다.

조부   한번 봐봐, 모모.

그게 다예요

그	도면도 아니고 백지잖아. 보긴 뭘 보라고?
조부	실루엣.

조부와 그는 나란히 앉아 아직 그려지지 않은
무언가를 가만히 떠올려 본다.
이미 땅에 떨어져버린 아이스크림이나 터져버
린 축구공.
'조부가 그런 것들을 보는 표정을 하고 있다고.'

그   그 당시 나는 생각한다.

비어 있는 백지를 들여다보는 것 따위에 무슨
의미가 존재할 수 있는지,

그   그는 이해할 수가 없다.

그날 밤 조부의 작업실에선 사각사각, 펜이 선
을 그리며 종이 위를 유영하는 소리 대신 적막
만이 흘렀고,

그   속이 메슥거렸다.

그의 온몸에서 정체를 알 수 없는 어지럼증이
열꽃처럼 피어올랐다. 멀미였을까. 처음 겪는
감각에 그는 갑갑해져 급히 블라인드 틈새로
손을 집어넣었는데, 발원지를 알 수 없는 아지

강동훈

랑이가 그 틈새로 유영하듯 황혼의 빛줄기들 사이로 흩어지고 있었다.

조부 그는 그 풍경을 이해할 수 없었다.

늦은 결혼식

2019년 기준 한국 통계청 자료에 따르면 매년 25만 7622건의 결혼식이 열린다.
빅 웨딩, 스몰 웨딩. 단칸방에서 단출하게 단둘이 케이크의 촛불을 붙였든 샹들리에 아래서 키스를 했든 총 25만 7622건. 그중에 혼인신고를 하지 않은 연인은 얼마나 될까?

그녀 결혼식도 혼인신고도 하지 않고 54년을 지내온 커플의 사랑은 꽤 은밀한 구석이 있다. 왜 그동안 혼인신고를 하거나 식을 올리지 않았냐고 묻고 싶다가도, 그들이 함께한 시간을 캐묻는 것은 비밀스런 죽음을 들춰내는 것처럼 조심스러웠다.

신부 대기실. 마네킹에 걸려 있는 머터니티 드레스 앞에 조모가 앉아 있다.

준비하실 시간이에요.

그게 다예요

조모는 고개를 젓는다.

54년을 기다렸잖아요.

조모는 고개를 젓는다.

봐요. 어서 입어 봐요. 오래전부터 당신을 기다려 온 드레스예요.

조모는 자꾸만 고개를 젓는다.

세월을 잔뜩 머금은,

조모   오렌지.

당신이 가장 좋아하는 과일. 탐스러운 햇살을 껍질에 담아 두고 잘 말린 빛깔. 어느 날은 시고 어느 날에는 달아 변덕스러워도,

조모   매번 상상만으로도 당신의 입에 침이 고이게 해.

아침마다 작업을 시작하기 전에 두 개씩 재봉틀 앞에 항상 찻잔과 함께.

조모   그 빛깔을 담고 싶어서. 그런데 내가?

강동훈

그가 걸어 들어온다.

그 그렇게 늙으셨으니까. 우아하고 상큼하게요.
아름다워요. 고전 영화의 한 장면처럼 석양이
오렌지 농장에 드리우고,

조모 온 화면이 그늘진 주홍빛으로 물들었어.

그 두 분이 매번 얘기하던 그 장면이 조금 이해가
돼요. 준비하셔야죠?

조모 모모.

그 네, 저예요.

조모 그런데 그이는?

그녀가 뛰어 들어온다.

그녀 안 계셔. 사라지셨어요.

그 사라졌어?

사라졌다.
늙어버린 드레스 메이커가,

그녀 사라졌어.

80세의 신랑이 78세의 신부를 두고 사라졌다.

그 왜? 어디로?

그게 다예요

그가 손수 만든 웨딩드레스 한 벌만 남기고서.
지금부터 잠시 시간을 거꾸로 되새겨 본다.

그   어디로?

그녀   왜?

그   지금?

그녀   왜?

그   거짓말. 어디로?

그녀   왜?

그   할머니를 사랑하잖아.

조모   모모.

그   네.

조모   그런데 그이는?

그   사라졌어요.

잠시 더 뒤로.

그녀   54년을 미루고도 조부가 결혼식 날짜를 급하
        게 잡은 건 조부, 당신의 건강이 급격히 악화되
        고 있어서 그리고 조모의 기억이 차츰,

조모   소멸해 가는 것 같아.

그녀   그는 그 사실을 정확히 알지는 못한다. 문제를
        알고는 있지만 들여다보지 못한다.

그   꼭 마지막을 준비하는 것 같아서,

        언젠가부터, 인사를 하고 들어와 눈을 감을 때

강동훈

면 매번 작별일 것만 같아서.

그대로 그렇게. 그게 다인 것처럼.

그녀   우리는 조부와 조모의 손을 떠나 같은 기숙사 고등학교를, 또 같은 대학교를 쉬지 않고 마쳤다. 그리고 넌 곧바로 해군 장교로 임관 후 입대. 바다에서 3년을 쫓기듯이 살아온 너는 전역을 3일 앞두고 조부모의 늦은 결혼식에 참석했지만,

그   전역을 결정한 사실은 말하지 못했다.

그녀   너는 뱃멀미를 하는 해군 장교. 왜 바다로 도망쳤어?

그   어디로 가야 하는지 모르겠는데,

가야 할 것 같아서,

그   갈 곳도 없는데,

자꾸만 내몰리는 기분이 들어서,

그녀   어디로 가야 하지?

그   몰라 어디로든. 일단 멈추면 다시는 움직이지 못할 것 같아서 배를 탔다. 명령을 받고, 배에 탄다. 목적지로 이동, 돌아온다. 명확한 삶. 명확한 행방. 그런데 배를 타면 항상,

그녀   멀미가 나. 여기도 마찬가지야. 왜 돌아왔어?

그게 다예요

그	3년, 익숙해져도 절대 괜찮아지지는 못해서,
그녀	우리는 쫓기는 걸까, 쫓는 걸까?
그	모르겠어. 뭔가를 찾고 있었나?
그녀	뭔가를 찾고 있었어. 뭐였지?
그	우리는 아마,
그녀	흔들려.
그	가만히 서서 숨만 쉬어도,
그녀	주위 사방이 흔들려서,
그	어지러워.
그녀	눈을 떠서 일어나고 살아 내야 한다는 것 자체가,
그	버거워.
조모	아가, 괜찮아?
그	없어요.
조모	그이가?
그	할아버지가, 사라졌어요.
조모	그럴 리가.
그	떠난 걸까요?
조모	연아, 그이는?

목적을 잃어버린 웨딩드레스 한 벌과 한 명의
신부가 여기에 있다.

그녀	드레스는 마음에 드세요 할머니?
조모	마음에 들어.
그	찾아올게요.

강동훈

조모 하지만 내 것은 아니야. 그렇죠, 여보?

그녀 여기도 똑같아 모모. 배에서 내린 너는 우리에게 돌아왔지만 여전히 하루는 어지러워.

2019년 기준 실종 신고 접수는 42,390건, 미발견 인원은 186명이다.

2장 찰나의 색

초대

조모 '색색으로 물든 대지의 꿈속에서, 수많은 소리를 꿰뚫고 하나의 음이 조용히 들리니 은밀하게 귀 기울이는 이가 있구나. 그대가 내 삶의 한 음이고 은밀히 귀 기울이는 사람입니다.' 요새는 잠에서 막 깨어나 찬물을 한 모금 들이켜고 나면 당신이 즐겨 인용하던 글귀가 자꾸만 떠오릅니다. 슈만이 클라라에게 사랑을 고백하며 쓴 환상곡의 글귀요. 왠지 요새 들어 그 말을 자꾸 곱씹어 보게 된다고 할까요. 당신이 사라졌다는 소식을 오늘 아침에 들었습니다.

모모가 내게 말을 하더군요.

조모 벌써 두 달이 다 돼 간다고요. 오늘도 일어나

그게 다예요

여느 때처럼 우리의 작업실에 들고 갈 차를 내리다, 어찌나 놀랐는지 아끼던 찻잔을 깨 먹고 말았습니다. 그런데 모모 그 녀석은 가만히 그 모습을 지켜보더니 또 새침하게,

그 17개. 그러다 찻잔이 남아나질 않겠어요.

조모 빨래라도 걷듯이 그저 태연하게 깨진 조각들을 휴지로 감싸 정리하는 거예요. 그러고는 가타부타 말도 없이 새로 찻물을 내리러 가버리는데 그 뒷모습을 보고 있자니 너무나 익숙해서. 문득 '정말 당신이 사라졌구나' 하는 사실이 피부에 와 닿아 서늘한 소름이 돋았습니다. 모모 말처럼 이제는 정말 내 기억이 온전하지 못한 까닭인지,

아니면 내가 모르는 척을 해 보려고 벌이는 여우 같은 소동인지 나도 잘 모르겠습니다.

문 열리는 소리. 집 밖으로 그가 나간다. 그녀도 뒤이어 나갈 준비를 한다.

조모 어디 가려고 연아?

그녀 금방 갔다 올게요, 테이블 위에 차는 올려 뒀어요. 모모가 직접 타서 좀 진할 거예요.

조모 걸옷이라도 걸치렴. 오늘은 유달리 꿈자리가 안 좋아.

그녀 아직 여름인걸요?

강동훈

조모   그러니?

그녀는 웃음을 띠며 코트를 걸친다.

그녀   혹시 모르니까. 아 할머니.
조모   응?
그녀   아네요. 저도 뒤숭숭한 꿈을 꿔서요.

고개를 끄덕이는 조모를 뒤로하고 그녀가 집을 나선다. 조모는 잠시 텅 빈 집을 바라보다가 지하 작업실로 향한다.

조모   아침이면 애들은 당신을 찾겠다 나가고, 당신도 없어 집은 비었지만 그렇다고 작업실을 비워 두지는 않았어요. 드레스를 주문한 사람들을 실망시킨다니. 그 표정이며 상실감을 생각해 보세요. 상상하고 싶지도 않죠? 여느 때처럼 원단을 자르고 패턴을 새겨 넣었죠. 재봉틀 돌아가는 소리를 들으며 차를 한잔 마셨습니다. 당신은 없어도 남겨진 스케치들은 여전히 여기에 있으니까요.

조모는 조부가 남기고 간 스케치들을 작업 테이블에 올려 훑어본다.

조모   당신이 기록해 둔 이름 모를 여인들의 신체 치

그게 다예요

수. 첫인상 같은 것들. 제 손으로 하나하나 다시 들춰 보고 있자니 어쩐지 당신의 은밀한 사생활을 엿보는 것 같더군요.

당신이 조금 낯설게도 느껴졌습니다.

조모 이런저런 생각을 공유하던 당신은 제법 확신에 차 있어 보였는데. 남겨진 스케치들은 어지러운 색들로 가득 차 있어서요. 길 잃은 어린아이의 낙서처럼.

스케치들을 들여다보던 조모는 잠시 하던 일을 잊고 멍하니 생각에 잠긴다.

조모 아, 그런데 제가 어디까지 얘기를 하고 있었죠?

길 잃은 아이의 낙서처럼.

조모 아 그렇지. 요새는 자꾸만 이렇게 이유도 없이 멍해져서는 바늘에 손을 찔려 새빨간 피를 보고 말아요. 꼭 빈혈을 앓을 때처럼 현실의 풍경이 아득해진달까요. 그러면 꼭, 뭐랄까. 먼 과거의 풍경들이 자꾸만 저를 초대하는 것처럼 느껴져요. 환상, 어지러운 환상처럼요. 전에 그 말을 들을 땐 먼 타국의 풍경이나 몽상 같은 걸 떠올렸는데. 이제는 당신과 함께 지나온 모든

강동훈

순간이 환상처럼 느껴집니다. 무엇이 당신을
어지럽게 하던가요, 여보? 말할 수 없는 것들?

내게 다가와 말없이 자주 안기던 당신이 없어
내 품도 허전합니다.
그래서 당신은 떠난 걸까요?

조모 나는 그렇게 생각하지 않습니다. 당신은 짓궂
어요. 이번에도 뭔가 하고 싶은 말이 있어 장난
을 치는 거지요? 모모에겐가요? 연이에게? 혹
은 제게? 나는 또 당신의 장난에 장단을 맞춰
줄 생각입니다. 여보. 나의 레모네이드. 그러나
이번에는 시간제한이 있는 게임이에요. 너무
늦으면 나는 당신의 장난도, 당신도. 모두 잊어
버릴지도 모르겠습니다.

집을 나서다

길을 걷다 멈추는 그. 따라서 멈춰 서는 그녀.

그녀 다인아.
그 가야 돼? 꼭 신고를 해야 할까?
그녀 응. 벌써 두 달이야.
그 …그래도.
그녀 다인아.
그 응?

그게 다예요

그녀	이대로 괜찮을까?
그	뭐가?
그녀	이렇게 사는 거.
그	이렇게?
그녀	이대로 사는 거.

실종 신고

그 시각 오전 10시 42분경, 막 땡볕이 내리쬐기 시작하고 벌써 출근을 한 사람들은 눈치껏 핸드폰을 슬쩍 밀어 보며 바빠질 하루를 대비하고 있는 즈음 그와 그녀가 파출소에 들어섰다.

근래 계속되던 대규모 집회 탓에 모든 경찰서가 마비될 정도로 혼란스러울 거라고 예상들을 하겠지만, 사실 그와 그녀가 파출소의 문을 밀고 들어서는 순간 그 속에서는 날아다니는 파리의 수를 세던 경위와 파견 이래 7,126마리째의 먹잇감을 노리던 순경이! 아직 출근하지 않은 서장이 들어오는 것은 아닌가 하고 깜짝 놀라며 자신들도 모르게 경직된 경례 자세를 동시에 취하고 있었다.

아동인가요?

그	네?

강동훈

실종자 분이 아동이시냐고요.

그   아니요.

연령이 어떻게 되세요?

그   92년.

실종자 분이요.

그녀   여든이세요. 39년생.

지적장애? 아니면 치매?

그녀   둘 다 아녜요. 대신에 폐암 3기.

관계는요?

그   제 조부십니다.

그쪽은?

그녀   ….

그쪽은요?

그게 다예요

그	가족입니다.
	두 달이면 신고가 늦었어요. 한참이요. 그건 알고 계시죠?
그	돌아오실 줄 알았다고,
그녀	그는 말하지 못했고 조부의 실종 사건은 기타 노년층 파일 속에 분류됐다.
	최근 사진이나 신분증, 기타 요청 자료들은 가능한 빨리 제출하시고요. 마지막으로 성함이요.
그	…네?
	할아버님 성함을 모르세요?
그	…네. 그런데 이제 저희, 어디에 가서 뭘 해야 하죠?

조부

그녀	그가 조부의 이름을 모르는 게 세대 간의 불소통이나 가족 간 불화 같은 사회적 문제의 탓은 아니었다. 그런 문제보다는,
그	어릴 적 조모가 그에게 말해 준 이야기 때문이다. 나는 그 이야기에 푹 빠져 그전에 알던 조

강동훈

부의 이름마저도 까먹고 말았다.

조모   나의 레모네이드.

그   그 뒤로 그 이야기도 한참을 잊고 있었는데,

7,126마리의 파리를 죽인 그 순경 때문에,

그   떠올라버렸다.

그녀   무슨 이야긴데?

그   할아버지가 10세 때 피란 간 이야기.

그녀   저는 처음 듣는데요.

조모   언젠가부터 그 얘기하는 걸 멈춰버렸으니까. 잊어버린 게 아니라, 말 그대로 그러기로 결심해버린 사람처럼,

그   할머니도 할아버지 이름을 모르세요?

조모   알지. 하지만 서로를 이름으로 불러 본 적이 없는걸.

그녀   나의 레모네이드.

조모   처음부터 그는 그렇게 자기를 소개했고. 나도 처음부터 그렇게만 불렀다.

그   거기로 갔을까?

그녀   거기가 어딘데?

조모   남해의 끝자락. 그이가 만으로 10세 때. 그러니까 내가 8세일 때,

6월 25일 새벽, 한국전쟁이 발발했다.

지금 말하고 있는 화자 본인이나 그, 그녀의 시선에서 한국전쟁은 이미 꽤나 객관화된 먼 역사 속 이야기처럼 느껴지지만 그렇게 멀리 떠나야만 들을 수 있는 이야기는 아니다.

그의 조모와 조부의 유년 시절. 지금으로 따지면 그들이 유치원이나 초등학교 갈 나이에 벌어진 일이다. 전쟁이 지속된 3년 동안 조부는 아버지를, 조모는 양친을 모두 잃었다.

다음은 BBC 유튜브 채널에 올라온 한국전쟁 관련 다큐멘터리 영상에 달린 최신 댓글이다.

'My dad was also in the Korean War. My brother and I have been searching documentaries since he passed in January 2017. I finally was able to see him in this Video. 7:36 soldier with his eyes shaded. God Bless you Dad. God Bless America.'

화자가 이어서 자체적으로 번역을 시작한다.

저희 아버지도 한국전쟁에 참여하셨어요. 제 형제와 저는 그가 2017년 봄에 돌아가신 이후로 계속 관련 다큐멘터리 영상들을 찾아왔었죠. 그런데 저는 마침내 이 동영상에서 그의 얼굴을 찾아볼 수 있었어요. 7분 36초경에 나오는 눈에 그늘이 진 병사요. 아버지 당신에게 신의 축복이 깃들길. 미국에도 부디 신의 축복이 있길.

강동훈

더욱 최신 댓글도 있다.

'We need a Korean war movie.'
'It's gonna be a so much fun!'
한국전쟁 영화가 대체 왜 없는 거야?
그건 분명히 겁나 재미있을 거라고!

전쟁은 일요일 새벽 4시경 북한이 '폭풍' 계획
에 따라 북위 38도선 전역에 걸쳐 남한을 선전
포고 없이 기습 침공하면서 발발했다.
그러나 여기서 화자는 역사책을 낭독하려는
게 아니기 때문에 지금부터는 조부의 유년-청
년 시절에 지대한 영향을 미친 특정 국가의 시
선을 쭉 따라가 보겠다.

조부　　한강대교가 끊어졌다는 소식.
그 후로 뒤를 돌아본 기억은 없다. 울었으나 울
음소리가 들리지 않았다. 세상은 온통 흑백이
거나 간혹 붉었다. 아버지나 동생들도 하나둘
사라졌다. 끝내 하나 남은 건 어머니 손. 그걸
붙잡고 남쪽으로 걸었다. 무서워 눈을 감고 걸
었다.

'The Council of United States authorized the
formation of the United States Command and
the dispatch of forces to Korea to repel what

그게 다예요

was recognized as a North Korean invasion.'
미국 의회는 북한의 침공을 저지하기 위해 남한으로 군부대를 파견하기로 의결했다.

조부   발이 터졌다. 배가 고팠다. 목이 말랐다. 혀를 깨물어 침이 나오면 그걸로 목을 축였다.

'Twenty-one countries of the United Nations eventually contributed to the UN force, with the United States providing around 90% of the military personnel.'
21개의 UN 연합군이 참전했으며, 그중 90%의 군력을 미 당국이 제공했다.

조부   어머니의 어깨는 밤이 되면 항상 떨렸으나 폭발의 잔음에 덮여 역시 울음소리는 들리지 않았다. 그렇게 47일 한낮의 흑백과 이명 속에서 그저 걷는데 문득, 낯선 짠 내음이 바람을 타고 선선히 볼 위를 스쳤다.

다 왔어, 아가. 눈을 뜨렴.

그는 고개를 저었다.

이제 괜찮아. 더 갈 데도 없구나.

강동훈

조부   치맛자락 밖으로 목을 길게 빼고서 바깥을 바
라보자 거기에 난생처음 보는 바다가 있었다.
푸르다. 잊어버린 색이었다. 노란 태양. 그렇게
탐스럽게 일렁이고 있었구나. 평생 잊지 못할
순간이란 말을 그는 처음으로 배웠다.

그리고 처음으로 만난 바다는,

조부   반짝였다. 무척이나. 눈을 떴다 감으면 여름 햇
빛의 열렬한 구애를 받은 포말들이 저마다의
빛을 반짝이며 두 눈에 쏙 들어왔다. 그리고 그
위로 헤엄치듯 들어오는 군함들. 붉은 띠를 두
른 푸른 별들. 눈물을 흘렸던 것 같다. 눈물이
났다. 찰나에 담긴 그 세상 풍경이 너무나 진하
고 열렬해서. 아름다워서 지랄맞게도 아름다
워서. 그때 그는 처음 알았다. 찰나의 빛에도
여러 색들이 숨겨져 있다는 걸.

쉬자꾸나,

조부   포구에 주저앉은 어머니는 아무 말이 없으셨
고 울지도 않으셨다.

쉬고 싶어.

조부   찰나의 빛에 온 세상이 섞여 들어온 순간을 그

그게 다예요

때 그녀는 보지 못한 걸까. 다시 눈물이 새어 나왔다. 맑은 눈물. 아마도 이 모든 걸 게워 내기 위해 인간은 눈물을 흘리나 보다 하고.

쉬지 않고 더 가면,

조부 어머니도 울기를 바랐다. 소리 내서 엉엉.

네 동생들을 볼 수 있을까?

조부 더 가면 바다예요, 어머니. 더는 없어.

그래도 더 가다 보면,

조부 우세요 어머니. 차라리 울어요.

네 아버지를 볼 수 있을까?

조부 당신이 울면 내가 달래 줄 수도 있는데, 적어도 그런 건 할 수 있는데 왜 벌써 다 포기해버린 얼굴로.

그런데 너는 왜 울고 있니, 아가?

조부 세상은 다시 색으로 물들었다. 기쁨. 슬픔. 환희. 비애. 절망. 희망. 그날은 그의 생일이었다.

강동훈

생일로 삼기로 했다. 어머니는 더 이상 관심이 없었지만 그걸 알고도 10세의 생일을 맞아서 나는 계속 살아 보기로 한다. 봐버렸기 때문에. 기억하기 때문에.

그 　　찰나의 빛은 그저 빛이 아니라 여러 색들이 섞여 있다는 걸.

3장 리틀 레모네이드

미군(Isn't it a pity?)

조모 　　그때 그가 보았던 구원의 풍경. 푸른 별에서 온 군함은 녹색 군복이 바랜 군인들을 쏟아냈다. 단단한 전투복 위로 롤칼라 오버코트를 걸친 군인들이 배에서 내려 바로 앞에 있는 그를 지나쳐 마을로 향했다.

조부 　　1950년. 겨울에 가까운 가을. 전선은 이미 빠른 속도로 북상 중이었고 당시 해안가에 도착한 부대는,

　　　　후송 보급부대.
　　　　도착 전날 승전보를 전해 들은 그들은 어쩐지 전시 상황과는 조금 동떨어진, 어쩐지 태평해 보이기까지 했다. 그들을 맞은 어른들의 반응은 양극단으로 갈렸는데,

그게 다예요

조모	코 큰 귀신들이 왔다며 겁을 내거나,
조부	구세주라도 만난 양 두 팔 벌려 환영하거나,

그건 아이들도 마찬가지였지만 그 전에 아이들은 신기해했다.

조부	그들도 우리를 신기해했다. 볼을 꼬집어 보며 빵, 햄, 초콜릿, 통조림 같은 걸 나눠 줬다. 군복의 단추를 뜯어 선물하는 군인도 있었다.

막사가 자리를 갖추고 부대가 정리되자 가장 먼저 그들이 준비했던 건 연회였다. 밤이 되자 그 전까지 거의 버려져 있던 처마식 마을 회관은 갑자기 이국적인 빛을 뿜어내기 시작했다.

조부	커다란 술통과 시커먼 그랜드 피아노가 들어섰다. 정복을 차려입은 간부들. 멋들어지는 턱시도에 보타이를 한 악사들. 요란한 소리를 쏟아 내는 난생처음 본 금색의 악기들. 줄이 4개 달린 크고 작은 대포. 갈치 비늘처럼 은색으로 찰랑거리는 몇몇 금발의 여인들도 비좁은 연회장 안으로 몰려들었다.
조모	그리고 마을에는 공고가 붙었다. '연회장에서 손을 도울 젊은 남녀를 모집합니다!' 그건 그날 도착한 한 소령이 한국 대위에게 말했기 때문이다.

강동훈

THE HELP NEEDED!

조부   '남녀'라고는 쓰여 있었지만 사실상 당시 마을의 젊은 남자는 모두 전쟁에 동원되었기 때문에 대체로 그 자리를 채운 건 남자라기보다는 소년들이었다. 그럼에도 그는 거기에 들어가기에는 너무 어렸지만,

조모   어머니를 포함해 아무도 그의 안위 따위에는 관심이 없었기 때문에,

조부   내 또래 중에서는 유일하게 거기에 들어가게 된다.

조부는 트레이에 놓여 있는 음료를 부지런히 나른다.
맥주를 마시다 그를 발견한 젊은 미군 소위가 그에게 손짓한다.

너무 어려 보이는데, 몇 살?

조부   10세, 어제가 생일이었어요.

군인들과 어울리기에는 너무 어려.

조부   그렇지 않아요. 다 컸습니다.

잠깐!

그게 다예요

여기서 짚고 넘어가야 하는 점, 타국으로 첫 파견되어 막 피가 끓던 젊은 미군 소위와 한국의 10세 사내아이 사이에는 공통으로 소통 가능한 언어가 전무했다. 따라서 그들의 첫 만남은 위의 장면처럼 매끄럽지는 못했는데 실상은 이러했다.

Too young to be here, Son. how old?

조부   ?

잠시 고민하던 소위는 자기를 가리키며 손으로 숫자 27을 만든다.
조부는 손 모양을 제멋대로 해석한다.

조부   ? 두 명을 빵, 총으로 빵! 두 명을 쐈어.

두 명을?

뭐, 대강 이런 식의 난처한 도입부가 둘 사이에는 길게 늘어졌다. 그러니 이쯤에서 과도한 리얼리티는 모두의 편의를 위해 접어 두고. 세련되고 깔끔한 화자의 번역으로 장면을 계속 살펴보도록 하자.

다시 화자는 미군을 흉내 내기 시작한다.

강동훈

이런 안타까워라. Such a Pity! 어린 나이에.

조부　안타깝지 않아요. 와 주셔서 감사합니다. 우리
　　　　를 도와주러 먼 길을 오셨잖아요.

　　　　군인은 고개를 젓는다.

　　　　여기에 너 같은 아이들이 많니?

　　　　조부가 고개를 끄덕인다.

　　　　우리도 너희 같은 아이들이 많다.

조부　나는 그 말을 생생히 기억한다. 손짓과 발짓으
　　　　로 전해진 진심. 바다 건너 배를 타고 온 코 큰
　　　　귀신이, 혹은 구세주가. 그는 지금 동정이 아니
　　　　라 공감하고 있다는 걸. 그는 나의 말을 제대로
　　　　이해하지는 못했을 것이다. 내가 잃은 게 아버
　　　　지와 동생들이며 하나 남은 어머니는 우울증에
　　　　빠져 매일 바다만 바라보고 있다는 걸. 하지만
　　　　그 군인은 내가 주위의 누군가를 잃었다는 것.
　　　　그것만큼은 분명히 알아듣고 나를 바라본다.

　　　　어떨 때 가장 괴로우냐고.

조부　가끔 어지러워요. 밤에 잠이 오지 않아 부두로

그게 다예요

어머니를 찾으러 가면. 곁에 앉아 어머니처럼 바다를 한참 들여다보고 있자면. 찰랑거리는 파도가 무척 아름답다가 문득, 이유 없이 속이 울렁거리고 울음이 차올라요. 메슥거리는 느낌. 주위 풍경이 전부 아득히 멀어지고 나도 모르게 혼자가 되어버린 느낌.

나도.

조부   아저씨도?

나도. 임관 후에 첫 파견되어 여기까지 오는데 멀미를 아주 심하게 해서 놀림을 많이 받았다. 어린애같이 군다고. 얼른 남자가 되라고.

조부   하지만 우리 엄마를 봐요. 나이랑은 상관이 없어. 어쩔 수 없는 거잖아.

어쩔 수 없지.

조부   어지러운 건 내 탓도 아닌데.

네 탓은 아니지.

조부   그럴 땐 어떻게 하면 좋죠?

강동훈

그럴 때?

조부   밤에요, 혼자 어지러울 때.

A Glass of Really Cool Lemonade(시원한 레모네이드 한잔).

조부   레모네이드?

얼음을 올린 차가운 냉수에 신선한 레몬즙을
짜 넣은 거야.
With No Sugar.

조부   레몬? 슈가?

상큼하고 쌉쌀하게. 정신을 바짝 차리게 돼.

조부   그런 건 대체 어디서 구할 수 있는데요?

지금 네 손 위에.

조부   …?

소위는 싱긋 웃어 보이며 트레이 위 레모네이드를 한 잔 쭉 들이켜고는 조부에게도 권한다. 조부는 여전히 아리송한 얼굴로 레모네이드를

그게 다예요

한 잔 쭉 들이켠다.

조부   시고 쓰다. 단맛이 없다. 그래도 시원해.

시원해?

조부   시원해, 정신이 번쩍 들어.

생일이 갓 지난 소년은 그날 그 이름이 마음에
들었다.

소식

다락방에 놓인 피아노 앞에 앉아 그녀가 연주
를 시작한다.
멈칫한다. 같은 곳에서 계속해서 멈칫한다.
손을 올려다본다.

그녀   넌 누구야?

피아노 음이 들린다. 맑은 음.

그녀   넌 누구지?

피아노 음이 들린다. 두꺼운 음.

강동훈

그녀 괜찮니?

피아노 음이 들린다. 맑은 음.

그녀 돌아오지 않을지도 몰라. 그럼 나는 누구한테
      조언을 구하지?

      모모는?

그녀 정말 괜찮을까?

맑은 음과 두꺼운 음.

      괜찮을까?

그녀 (화자를 바라보며) 넌 누구야?

몇 시간 전 기억들.

떠나는 그녀 뒤를 그가 따라간다.

그   어디 가 연아. 합주 연습 있다며.
그녀 안 가, 아니 못 갈 것 같아.
그   너까지 대체 왜 그러는데?
그녀 다인아.
그   응?

그게 다예요

그녀	결혼식 전날 아침에 할아버지를 따로 만났어.
그	할아버지를? 왜?
그녀	말씀드리고 싶은 게 있어서.
그	뭐였는데?
그녀	다인아.
그	응?
그녀	어떡해?
그	응?

딩, 화자가 실수로 피아노 건반을 누른다.

미안 잘못 눌렀어. 아 그리고 있잖아.

| 그 | 응? |

임신이래.

딩. 이제는 화자가 제멋대로 건반을 누른다.

그의 머릿속에는 그 순간 축복에 대한 구절이
떠올랐을까.
저주에 대한 문구가 떠올랐을까.

딩. 피아노가 울린다.

아니면 농담이나 장난? 짓궂은. 그런데,

강동훈

딩.

그녀   무서워.

딩.

그   너는 그런 말을 하는 아이가 아니었는데. 꿈인
가? 꿈이길 바랐거나.

그녀   나는 준비가 안 됐어. 하나도. 정말 하나도.

딩. 그녀는 처음으로 그 앞에서 불확실한 말들
을 늘어놓았다.
임신에 대해 말하는 대신, 아주 오랫동안 혹은
아무 말도 하지 않았다.

그녀   내가 겪어 온 삶이란 대부분 얼마나 역겹고 구
차하며, 추잡하고 비루한지에 대해. 사회의 이
상과 가치, 신념 들이 얼마나 허황되고 동시에
편협하고 부정확한지에 대해. 믿음 없는 신앙
과 실종된 신에 대해. 사람들에 대해. 환경에
대해. 바이러스에 대해. 외로움에 대해. 고독에
대해. 심장에 구멍이 뚫린 채 태어나게 된 아이
처럼 삶이란 것도 처음부터 가장 중요한 걸 상
실한 채로 태어난 건 아닐까 하고. 네 앞에서
그런 말들을 늘어놓았다. 아주 오랫동안.

혹은 아무 말도 하지 않았다.

그녀　　그런데 이런 세상에, 내가 널 낳아도 될까?

조모　　럭키!

그녀　　메타포 같아. 들을 때마다 재밌어.

조모　　하지만 삶 한가운데에 뚫려버린 구멍은 개인
　　　　　의 그것과는 달리 결코 메워지지 않을 거라고.
　　　　　운 따위 조잡한 것으로는 결코 채울 수 없는 거
　　　　　라고. 그들은 그렇게 느끼고 있었다. 아가, 괜
　　　　　찮아? 우리가 조금이라도 그 구멍을 메워 줄
　　　　　수 있다면 좋을 텐데. 그렇죠, 여보?

그녀　　당신들이 나의 온 세상이었다면 좋을 텐데.

　　　　　하지만 나는 그렇게 태어나지 않았지.

그　　　연아.

　　　　　내겐 여전히 마른 잉크보다 건조한 세상이야.

그　　　연아.

그녀　　다인아, 그저 네가 내게 온 세상이었다면 좋을
　　　　　텐데. 널 만나기 위해 태어났다거나. 그냥 그걸
　　　　　로 됐다거나.

그　　　그걸로 안 될까?

그녀　　너는?

　　　　　　　　　　　　　　　　　　　　강동훈

딩. 피아노가 다시 울린다.

그녀는 처음 그 결과를 듣고 축복이란 말을 떠올렸을까.
저주나 시련에 대해서 떠올렸을까. 아니면 조부의,

그녀   목이 말랐다. 너무.
그   연아.
그녀   낳고 싶지 않아.

         너는 현명해. 사랑스럽고. 널 믿어. 내가 아는
         누구보다도,

그   괜찮을 거야. 할아버지도 그랬지? 괜찮을 거
         야.

         네가 좋아. 너를 믿어. 내가 아는 누구보다도,

그녀   하지만 너도 알잖아.
그   네가 좋아. 너를 믿어. 누구보다도,
그녀   하지만 내가 잠들고 혼자 깨 있는 밤이면 너도
         생각하잖아.

         네가 사랑스럽다. 그러나 여전히 죽고 싶다.

그게 다예요

그녀	이런 내가, 널 낳아도 될까?
그	연아.
그녀	아무 말도 안 하셨어.
그	아무 말도?
그녀	1주 안에 결정해야 돼.
그	뭘?
그녀	병원에서 더는 안 된대.
그	연아.
그녀	거짓말은 하지 마.
그	연아.
그녀	남자가 되려고도 하지 마.

그가 할 수 있는 말은 단 한마디도 없었다. 거짓말은 하고 싶지 않았기에.

| 그 | 너는 누구야? 왜 벌써 찾아왔어? |

너는 누구야?

그와 그녀는 지금 조부의 이야기 속 시원한 레모네이드가 간절히 필요하다.
하지만 요즘 카페에서 파는 것들은 전부 과도하게 들어간 설탕과 탄산 때문에 너무나 달고, 톡 쏘고, 감칠맛이 강하게 돌아서,

| 그 | 멀쩡한 정신도 녹여버려. 흐물흐물하게, |

강동훈

그녀	이럴 때 당신이 있었으면,
그	하지만 당신은 없고 세상에는 온통,
그녀	가짜 레모네이드,
그	멀리서 아른거리던 실루엣마저 완전히 놓쳐버리지.

이번엔 그와 그녀의 온몸에서 갈증이 열꽃처럼 피어올랐다.
해열제는 없었다.

4장 낯선 이의 손

손

조부	제 손이 아닌 것 같아요. 너는 연주를 마치고 내게 그런 말을 한다.
그녀	낯선 이의 손. 주인을 전혀 알 길이 없는. 타인의 손.
조부	넌 누구야?
그	그렇게. 너는 품격을 가진 손을 부러워했다. 베토벤의 소나타나 드뷔시의 아라베스크, 슈만의 가곡을 연주해도 부자연스럽지 않은. 그런 자격을 갖춘 손. 태어날 때부터 타고난 품격.
조부	연아, 너는 그런 것들을 동경했다. 양식당에서 수저를 들고 수프를 먹을 때도,

그게 다예요

그녀	귀족들은 수프도 이렇게 떠먹지 않을 거야. 그렇죠, 할아버지?
그	그럴 때면 나는 진심을 다해 네 손이 갖는 품격, 아름다움에 말해 보지만 너는 그저 웃고 만다.
조모	'그런 건 애초에 가지고 태어나는 것'이라고 고아로 자란 연이 네가 생각하기 때문에.
그녀	천박해. 내 손은. 너무 작고. 조잡해.
그	그럴 땐 어떻게 하면 좋죠? 할아버지, 제 말이 연이에게 아무런 의미도 갖지 못할 때요.
조부	언제 그렇게 느끼는데?
그	자주.
조부	너는 어떤데?
그	나도 종종 연이의 말을 웃어넘긴다. 고맙지만, 어쩔 수가 없을 때가 있다.
	어쩔 수 없을 때가 있다. 아무도 도움이 되지 않을 때. 아무도. 아무것도.
조부	그럴 때 결국 넌 어떻게 해? 모모.
그	혼자. 혼자 있다가, 그렇게 영영 혼자 있고 싶다가.
	이내,
그	연이가 미칠 만큼 보고 싶어요.

강동훈

안아 줘. 안아 줄게.

그   연아, 너도 그래?
조부   모모, 안녕?

일어날 시간이야.

잠시 졸던 그가 다시 깨어날 시간이다. 현실로
돌아올 시간.

그녀와 헤어지고 나서 무작정 버스를 타고 내
려가는 6시간 동안 그의 머릿속에서는 한 가지
질문이 떠나지 않고 헤엄친다.

그   어디로 가야 하지?

조부의 실종이나 그녀가 전한 갑작스러운 임
신 소식은 그의 인생에서 벌어진 유례없는 큰
사건들. 하지만 그는 아직 뭐랄까.

그   실감이 나지 않았다.
조부   거대한 사건이나 시련을 맞은 영화 속 주인공
         은 보통 어떠한 행동에 돌입한다.
그   혹은 여정을 떠나거나. 고전 문학이나 영화를
         즐겨 보던 나는 사실 속으로 항상,
조부   그리스 비극의 한 장면 같은 시련이 내 인생 속

그게 다예요

에도 찾아오길 고대했다.

그 카타르시스. 들끓는 삶. 현실의 비참함을 떨쳐내고,

조부 오디세이아 같은 숭고한 여정에 오르는 그런. 그러나 막상 전역과 함께 커다란 인생의 전환점을 마주한 그는,

그 이건 너무 리얼해. 더럽게 현실적이잖아.

조부 우리 각자에게 찾아오는 시련은 사실 대부분 그렇게 사소하고 더럽게 현실적인 것이어서 오히려 신화 속 거인이나 사이렌의 유혹 같은 것보다도 더, 실감이 나지 않지.

그 혹시 나를 가지고 인생이 장난을 치고 있는 건 아닐까.

그러나 이건 그런 뻔한 영화나 연극 속에 존재하는 '플롯' 같은 것이 아니므로.

그 우선 조부를 찾자고. 이건 어찌 보면 평생 품어왔던 의문과 별로 다르지 않다고.

지독한 차멀미를 견디면서 그는 조부의 고향까지 내려갔다.
그리고 버스에서 내려서야 그는,

조부 그곳이 그가 3년을 몸담았던 부대에서 멀지 않은 곳임을 깨달았어.

강동훈

그리고 그가 직접 마주한 조부의 이야기 속 마을은,

그　　　빛이 바랬어.

연회장으로 쓰였다던 처마식 회관은 텅 비어 있었고,

그　　　사람도 역사도 모두 씻겨 떠내려간 것처럼. 거기에 남아 있는 건 지금 문밖에서 부서지는 파도와 낡은 그랜드 피아노 한 대.

내가 사랑한 여인들

화사하구나. 오래 보고 있자니 눈물이 날 것 같아.

조부　　어머니는 말했다.

저런 걸 한번 입어 보면 어떤 기분일까?
살아 있다는 걸 마음껏 뽐내는, 그런 기분일까?

눈을 떼지 못한 채 드레스를 바라보고 있는 어머니를 조부는 바라보고 있다.

조부　　휴전이 선포되고 대부분의 미군들이 철수한

　　　그게 다예요

후에도 연회장으로 쓰이던 회관에서는 재즈가 멈추지 않았어. 즉흥적인 화성과 리듬. 처음에는 행정상 절차로 인해 일부 장교와 여인들이 머물던 임시 숙소. 2년 후에는 서양식 다과 가게. 그리고 드디어 4년 후, 내가 14세가 되던 해에는 '드레스'라는 낯선 이름의 간판이 큼지막한 크기로 걸렸지. 한글로 쓰인 그 간판을 미군들도 마을 사람들도 그 누구도 이해하지는 못했지만,

그곳은 정말 뭐랄까.

조부   마법 같은 곳이었다. 평범하고 수수하던 여인들도 그 가게에 들어갔다 나오는 순간 갑자기 모두의 눈길을 사로잡는 생기를 띤다. 그 화사한 웃음. 앵두 같은 홍조! 문 앞에서 기다리던 남자들의 팔짱을 끼고 유유히 걸어가던 그 뒷모습이란!

조모   애, 거기서 뭐 해?

조부   응?

조모   남의 가게 앞에서 뭐 하냐고.

조부   저거, 저게 대체 무슨 뜻이야?

조모   저거?

조부   저 간판에 쓰여 있는 거. 저기만 들어가면 여자들이 전부 입고 나오는 거.

조모   돈, 많아?

강동훈

조부	돈? 없지.
조모	그럼 관심 끄는 게 나아.
조부	왜?
조모	저거 한 벌이 2년 치 쌀값이야.
조부	뭐? 네가 어떻게 알아.
조모	우리 이모가 만들거든. 처음에 파란 눈을 한 미국인이 시작했는데, 그 사람이 고국으로 돌아가면서 이모한테 책을 남겨 줬어.
조부	책만 있으면 저걸 만들 수 있어?
조모	말이 되냐? 이모 눈썰미랑 손재주가 워낙 좋아서 가능한 거야. 알아 뭔지? 억척스럽거든. 그것도 무지하게. 미국인 일손을 도우면서도 한 시를 안 놓치려고 일거수일투족을 눈을 치켜뜨고서 지켜보는데,
조부	그럼 나도 할 수 있어.
조모	근데 저걸 만들어서 뭐 하게? 저건 여자들이 입는 옷이야.
조부	그러니까.
조모	여자들을 위한 거라고.
조부	그러니까. 난 옷 같은 건 필요 없어. 너도 만들 줄 알아?
조모	조금, 이모가 시키는 건 다 해.
조부	그럼 이름.
조모	네 이름은 뭔데?
조부	나? 레모네이드.
조모	레모네이드? 그게 뭐야.

그게 다예요

조부	그런 게 있어. 네 이름은 뭔데?
조모	드레스.
조부	드레스? 네 이름이?
조모	아니, 저거. 저게 뭐냐고 물었잖아. 저런 옷들을 드레스라고 부른다고. 그리고 그걸 만드는 사람을 드레스 메이커라고 해.

갑자기 조모의 이야기를 듣던 그녀가 웃음을 터트린다.
조모는 제법 취한 채 피아노 의자에 걸터앉아 와인을 마시고 있다.

그녀	그렇게 만나신 거예요? 따지고 보면 할머니가 먼저 대시하신 거네요?
조모	그런 건 아니지. 우리 집에 처음 찾아온 건 너지만 들이대기로 한 건 우리잖아? 그런 거야 아가. 나는 문을 두드렸을 뿐이지. 궁금했거든. 그이가 뭘 그렇게 보고 있는지.

그녀가 웃으며 조모에게 다정하게 몸을 기댄다.

그녀	그래서요, 할머니? 받아 주셨어요?
조모	당연히 거절했지. 한가하게 정신 나간 애나 돕고 있을 시간이 없었거든. 몰려드는 손님에 나는 정말, 정신없이 바빴어.

강동훈

똑똑. 그런데 그날 이후로도 조부는 매일 아침마다 무작정,

조부 응, 이모님은 나를 무척 반겼지만 당신은 탐탁지 않아 했어.

조모 말했지? 무지 억척스러웠거든. 이모 말이야. 그러니 공짜 일손이라도 생기면 그 애를 얼마나 부려 먹으려 들겠어. 그러니 단칼에 잘라야겠다. 그렇게 생각했지. 그런데 그이는 정말 그런 건 신경도 쓰지 않더라고. 뭐라고 해야 할까.

그녀 꼭 뭔가에 홀린 사람처럼요?

조모 응. 꼭 뭔가에 홀린 사람처럼.

그녀 모모도 자주 그래요. 가끔 보면 바보 같지만.

조모 그게 또 나름 귀엽지.

84-93-77.

이모가 새로 온 손님의 치수를 재고 있다.
조모가 그걸 받아 적는다.

조부 이게 뭐 하는 거야?

조모 신체 치수 재는 거. 만들려면 정확한 수치부터 알아야 해. 맞춤복이니까.

조부 그거 줘 봐. 나도 해 볼래.

그게 다예요

줄자를 넘겨받아 자신의 몸 둘레를 재 보려 낑 낑댄다.

조모   줘. 자기가 자기 몸을 어떻게 재냐? 이렇게 하는 거야.

조모가 조부의 가슴에 줄자를 두른다.

조모   78.

다음 허리.

조모   67, 살 좀 쩌라.

그다음에 엉덩이.

조모   뭐 해, 안 받아 적고.
조부   응?
조모   80.

조부가 엉겁결에 그 치수를 손에 받아 적는다.

조모   끝. 됐지?
조부   응.

줄자를 챙기고 작업실을 정리하는 조모.

강동훈

조모	뭐 해. 됐으면 가자.

조모가 나가려는데 조부가 조모의 손을 잡는다.

조부	너는?
조모	나? 뭐.
조부	이거 몇 번이나 재 봤어?
조모	셀 수 없지.
조부	근데 너는.
조모	…나?
조부	쥐 봐. 나도 해 보게.

그렇게 조부는 조모에게 신체 치수 재는 법을.
이모가 그린 스케치를 따라 원단을 자르고 이
어 붙이고, 재단하고 주름을 잡고. 이어서 입에
침을 묻혀 바느질을 하고, 마감 처리를 하고.

조부	눈대중으로 스케치하는 법도 따라 해 본다. 명확한 수치를 재고, 그 위에 한 여인의 인상, 색을 덧입혀 보고. 베일을 벗고 솔직해진 여인들의 모습. 살구를 닮은 여인, 오디를 닮은 여인. 그리고 오렌지, 탐스러운 햇살을 담아 잘 말린 빛깔. 저마다의 실루엣. 저마다의 색. 웃음. 쑥스러움. 단호함.
	그 시절 여인들의 맨얼굴에는 삶의 다채로움과 슬픔, 고고함과 지혜, 인내, 아름다움 같은

그게 다예요

것들이 묻어 있다. 그리고 아이러니. 내가 아는 한, 슬프기만 한 여인도 아름답기만 한 여인도 없다. 모두들 입가의 주름 속에 자신만의 아이러니를 숨기고서 그렇게 입을 가린 채 울고 웃고 지지고 볶으며 살고 있다는 것.

조모   당신의 어머니처럼.

조부   응. 어머니처럼. 그 시절 어머니는 황혼 무렵 저물어 가는 해처럼 보였어. 석양을 짙게 늘어뜨리며 해수면 아래로 저물어 가는 해처럼. 그 풍경은 정말,

조모   아름답지만 슬펐지. 같이하자. 그래도 돼?

조부   3년째 되던 해. 나는 그 풍경을 담은 드레스를 만들기로 결심한다.

조모   그리고 그날 밤 직접 고른 원단을 어머니 몸에 대보기 위해 그는 어머니를 찾아갔고 그때는 이미 밤이었다. 해는 졌고,

조부   어머니는 없다.

저물어 가던 해는 서서히 석양을 지우더니 완전히 자취를 감췄다. 바닷속으로. 완전히.

조부   이별이 아니라 작별이었다.

서로의 밤

그는 해변에 앉아 어릴 적 조부가 보고 있는 그

      강동훈

풍경을 바라보고 있다.

해가 저물어 가는 걸 보며 그는,

그   이번엔 이별이 아니라, 작별이라고.

생각한다.

그   안녕, 할아버지.

그의 시간에서도 곧 해가 질 것이다.

그   그래도 살기로 한 게 신기해.

조부   신기해?

그   응. 어떻게? 밤에. 혼자였는데. 무서웠겠다.

조부   아가, 모모.

그   응?

조부   무서웠지.

그   무서웠어?

조부   어지럽고.

그   그랬을 거야.

조부   그런데 그거 알아?

그   뭐?

조부   완전히 혼자는 아니었어.

그   할머니?

조부   낯선 손이 나를 잡아채더라. 그리고 그,

그게 다예요

작은 손으로,

조부	나를 잡아끌었지.
조모	바다를 전부 헤집고 다닐 기세였으니까. 그래서 우리 집. 다락방으로 데려간 거야. 방에 들어가자마자 그이는 쓰러지듯 잠들었고,
조부	열병을 앓았어. 온몸에서 아지랑이가 꽃처럼 피어나 어지러워서,
조모	안쓰러워라. 가여워라. 안쓰러워서 그만 나도 모르게 그이의 머리를,
조부	쓰다듬어 주는데, 그 손길이. 더는 낯설지가 않았어.
그녀	더는 낯설지 않더라. 네가 자는 모습, 배를 까고 한 손으론 내 머리카락을 꼭 쥐고서,
그	그 조그만 주먹에 내 손가락을 끼워 주면 내가 금방 어디라도 갈 것처럼 손가락을 꽉 움켜쥐고서,
그녀	머리를 내주고 네 배를 쓰다듬어 주면 너는 잘 잤다.
그	악몽을 꾸듯 이를 갈면 손가락을 넣어 물게 했다.
그녀	나는 자면서도 그게 네 손가락인 걸 아는 양 앙, 다물고 있을 뿐 더는 이를 갈지 않았고,
조모	우리는 그 길로 서울로 올라갔어. 그이는 그렇게 좋아하던 바다를, 나는 이모를 더 이상 견디기 어려웠으니까. 도망치듯이. 하지만 그래도

강동훈

되는 거잖아?

조부   네가 있었으니까. 이곳저곳 견습 생활을 하며 품을 팔았지. 거의 떠돌이처럼. 그때는 밤잠도 없었어.

조모   그래도 긴긴 밤도, 악몽도 어쩌면 견딜 만할지도 모르겠다고 잠들기 전에 그렇게 말하며 당신은 나를 보며 웃었어. 그치?

조부   정말 견딜 만했어.

그녀   네가 있었으니까.

조모   당신은 귀여워.

그   귀여운 스타일은 아니라고.

그녀   발끈하며 까부는 게 더 귀여워.

조모   지금 어디에 있을까?

조부   당신 곁에 있어요.

조모   알아.

조부   알지?

조모   느껴.

조부   나도.

그녀   처음 내가 너희 집에 몸을 의탁하러 문을 두드렸을 때.

조부   네가 올라가렴 모모. 어서 연이에게 가.

그녀   눈을 부비며 네가 나왔지. 그리고 별말 없이 너는 조모·조부를 불러왔고 나는 그렇게 쉽게, 너희 집에 들어간 거야. 별말도 없이. 그냥 그렇게. 자연스럽게.

그게 다예요

너희는 자기 전이면 이야기가 재생되는 테이프를 틀더라?

그녀   나는 그게 참 좋았어, 포근했거든. 처음으로. 맙소사. 포근하다니. 잠을 자려고 누웠는데. 갑자기 소름이 끼치고 겁이 나더라. 이래도 될까? 이래도 되는 걸까?

그때 무슨 이야기가 테이프에서 흘러나왔는데,

그녀   기억이 나. 은하철도의 밤.

무슨 이야기였는데?

조모   신비로운 은하수는 수소보다도 투명했습니다.
조부   그럼에도 두 사람의 손목 부근에선 수은 빛이 감돌았고,
그   손목에 부딪힌 물결이 아름다운 인광을 내며 타는 걸 보니,
그녀   거기에도 강이 흐르고 있었다는 걸, 알 수 있었습니다.

그가 집으로 돌아온다. 이번엔 그녀가 문을 열어 주고, 함께 들어간다.
화자는 어느덧 꾸벅꾸벅 졸고 있다.

강동훈

5장 드레스 메이커

아주 짧은 잠에서 깬 화자가 달을 올려다본다.

오늘 밤에 뜬 달을 보니 프랑스 소설의 한 구절이 생각난다.

마르셀 프루스트.
'우리가 대개 그러하듯이, 그날 달도 영문을 모른 채 울고 있었다.'

초록색? 푸른색?

조모   새벽이 초록빛으로 물들 때, 산책을 했어. 집 가는 길, 언덕을 오르면서. 손을 꼭 잡고. 우리 시절의 로망이었지.

조부   푸른 달.

조모   초록빛이었다니까.

조부   타협 불가.

그   아무리 사랑하고 함께해도 그는 내가 아니고 그녀는 내가 아니기에. 기억은 같은 순간들을 조금씩 다르게 남겨 둔다. 오래 함께한 연인들의 기억도. 겉보기엔 비슷해 보이지만 속은 미묘한 차이들로 아주 조금씩, 뒤틀려져 있다.

그녀   하지만 그런 건 아쉬운 게 아니라 그래서 더 재밌는 거야. 다 똑같아 봐. 금방 질릴걸.

그게 다예요

조모	우리도 자주 다투고, 많이 달랐다. 작고 사소한 문제에서는. 그러나 큰 틀에서 같았어. 같은 방향으로 함께 걷는다는 기분. 그 방향이 어떤 거창한 이념이나 사상을 향한 건 아니었고. 솔직히 우리는 그런 건 관심이 없었거든.
그녀	솔직히 뭘 알고 떠들겠어. 다 자기 멋있자고 입 벌리는 사람들이 태반인데,
조모	또래들이 떠드는 그런 건 시끄럽기만 하고 무엇보다도 부정확했으니까.
조부	대신에 우리가 함께 향했던 방향은,
조모	사랑·평화·다정함 같은 것들. 우리의 혁명은 사랑·평화·다정함.
그녀	어린아이가 배시시 웃을 때면 보이는 그런 맑음을 닮은 것들.
그	서울로 상경한 조모와 조부는 이 가게 저 가게를 떠돌며 3년. 견습생을 가장한 일꾼으로서 보낸다. 그리고 마침내 조부가 혼자 끼적이던 스케치를 우연히 발견한 한 손님이,

이거 딱 나를 위한 거잖아.

그	사실 할아버지는 할머니와 함께 본 첫 유성영화 속 흑발 외국인을 떠올리고 만들었지만,
조부	맞아요, 사모님. 어쩐지 사모님이 그제 밤부터 자꾸 제 꿈에 나오시는 거 있죠?
그	그렇게 조부는 처음 자기 이름을 단 디자인을,

강동훈

마음에 들어.

그녀　그렇게 한 벌.

조모　당연하지. 몇 년을 드레스만 마음에 담아 두고
　　　　자랐는데,

그　그렇게 두 벌.

조모　같이 아이를 낳아 기르는 기분으로, 그렇게 여
　　　　러 벌.

그　조모가 스무 살이 되던 해. 이미 '레모네이드'
　　　　라는 상표를 단 드레스를 맞추기 위해 사람들
　　　　이 제법 모여들기 시작했다.

그녀　수완이 꽤 좋으셨나 봐? 그 시절에 드레스라
　　　　니, 꽤나 생소했을 텐데.

조모　장성의 여인들부터 화류계 여인들. 파티·약혼·
　　　　결혼·장례·세례. 시대를 불문하고 인생의 특별
　　　　한 한순간은 언제나, 누구에게나 존재하니까.

조부　처음에는 많은 사람들이 알지도 못했고 정권
　　　　에서도 불필요한 사치품이라며 금기시했어.

조모　물론 그들은 자기 여인들을 위해 제집 드나들
　　　　듯 우리 가게를 드나들었지만,

조부　그래도 언제나 손님이 손님을 부르고 드레스
　　　　한 벌이 새로운 드레스를 부르더라. 살아 있다
　　　　는 그 아름다움, 옷 한 벌에 담긴 그 생기로움
　　　　을 목격하고 나면 다들,

조모　자신에게도 그처럼 강렬한 생기가 숨어 있다
　　　　는 걸 깨달을 테니까. 여인들이 들어와 외투를

그게 다예요

　　　　　벗고 내게 자신의 몸을 내맡길 때면 나는, 자신
　　　　　들도 몰래 쓰인 전기를 훔쳐보는 것처럼,

조부　　　이면. 그들이 짓는 표정, 그 너머에 있을 어떠
　　　　　한 뒷모습을 상상하곤 했어. 그늘진 자리에서
　　　　　자라는 풍경. 나는 정면보다도 그쪽을 더욱 들
　　　　　여다보고 싶었고, 드레스에 담고 싶었어.

조모　　　정권이나 경제 불황과는 무관하게 손님은 늘
　　　　　어났어. 내각이건 대통령제건 그런 것과는 상
　　　　　관없이 인생의 이벤트들은 끊임없이 벌어지므
　　　　　로. 우리는 쉴 새 없이 일했지.

조부　　　작업실 속에서 무수히 많은 책장을 넘겼고 언
　　　　　제나 함께, 서로에게 의지하면서.

그　　　　그렇게 그들은 명성을 얻어 나간다. 하지만 결
　　　　　코 그들은, 아마 지금까지도 자신들을 드레스
　　　　　메이커라고 칭하지는 않았는데 그 이유는 나
　　　　　도 잘,

조부　　　부끄러웠다. 나는 아직 사랑하는 이를 위해 옷
　　　　　한 벌 만들지 못했는데. 드레스 메이커라니. 나
　　　　　는 항상 늦어 버렸는데,

그　　　　그러다 조부는 어느 날, 집으로 돌아가는 새벽
　　　　　길에 문득,

조부　　　푸른빛이 맴도는 거리 위를 걸어가는 당신이,

조모　　　초록빛,

조부　　　참 아름답다고,

그　　　　생각하며 당신의 연인을 멈춰 서 바라본다.

조모　　　뭐 해요, 당신?

조부	되고 싶다고 생각했어.
조모	뭐가요? 뭐가 되고 싶은데요?
조부	제대로 된 드레스 메이커가 무지하게 되고 싶다고,
조모	난 또 뭐라고. 이미 당신은,
조부	만들게 해 줘요.
조모	뭐를요?
조부	드레스를요. 당신을 닮은 드레스를.
그	그날 새벽의 기억은 온통 초록빛. 그녀에겐 그랬다. 그게 그만의 방식으로 전한 청혼이었음을 그녀는 다음 날 이른 오후, 나른한 잠에서 깨 세수를 하다가 그제야 알아챈다.
조모	어라?

그리고 그와 동시에, 어쩐지 그녀의 몸이 어제와는 달리 조금 더 무거워졌다는 것을. 아주 조금. 하지만 그녀가 아닌 다른 어떤 것이. 분명히 그녀의 배 속에 자리하고 있다는 걸.
그녀는.

사랑·평화·다정함

| 조부 | 왜 나는 항상 늦어버릴까. 어머니를 잃고 나는 생각했다. 그녀와 그렇게 오래 함께하면서 왜 여태, 나는 그렇게 생각한다. 청혼한 다음 날 그녀의 임신 소식을 들었을 때 나는, 기뻤다. |

그게 다예요

두려움을 앞질러서 벌써 스무 살의 아이와 인사를 했다. 그녀의 배가 불러오기 시작한다.

조모　두려웠다.

조부　모든 게 설레고 그만큼 두려웠다.

조모　네가 무사히 나올 수 있을까. 결혼식 날이면 만삭이 될 텐데 내가 널 품고 제대로 걸어 볼 수나 있을까.

조부　전혀 예상할 수 없는 일이 있다. 네가 생긴 후론,

조모　하루의 모든 순간이 그랬어.

조부　신부를 위한 드레스를 맞춰야 하는데 네가 얼마나 커져서 우리의 결혼식에는 어느 정도가 될지 짐작할 수가 없었고. 그러나 그냥 그런 건 딱 맞지는 않는다고 해도. 조금 남아 주름이 접힌다 해도 전에 본 적 없을 만큼 당신은 아름다울 거야.

조모　그때만큼 사랑과 평화, 다정함. 그런 것들로만 세상이 가득 차길 바란 적이 없다. 그렇게 길고 거창한 희망을 품어 본 적이 없다.

조부　껍질에 담긴 햇살을 잘 말린, 당신을 닮은 빛깔로 가득한 드레스. 당신과 당신의 부풀어 오를 배를 위한, 머터니티 드레스. 우리는 불면증도 무시하고 자야 할 때에 잠이 드는 법을 배운다. 그리고 이른 아침 눈부신 햇살이 반지하에 들어오면,

조모　나는 매일 빨아 채 마르지도 않은 흰 속옷을 정

　　　　　　　강동훈

갈하게 입고서 이를 닦고 손을 헹구고는 마루의 한가운데에 서서 두 손을 모아 동·서·남·북 오래도록 절을 올린다.

조부 노곤함에 눈이 반쯤 감겨 있지만 여지없이 어제보다 무거워진 몸을 체감하던 당신은,

조모 믿는 신은 없지만 달리 방법을 모르므로.

그러나 모두들 아시다시피 역사는 사랑·평화·다정함. 그런 것들의 지배하에 여태 굴러온 게 아니므로. 그런 것들은 맛 좋은 먹잇감에 지나지 않는다. 항상 부족했기 때문에 그렇게 모든 예술들이 집착을 해 온 거겠지.

패턴

그가 조모를 위해 죽을 끓이고 있다. 차를 내릴 물을 끓이고.

지하 작업실에서 올라온 그녀가 그에게 온다.

그녀 감기가 심하신 것 같아. 자꾸만 바느질을 하시다가도 손을 멈추셔. 근데 그것도 모르시는 것처럼. 한참을 움직이질 않으시고.

그 그래도 올라오진 않으시겠다지?

그녀 그래도 거기에 계시고 싶으시대.

조모는 작업실에 앉아 편지를 쓰고 있다. 부치

그게 다예요

지 못한 편지들이 눈에 띈다.

조모   많은 기억들이 사라져 가나 몇몇 순간들은 점
        점 분명해져요. 혹시 당신도 비슷한 경험을 하
        고 있나요? 흑백으로만 떠오르던 배경들에 어
        느덧 화사한 색이 들어차고 모자이크 되어 있
        던 당신 얼굴의 표정이나 온기가 생생하게 떠
        올라요. 그런데 그 장면 속, 나의 얼굴은 아쉽
        게도 기억이 나지 않습니다.

        차를 내리며 걱정스러운 표정으로 작업실 쪽
        을 바라보는 그와 그녀.

그   내가 차라도 타서 내려가 볼까?
그녀   응. 같이 가자. 조금만 있다가.

        조모는 새로운 편지지를 집어 다시 편지를 쓰
        기 시작한다.

조모   사람들 말이, 제가 당신의 이름도 잊어버렸다
        고 하더군요. 나이도. 좋아하던 영화도. 함께
        자주 가던 가게도 전부 잊어버렸다고. 부끄럽
        고 비참했습니다. 오래는 아니고. 아주 잠깐요.
        그런 건 당신이라면 상관도 하지 않을 테니까
        요. 그렇죠? 나의 레모네이드. 우린 서로를 이
        름으로 불러 본 적이 없습니다. 당신의 순간 속

강동훈

에는 나의 얼굴이 그려져 있을까요? 당신의 젊은 시절은 나의 그림 속에 잘 있습니다.

영웅의 귀환

60년대 중반 한국도로공사에서 통계를 낸 포장도로와 비포장도로와의 비율.
인생에서 예측대로 되는 일과 그렇지 않은 일의 비율도 대충 그 정도 되지 않을까?
유년 시절 그의 영웅이 뉴스를 타고 돌아왔다.
또 다른 타국에서 벌어진 전쟁 소식을 듣고.

조부   1964년 8월 7일. 한국의 우방 미국이 통킹 만 사건을 계기로 북베트남을 폭격했다. 전쟁은 이내 북베트남과의 전면전으로, 냉전 체제하에 한국, 타이, 필리핀, 오스트레일리아, 뉴질랜드, 중국 등이 참전한 국제적인 전쟁으로 비화하였으며 한국 정부는 '한국전쟁 시 참전한 우방국에 보답한다'는 명분과 '베트남 전선은 한국 전선과 직결되어 있다'는 국가 안보의 차원에서 파병을 결정하였다.

조모   상식적으로 이해가 가지 않았다. 부모도 없는 20대 청년을, 임신한 연인을 두고. 결혼 날짜까지 잡아 뒀는데. 정말 끌고 간다고? 갑자기 국가의 부름은 왜? 미국이 왜? 베트남? 대체 전쟁의 명분이 뭔데?

그게 다예요

조모·조부　혹시 나를 가지고 인생이 장난을 치고 있는 건
　　　　　아닐까.

조모　　　아가, 그이는?

　　　　　화자가 당시 파병 관리 부대의 간부를 재현한
　　　　　다.

　　　　　아무개 씨 맞으시죠?

조부　　　맞긴 한데.

　　　　　걔가 아니라고?
　　　　　자살을 했어? 거기 파병 대상 부대야. 무조건
　　　　　인력 충원해 줘야 한다고.

조부　　　그래도 나는 그 아무개가.

　　　　　어차피 영장 나올 때도 지났네.
　　　　　나이도 비슷하고 이름도 같으니까 걔로 메꿔
　　　　　서 처리해.

조모　　　정말?

　　　　　그래, 운명인가 보다 생각하겠지.

조부　　　운명?

　　　　　　　　　　　　　　강동훈

조부는 그렇게 운명적으로,

조부　제2해병여단 청룡부대 자대 배치 받았습니다.

말이 되냐고?

조모·조부　나를 가지고 인생이 장난을 치고 있는 건 아닐까.

아무개 씨 맞으시죠?

조부　맞긴 한데.

영장 나왔습니다. 적힌 날짜 맞춰서 입소하세요.

조모　당시 상식이란 건, 개인의 사정 따윈 고려되던 시절이 아니었다. 국가적 차원에서 볼 때 그건 사정도 아니었으며 파병으로 인한 빈자리에 충원되어 가는 정도는 운명을 저주할 자격도 없다고. 그 당시 주위 사람들은 말했다. 그래도 3년.

다행히 훈련도 안 된 병사가 파병될 수는 없었기에 그는 남겨질 거라고, 그들은 생각했다. 그러나,

　그게 다예요

조모   당시 정부는 미국에 쌓아 뒀던 요구 사항들이
있었고.

이동원 외무부 장관이 브라운 대사에게 제시
하였던 요구 사항이 1965년 5월 17일과 18일 한
미정상회담에서 대부분 타결된다. 이에 따라
정부는,

조모   8월 13일 국회의 의결을 거쳐 수도사단과 제2
해병여단의 파병을 결정하였다.

조부   3년, 식은 미뤄야겠지만 출산일 때는 부대 밖
으로 나와 아이를 함께 볼 수 있을 줄 알았어.

조모   나도. 그렇지만,

2차 파병은 그렇게 감행되었고,

조모   출산일을 열흘 앞두고 그는 배에 탔다. 모든 건
얼마나 가까이서 보냐가 중요하다. 일단 멀리
떨어져서 보기 시작하면 그런 일들 따위. 무시
해도 좋을 만큼 작아 보인다. 개미처럼. 비행기
에서 내려다본 레고 같은 세상처럼. 폭탄을 투
하해도 아무 감각이 없을 만큼.

파병은 국가적 과업이었으며,

조부   때는 전시였다.

강동훈

조부는 배에 태워져 전쟁터 한복판으로 보내
진다. 폭탄 소리가 오래된 메아리처럼 사방에
서 들려오고 불길이 치솟는다.

그녀   전쟁은 5천여 명의 사상자를 냈으며 고엽제 부
작용으로 고통받는 참전 용사들이 아직도 남
아 있다. 그리고 하나 더, 가끔 동네 정자에 모
여 막걸리와 부침개를 드시며 시간을 보내는
할아버지 세 분이 계시다. 그분들은 농담을 즐
겨하며 틈만 나면 서로를 골탕 먹이려고 하는
데 광수 할아버지는 정수 할아버지, 광훈 할아
버지를 보면 언제나,

저기 학살자가 또 오네.

그녀   그분들은 서로,

이보게, 학살자 양반들! 오늘은 또 뭘 하고 계
시나?

그녀   하며 동네가 떠나가게 껄껄 웃으시고는 한다.

만삭이 된 배를 하고서 조모가 조부를 기다리
고 있다. 그러나 조부는 오지 않는다.

조모   우리가 바랐던 건 그저 사랑, 평화.

그게 다예요

미군, 한국군에 의해 미라이 학살, 빈호아 학살, 퐁니 퐁넛 양민 학살 등 베트남 민간인 학살이 자행되었다.

조모　　…그리고 다정함.

작전 수행 중 홀로 낙오된 조부. 사주 경계 중 근처에서 나는 풀잎 소리에 소스라치며 바로 총구를 들이민다. 총구가 겨눠진 자리에는 자신과 똑 닮은 얼굴의 청년이 겁에 질린 얼굴로 두 손을 들고 있다. 닮은 얼굴, 색이 다른 군복이다.

조부　　누구야?

군인은 겁에 질려 아무 말도 못 한 채 고개만 세차게 가로젓는다.
손으로 목덜미를 꽉 쥐고 있다.

조부　　어디서 왔어, 누구냐고!

흥분한 조부가 총구를 더욱 가까이 들이미는 순간 상대 군인은 쓰러진다.
손이 풀리자 쥐고 있던 목덜미에서 선혈이 쏟아진다. 총을 떨어트린 채 주저앉는 조부.

강동훈

조부	한 개인의 눈으로 목격한 전쟁은, 거창한 거대 악이 아니라 소악으로 가득 차 있었다. 선하게 웃음 짓고 가족사진을 보여 주던 선임이 어느 날에는 사살한 적군 수를 나열하며 터트리는 웃음소리. 살갑게 웃으며 항복 항복을 외치던 포로가 그 선임의 얼굴 가죽을 벗기고 도주하면서 남기고 간 오래된 농담. 굶주리며 잠들지 못한 채 동굴의 악취 속에 살다 보면 아주 작은 꿈틀거림에도 곧바로 총구를 들이미는 내 모습에 소름이 끼쳤다. 매일이 악몽이었으나 그 꿈속에서는 내가 괴물이었다.
조모	나는 매일 빨아 채 마르지도 않은 흰 속옷을 정 갈하게 입고서 이를 닦고 손을 헹구고는 마루의 한가운데에 서서 두 손을 모아 동·서·남·북 오래도록 절을 올린다. 믿는 신은 없지만 달리 방법을 모르므로.
조부	예정된 예식 날짜가 지났고 출산일이 다가왔다. 여전히 전쟁터였다.
조모	미완성의 드레스. 작업실 창가에 걸려 있는 그 드레스를 마치 당신처럼 어루만졌다. 더 이상 손을 댈 수도 없었다. 당신이 올 때까진. 언제 올까. 언제쯤 와서 함께 이 드레스를 마무리 짓고 같이 앉아 네가 나오기를 기다리며.

창가 틈새로 구름이 이동하며 빛줄기가 흘러 들어온다.

그게 다예요

조모　　햇살이 눈이 부셔 3일을 앓았다. 지연 출산. 제
　　　　왕절개. 배를 갈랐을 때. 아이는 이미 숨이,

　　　　사이

조모　　이런 세상에는 나오고 싶지 않았구나 그렇지,
　　　　아가? 그런 거지? 그래 너는,
조부　　마지막 밤 돌아오는 배 속에서 개구리 사체들
　　　　이 비처럼 쏟아져 내렸다. 꿈이었나. 바다와 섬
　　　　을 다 뒤덮어버릴 만큼 아주 많이 내렸는데,

　　　　그리고 조부가 돌아왔을 때 조모는,

　　　　조모는 햇살이 드는 창가에 앉아 주인 잃은 드
　　　　레스를 쓰다듬고 있다.

조모　　아가 안녕? 그이는?

　　　　두 사람의 눈이 마주친다.

조모　　우리는 서로 본 것들에 대해 말하지 않는다.
조부　　말이 아무런 의미도 갖지 못할 때가 있다. 어쩔
　　　　수 없을 때,

　　　　아무도 도움이 되지 않을 때,

　　　　　　　　　　김동훈

조모	아무도. 아무것도,
조부	나는 항상 늦어버리고 만다.

6장 레몬 커스터드 크림 혹은 블랙 미니드레스

What If: 단순한 가정법

조모	네가 태어나면, 둘 다 일할 때 애는 누가 보지? 기저귀는 어떻해? 기저귀 가는 걸 옆에서 본 적도 없는데. 돈은, 아직 우리 가게를 내려면 많이 빠듯한데. 몸이 약하면 어떡하지? 지금 사는 방이 추우면? 딸이면? 아들이면? 그 아이가 만약에 태어난다면, 하고. 참 단순한 가정. 우리는 그 뒤에 따라올 제약이나 의무들에 대해 걱정을 참 많이 했어. 처음이었으니까. 몰랐으니까.
그녀	상상이 안 돼요, 두 분이 그러셨던 게.
조모	안 그런 사람이 있을까? 너도 그렇지 않니, 연아?

그녀가 멋쩍게 웃어 보인다.

조모	그런데 애초에 그 가정이 성립되지 않으니까.

그녀가 조모의 손을 잡는다.

그게 다예요

조모	태어났다면, 좋을 텐데. 하고. 그냥 그렇게. 단순하게.
그녀	할머니.
조모	응?
그녀	고마워요.
조모	뭘.
그녀	아무 말도 하지 않아 줘서.

조모는 그저 웃음을 지으며 그녀의 손을 쓰다듬는다.

그도 그녀도 몰랐던 얘기.

조모	그는 입양을 하자고 했어. 미안하다고 했지. 누구한테? 당신이 왜?
조부	미안해. 미안해서.
조모	동의를 했어. 내키진 않았지만, 겁이 났지만. 그렇게라도 하지 않으면 그가 견디지 못할 것처럼 보였으니까.
조부	그 아이를 사랑할 수 있을까?

지금부터는 그도 아는 얘기

| 조모 | 바보 같은 질문이었지. 너무나 사랑했어. 그 아이가 커서 우리를 떠나기로 결심할 때도 마찬가지로. 너를 우리에게 맡기고 모모. 가야 할 |

강동훈

	곳에 돌아갈 때도.
그	내 어머니는 종군기자가 됐고 아버지와 함께 남겨야 할 기록들을 남겼다. 본인들의 사진 한 장 남아 있지 않다.
조모	멋진 일이지만, 슬픈 일이지. 네게는. 우리에게는.

취향

그	그래서 우리가 할 수 있던 거? 각자 취향을 가꾸는 일. 축구, 달리기, 단순한 운동부터 동화, 신화, 고전, 카프카, 하루키, 헤밍웨이, 팝. 비틀즈, OVER THE RAINBOW, 폴 토마스 앤더슨.
그녀	프랑스어 수업시간이면 우리 둘은 몰래 교실을 빠져나가 도서관으로 간다. 가장 평화로운 시간. 안락한 시간. 도피처. 한여름의 해변가. 책장 뒤 커튼 속에 숨어 책들을 쌓아 두고 본다. 까뮈나 프루스트. 에밀 아자르 아니 로맹 가리. 양심상 프랑스 소설들로 프랑수아즈 사강, 마르그리트 뒤라스, 사르트르의 에세이도.
그	실존은 본질에 앞선다!
그녀	킬킬거리면서 옥상의 도서관, 유리창을 통해 들어오는 빛줄기는 커튼 속에 갇혀 차분하게 맴돌고, 움직이는 먼지들을 하나하나 조명해 준다. 살아 있다는 감각. 말라버린 잉크 속 세상이 풍성하고 고상해서 맑은 공기를 듬뿍 마

그게 다예요

	시고,
그	살아 있다는 감각,
그녀	실존은 본질에 앞선다!
조모	그렇게라도 삶을 살아 보려고, 나는 내 허영까지도 끌어안고 사랑해 보려 했어.
그	옳고 그름 따위는 없고 단순한 호불호의 세계. 내 나이테는 당시 심취해 있던 허영들로 가득하다.
조부	당신의 블랙 미니드레스.
조모	혹은 당신의 레몬 커스터드 크림. 그런 것들을.

조모는 아이를 잃은 후 언제, 어디서건 단정한 블랙 미니드레스 차림을 고수했다.
조부는 유럽에서 온 손님이 선물한 레몬 커스터드 크림을 맛본 후론 매일 아침마다,

그	취향은 반복되고 습관은 일상이 된다. 각자 자신의 구멍나버린 심장을 메꾸기 위해서 우리들은 어떻게 해서든 달래고. 잊어 보기 위해서,
그녀	그렇게,
조모	계속 살아갔다. 살아 낸다.
그	피난처로 가 책을 읽거나,
조부	일에 매진하거나,
조모	단정하게 블랙 미니드레스를 차려입거나,
조부	부드러운 레몬 커스터드 크림을 갓 구운 스콘에 발라 먹거나,

강동훈

그렇게도 견디기가 힘들 때면 가끔은,

조모   서로의 품에 안겨 울어 보거나,

살아 있다는 감각

그와 그녀가 운동화를 신고 집을 나선다.

속이 콱 막힌 것처럼 답답할 때면 그와 그녀는 습관처럼 운동화를 신고 밖으로 나가 달린다. 어렸을 때부터 찾아 헤매던. 살아 있다는 감각. 약을 먹어 봐도, 성인이 돼서 담배를 피워 보고 술을 마셔 봐도 가시지 않는 멀미. 살아 있다는 감각이 몽롱해질 때,

아무 말도 없이 그는 언덕 위로, 그녀는 언덕 아래를 향해 달린다. 내내 달린다. 한참을 달린다.

그들은 방향만 정해 두고 달린다. 집 밖을 나서면 그는 언덕 위로, 그녀는 언덕 아래로. 시간이나 목적지는 정하지 않고,

그   살아 있다는 감각, 그것만 남을 때까지.
그녀   살고 싶다는 생각, 그것만 남을 때까지.

그게 다예요

숨이 차고 구역질이 나서 금방이라도 바닥에
온몸을 던지고 싶어질 때까지.

축구를 그만두고 무릎이 덜컹거릴 때에도, 태
평양을 지나는 배에 실려서 멀어질 때도, 첫 독
주회에 오르는 날 맞춘 드레스를 입고도 답답
하면, 달렸다.

목적지는 없지만 달리 방법을 모르므로.

갈 곳은 없지만 달리 방법을 모르므로.

그렇게 뛰고서, 지친 몸을 겨우 질질 끌고 집
앞까지 돌아가면.

그	네가 나를 기다리고 있거나,
그녀	네가 나를 기다리고 있거나.

운 좋은 날은 타이밍이 마법처럼 딱 맞아떨어
지거나,

이번에도 마찬가지였다.

그	조부가 사라진 지 한 달,
그녀	네가 내 속에 자리한 지 세 달,
조모	당신의 아무런 흔적도 찾지 못한 지 네 달. 더 이상 그녀는 달릴 수가 없다. 불러 오는 배는 자신의 몸이 더 이상 자신에게 귀속된 것이 아니라는 걸.

달리기를 멈춘 그녀는 이제 조모의 옆에 앉아

강동훈

서 그녀가 평생토록 꿈꿔 온,

그녀　　사랑·평화·다정함.

같은 것들을 간절히 갈구한다.
세상엔 없지만 조부가 찾아 헤매던 사막의 오
아시스 같은 것.

그녀　　분명 어딘가에 조부가 흔적을 남겨 뒀을 거라
　　　　고.

굳게 믿던 그녀는 작업실에서 잠든 조모의 몸
위에 담요를 덮어 주다가 그만,

그녀가 무거워진 몸을 이기지 못하고 뒤로 넘
어진다.

그때 커튼이 쳐지듯 부드럽게 흘러내린 드레
스 속에서 그녀는 작은 쪽지를 발견한다. 54년
전 쓰인, 아주 오래된 쪽지.

그녀　　널 만날 날이 너무 기대 돼.

그 아래 덧입혀서 새로 쓰인 잉크 자국. 54년
을 돌고 돌아서 도착한 사랑·평화·다정함. 그리
고….

조부   너를 위한 선물이야, 아가.

What If

피아노 앞에 앉아서 건반을 눌러 본다. 맑은
음. 두꺼운 음. 번갈아서.

그녀   아가, 네가 태어나면 그래서 나중에 우리의 결
혼식 영상을 보여 주면 그때 이 드레스가 마음
에 들었다고 해 줄까?

배를 쓰다듬으며 말을 건다.

그녀   아가, 안녕? 네가 태어나면 너는 내 손을 마음
에 들어 할까? 내 연주는, 바흐는, 모차르트는?

'딩', 화자가 그녀의 뒤에서 손을 뻗어 건반을
누른다.

그녀   벌써 난 네 취향이 너무나 궁금해. 베토벤? 차
이콥스키? 네가 잠을 자지 못해 칭얼대면 나는
무슨 곡을 연주해 줘야 하지? 조곤한 슈베르트
의 자장가, 세레나데나 소나타, 환상곡?

딩.
그녀가 피아노 앞을 떠났는데도 조금 전에 그녀

강동훈

가 연주한 음이 다시 되돌이표처럼 연주된다.
고개를 돌리는 그녀.

그녀   안녕?

　　　　음, 안녕. 날 보고 말하는 거야?

그녀   안녕?

　　　　안녕.

그녀   너도 피아노 치는 걸 좋아해?

　　　　응.

그녀   나도.

　　　　당신도.

그녀   그런데 넌 누구야?

　　　　나?

그녀   응, 너.

　　　　글쎄 나는,

그게 다예요

그녀	나는 누구야?
	너? 너는 고아. 떠돌이. 길고양이. 피아니스트. 그리고,
그녀	반가워, 리틀 레모네이드. 안녕?
	응?
그녀	안녕, 내 사랑.
	…안녕, 엄마.

7장 또 다른 패턴

날실과 씨실은 서로를 끌어안고

그	Siri야.
	네, 말씀하세요.
그	뭐 해?
	전 일하는 중이에요. 제 교대 근무 일정은 614,978년에 끝나요.

강동훈

그　　　잘 있어?

쑥스러워라….

그　　　오늘이 며칠이지?

오늘은 2월 20일 목요일입니다.

그　　　날씨는?

지금은 나쁘지 않은 것 같아요.

그　　　할아버지는?

네?

그　　　할아버지는,

연락처에서 할아버지를 찾을 수 없습니다.
할아버지의 이름이 무엇인가요?

그　　　랩이나 해.

알겠습니다… 자, 갑니다.

그　　　처음 그 아이가 우리에게 찾아올 거란 소식을

들었을 때 제 머릿속에 든 생각은 축복에 대한 구절도 저주에 대한 구절도 아니었어요. 저는 그냥 그 순간에 그 아이의 스무 살과 벌써 인사를 했어요.

조모   다시 편지를 고쳐 씁니다. 수신자는 여전히 없고요. 그래도 자꾸 아쉬움이 남아서요. 확신이 없는 채로 새겨버려서 두고두고 마음에 들지 않는 그런 패턴처럼. 몇 번이고 제 마음에 들 때까지 고쳐서 쓸 계획입니다.

그   연이는 곧 연주회에 올라요 할아버지. 이번엔 특별히, 카덴차가 있데요. 멋지죠? 그런데 이상한 건 그 연습벌레가 연습이 하기 싫다네요. 당분간 무대에 오르지 못할 테니 마음대로 할 거라나. 뭐, 그렇다고 딴지를 걸거나 하지는 않았어요. 사실 가끔 무서워요. 할아버지도 알죠? 연이 그 작은 손이 은근히 맵거든요.

조모   저는 요새 가만히 앉아서 늙은 짐승처럼 그동안 우리가 새겨 넣은 패턴들을 되새기는 중입니다. 더 이상 혼자서는 새로운 걸 만들 엄두도 나지 않고 이제는 제법 충분하다고, 생각도 들거든요. 주인에게 잊혀 그늘진 옷장 신세를 지는 것들이 대부분이겠지만 제 상상 속의 진열장에는 여전히 색색의 드레스들이 가지런히 걸려 있어요. 그중에 뭐, 마음에 드는 것도 있고 부끄러운 것도 있죠. 그래도 제 감상평과는 무관하게 우리가 함께 새겨 넣은 날실과 씨

	실은 서로를 끌어안고, 그 자리 있어야 할 곳에 잘 있습니다.
그	저는 요새 인류애에 대해 생각을 다시 하고 있어요.
그녀	인간은 지구를 좀먹는 바이러스야. 지금 이걸 보는 당신도, 나도 마찬가지지!
그	라는 긴 타투를 새겨 볼까 한 적도 있었지만 이제 그런 마음은 접어야겠죠. 모든 건 얼마나 가까이서 보느냐가 중요하다는 생각이 들어요. 크게 보면 인류나 역사나 국가 정의 따위 정말 생각만 해도 비참하지만.

어제는 길거리를 지나다가 붕어빵 가게 앞에서 미적거리고 있는 어린 여자애 두 명을 보았습니다. 분홍색 가방과 남색 파카를 똑같이 맞춘 아이들이 무언가를 오래 고민하는 눈치길래, 저도 호기심이 동해 가만히 멈춰서 그 아이들을 지켜봤죠. 그런데 글쎄 자세히 보니까 손에 천 원짜리 두 장을 들고 천 원어치를 살지 2천 원어치를 살지 둘이 머리를 맞대고 고민을 하는 거예요. 저는 그길로 집에 돌아오다가 문득 혼자 한참을 울었습니다. 야밤에 애들이 노는 동네 놀이터 미끄럼틀 속으로 숨어 들어가서 꺽꺽 소리를 내면서, 그렇게 한참을요. |
| 그녀 | 그래서 길고양이 한 마리를 집에 들인 거예요 할아버지. 기억하시죠, 작년 몇 달간 매일 자정 즈음이면 집 앞에 와 울던 녀석이요. 울음소리 |

그게 다예요

가 아기 울음소리 같아서 오던 잠도 달아나게
한 녀석이요. 도저히 안 되겠다 싶어 그냥 집으
로 들였어요. 바게트의 까끌까끌한 겉면을 벗
겨 속살만 발라 주면 배를 발라당 까고 누워 저
를 반겨요. 길고양이 주제에 레몬 커스터드 크
림을 발라 먹는 걸 가장 좋아합니다.

조모   많은 것들이 잊혀 가지만 의외로 부족하다거
나 불안하지는 않습니다. 아무래도 제가 기억
하는 것들이 여전히 전부이니 그런가 봐요. 아
그리고 여보, 요새는 포기한 척을 하기는 하지
만 모모는 아직도 당신을 찾고 있습니다. 사라
지기 전날 밤에 자다 깬 모모가 당신을 계단에
서 봤다면서요. 그래서 더 그러는 것 같아요.
아마 앞으로도 제법 오랫동안, 그렇게 당신을
찾고 있을 거예요.

자정 무렵, 창밖에선 고양이 울음소리가 들린
다. 복도에서 조부와 그가 마주한다.

조부   안녕, 모모?

자다 깬 너는 소년 시절 모습과 별로 다르지 않
았다.

그   안녕, 할아버지.

강동훈

작업을 할 때 습관처럼 안경을 긴 머리 위로 올리고 머리를 쓸어 넘기던 당신의 모습을 기억한다.

그   올라가는 거야, 내려가는 거야?

조부   올라가는 거. 할머니 잘 자는지 보고 오려고.

그   잘 주무실걸. 아무 소리도 안 나는 걸 보면.

조부   그러겠지?

그   할아버지는 안 자고 뭐 해, 내일이 결혼식인데.

조부   작업. 마무리할 게 있어서. 내일 가기 전에 말이야.

그   그러지 말고 그냥 올라가서 그대로 자. 할머니도 외로울걸. 내일도 늦으려고 그래?

조부   아가, 모모.

그   응?

조부   창밖을 봐봐.

그   또 왜.

조부   뭐가 보여?

그   모르겠어, 너무 어두운데 전등, 달빛 음 그리고,

조부   실루엣.

그   뭐야 또, 그게,

조부가 그의 머리를 쓰다듬어 넘겨준다.

조부   잘 자렴, 아가. 모모. 내 사랑.

눈을 비비던 모모의 이마에 입을 맞추고 그는
금세 올라가버린다.

그는 조부가 가고도 한참을 창밖을 내다보다
다시 잠에 들었다.

조부가 누워 있는 조모 곁으로 간다. 조모는
침대에 누워 잠결에 그녀를 찾아온 조부를 느
낀다.

조모 그리고 당신은 내게 왔죠? 잠결에도 당신이 들
렀다 간 온기는 기억합니다. 간다는 말을 얼핏
들었습니다. 어디로 간다고 했는지는 잊었고
요. 그러고는 꿈을 꿨어요. 따스한 햇볕이 드는
꿈. 제가 드레스처럼 해가 잘 드는 창가에 걸려
있는 꿈이요. 당신이 하도 오지 않아서. 나는
당신을 기다리며, 빛이 잘 드는 창가에 꽤 오래
걸려 있었습니다. 누군가 남기고 간 주인 모를
드레스처럼. 빈집의 주인이 되어 오래 그곳에
있었어요. 당신은 지금, 어디로 가고 있나요 여
보?

조부 파도가 부서지던 곳. 바다로 가려 합니다. 이미
흘러가버려 시간의 소유가 된 작은 기억의 포
말들과 그 위로 반짝거리는 찰나의 빛 속에서.
우리가 함께했던 모든 순간들은 다시 태어나
고, 또 흩어집니다. 그 풍경은 내게 말을 건네

강동훈

	요. 당신이 나를 잊어도, 나를 만날 수 있다고
조모	그러니 안녕 내 사랑, 나의 레모네이드. 나와 당신을 가여워하지 마세요.
조부	나도 당신도. 떠나는 게 아니에요. 서로의 곁으로 가는 겁니다.
조모	날실과 씨실처럼. 우리는 셀 수 없이 많은 순간들 속에 서로를 끌어안고 있어요. 그러니,
조부	나를 잊어도 당신은,
조모	언제나 내 품일 거예요.
조부	여보.
조모	응?
조부	그러니 안녕.
조모	그럼 거기서 만나요. 나의 레모네이드.
조부	그럼 잠시만,
조모·조부	안녕.

8장 드레스 판타지아

작별

그녀가 피아노 앞에 앉아 이름 모를 환상곡을 연주하고 있다.

그녀	기억나? 그날 밤에 할머니는 무척 기분이 좋으셨어. 나를 위해 수선하시던 드레스가 무척 마

그게 다예요

음에 드셨는지 오랜만에 우리를 함께 작업실로 부르시고는 내게 드레스를 대보며 즐거워 하셨지. 코르크가 말려 들어간 레드 와인에도 뭐가 그리 재미있는지 킬킬대시다 비틀대시다, 그렇게 많이 취하셨는데도 또 금방 꼿꼿이 일어나셨어. 그대로 부축 한번 받지 않으시고. 따라오지도 말고 걱정도 말고,

조모가 침실로 향한다.

그녀   대신 당신이 들어간 후에 잠시 동안만. 그냥 당신을 위해서 한 곡 정도 연주를 해 달라고. 자장가처럼, 부드럽게.

그   환상곡이었지, 연아?

그녀   응. 두 분 다. 무척, 좋아하시던 곡. 마치 두 분을 위한 곡 같아.

그는 조모가 떠난 작업실을 둘러보고 있다. 조모와 조부의 흔적이 희미하게 그곳에 있다.

그   그러다 할머니도 잠에 들고, 너도 곧 잠에 들고. 나는 그날 한참을 혼자 깨어 있었어. 흔들리다가 어지럽다가. 새벽이 가까워질 때서야 방으로 올라갔지. 자고 싶지가 않았거든. 졸리지 않은 건 아니었고, 그냥 조금 더 그곳에 있고 싶어서. 왠지 그 순간에는 조금 견딜 만했나

강동훈

봐. 멀미도 불면증도. 그 모든 게 아주 잠깐은, 다들 분명히 자고 있는데도 다들 내 곁에 있는 것만 같아서. 그러다가 방문을 닫고 나가려는데, 할아버지가 어릴 때부터 하던 말이 기억이 나는 거야. 그래서 나는, 창밖을 봤지.

그래서?

그   흐릿한 아지랑이 하나가 스쳐 지나가더라.

그래서?

그   창을 타고 옅게 들어오는 새벽빛의 틈새로 네 얼굴이 보여. 안녕, 아가? 우리를 만나러 오고 있어?

안녕, 아빠.

그   그리고 멀어지는 밤의 흔적들. 서로를 끌어안고 멀어지는 아, 당신들의 실루엣. 이번엔 이별이 아니라, 작별이구나. 소멸은 아니고, 작별이구나.

이른 결혼식

자, 제가 본 건 여기까지. 장례식 다음 날이 곧

그게 다예요

바로 둘의 결혼식이었는데 그 후론 잘 기억이 나질 않아요. 신랑이 입장을 마치고 화동들이 꽃을 뿌리며 신부가 걸어올 때. 장난처럼 농담처럼 운명처럼 내가 나왔거든요. 양수를 터뜨리고 힘차게 머리를 들이밀었죠. 그러니 애써 만든 드레스는 흠뻑 젖고, 결혼식은 엉망이 되고. 뭐 그랬겠죠? 그래서 제가 말할 수 있는 건, 그게 다예요. 더도 덜도 말고, 고작 그게 다죠. 그런데 태어나고 나니까 제게도 두 눈이 생기고, 나만의 기억들이 자리 잡기 시작해요. 배 속에서 몰래 엿봐왔던 네 사람에 대한 기억들은 점차 흐려지고.

조모, 조부가 아이의 양손을 잡고 피아노 앞에 앉을 자리를 마련해 준다.

그러니 조금 아쉬워도, 더 늦기 전에 하나만 더 말하고 저는 갈게요. 정말로 이제 눈을 딱 감으면 네 사람에 대한 기억은 전부 멀리로, 실루엣처럼. 휑하니 사라져버리고 말 것 같아서.
나오기 직전의 기억이요. 한순간의 풍경이 아직 선명히 기억나거든요. 네 사람에 대한 기억이 전부 사라지고 난 뒤에도, 아마 그 장면만큼은 데자뷔처럼. 평생 제 머릿속 어딘가를 떠돌지 않을까요?
어느 하루는 그날의 장면을 문득 떠올리고서.

강동훈

내가 본 것이, 듣고 기억하는 것이 정말 그게 다일까? 스스로 묻게 되는 날도 오겠죠. 그리고 또 잊고서.

결혼식 음악이 울려 퍼진다. 그와 그녀의 결혼식.
먼저 입장한 그가 그녀를 기다리고 있다. 그리고 신부의 차례.
문이 열리고, 그녀가 걸어 들어온다. 부른 배를 감싼 머터니티 드레스를 입고서.
아직 멀리서 그는, 다가오는 그녀를 보며 속으로 생각한다.

이름 모를 두 연인의 결혼식.
드레스를 입은 그녀가 걸어 나오자 그는 자신도 모르게 깊은 탄식을 내뱉습니다.

그 짧은 하루들, 오 부디 우리가 긴 희망을 품지 못하게 하소서.

막.

그게 다예요

춘향목은 푸르다.

* 이 작품은 2020 국립극단 희곡우체통 6차 낭독회 초대작으로 2021년 2월 22일 소극장 판에서 낭독회로 소개되었습니다.

홍단비

작가의 말

'작가님'라고 불리는 게 낯이 설고 또 민망합니다. 이 호칭이 주는 것들이 제게는 무겁습니다. 그 무게를 잊지 않겠습니다. 불편하고 낯설게, 세심하고 따뜻하게 사람들을 사랑하겠습니다. 여기에 사랑스러운 밤섬의 주민들이 있습니다. 그들이 글 쓰는 저를 내내 뜨뜻하게 했습니다. 보시는 분들의 맘에 뜨뜻한 기운 한번 떠오른다면 저는 더할 나위 없을 텐데요!

등장인물

판계명   70대 노인

호구평   60대

박경은   50대 농아

최영섭   50대

함미정   50대

최수지   20대, 최영섭의 딸

정근수   40대

김매길   70대 마을 만신

박강섭   40대 시청 직원

코러스1, 2, 3, 4

젊은 남자

젊은 여자

이 희곡은 사실로부터 영감을 받아 창작되었습니다.

1. 내는 요 조구 대그빡맨치로
맛난 것이 없드랑께요

무대에는 평상.

판계명, 한쪽에 쭈그리고 앉아 열심히 나무를 심는다. 그의 마당에는 꽃도 있고 갓 심긴 어린나무도 있다. 꽃들과 키 작은 어린나무들이 제법 알록달록 비죽이 솟아 있다.

판계명, 속도가 느리지만 쉬는 법이 없다. 관절염으로 아픈 손가락을 우둑거리며 땅에 구덩이를 파고 또 정성스레 심는다.

잠시 후 구평이 작은 개다리소반을 들고 들어온다. 두 사람 먹을 상을 차려 왔다. 소박한 상이지만 제법 단정히 천까지 덮어 왔다.

호구평   성님 진지 자셨소? 안 자셨지라? 내 오늘 조구 튀긴 것 한 마리 들고 왔소.

판계명   ….

계명, 구평을 잠시 건너다보고는 다시 하던 일에 열중한다.

구평, 평상에 앉으며 소반 위의 조각보를 치운다.

호구평   이거 육지 시장써 선물 들어온 것인디. 워매

　　　　　　　제법 실하요.

판계명　　….

호구평　　바닷물써 숨넴어간 지 한참은 된 것이 이리 차
　　　　　　타고 또 저리 차 탐시로 싸돌아댕겼을 텡께. 지
　　　　　　까정께 싱싱해 봤자 얼매나 싱싱하겠소만은
　　　　　　그래도 우리 맹누라 음석 하는 솜씨는 제법 아
　　　　　　니요. 소금 썩썩 비벼 발름시로 쪼물쪼물하고
　　　　　　들기름 둘러서 달달달 튀기더만 먹을 만하요.
　　　　　　살도 쩐득쩐득하니. 진지 안즉이제라?

판계명　　….

호구평　　하이고 내 또 혼잣말헌다. 혼잣말만 씨불여. 우
　　　　　　리 성님 일언반구를 안 헝께 조구새끼랑 면이나
　　　　　　터야쓰겄다. (접시 위에 놓인 조기를 내려다보
　　　　　　며) 아야 니는 어느 바다서 왔냐잉? 나는 쩌 아
　　　　　　래쪽서 겨올라 왔는디. 겨올라 오다가 강 건너
　　　　　　니께는 섬이 안 있냐. 그래 여기가 그 섬이다. 아
　　　　　　냐? 밤섬이라고. 이름도 이삐제, 응? 쩌 육지 산
　　　　　　에서 내려다보면은 깎아 놓은 밤모냥 생겼다고
　　　　　　이름이 밤섬이랜다. 너 누버 있는 여가 율도동
　　　　　　59번지란다, 아야 그란디 니기럴꺼….

판계명　　….

　　　　　　사이

호구평　　…. 그러먼은 가족 관계는 어찌 되냐 행제는 있
　　　　　　냐? 장개는 들었다냐?

　　　　　　춘향목은 푸르다.

판계명	상 봐 오지 말라 안 그랬어. 처도 있는 것이. 거
	혼자도 챙겨 먹는 것을.
호구평	허따 긍께로 밥때 우리 집 와서 식사하시라고
	그렇게 말씀을 드리는구만은요. 노인네 에저
	간히도 말 안 듣는다이. 건떤하게 해결될 일을.
판계명	니 처 성가시다.
호구평	성가시기는 무씬, 상 우에 숟구락 한나만 더 놓
	으면 되는 것을. 허따 국 식소, 앉으쑈.

계명, 천천히 일어나 평상 위로 가 앉는다.
구평, 이미 앉아 조기를 발라내고 있다.

| 호구평 | 제법 살이 똥똥한 거이 괜찮지요? |

구평, 발라낸 실한 조기 몸통을 통째로 계명의
밥그릇 위에 얹는다.

| 호구평 | 드셔 보씨요. |
| 판계명 | 됐다. 너 먹어라. |

계명, 조기 몸통을 구평의 밥그릇에 얹는다. 한
동안 몸통을 넘겨주려는 둘의 실랑이가 계속
된다.
마침내 구평, 조기 몸통을 계명의 밥그릇 위로
다시 가져다 놓고는 재빨리 살점 없는 조기 머
리를 가져와 쩝쩝대는 시늉을 한다.

　　　　　　　　　　　홍단비

호구평	내는 조구 대그빡 먹을라요. 나는 요 조구 대그 빡맨치로 맛난 것이 없드랑께요. 성님 얼른 진 지 자시쑈.
판계명	…. 니 처는 혼자 먹는대냐?
호구평	뭐슬요. 맹누라는 옆에 최 씨네랑 같이 먹는다 했으니 걱정 마쑈.
판계명	처 혼자 밥 멕이지 마라. 둘이 밥상머리서 마 주 앉어 밥 먹을 날 평생 있을 것 같아도 안 그 렇다.
호구평	성님은 뭐 평생 산다요 그러믄.

꿍시렁대지만 이내 수저를 놀리는 구평.
둘, 말없이 밥을 먹는다.
식사가 끝나고 구평은 부른 배를 두드리고 계
명은 다시 삽자루를 쥔다.

호구평	밥 자셨으면 국으로 앉아 쉴 꺼이지. 또 냉구 심으쑈?
판계명	….
호구평	허따 요간디 만나기만 하믄 솔찬히 땅바닥에 쭈그리고 앉아서 풀때기랑 냉구만 심어 싸고 있응게. 느닷없이 뭔 바람이 불었쩨야?
판계명	….
호구평	성님 얼굴 보러 왔다가 요요 머리 꼭당지 정수 리 아니믄은 뒷덜미맨 보구 간 것도 수차례요. 예?

춘향목은 푸르다.

판계명	….
호구평	오늘은 또 뭐 심으씨요.
판계명	아무거나 심는다. 아무거나 다 심는다.
호구평	거 뭐 씨잘데도 없이 뭐다러 심는다요. 어쩌피 없어질 눔의 땅바닥에다가.

계명, 묵묵히 또 다른 구덩이를 판다.

호구평	내 안 그래도 고 생각만 하믄 속에서 열불지 나오. 에, 성님? 언즉까지 이렇게 입 꾹 닫고 있을라요. 예? 어쯔케 하루아침에 이렇코롬 나가라건다요. 성님은 울화도 안 치미쑈? 우리네가여 밤섬에 뿌랭지 내리고 산 지 얼만디요!
판계명	어디 붙어 있는가가 뭐 중요하냐. 몸 붙으믄 맘 붙어지고 그러면 또 살어진다.
호구평	아, 성님!
판계명	낼이믄 나가기루 결정난 것을 열 내봐야 무얼 해. 난 맘 가볍다. 떴다.
호구평	낼이믄 나가기루 결정난 것을 그르믄 시방 뭐다러 노상 냉구 심는다개요.
판계명	따땃한 밥 먹고 헛소리 그만 놓고 할 일 없으면 저기 묘목이나 들고 와라.

구평, 꿍시렁거리면서도 한쪽에 놓여 있던 묘목을 들고 온다.

홍단비

호구평	뭐시여 이거 춘행목 아니요 성님?
판계명	….
호구평	해여간에 쏜 거짓부렁은….

꽤나 큰 춘향목 묘목에 두 노인이 씨름하고 있는 사이 마을 사람들이 들어온다.

최영섭	구평이 성님 우리 이쁜 아짐이랑 저녁도 안 드시고 어디 바람나 도망갔나 했더니 판씨 어르신네 계셨네에?

구평의 아내 경은, 손짓 발짓을 해 가며 성낸다.

최영섭	알았어요 알았어. 쪼금 놀린 것 가지고 되게 성내시네.
함미정	하여간에 언니, 남편 사랑 지극하다 지극해.
최수지	남편 사랑 아니고 할아버지 사랑 아니야?

수지, 앉아 있는 계명의 뒤로 가 목에 매달린다.

최수지	할아버지 저 왔어요!
함미정	얘 할아버지 힘드셔!
판계명	괜찮다 괜찮아.
최수지	괜찮으시대~.
판계명	다저녁때 무슨 일로 다들 왔어.
정근수	조용히 넘어갈라 해도 이게 우리 고향에서 마

춘향목은 푸르다.

지막날 아닙니까. 송별회 해이지요.

호구평　니기럴꺼 씨알데없는 짓들은….

정근수　구평 어르신도 약주 한잔하셔야지요.

호구평　안 무어!

최영섭　에? 우리 집 인삼주 통째로 들고 왔는데?

함미정　아이고, 다리 아퍼요. 하늘 무너지나 뭐 다들 이리 서 있어?

판계명　그래 앉어라 앉어들. 수지두 앉어.

경은, 계명에게로 가 말을 건넨다.
농아의 말. 전문적인 수화는 아니다.

판계명　그래 먹었지. 조기 먹었다. 또 제일 실한 거 골라 들려 보냈냐? 말라비틀어진 것 먹었어?

경은, 손사래를 치며 펄펄 뛴다.

판계명　알았다 알았어. 믿는다. 그래 맛나게 먹었다. 우리 경은이 음식 하는 솜씨야 말해 뭐 해. 호구평이가 봉 잡은 거지. 그치?

구평, 어느새 평상 위에 앉아 인삼주를 보며 입맛 다시다가 계명에게 성을 낸다.

호구평　아, 성님! 이름 성 붙여 불르지 마시랑께넝! 오다지도 말 안 들어뿐당게! 호구가 뭐여 호구가!

　　　　　　　　홍단비

경은, 웃고는 계명 잡아 끌고 평상으로 향한다.
모두 평상에 앉아 술을 든다. 수지는 바지런히
주전부리를 집어 먹는다.

최영섭 성님 안 드신다드니 인삼주는 드시고 싶으신
가 보네?

호구평 하따 썩을놈 조동빼기 쉬지두 않는다이?

정근수 그만 싸우시고 드셔요. 판씨 어르신 술 받으셔
요.

계명, 술잔을 내고 근수, 공손히 두 손으로 술
따른다.

판계명 김매길이는 어디 있냐?

함미정 김 무당 할매 앓아누우셨어요. 요전번에 시청
직원들 와서 용아머리 뒤집어 놓구 갔잖아요.

최영섭 에이 썩을놈들.

판계명 그 사람들 다 제 일하는 거다. 너무 나무래지
마라. 이장도 도웁던 사람들 아니냐.

정근수 당연히 도와야지요. 낼이믄 섬 폭파한다는데
우리 조상님들도 토사물이랑 같이 한강으로
쓸려 내려가는 일이 어디 있답니까!

함미정 우리 어무니 아부지 묏자리 증말 좋았는데. 돌
아가신 지 십 년 지나 화장이라니. 이러는 법이
다 어딨어.

호구평 원래 사람 죽으면 땅으로 돌아가서 썩으야 되

춘향목은 푸르다.

는 건디. 뭔 놈의 지랄로 신발장맨핸 칸에다가 뼛가루 빻아 넣은 항아리 쌓아 둔다개.

최영섭 서울 땅뎅이 좁아서 자리가 없다는 걸 어쩌겠어요. 뭐 수습해 준 것으로 만족해야지요.

판계명 그래, 부군당은 지금 어쩐가.

정근수 엊저녁 한때는 정신없대요. 시청서 왔다는 사람들이 이곳저곳 사진 찍고, 지붕 올라가서 기와 몇 장 가져 내려오구, 우리 사람들이야 매년 부군당굿 할 때나 들어가 볼 수 있는 곳이니 안엣 사정이야 모르고요. 신령님 계신 사당 함부로 들어갈 수 있습니까. 무당 어르신도 조심히 드나드시는 곳을.

함미정 우리 사람들 꿈쩍 않구 있으니 시청 직원들이 부군당 안에 살림들이며 제기들 신령님 탱화 죄다 끌어내 놓대요. 끌어내 놓구선 또 사진 찍구.

판계명 …육지 사람들 일 두 번 했구나.

최영섭 시청 직원들이 무당 아짐더러 신당서 나온 물건들 처리해 달라고 말 전하는 것 같던데.

정근수 손끝두 안 대시고 그냥 빼놓은 그 자리에 쌓여들 있습니다.

최수지 우리 마을 사람들 신령님 너무 믿는 것 같아.

호구평 허따 부정 타는 소리 뭐다러 하냐 요것아! 우리 신령님이 돌봐 주시는 것인디. 을축년 홍수 때 다 떠내려가도 용아머리 멀쩡허여 우리 다 산 것이고, 수도도 없는 섬 땅딩이 보살펴 주싱

게 한강물 먹어도 암 탈 없이 산 것이여. 빗물
받아 놔 봐라 메칠이면 금방 썩은 내 나제, 한
강물은 그런 벱이 없어. 그기 다 신령님 보살핌
여. 요것아.

최수지 할아버지 구식이야!

함미정 할아버지 말씀 틀린 것 없어. 부군님 덕택에 전
기도 안 들어오구 철 되면 또 홍수 나는 섬에서
우리 전부 무탈하게 산 거야.

최영섭 그럼.

최수지 우리 매년 크게 당굿하고, 이것저것 굿하는 거
육지 사람들은 다 미신이라 그런대.

판계명 …. 낼 육지 갈 적에 매길이 잘 살펴라. 짐은 쌌
는가 모르겠구나.

함미정 안 그래도 제가 오늘 언니랑 무당집 들러서 짐
대신 쌌어요. 짐두 별루 없데. 그치?

경은, 고개 끄덕인다.

함미정 하긴 챙겨 가는 짐 없는 거야 우리 판씨 어르신
만 할까.

경은, 걱정 어린 눈빛으로 계명 바라본다.

판계명 홀로 사는 늙은이가 짐 많아도 이상하지.

최수지 할아버지 뭐 챙기셨는데요?

판계명 그냥 옷가지 몇 개랑 키우던 나무 몇 그루, 신

춘향목은 푸르다.

	줏단지나 챙기는 거지.
호구평	쏜 거짓부렁은….
최영섭	저어기 앞에 와우산 보이네.
정근수	서울시서 연립주택 져 준대죠?
호구평	다 씨알데없어.
함미정	전기두 들어오고, 수도꼭지에서 물도 나온대는데.
최수지	텔레비전도 볼 수 있대요.
정근수	그래도 매 여름 홍수 걱정도 안 해두 되겠네요.
최영섭	밤섬 촌놈들 별것 다 누려 본다.

평상 위의 모든 사람들, 정면의 산을 바라본다. 제각기 표정이 다르다. 기대, 아쉬움, 희망 여러 감정들이 묘하게 섞여 난다.

암전.

어떤 막간극 1

젊은 남녀가 서 있다.
젊은 여자는 하얀 무명저고리와 무명치마를 입었다.
둘의 무언극이 펼쳐진다. 무언극은 간략하고 빠르지만 정확하다.
둘은 모르는 사이였다. 그러다가 마주치고 마주침은 늘어 서로 얼굴을 익힌다.

홍단비

인사가 잦아지고 여자는 수줍다. 무뚝뚝한 남자도 괜한 헛기침을 한다.

몰랐던 두 남녀는 알아가고 사랑하여 혼인한다. 둘은 아이를 가지고 저항할 수도 없이 배 속의 생명을 사랑한다.

여자의 배가 불러오고 젊은 부부의 기대도 부푼다.

어느 날 배 속의 아이가 죽는다.

둘은 슬퍼하며 아이를 화장한다. 남자와 여자는 서로를 위로한다.

암전.

2. 맹지네 맹지여

조명이 밝아지면 마을 사람들, 저마다 가득한 짐을 들고 들어온다.

계명, 짐이라곤 삽 한 자루뿐이고 등에는 큰 춘향목을 뿌리째 지게에 지고 있다. 아직 잎이 파란 은행나무 세 그루는 한데 묶어 끌고 있다. 품엔 작은 신줏단지 항아리. 소중하다.

정근수	어르신 이제라도 나무 지게 저 주세요. 무거워 허리 상하세요. 이 큰 나무를!
판계명	아니다 내 짐인데, 내가 든다.

춘향목은 푸르다.

정근수	아 어르신!
판계명	괜찮대두.
최영섭	고집 정말루.
호구평	내비 둬라, 노인네 고집 쐬고집 똥고집잉게. 죽어두 안 내린다. 허리뻑따구 뽀사지야 넴기줄 거여.

말하는 사이 사람들 무대 중앙에 도착한다. 정면을 본다. 아무것도 없다.
아무것도 없는 빈 무대에 마을 사람들 덩그러니. 황망하다.

호구평	뭐시여 이게. 맹지구먼.
정근수	맹지네요.
호구평	맹지네 맹지여….
최수지	아빠 맹지가 뭐야?
최영섭	아무것도 없다고.

박강섭, 코러스들과 등장한다
코러스들은 천막 도구들을 들고 있다.
강섭, 옷이 화려하지는 않지만 단정하다. 양복엔 다림질 선이 선명하다. 무채색의 옷과 신발, 손목에 반짝이는 시계를 차고 있다.

박강섭	안녕하십니까!

홍단비

강섭 유쾌하게, 그에게서 가장 가까이 서 있는 근수에게 악수를 청하지만 근수는 손을 바라만 본다. 강섭, 멋쩍게 웃으며 가장 어르신으로 보이는 계명에게 악수를 다시 청한다.

박강섭   시청에서 파견된 직원입니다.

판계명   (받으며) 판계명이오.

구평이 그 사이를 비집고 들어온다.

호구평   안녕하쑈?

박강섭   예 안녕하십니까, 박강섭입니다!

호구평   이이. 나 구평이여. 둥글다 구에 평안할 평. 뚱글고 평안하게 살으라 이 말이제. 성은 호가여 본관은 가평. 가평 호가요.

박강섭   아, 예. 하하.

호구평   아니 근디 없는디?

박강섭   예?

호구평   여 봉께롱 암껏두 없다, 이 말이시. 안 긍가?

마을 사람들 중 몇은 고개를 주억거리고 몇은 아직도 공터만 바라본다.

박강섭   아, 그것은 저희도 어쩔 수 없어요! 저희 직원들이 찾아가서 말씀드리지 않았습니까. 어지간하면 신림동으로 옮기시지…. 그쪽은 지금 시

춘향목은 푸르다.

	립주택 공사가 막바지거든요. 그런데 와우산으로 옮기시겠다고 부득불 말씀들을 하시니까….
호구평	우덜 밤섬서 다 배 모으던 사람들여. 목수라고, 목수! 봄 여름 갈에는 배 모으고 결에는 한강 얼음 깨서 장사하던 사람들이란 말여. 밤섬 사람들은 물이랑 가차이 있어야제.
정근수	조선업 하고 채빙업 하고 농사짓던 사람들이 안쪽으로 들어가면 어쩝니까.
박강섭	여긴 주택이 없는 걸 어쩝니까!
함미정	그리고 여기선 섬도 내려다보이구요. 고향 내려다보이는 곳이 좋죠.
박강섭	물론 이해합니다. 애틋하고요! 하지만 한강이랍니다. 여러분. 오늘 폭파 버튼이 눌리니 내려다보실 고향은 한강 물 밑으로 가라앉는 것이지요. 하. 그리고 흐르겠지요! 앞으로, 바다로 미래로! 그렇다면 흐르는 한강 전체가 여러분의 고향이니 어디 계신들 무엇이 그렇게 중요하단 말입니까! 한강 전체가 고향인 것을요! 하하! 참으로 낭만적입니다! 기적이 벌어지는 현대의 한강. 그리고 기적의 강을 고향으로 삼는 사람들!
정근수	뭐라고요?
최수지	그럼 전기는요? 텔레비전은요? 수도꼭지에서 나오는 물은요?
박강섭	예?
함미정	일단 가만있어, 얘.

홍단비

판계명	그럼 우린 어쩐답니까. 맨땅에서 살란 말이오?
박강섭	그럴 리가 있나요! 저희가 다 조치를 취해 드리지요. 천막을 가져왔습니다.

코러스들, 들고 온 천막 재료들을 무대 중앙에 와르르 내려놓는다.

박강섭	우리 밤섬 주민… 이제 와우산 주민 여러분들이지요. 여러분들을 위해서 천막 재료들을 가지구 왔답니다. 오늘 폭파식이 있어서 전 관이 비상입니다 비상! 낭비할 인력, 시간이 없는 중차대한 때입니다. 하지만 저희가 이렇게 왔지요. 여러분들을 위해! 여러분들의 임시 보금자리를 전달하기 위해서요! 하하. 보상금은 모두 전달 받으셨지요?
정근수	턱없이 부족하지만 받았습니다. 마을 공용 계좌에 들어 있고.
박강섭	밤섬 하천부지 공시지가가 굉장히 낮습니다! 자 그러면 저희는 일이 많아서 돌아가 보도록 하겠습니다. 새로운 땅에서의 새로운 출발을 축하드립니다!
최영섭	아니 어딜 갑니까. 주택은요. 지어 준다 하지 않았습니까.
박강섭	아, 예산 편성 중이니 일단 좀 기다려 주셔야 하겠습니다.
함미정	예산 편성이 언제 나는데요?

춘향목은 푸르다.

박강섭	기다려 보아야 아는 일이지요! 예산이라는 것이 원체 있다가도 없고 없다가도 있는 것 아니겠습니까!
정근수	그럼 언제까지고 여기서 천막생활을 하란 겁니까?
박강섭	예, 그렇습니다! '현재로선' 가능한 것이 이 천막들뿐이랍니다. 여러분들의 거처가 될 와우산은 현재 국유지입니다. 해서 어떠한 건축물도 '현재로선' 허가되지 않았지요. 엄밀히 말씀드리자면 여러분들은 국유지에 임의로 정착한 분들이란 말이지요!
함미정	뭐라구요?
박강섭	하하, 노여워 마십시오. '엄밀히 말씀드리자면' 이라고 전제하지 않았습니까. 하지만 그 누구도 여러분들을 불법 정착민이라고 생각하지는 않을 것입니다.

강섭, 손목의 시계를 확인한다.

| 박강섭 | 이런, 시간을 많이 잡아먹었네요. 그럼 저는 정말로 이만! 다음에도 즐거운 만남이 되기를 바랍니다! |

강섭, 유쾌하게 고개 숙여 인사하고는 코러스들과 떠난다.
남은 마을 사람들, 강섭이 나간 방향을 보다가

홍단비

멍하게 바닥의 천막 재료를 내려다본다.

어떤 막간극 2

젊은 남녀는 여전히 함께이다.

다만 여자의 배는 홀쭉하고 젊은 부부의 앞에
는 어린 은행나무 하나가 서 있다.

여자는 어린나무를 끌어안는다.

남자는 여자를 토닥이고 둘은 여전히 사랑한다.

남자는 한쪽으로 가 커다란 붉은 통나무를 도
끼로 손질한다.

여자는 아직 슬픈 눈길과 손길로 어린나무를
돌본다.

3. 억지춘향

마을 사람들 분주하고 왁자지껄하게 천막을
설치하고 있다.

천막을 올리는 데는 남자 여자가 없다. 밤섬 사
람들은 여자들도 준 목수다. 모두들 분주하다.

천막 몇은 이미 모양을 갖추고 있다.

계명은 지고 온 네 그루의 나무 중 가장 큰 나
무를 한편에 소중히 심고 있다.

그 옆에 세 그루 은행나무들이 쌓여 있다.

춘향목은 푸르다.

수지도 여린 손으로 뿌리가 드러난 나무 위에
흙과 거름을 올려 정성스레 토닥이고 있다.

최수지   할아버지 삽이 너무 낡았어요. 삽 끝이 다 닳
                았어.

판계명   삽이 반짝거리면 뭘 하구 또 새거면 뭘 해. 나
                는 이게 좋아.

최수지   얼마나 오래된 거예요?

판계명   네 나이보담은 훨씬 많지.

최수지   할아버지는 삽두 할아버지네. 이 나무 춘향목
                맞죠?

판계명   춘향목을 다 알어?

최수지   옛날 섬사람들 배 만들고 나무 짓고 한옥 짓고
                가구 만들던 나무잖아요. 저두 다 알아요!

판계명   그래 옛날 한선들 이 나무로 만들었지. 소나무
                랑 비슷하지만 춘향목을 쪼개 보면 속이 붉어.

최수지   근데 왜 춘향목이에요?

판계명   좋은 향기가 난다구 춘향목이지. 원랜 춘양이
                야. 양말 할 때 양. 경상도에 춘양 지방에서 나
                는 나무라고. 그래두 우리 섬사람들이야 춘향
                목이라구 불러지. 그렇게 불러야 이름에서두
                좋은 향내가 난다구. 나무 깎는 사람들한테는
                최상급 재료야. 그러니 몇몇 장사꾼들이 그냥
                소나무를 춘향목이라구 속여서 팔기두 했어.
                그냥 소나무 베어 와서는 춘향목이라구 우겨
                대는 거야. 그래서 억지춘향이라는 말두 있단

                        홍단비

다. 믿거나 말거나지만은.

최수지   억지춘향요?

판계명   일을 순리대루 하지 않고 어거지루 겨우겨우
하는 경우에 억지춘향이다 그래.

최수지   그게 뭐야! 그런데 춘양 지방에서 나는 나무가
여기서도 잘 커요?

판계명   원래 낮은 데서는 잘 안 크는 나문데, 잘 커 주
는구나.

최수지   그럼 할아버지두 억지춘향이야! 얘네들은 경
상도가 고향인데 여기서 억지루 키우잖아!

판계명   허허 그렇구나. 억지춘향이야.

최영섭   형님 그거 잘 잡고 계셔요!

호구평   뭐슬?

최영섭   그 앞에 줄 말요, 줄!

호구평   아따 내 발 앞엣것 줄만 만 개다 만 개, 짜식아.

최영섭   아, 형니임! 근수야 너는 잡았냐?

정근수   예-.

최영섭   아 성님 줄! 이 천에 매댈려 있는 줄 말요, 한꺼
번에 들어 올려야 이게 서지!

구평, 느긋하게 땅바닥에 쭈그려 앉아 꿍시렁
대며 줄을 고른다.

호구평   요놈으 줄들 중에서 뭐이까나? 하따 내가 냉구
만 깎어 봤지, 뭐 이런 천 째가리를 맹글어 봤
으야 알제. 요건가, 요건가.

춘향목은 푸르다.

최영섭	아, 성님! 손 아퍼요!
호구평	요거이까나? 저것이까나?

경은, 다른 쪽에서 미정과 천막을 고정하다가
구평에게 다가와 맞는 줄을 골라주고는 다시
돌아간다.
계명, 이 모습을 보고 나무를 심다가 껄껄 웃고
미정, 수지도 소리 내어 웃는다.

호구평	이거여? 아야, 잡았다.
최영섭	성님 증말로!
호구평	꾼소리 고만혀라 잡았응게!
정근수	자 이제 끌어당깁시다. 하나 둘 셋!

세 사람 각자 잡은 줄을 잡아당기자 천막이 모
양을 갖춘다.

호구평	참, 신식 움막이구먼. 근데 상당히 괜찮단 말이시. 에? 각자 꼭당지 하나썩 잡고 힘 모아 맹그는 것 아니여.
최영섭	성님, 괜히 헤맨 거 민망하니까 멋진 말할라고 그러네!
호구평	자, 그러면은 천막도 다 올렸고. 공사 준비를 해야제.
정근수	공사 준비요?
호구평	하따 이 반피야 언제꺼정 요 천 째가리 밑에서

홍단비

	살라 그렁가? 집을 지어야제.
최영섭	그래야지요. 관에선 도와줄 것 같지도 않으니 우리가 지어야죠.
정근수	하지만 시청 직원들이 기다리라지 않았습니까.
호구평	고놈들 말을 믿냐? 관에서 내는 예산이란 것이 그렇게 쉬븐 게 아녀. 난다고 해두 그걸 우리헌테 써줄 껏 같으냐.
정근수	하지만….

무대 중앙 공터로 나와 바닥에 앉는 구평.

호구평	자, 밤섬 마을회의 개최여. 다들 와서 앉으쑈! 성님도 와 앉으시고, 수지야 너는 쩌 안에 들어가서 무당 할매 모시고 나오니라.
최수지	네.
호구평	자, 어써 어써들 앉어!

사람들 모두 구평 주위에 옹기종기 모여 앉는다. 계명도 삽을 내려두고 앉는다.

한 천막에 들어가는 수지. 얼마 안 있어 매길과 함께 나와 앉는다.

호구평	자, 인저 집을 어떻게 지을 꺼냐.
최영섭	잘 지어야죠. 잘.

춘향목은 푸르다.

판계명   우리 가진 돈이 얼마나 되냐.

정근수   …아무래도 섬에서 땅 크기대루 돈을 받다 보니까 가구당 받은 보상금이 차이가 있어요.

함미정   그럼 뭐야, 집 못 지을 집도 있다는 거예요?

정근수   아무래도 그렇죠…. 하지만 중요한 것은 집에서 살고 못 살고가 아니죠. 집을 지을 수 있느냐 없느냐가 중한 것 아니겠습니까. 그 박강섭이란 자 말입니다. 그이가 웃는 낯으로 예의 바른 양 말했지만 그 안에 어떤 뜻이 담겼는가 정말 다들 몰라 이러세요?

다들 말이 없다. 근수, 계명을 본다.

정근수   어르신!

판계명   그래도 곧 장마 지고 또 장마 가면 추워지는데 천막서 기다리고만 있을 수는 없질 않어.

정근수   직원이 못 박지 않았습니까? 우린 국유지에 임의로 정착한 불법 주민이라고요. 우리가 집 지으면 그거 무허가 건축물이에요!

최영섭   뭔 말도 안 되는 소리야! 우리가 다른 집 없는 사람들이랑 같냐. 서울 사람들 중에 우릴 그렇게 생각하는 사람 없을 거다!

호구평   그라믄!

함미정   돈은 공평히 나눠요. 그렇게 해요. 다 같이 살아야죠.

호구평   그래야제, 다 같이 살으야지!

홍단비

정근수	모두들 같은 생각이세요?
최영섭	싸게 해도 다 같이 사는 것이 맞지. 쎄멘 벽에 슬레트 지붕이라도 다 같이 살아야지.

마을 사람들 동의의 의사 표현을 한다.
경은마저 열심히 손짓 발짓을 해 가며 다 같이
살자고 말한다.

정근수	어르신도 그렇게 생각하세요, 예?
판계명	…일단 땅부터 다시 갈아야겠다. 지금은 그냥 불도저로 맹지만 만들어 놨다 뿐이지. 집 못 올린다 이 바닥엔.
정근수	어쩜 이렇게 모른 척을 하세요!

어색한 정적이 흐른다. 근수, 아예 돌아앉는다.
구평, 어색한 침묵을 깨며 자못 유쾌하게 말한
다.

호구평	낼부터 다 같이 땅바닥부터 다시 갈아엎자고!
최영섭	산이니까 계단식으로 깎아서 층으로 지을까요?
함미정	그거 좋네요. 연립주택처럼 집으로 층을 내죠. 우리라고 연립주택 기분 못 낼 건 또 뭐예요.
판계명	부군당도 지어야 할 것인데….
최영섭	집마다 조금씩 모아서 만들어야지요. 그래도 밤섬에서처럼 기와지붕에 담장 두르는 것은

춘향목은 푸르다.

힘들 것 같아요. 괜찮을까요…?

김매길 짓는 것이 어디냐, 그 맘이면 신령님도 괜찮아 하실 테지.

호구평 그러믄은 영섭이가 마을통장 관리허고 돈 나갈 디랑 이런 거 계산혀라.

최영섭 그거야 나무공장에서 매양 하던 일이니 어렵지 않지요.

호구평 허따 그러믄 부군당을 어따 지으까나. 위치를 정해야제.

최영섭 젤 높구 깊은 곳에 지어야겠죠, 원래처럼?

호구평 원체 신령님 계신 당은 사람 안 닿는 곳에 지야제.

함미정 그래야겠지요. 용아머리만큼 든든한 자리도 없었는데….

김매길 마을 초입에 지어라.

최영섭 예?

김매길 마을 입구에 지으라 이 말야.

함미정 왜요?

김매길 어젯밤에 신령님 현몽하시어 마을 초입 젤루 낮은 곳에 지으라신다. 섬도 제일 잘 보이는 곳으로. 섬이랑 가까운 곳에 있으시고 싶으시댄다. 마을 입구에서 나쁜 것들 들어오는 것두 살펴주신다구.

호구평 그러믄은 그렇게 해이지.

최수지 신령님이 꿈에 나났다구요? 정말루?

김매길 그러믄.

홍단비

최수지	에이….
김매길	불경 저질르지 말어라. 벌 받는다.
함미정	아 맞어. 그 점뻔에 밤섬 폭파하던 현장 소장이 눈 멀었다지요?
최영섭	그 폭약 파편이 눈에 맞은 모양이야.
함미정	아이구, 참.
김매길	신령님이 벌주신 것이지.
호구평	자자 어린내도 있는디 부정 타는 소리덜 고만 하고 고사 지낼 얘기나 합씨다이.
정근수	고사요?
호구평	우리가 인자 죽을 맹글 건 밥을 맹글 건 여서 몸 누일 것 아니여. 그러니 마을고사 해야제.
김매길	그 말은 구평이 말이 맞다. 새곳에 왔으면 고시 레를 해야지. 부군님께 새 터전 선도 뵈 드려야 하고. 장승제로 해야 헌다.
최수지	장승제가 뭐예요?
김매길	산자락으루 이사 왔으니 이곳 산신님께두 인 살 드려얄 것 아니냐. 또 요 땅바닥서 나신 것 들 돌아가신 것들 달래야 할 것이고. 장승님 깎 아 세우고 빌어야지. 구평이가 천하대장군님 이랑 지하여장군님만 깎아 맹글어라. 딴딴한 소나뭇감 잘 골라다 바닷물에 댐가 두었다가 깎아라. 장승신 되실 나무님 살 적에는 가격 흥 정하지 말고. 나무장수가 불르는 대루 사고.
호구평	예. 준비되는 대루 고시레허고, 바로 집 올려불 자고.

춘향목은 푸르다.

마을 사람들, 고개 끄덕이며 각기 계획으로 분
주하다.
계명, 침묵을 지키고 근수, 못마땅하다.

어떤 막간극 3

여자의 배는 여전히 홀쭉하며 얼굴이 많이 야
위고 파리하다.
어린나무가 있던 자리에 나무가 두 그루 늘었
다. 맨 처음의 어린나무는 어느새 제법 컸다.
여자는 이제 나무 세 그루를 돌보고 남자는 뒤
돌아 앉아 맨 도끼로 통나무를 다듬는다.
무대에 쾅쾅쾅 도끼로 나무를 내려치는 소리
만 들린다.

4. 장승 신령님들 서십니다!

조명 밝아지면 코러스들의 농악으로 시작한다.
무대 앞에는 소박하지만 정성스레 차린 상이
있다. 상에는 붉은 시루떡과 북어, 과일이 올라
있다. 과일 중에 사과는 없으며 돼지머리는 과
일 뒤편에 놓였다.
상 뒤쪽 천막 사이사이에는 왼쪽으로 꼰 금줄
이 걸려 있다.
마당 한가운데에 매길 서 있고 나머지는 가장

홍단비

자리에서 치성을 드린다.

장승 천하대장군과 지하여장군이 가지런히 누
워 있다.

모두   장승님들 서십시다!

매길, 가장 먼저 상에 초를 켜고 향에 불을 붙
인다.

술을 한 잔 올리고 축문을 읊는다. 극장 안에
있는 모든 사람들의 액운이 풀리길 바라는 마
음으로.

김매길   복이 축왈 천지신명은 감응 강진 하옵소서 금
년대세는 기유년(己酉年)이옵고 달은 음력으로
九月이요 날은 스무엿새이온바. 우리마을 각
인각성 가가호호 오늘 정성을 드리오니 반가
히 흠향 즐거이 흠감하소서 우리마을 남녀노
소 입은공 덕도 태산이오나 금년 일년 열두달
삼백육십오일이 오고 갈지라도 년액, 월액, 일
액, 시액, 삼채필란. 관재귀설, 근심걱정. 우환
가환을 외주월강 천지로 소멸하시와 소망성
취. 만사대통 점지 정재하옵실재 부귀광명 축
원이라 발원축원 소원대로 우리마을 물이맑고
집집마다 불이밝아 수하청명 점지될제 명당뜰
엔 옥이돋고 옥당뜰엔 명이돋아 달뜬광명 해
뜬 세계로 접지 정지하소서.

춘향목은 푸르다.

마을 사람들 일제히 일어나 장승이 설 곳에 두 개의 구덩이를 판다.

농악은 작게 울려 퍼지며 분위기를 고조시킨다. 구덩이를 다 파면 매길, 구덩이 안에 숯과 소금을 뿌리고 막걸리를 조심스레 붓는다. 정성껏 치성을 드린다. 치성 의식이 끝나면 영섭, 구평, 근수 일어나 장승을 세운다.

고운 흰 천으로 장승을 붙잡아 매어 일으킨다. 농악 고조된다.

마침내 두 장승이 서면 미리 골라 놓은 빛 좋은 돌들을 곁에 쌓아 돌무덤을 만든다. 농악 더 크게 울려 퍼지고, 사람들은 한바탕 춤을 추고 치성을 드린다.

김매길   우리마을 각인각성 가가호호 생화태신
天下大將軍, 地下女將軍 오늘 이정성을 드렸사오니
반가히 흠향 즐거이 흠감하옵시고
天下大將軍, 地下女將軍은 우리 동중 주위에서 잡귀 잡신 악질을 막아 주시기를
오늘 이정성을 드리오니
아무쪼록 즐거이 흠향하시와 소지일장 밝게 타 백운에 등천하소서

매길, 소지축문을 읽고 소지를 모든 사람들에게 나누어 준다.

홍단비

마을 사람들 마지막으로 치성을 드리고는 소
지를 태운다. 불티가 날린다.
다시 흥겨운 농악이 시작되고 채 얼마 지나지
않아 강섭 등장.
모든 소리 멎고 시선이 집중된다.

박강섭   안녕하셨습니까!

아무도 인사 받지 않는다. 계명만이 목례로 인
사를 받는다.
강섭, 예의 바르게 웃어 보이곤 무대를 누비며
관찰한다.

박강섭   아이고, 이게 다 뭐랍니까. 새끼줄에, 돼지머리
에. 어이구, 장승도 깎아 세우셨네.

호구평   우리 밤섬 부군님과 함께 마을 지켜 주실 장승
신령님들이오. 뭔 일로 들었당가?

박강섭   주위 아파트며 주택단지며에서 죄 민원이 들어
오니 제가 안 오고 배기겠습니까. 도시 한가운
데서 이렇게 굿판이 벌어지니 신고가 들어오는
것이야 당연한 일이겠지요. 일단 소리가 너무
크답니다, 여러분. 이렇게도 몰상식하게 대낮
에 고성방가를 하실 수는 없는 노릇입니다!

함미정   그럼 한밤중에 해야 해요?

박강섭   하하 그것도 안 될 말씀이시지요. 아이고, 요 돼
지머리에 아이고, 종이들도 한 다발 태우셨네.

춘향목은 푸르다.

향까지 피우시고…. 향냄새가 얼마나 멀리 가는 지 아시지 않습니까. 하이고 이 장승들까지. 와 우산으로 밤 등산이라도 오시는 분들이 요 험악 한 표정들과 마주치면 얼마나 놀라실까요!

김매길 밤 등산하시는 분들 안녕도 빌어 주라고 있는 거요. 켕기는 것들이 있는 것들이야 장승님들 보고 놀라는 것이지.

박강섭 여러분들의 무지와 원시성은 물론 이해합니 다. 한강에 고립되어 있는 섬에서 평생을 살아 오신 분들이니까요. 하지만 지금은 새로운 대 한민국, 첨단의 서울이 건설되고 있는 때랍니 다! 미신, 혹세무민한 것들을 뒤로하고 새로운 시대로 나아가는 터닝 포인트에 우리가 서 있 는 것이지요!

함미정 이봐요!

박강섭 오늘의 이 굿판과.

강섭, 장승들에게로 다가가 툭툭 친다.

박강섭 이 임의 설치물들에 관해서는 저의 재량으로 특별히 눈감아 드리도록 하겠습니다. 하지만 다음에도 주민신고가 들어온다면 저도 달리 방도가 없답니다. 이해해 주실 것이라 믿고 저 는 가벼운 마음으로 떠나도 되겠지요?

강섭, 예의 바르게 인사하곤 떠나려 한다.

홍단비

최영섭 예산은 언제 편성되는 겁니까?

박강섭 확답을 드리기가 매우 어려운 사안이랍니다!

최영섭 우린 집을 올릴 거요!

정근수 형님!

최영섭 아, 왜! 우리가 뭐 죄짓는 것도 아니지 않아!

정근수 그래도…!

최영섭 어찌 되었든 시청 직원이라는데 이이도 알아
       야지.

정근수 일단 조용히요. 나중에요!

박강섭, 둘의 실랑이를 흥미롭게 바라본다.

박강섭 방금 이야기는 못 들은 것으로 하고 떠나겠습
       니다. 어떤 선택을 하시든 여러분의 선택이지
       요! 예산 문제에 대해서 제 현재의 대답은 '아
       직'임을 상기시켜 드리지요. 그럼.

강섭, 마을 사람들을 다시 한 번 예리하게 둘러
보고는 떠난다.

정근수 어쩌자고 집 올리는 계획을 입 밖에 내세요!

최영섭 그럼 어째!

정근수 빌미를 준 거라고요, 빌미요!

최영섭 허… 참.

김매길 되었다. 장승님들 서셨고 소지도 태웠으니. 장
       승제는 자알 마무리되얐다. 치워라.

춘향목은 푸르다.

매길, 장승들에게 허리 숙여 인사드리고는 천
막 안으로 들어간다.

남은 사람들 뒷정리를 한다. 북을 치던 코러스
만이 하릴없이 앉아 북을 쳐 댄다. 인물들이
대사를 시작하면 북소리는 아주 작아지지만
없어지지는 않는다.

계명, 자리를 말던 영섭을 한쪽으로 데리고
온다.

판계명	집마다 돈은 나눴냐?
최영섭	예, 얼추요. 부족하지만 가능할 것 같아요. 그 전부터 운영하던 마을 계좌에도 공금도 좀 남아 있구요. 아껴 쓰면 어찌어찌해 볼 만한 공사예요.
판계명	저기….
최영섭	예, 어르신 하실 말씀 있으세요?
판계명	내 저기 부탁이 있어 그러네.
최영섭	어르신 부탁이면 뭘들 못 하겠어요. 편히 하셔요 편히요.
판계명	내 몫으로 나눈 돈 말이네…. 내 집 올릴 돈.
최영섭	예.
판계명	나는 집 안 지어두 되니 돈으루 주게.
최영섭	집을 안 지으신다니요? 어디서 생활하시려구요.
판계명	중늙은이 갈 날 얼마 안 남았는데 집 있음 뭘 하겠나. 나는 천막서 살아도 되네.

홍단비

최영섭   무슨 말도 안 되는 말씀을 하십니까!

판계명   숲을… 숲을 만들까 하이.

최영섭   숲요?

판계명   저어 앞쪽에 내 섬에서 들고 온 춘향목이랑 어린 은행들 심어 놓은 그 언저릴 시작으루 해서 저 강 쪽으로 나무를 주욱 심고 싶어 그래.

최영섭   …나무는 춘향목 사시게요? 가격 만만찮아요.

판계명   아니, 춘향목은 저거 하나면은 되네. 쩌피 여기서는 춘향 못 살아. 높은 데서 살아야 기 펴고 사는 나무니깐은. 춘향은 저것만 있어도…. 나무는 땅 사고 남은 돈으루 이것저것 가능한 대루 살 예정야. 자네두 박 사장 알지? 육지서 나무 키워 팔던 이.

최영섭   예 알지요. 밤섬 사람 중에 사람 좋으신 박 사장님 모르는 사람 없지요.

판계명   인제는 나무장사 안 한다는구만 그래. 그이 산에 있던 나무 몇십 그루 이리루 옮겨 심어 준다 그랬어. 나머진 이 중늙은이 가기 전에 갖춰 놓은 모양은 보고 가고 싶으니, 얼추 다 큰 나무들로 사서 소나무랑 과실목두 심고 꽃나무에 관목에 소담하게 들꽃두 주욱 심구.

최영섭   어르신 뜻이 그러시면은 그렇게 해야지요. 꺾이실 분도 아니시고…. 제가 설득한다 해도 안 넘어오실 거지요?

계명, 사람 좋게 껄껄 웃는다.

        춘향목은 푸르다.

최영섭	그런데 마을 사람들이 어르신 천막생활 하신 다는데 가만있겠습니까?
판계명	그러니 일단은 비밀루 해야지. 특히 구평이 내 외는 모르게 하세.

구평, 돼지머리를 옮기다가 둘 사이로 끼어든 다. 둘 화들짝 놀란다.

호구평	뭔 놈의 비밀 얘기를 한당가, 나 빼놓고?
최영섭	아이고, 성님! 애 떨어질 뻔했네!
호구평	뭔 죄짓냐 애가 왜 떨어져 부냐.
판계명	놀랬다, 이놈아.
호구평	허어, 성님 뭐 켕기는 것 있제라? 이놈도 하는 짓 요상시럽고.
최영섭	성님 돼지머리 이리 주십쇼. 내가 치울게~.

영섭, 어색하게 웃으며 돼지머리를 들고 퇴장 한다.
구평, 멀어지는 영섭을 빤히 보다가 딴청 피우 는 계명도 미심쩍게 바라본다.
북소리, 다시 점점 커진다.

어떤 막간극 4

남자는 여전히 한쪽에서 돌아앉아 맨 도끼로 나무를 내려치며 다듬는다.

홍단비

여자는 바느질감을 얻어와 바느질을 하고 또 빨랫감을 얻어와 빨래를 하기도 한다.
젊은 여자의 등은 점점 굽고 얼굴은 상해 가며 병색이 완연하다.
남자가 미동도 없이 우직하게 도끼질을 할 때, 여자는 등퇴장을 반복하며 일을 해 나간다.
젊은 여자, 자꾸만 잔기침을 한다.
젊은 여자, 개다리소반에 식사를 봐서 들어온다.
무대 중앙에 내려 두고 그 앞에 앉는다.

젊은 여자 여보 진지 들어요. 요새 삯을 잘 안 줘요. 찬이 부실해 미안해요.

젊은 남자, 움직이지 않고 나무만 손질한다.
한참 기다리던 젊은 여자, 한숨을 내쉬고는 초라한 밥술을 혼자 뜬다.
반찬엔 손도 대지 않고 맨밥만 꾸역꾸역 먹는다.

젊은 여자 여보. 일본배 맨드는 기술자들이 들어왔대요.

남자, 대꾸가 없다. 나무만 두들긴다.

젊은 여자 한참 되었대요.

춘향목은 푸르다.

젊은 여자　이젠 도끼로만은 배 안 모은대요. 톱이랑 일본
연장들이 많이 들어왔대요. 또 이제는 춘향목
으로 안 짓는다대요. 왜에서 스기나무라는 게
들어왔대요. 튼튼하다구들…. 이제 한선이나
멍텅구리나 늘배도 들 만든대요. 나가사키배
나 덴마나 놀잇배를 맨들어야 쳐준다대요. 일
본 사람들은 배 모을 적에 널따랗고 큰 종이에
그림이랑 치수 적은 종이를 꼭 보고 한대든데,
도면이래던가. 대면이던가. 그거 볼 줄 모르믄
구식, 시절, 모지리라고… 조선 나무배만 모으
는 목수들은 이제 구식이라고….

젊은 남자, 잠시 도끼질이 멎는다. 하지만 이내
다시 도끼질을 계속한다.
젊은 여자, 식사를 끝내고 수저를 내려 둔다.
가만히 앉아 젊은 남자를 기다린다.
젊은 남자는 돌아보질 않는다. 나무 내려치는
소리만 울린다.
여자의 등은 점점 굽어 동그랗게 말려 간다.
이윽고 몸이 완전히 말린 채 바닥으로 으스러
진다.

5. 똥이닌께는 똥 냄시가 나겄제

조명 밝아지면 무대 이전과는 다르다. 달라진

　　　　　　　　　홍단비

풍경들로 시간이 흘렀음을 알 수 있다. 천막들은 없어졌다. 남아 있는 천막이라고는 계명의 천막뿐이다.

천막 대신에 시멘트벽으로 올린 작은 집들이 배경처럼 둘러 있다.

집들은 소박하지만 정성스레 올린 태가 난다.

무대 왼편에는 숲이 우거졌다. 가장 눈에 띄는 자리에 가장 굵고 키 큰 춘향목이 무성한 푸른 잎을 뽐내며 서 있고 그 주위에 작은 은행나무 세 그루. 잎 끝이 얼추 노랗게 물들었다.

그 주위로 여러 관목들, 이름 모를 들꽃들까지 제법 소담히 피어 있다.

계명은 기분 좋게 삽으로 새 구덩이를 파고 있다.

한편 무대 중앙의 마을은 제법 분주하다. 가을을 맞아 큰굿이 벌어질 모양이다.

온 사방에 오방색의 띠천이 매어져 있다. 이번 한가위를 맞아 열리는 큰 대동굿을 위한 제당도 따로 만들어졌다. 경건히 음식을 준비하고 마당을 쓴다.

매길은 무대를 돌아다니며 다음 날 있을 대동굿을 위해 치성을 드린다. 영섭 또한 장승에 기름칠을 하며 광을 내고 있다.

근수만이 불안한 눈길로 이리저리 돌아다니

춘향목은 푸르다.

며 누가 오고 있지는 않은지 살피고 있다. 북, 장구, 징, 꽹과리 등이 한쪽에 쌓여 있고, 다른 한쪽에는 제당을 지을 때 사용했을 도끼와 연장들이 놓여 있다.

근수 불안히 돌아다니다가 계명에게로 다가간다.

판계명　　뭣이 그렇게도 또 불안해.

정근수　　….

판계명　　그이들 올까 봐?

정근수　　…예.

판계명　　1년두 넘도록 발길 없고 소식두 없던 사람들이 뭐 하러 올까.

정근수　　그래두요 어르신….

판계명　　1년두 넘도록 불안해했으니 인제는 그만해두 되네.

정근수　　그 박강섭이라는 작자 말예요. 보통 구렁이가 아니에요. 어르신도 눈치채셨지요?

판계명　　….

정근수　　예전의 방문으로 이미 포석을 깔아두었다는 느낌이 들어요.

판계명　　자네야 원체 조심성이 많고 사려가 깊으니. 그러나 매번 말했듯 사서 걱정이야.

정근수　　예, 제가 예민한 것이겠지요? 하지만 전 아직두 저희가 집 올린 것이 걱정이에요.

　　　　　　　　홍단비

계명, 말없이 근수의 어깨를 툭툭 쓰다듬어
준다.
근수, 숲을 바라본다.

정근수   1년 동안 실하게두 자랐네요, 나무들.
판계명   나무며 풀들이야 그런 게지. 땅에 한번 뿌릴
          박았다 하면 불평 않구 씩씩하게 잘 커 주지.
정근수   춘향목은 여기 나무도 아닌데 실하게도 잘 컸
          네요. 나무장사하는 사람들은 값을 부르는 대
          루 사 갈 거예요. 흥정할 엄두도 못 내겠지요.
          이런 좋은 나무 만나기야 하늘의 별 따기니까
          요. 얼마나 되었지요?
판계명   얼추 반백년은 살아낸 나무지.
정근수   하이고 저랑 얼추 친구네요, 친구.

          이때 구평, 오물통을 지고 비틀비틀 걸어간다.

정근수   어디 가십니까?
호구평   똥뚜깐 비았다이. 김 무당이 큰굿 전에는 말에
          있는 오물들도 정리를 싹 다 혀는 것이 좋다
          그러대. 성님 이거 냉구들 거름 주까이?
판계명   됐다.
호구평   하이고 아침부터 똥 푸느라 디다 디.
정근수   아이구 냄새!
호구평   똥이닌께는 똥 냄시가 나겄제.
정근수   아뇨, 똥 냄새 말구요. 술 냄새!

춘향목은 푸르다.

호구평 좋은 날 전이니께는 좋게 한잔해였지! 내일 신
령님들헌티 올릴 맥걸리가 아주 기똥차게 익
었응게는. 무당 어른한테는 비밀이다잉? 아야
똥 푸는 일이 맨젱신에 되간디.

박강섭, 용역들과 함께 등장.
근수 황급히 일어나고 준비에 분주하던 마을
사람들의 시선도 강섭에게 향한다.

박강섭 안녕들 하셨습니까, 주민 여러분!

강섭, 큰굿 준비가 한창인 무대 위를 주욱 살피
고는 어슬렁어슬렁 걸어 다닌다.
마을 사람들의 주택들 앞에 멈춰 서서 유독 긴
시간을 보내다가 다시 무대 한가운데로 나선다.

박강섭 신고가 잘못되었기를 그토록 기도했건만, 사
실이었군요 슬프게도!
정근수 그러기엔 동행이 참 많으십니다?
박강섭 젊은 일꾼들입니다. 패기 넘치고, 사명감에 닦
아 놓은 유리처럼 빛나는 눈빛들을 한번 보실
까요? 오늘 저의 일을 도우러 왔습니다! 며칠
전 시청으로 또다시 주민신고가 쇄도했습니
다, 제가 분명 작년 간곡히 부탁드린 바 있음에
도 말이지요. 일주일 전부터 향을 피우시고, 돼
지 한 마릴 통째로 잡으셨다지요? 서울 한복판

홍단비

주택단지 안에서 도축이라니, 이런 잔악한 일
이 또 어디 있겠습니까. 또 시간만 되시면 징을
치시고요? 이와 더불어 이 제당을 지으시는데
소음이 엄청났었던 모양이지요. 참으로 정성
스러운 제당에 화려한 준비입니다. 이 오방색
의 천들 하며 반들거리는 기름을 먹인 장승에.
하하하 아름답기 그지없군요! 하지만 슬프게
도 오늘 저희가 이를 모두 철거해야 한답니다!

최영섭 철거라니!

박강섭 자, 시작하지요.

용역들, 모두 제각기 흩어져 천들을 걷어 내고
향과 초를 끄는 등 제당을 철거해 나간다.
영섭, 미정, 경은, 구평, 수지까지 달려들어 용
역들을 막아 본다.
하지만 드센 용역들의 힘엔 당해 내지 못한다.

박강섭 여러분 저희는 지금 공무 집행 중이랍니다. 방
해하시면 곤란합니다. 공무 집행 방해가 꽤나
중한 죄라는 것을 상기시켜 드려야 하겠군요.

최영섭 당신네들 오지 않은 세월간 우리가 마을 제사
며 작은 치성을 빼먹은 적이 없는데 왜 지금에
와 이래!

박강섭 글쎄요. 민원이 들어왔고 저희는 임무를 오늘
하달 받았답니다!

춘향목은 푸르다.

다시 철거하려는 용역들, 그리고 이를 막으려는 마을 사람들 간의 큰 실랑이가 벌어진다. 이 와중에 강섭은 여유롭게 거닐어 계명의 숲으로 간다.

계명만이 아사리판을 바라보며 멍하게 서 있다.

마을 사람들과 용역들의 소음이 아득히 멀어진다.

박강섭   숲이 참으로 아름답게 조성되었습니다, 어르신.

판계명   왜 이러시오. 어찌 이러시오.

박강섭   저희야 공무가 하달되면 따르는 것이지요. 윗분들이 시키시는 일이니 저희는 따를 밖에요. 가엾게 봐 주십시오 어르신.

판계명   ….

박강섭   아, 방금 떠오른 것이 있습니다. 아직 계획 중에 있는 것이지만 생각난 김에 말씀을 드리지요. 이렇게 마침맞게도 이 마을에 왔으니 말입니다. 와우산 개발 법안이 곧 통과될 듯합니다! 헌데 공교롭게도 개발부지와 어르신의 아름다운 숲이 겹칠 것 같더군요.

판계명   …이건가. 이 말을 하러 당찮은 핑계를 대며 온 게지, 응? 해서 고약한 냄새를 풍겨 대며 나타난 게야.

잠시 정적. 강섭, 숲을 둘러보고 다시 한 번 감

홍단비

탄의 소리를 낸다.

박강섭 이토록 소담하고 정갈한 숲을 없애야 한다니
손실입니다. 슬프군요. 하지만 개발하여 취하
게 될 것들이 이 작은 손실을 상쇄하니 얼마나
다행인 일이겠습니까, 어르신!

강섭, 우뚝 솟은 춘향목을 보고는 다가간다.

박강섭 히야! 나무에 무지한 제가 봐도 참으로 훌륭한
나무입니다. 베어 내기엔 참으로 아깝군요!
판계명 나를 먼저 베어 내야 할 것이네. 나를 도끼로
먼저 쳐 죽여야 이 숲을 쳐낼 수 있을 거야. 내
나무에게서 손 떼게.
박강섭 어르신의 대답이십니까?
판계명 썩, 꺼지게.

강섭, 다시 아사리판으로 걸어간다.
실랑이가 더 이어지고 구평, 악을 쓰며 놓여 있
던 오물통을 비틀비틀 들고와 강섭의 머리에
쏟는다. 오물 쏟아져 나온다.
모두 동작을 멈추고 멍하게 강섭과 구평을 바
라본다.
근수, 놀라서 구평에게 달려오고 계명마저 황
망히 다가간다.

춘향목은 푸르다.

호구평　하이고 씨원~하다! 아야 똥 맛 어떠냐? 하이고
　　　　똥 냄시! 기분 째진다이!

최영섭　성님!

강섭, 잠시 그대로 정지해 있다. 모두들 숨소리
도 내지 않고 강섭을 바라본다.
구평만이 딸꾹거리며 낄낄대고 있다.
마침내 강섭 몸에 묻은 오물을 털어낸다. 그러
다 손목의 시계를 바라본다.

박강섭　아이고 이런.

강섭, 손목시계를 마을 사람들에게 자못 유쾌
하게 보여 준다.

박강섭　이건 제 손목시계입니다. 공무원 시험에 붙고
　　　　난 후 부모님께서 사 주신 것이지요. 뭐 다른
　　　　부잣집 자제들의 시계처럼 금줄 두른 값비싼
　　　　것은 아니지만 꽤나 좋은 물건이랍니다. 여기
　　　　옆에 태엽을 감아서 전지를 충전하는 방식입
　　　　니다. 아마도 스위스산이었던 것으로 기억되
　　　　는군요? 스위스, 참으로 선진국에 시계도 정교
　　　　하게 잘 만드는 나라가 아니겠습니까? 그런데
　　　　못 쓰게 되었군요…. 제겐 나름 소중한 물건이
　　　　었답니다. 여러분들께 소중한 것은 무엇인가
　　　　요? 아마도… 저 장승신령님인가요?

　　　　　　　　　　　　　　홍단비

강섭, 용역 중 한 명에게 눈짓을 하자 용역, 바닥 한편에 있던 도끼를 들고 장승에게 다가간다. 천하대장군 장승에 도끼질을 한다. 쿵 쿵 쿵 쿵.

김매길   이 동티날 놈들! 장승님들께 해 입히면 동티나 죽는다, 이놈들아!

박강섭   동티가 아니라 사실 똥독이 오를 것 같군요, 어르신. 똥티라고 해야 할까요? 하하.

매길, 바닥에 널브러진 물건들을 강섭에게 집어 던진다.
강섭, 여러 차례 던져진 물건들에 얻어맞는다.

박강섭   아무래도 하나로는 안 될 듯합니다. 그렇지요?

용역들 각자 연장을 집어 남은 장승과 제당들을 부수기 시작한다.
또다시 아사리판, 마을 사람들 달려들고 매길 쓰러진다. 수지, 쓰러진 김 무당을 부축하며 운다.
혼란한 와중 강섭, 용역 중 한 명에게 귀엣말을 한다.

강섭에게 임무를 받은 코러스, 도끼를 들고 빠르게 계명의 춘향목으로 다가간다. 도끼질을

춘향목은 푸르다.

한다. 쿵 쿵.

계명, 무서운 욕을 하며 본인의 오래된 삽으로
코러스를 내리친다. 이전에 한 번도 본 적 없는
광분한 모습이다.

판계명 어딜 손을 대, 이 새끼야! 이 육시를 헐 새끼, 어
디다가 도끼질이야 이놈아!

계명, 이미 쓰러진 용역에게 계속해서 발길질
을 해 대고 삽으로 내리친다. 바닥에 피가 흐른
다. 수지, 소리를 지른다.
마을 사람들 모두 달려들어 계명을 말린다. 계
명, 화가 가라앉지 않는다.

구평, 반쯤 무너진 제당 옆에 딸꾹거리며 앉아
있다.

호구평 푸닥거리 푸지게 해였다… 푸지게…. 아이고
똥 냄시… 아이고….

가장 긴 암전.

어떤 막간극 5

젊은 남자가 뒤돌아 앉아 있던 자리에 조명. 남

홍단비

자는 여전히 도끼질을 하고 있다. 남자는 늙은 판계명이다. 주위가 조용하다.

계명, 잠시 후 고개를 돌린다. 전체 조명 밝아진다. 젊은 여자가 있던 자리는 텅 비어 있다. 젊은 여자가 있던 자리, 춘향목의 자리다.

춘향목 앞에는 하얀 유골 항아리가 놓여 있다. 앞서 나온 판계명의 신줏단지다.

노인이 된 계명, 기다리듯 젊은 여자가 드나들던 곳을 한참 바라보지만 아무 소식 없다. 계명 일어나 하얀 유골 항아리를 집어 든다.

항아리를 끌어안고 무대를 크게 돌며 곡한다. 아이고 아이고 하는 소리.

6. 이 이쁜 맘들 뿌리내릴 곳 있어야 하네

조명 밝아지면 무대는 깨끗하다. 제당도 없고 굿판도 없다. 장승의 잘린 밑동 두 개만이 이전 소란의 증거로 남아 있다. 춘향목에 계명이 기대어 앉아 있다. 앉아서 나무 옆구리에 난 도끼 상처를 연신 쓸어내린다. 도끼 상처가 크게 나 진물을 흘리고 있는 나무는 아무래도 살기 어려워 보인다. 계명 옆엔 하얀 신줏단지 항아리 놓여 있다.

계명의 천막 앞에 개다리소반이 놓여 있다.

춘향목은 푸르다.

소박하지만 정갈하게 차린 밥상.

조기튀김이 찬으로 올라 있다. 손도 대지 않았다.

잠시 후 강섭 등장한다. 계명에게 간다. 목례한다.

박강섭   안녕하십니까. 처리해야 할 일들이 많아 수일간 못 찾아뵈었습니다.

판계명   ….

박강섭   어떻게 그 사이 별고 없으셨습니까?

판계명   ….

계명, 대답 없이 그저 춘향목의 푹 팬 옆구리만 쓸어내린다.

박강섭   나무에 생채기가 심하게 났군요. 아이구 이런. 꽤나 깊게 패었네. 다시 회생할 수 있을까요? 걱정되는군요. 사과드리겠습니다. 저희 직원이 아사리판에 흥분하였나 봅니다.

강섭, 허리를 숙여 인사하고 계명을 본다.

계명, 고개를 들어 강섭을 본다. 무표정이나 눈길이 매섭다.

강섭, 결국 버려 내지 못하고 고개를 돌리며 화제를 바꾼다.

박강섭 참고로 병원으로 이송된 저희 직원은 다행히도 목숨을 부지하였답니다. 하마터면 큰일이 날 뻔했다더군요. 그래도 전치 7주 판정을 받아 입원 중에 있습니다만….

계명, 다시 고개를 떨구고 나무 생채기 어루만지기를 계속한다.

박강섭 말씀이 통 없으시군요.

판계명 하러 온 말이나 하고 가시게.

강섭, 안주머니에서 두 개의 봉투를 꺼낸다.

박강섭 그러라시니 그렇게 하겠습니다. 오늘 제가 두 가지 서류를 들고 왔습니다. 하나는 와우산 개발부지 승인 서류입니다. 드디어 와우산 개발이 확정되고 예산까지 만들어졌답니다. 그리고 나머지 하나는 와우산 불법 점거민들에 대한 서류입니다. 불법 주택들에 대한 철거 권고장이기도 하지요.

판계명 내 숲을 베어 내지 않으면 우리네 져 올린 마을을 모조리 밀어버리겠다.

박강섭 너무나 불편하게도 언급하시는군요. 예, 하지만 사실입니다. 저의 재량으로 불법 주택 철거 권고장은 폐기가 가능하지요. 물론 어르신께서 협조해 주실 때의 일이겠지만요.

춘향목은 푸르다.

판계명   ….

박강섭   생각하실 시간은 물론 충분히 드리겠습니다.

　　　　　강섭, 인사하고 퇴장. 얼마간의 시간이 흐른다.
　　　　　조명 어스름해진다.
　　　　　날이 어두워지는 것과 동시에 환상적인 기운
　　　　　이 감돈다. 잠시 후 젊은 여자 등장한다. 천천
　　　　　히 걸어 들어와 계명 옆에 앉는다.
　　　　　둘은 어깨를 맞대고 그렇게 말없이 가만 앉아
　　　　　정면을 바라본다.

젊은 여자   식사는 하셨어요?

판계명   ….

젊은 여자   조기 튀긴 것, 좋아하시잖아요.

판계명   ….

젊은 여자   혼자 드시기 심심해 그래요?

판계명   산 사람들은… 살아야질 않겠나. 밤섬네들 여
　　　　　와서두 불평 않구 집 져 올렸네. 이쁜 맘들이랑
　　　　　같이 차곡차곡 씩씩하게 지어 올렸네. 이 이쁜
　　　　　맘들 뿌리내릴 곳 있어야 하네.

　　　　　계명, 고개 푹 숙이고 운다. 꼭꼭 참으며 운다.
　　　　　젊은 여자, 노인을 가만가만 쓰다듬는다.
　　　　　계명, 아내 손길에 울음이 소리로 터져 나온다.
　　　　　한참을 아내 품에 안겨 운다.

　　　　　　　　　　　　　　홍단비

판계명   미안하네. 미안하네.

젊은 여자   미안하기는 무얼 미안해해요. 내가 아주 처녀
적에 말수 없는 밤섬 목수를 만났댑니다. 무뚝
뚝하구 인물두 심심한 그런 사내였는데 말예
요. 뭐가 좋다구 살았을까… 뭐가 그렇게나 좋
았을까… 어떻게 그렇게나 좋았을 수가 있을
까… 참으루 좋았댑니다.

젊은 여자, 은행나무 세 그루를 바라본다. 팔랑
거리는 잎들이 노랗다.

젊은 여자   하이고 이쁘다 내 새끼들. 다 익었네. 이쁘게두
익었네요. 이제 꽃처럼 흩날릴 테지요. 꽃보다
두 이뿌게 팔랑거릴 테지요.

젊은 여자 천천히 들어온 곳으로 퇴장한다. 자
꾸만 뒤를 돌아본다. 하지만 곧 사라진다.
잠시 후 구평 등장.

호구평   아이고 성님! 한 끼를 안 자셨쏘. 이거를 언제
가져다 놓은 거인데!

판계명   ….

호구평   뭐 진지 안 잡숫고 돌땡이마냥 앉아 있다가 콱
직어뿔라 그래요?

판계명   ….

호구평   성니임!

춘향목은 푸르다.

판계명	구평아. 도끼 가져오너라.
호구평	예?
판계명	얼른.

구평 도끼 들고 온다. 계명, 도끼 받아 든다. 품에 안고 있던 항아리 소중하게 내려두고는 도낏자루를 바루잡는다. 그리고 춘향목에 도끼질을 한다. 쿵 쿵 쿵 쿵!

호구평	성님! 왜 이러요, 성님!

구평, 계명에게로 달려들어 뜯어말리지만 계명 뿌리치고 묵묵히 정성스레 도끼질한다. 한참 힘겨운 도끼질 끝에 춘향목 기울어 쓰러진다. 나무속이 붉다. 피처럼 붉다.

호구평	이게…. 춘향목 속이 원체가 붉다지만… 이렇게 붉을 수가 있소 성님? 피 흘기는 것 같소… 성님….

계명, 주저앉아 쓰러진 춘향목을 껴안고 쓰다듬으며 운다.
구평, 계명을 바라만 본다.

판계명	은행들…. 다른 나무는 다 베어두 이 은행들 세 그루는 옮겨 심어 다오, 응? 구평아.

홍단비

7. 어디 좀 간다. 멀리 간다. 좋은 데 간다.

시일이 조금 흘렀다. 어스름한 새벽. 계명이
유달리 붉은 나무 뗏목을 끌며 노를 들고 등장
한다.
붉은 뗏목 위에 일전의 하얀 항아리가 소중히
올려져 있다. 구평 뒤따라 등장한다.

호구평 성님, 이 오밤중에 어디를 간다개!
판계명 응, 어디 좀 간다. 멀리 간다. 좋은 데 간다.

구평, 무엇인가를 느끼고 계명을 붙잡는다.

호구평 성님 못 가요. 못 가!
판계명 아무리 어두육미라지만은 앞으로는 조기 대가
리는 밀어 두고 몸통 먹어라. 니 착한 처도 발
라 주고. 알았냐?

구평, 엉엉 울며 잡은 손 놓지 않는다.

호구평 성님 못 가요. 나도 델꼬가쇼, 예?
판계명 어딜 날 따라온대냐. 이 착한 놈아.

계명, 잡은 손 한참 만져 준다. 구평, 손 놓는다.
계명, 붉은 뗏목 끌고 나아간다.
강으로 간다. 계속해서 나아간다. 점이 되어 사

춘향목은 푸르다.

라진다.

구평, 울다가 계명의 천막으로 가 앉는다. 한참 후 일어나서 천막을 접는다.

소중히 갠다.

아침이 밝아 오고 뒤로 보이는 밤섬 사람들의 보금자리에 하나둘 따뜻한 불이 켜진다. 웃음소리, 텔레비전 소리, 내일 일에 대해서 이야기하는 소리, 미래에 대한 이야기들이 노래처럼 소살소살 들려온다.

구평이 소중히 옮겨 심었을 은행나무 세 그루에서 은행잎이 비처럼 흩날린다.

막.

홍단비

코로나에도 수확의 기쁨을 누렸던 한 해

김명화

극작가·평론가, 2020 희곡우체통 우체국장

2020년은 잊지 못할 해가 될 것이다. 코로나바이러스라는 낯선 방문객이 지구촌을 급습하면서 그동안 당연하게 누려 왔던 일상은 무너졌고, 인류는 자신의 허약함과 무지에 놀라는 중이다. 우리가 그토록 자부심을 가졌던 인간이란 존재는 무엇이었고 우리가 발 딛고 사는 세계는 도대체 어디로 가고 있는가. 테베에 역병이 창궐하자 그를 계기로 오이디푸스왕은 자신과 직면하며 진실에 도달한다. 마스크와 거리두기로 위축된 인류에게 부디 코로나가 오이디푸스적 성장의 순간으로 작용하길 희망해 본다.

관객과 대면해야만 생명을 얻는 연극도 그 본령을 위협받는 위기에 몰렸고 희곡우체통 역시 살얼음판을 걸었다. 작품을 선정해도 극장을 가동하지 못해 낭독 공연은 요원했다. 운 좋게 공연을 해도 거리두기로 소수의 관객밖에 만나지 못하거나 아예 관객 없이 온라인 공연으로 만족한 적도 있었다. 더 많은 관객을 만나고 싶었을 작가들에게 코로나 팬데믹이라는 상황은 참으로 가혹했을 것이다. 이 지면을 빌려 다시 한 번 위로와 격려를 드린다.

올해 희곡집 출간은 그래서 더욱 각별하다. 세상과 만날 날을 고대했으나 순조롭지 않아 섭섭했을 작가들, 그들의 작품이 이 희곡집을 통해 제대로 세상으로 나아가게 되었으니 말이다. 특히 2020년은 수준 높은 장막극이 많이 들어와, 삼 년 차에 접어든 희곡우체통이 수확의 기쁨을 누렸던 해이기도 했다. 지원작은 예년에 비해 줄어들긴 했지만 선정한 작품들의 감각이나 형식은 다채로웠고, 작가의 고유한 개성을 관객에게 설득시킬 완성도나 깊이를 확보하고 있었다.

이유진의 「X의 비극」은 탈진한 X세대를 다룬 작품이다. 작가 역시 X세대로, 과거 세대와 달리 개성이 강한 청년기를 보낸 X세대의 정체성을 염두에 두면서 그들의 중년을 포착하였다. 돌연 생존의 트랙에서 내려선 한 중년 남자의 모습을 통해 모두가 경주마처럼 달려야만 생존할 수 있는 대한민국 사회를 다시 돌아보게 해준 작품이다. 색다른 주제나 문제의식은 아니지만 가식이나 포장을 걷어 낸 위트 있는 대사, 기승전결의 순차적 단계를 거부한 박진감 있는 상황 전개 등 X세대 작가다운 감각과 솔직함이 작품에 독특한 매력을 부여했다. 세대 의식

작품 해설

속에 표출되는 작가의 이런 문제의식이나 형식미는 일반적인 주제에 독창성과 상징성을 부여했고, 2021년 국립극단의 제작 공연으로 선정되었다.

박세은의 「세 개의 버튼(Three buttons)」은 인공지능 AI를 소재로 삼고 있다. 사건의 전개가 장황해서 조금 정제할 필요가 있는 작품이지만, 작가의 문제의식이 예사롭지 않다. 사실 그동안 이런 소재의 작품은 꾸준히 있었지만 소재주의를 넘어선 작품은 드물었다. 반면 「세 개의 버튼」은 우리에게 익숙한 휴머니즘과 그 토대를 이루는 가족관계에 대해 성찰하면서, 무엇이 인간다움인지를 물어보는 철학과 집요함이 있었다. 알파고를 비롯한 인공지능과의 공존 또 지금 우리를 압도하고 있는 코로나 상황을 생각해 볼 때, 앞으로의 연극은 익숙한 소재만이 아니라 가 보지 않은 미래를 상상하며 새로운 장을 열어야 할 것이다. 「세 개의 버튼」은 그 가능성을 보여 준다.

박지선의 「누에」는 희곡우체통에서 처음으로 선정한 사극이다. 성종을 매개로 권력에 대해 성찰한 작품인데 악의 씨가 불안과 욕망 속에서 파문을 불러일으키는 상황의 구축, 삶과 죽음 또 현실과 환상을 능란하게 교직하는 극작술이 인상적이었다. 특히 눈길을 끈 것은 성종을 둘러싼 여성들의 모습이다. 그동안 수동적인 조역 혹은 희생자로만 그려졌던 여성관을 뛰어넘어 남성적 역사를 수호하는 권력적인 여성, 그 구조를 수용하며 왜곡되고 비틀린 여성, 혹은 친잠실에 갇힌 누에처럼 규방에서 질식되어 가는 여성들을 다채롭고 생생하게 묘사했다. 미투 시대에 나올 만한 사극이고, 큰 강요 없이 설득하고 있어 더 반갑다.

김수연의 「익연(翼然)」은 '체호프 새로 쓰기'를 시도한 작품이다. 뜨레플레프의 자살로 끝나는 「갈매기」 이후의 상황을 작가의 관점으로 새롭게 구축하면서도 체호프적 세계를 포기하지 않은 미덕을 갖추었다. 장광설의 대사 속에 인간의 속물근성과 변덕스러움을 파고들면서 존재에 대한 연민과 서정을 포기하지 않는 작가의 역량은 주목할 만하다. 다른 작품과 비교할 때 거의 배가 될 정도로 방대한 분량이다 보니 장황한 대목도 없지 않지만, 번역극을 제외하곤 연극적 스케일이나 숨쉬기가 위축된 시대에 긴 호흡으로 사유하는 작가의 글쓰기는 희곡의 문학적 전통이 아직 살아 있다는 안도감을 준다.

강동훈이 쓴 「그게 다예요」는 색다른 감각의 작품이다. 20대의 청년이 자신의 근원인 조부모의 흔적을 탐색

작품 해설

하는 작품으로, 프루스트의『잃어버린 시간을 찾아서』처럼 단편적인 기억의 파편과 연상에 의지하고 있다. 등장인물이나 지문까지 해체하여 초반에는 난삽하게 읽혔지만, 총체성을 상실한 세계를 연극적으로 재구성하려는 작가의 시도로 읽을 수 있겠다. 반가운 것은 그것이 그저 시도로 그치지 않고 작품의 전개 과정 속에 리듬을 만들어 내고, 파편적인 퍼즐들이 모여 문득 시간과 존재의 아픔을 따뜻하게 위로한다는 점이다. 포스트드라마를 자연스럽게 구사하는 젊은 세대의 작가가 도래하고 있음에 설렜던 작품이다.

홍단비의「춘향목은 푸르다.」는 개발로 밀려난 1960년대 이주민을 다룬 작품이다. 대한민국에서 1960년대는 경제개발에 착수한 시기로 자본주의의 욕망이 불붙기 시작한 때이다. 그 극적 시간 탓인지 이 작품은 나이 든 선배 세대의 작품처럼 사실주의와 마당극을 접목한 형식이어서 크게 새롭지는 않았다. 그러나 진정성은 진부함에 굴하지 않고 시류나 세련의 허상을 이겨낸다. 「춘향목은 푸르다.」가 그런 작품이었다. 희곡을 읽으면서 새로운 감각에 감탄하는 대신 오랜만에 묵직한 감동 속에 존재의 존엄함에 대해 생각할 수 있었다. 돌이켜 보면 우리는 너무 쉽게 과거의 것들을 폄훼하고 버리면서 달려왔다. 그러나 이젠 모든 시간이 저마다의 가치를 인정받으며 공존해야 하지 않을까. 「춘향목은 푸르다.」에서 그 가능성을 읽는다.

작품 해설

작가 약력

· **이유진**　　　　「X의 비극」

극작가. 부산에서 태어나 서울에서 자랐다. 한국예술종합학교 연극원 극작과 예술전문사 과정을 졸업했다. 2007년 세종문화회관 전통예술창작공모전 「옹화」로 등단했다. 전국창작희곡공모, 아르코문학창작기금 등을 수상했다. 작품으로 「측간여신」 「모란이모」 「앙리와 잔」 등 희곡과 뮤지컬 대본을 집필했다.

· **박세은**　　　　「세 개의 버튼(Three buttons)」

작가. 국어교육을 전공하고, 교육 강사와 공연 전문 기자로 활동했다. 2020년 국립극단 희곡우체통 「세 개의 버튼」을 통해 공식적으로 첫 작품을 선보였다. 현재는 공연 기사와 희곡, 중단편 소설들을 쓰고 있다.

· **박지선**　　　　「누에」

작가. 제2회, 제3회, 제4회 신작희곡페스티벌에 「불우한 악기」 「웰컴 투 타지마할」 「지상 최대의 쇼」가 당선되었다. 「파우스트, 키스하다」로 제3회 옥랑희곡상을, 「관능」으로 제5회 옥랑희곡상을 수상했다.

· **김수연**　　　　「익연(翼然)」

작가 겸 배우. 부산에서 태어났다. 한국예술종합학교 연극원 연기과에서 예술전문사 과정을 졸업했다. 2015년 국립극단 시즌 단원을 거쳤고, 연극 〈키 큰 세 여자〉 〈로베르트 쥬코〉 등에 출연했다. 2018년 『영화가 배우에게 요구하는 최소한의 것들』을 펴내며 본격적으로 글을 쓰기 시작했다. 「익연」은 2013년에 쓴 『체홉적 상상-갈매기 5막 1장』을 각색한 것으로 첫 장편희곡이다.

· **강동훈**　　　　「그게 다예요」

경기도 어딘가에서 태어났다. 한양대학교에서 극작과 연출을 전공하고 있는 학생이다. 2020 희곡우체통 낭독회에서 첫 작품 「그게 다예요」를 발표하며 세상에 나왔다.

· **홍단비**　　　　「춘향목은 푸르다.」

태안의 바닷가에서 태어나 서울로 유학 왔다. 한양대학교 연극영화학과 연극연출 전공으로 졸업했다. 연극 〈딸에 대하여〉를 각색하고, 희곡 〈우투리: 가공할 만한〉을 썼다.

2020 희곡우체통 낭독회 희곡집

2021년 03월 10일 1판 1쇄 펴냄

2021년 09월 15일 1판 2쇄 펴냄

- •펴낸이   재단법인 국립극단
                        단장 겸 예술감독 김광보
- •기획·진행   조유림(국립극단 작품개발팀)
- •주소   서울시 용산구 청파로 373
- •웹사이트   www.ntck.or.kr
- •전화   1644 2003

- •펴낸이   김성규
- •책임편집   김은경 미순 조혜주
- •디자인   김동선
- •펴낸곳   걷는사람
- •주소   서울 마포구 월드컵로16길 51 서교자이빌 304호
- •전화   02 323 2602
- •팩스   02 323 2603
- •등록   2016년 11월 18일 제25100-2016-000083호

- •ISBN   979-11-91262-99-5 [04810]
- •ISBN   979-11-89128-90-6 (세트)